우리 아이들에게
어떤 세상을
물려줄 것인가

우리 아이들에게 어떤 세상을 물려줄 것인가

데이비드 스즈키 지음 | 이한중 옮김

나무와숲

이 에세이집은 세계에 관한 통찰이 놀랄 만큼 풍부하다. 그런데 자세히 읽어 보면 이 대륙에서 가장 놀라운 사람 중 한 명인 저자에 관해서도 잘 알 수 있다.

그의 어린 시절—2차 세계대전 때 다른 일본계 캐나다인들과 함께 억류되어 있던 기간—을 형성한 드라마부터 시작해 보자. 확실히 부당한 일이었지만 이 시절은 데이비드 스즈키에게 크나큰 선물을 선사했다. 브리티시컬럼비아 벽지의 자연 세계가 가진 아름다움을 알게 되었던 것이다. '갇힐' 학교가 없었던 여섯 살 때 스즈키는 나중에 발할라 주립공원이 되는 산악 지대를 돌아다니며 놀았다. 이런 아름다운 시절은 나름의 흔적을 남기게 마련이어서, 야생 그대로의 장엄한 자연은 평생 그의 삶의 기준이 되었다.

그런 억류 생활은 한참 지나서 깨닫게 된 것이지만 또 하나의 선물을 주었다. 그는 정부의 힘이든, 기계톱의 힘이든, 유망(流網)의 힘이든 힘은 언제든 남용될 수 있다는 생각을 줄곧 갖고 살았다. 그런 직관 때문에 그는 걸출한 과학자—생물학자인 스즈키는 온갖 상을 다 받았으며, 실험실 생활이 맞는 것 같았다—로서의 생활에서 벗어날 수 있었다. 유전학자인 스즈키는 마침내 아이디어의 힘도 남용될 수 있다는 생각을 하게 되었던 것이다.

그는 방송인으로서 두 번째 삶을 시작했다. TV 시청자들에게 자연 세계에 대해 설명해 주는 뛰어난 방송 진행자가 된 것이다. 오래지 않아 CBC는 〈사물의 본질(The Nature of Things)〉이란 프로그램을 수십 개 나라에 수출했고, 스즈키는 잠수복을 입지 않은 자크 쿠스토(Jacques Cousteau, 해저 탐사로 유명한 해양학자-옮긴이) 같은 유명 인사가 되었다. 그가 이 일을 그토록 잘 할 수 있었던 것은 지구상에서 일어나는 온갖 일들에 비상한 관심을 갖고 있었기 때문이다. 과학자였던 그는 뭔가를 보면 쉽게 이해했다(그리고 설명되는 과학의 '확신'을 거부할 줄도 알았다). 또한 다른 방송인들이 흉내낼 수 없는 그만의 타고난 친밀감으로 시청자들의 사랑을 받았다.

그러나 그는 이 두 번째 직업에서도 벗어났다. 먹이를 잡아먹는 치타를 가리키며 대본 읽는 일은 그 정도로 충분하다고 생각했던 것이다. 그는 자연이 위기의 나락으로 빠져드는 시점에 캐나다 자연보호 분야의 권위자로 떠올랐다. 실제 일어나고 있는 일들을 도저히 모른 체할 수 없는 건강성과 에너지를 갖고 있었던 것이다. 그가 너무 극단적으로 변해 버린 게 아닌가 하고 생각할 수도 있겠지만, 사실 좀더 깊이 생각해 보면 더 극단적으로 변한 건 지금의 세상이며, 그는 그런 사실들—사라와크의 숲이 대규모로 베여 나간다든지, 심해 해저를 채굴한다든지, 대기 중 이산화탄소가 너무 많아서 세기말이면 지구의 온도가 3도 올라갈 것이라는 과학자들의 예측이 나오고 있다는 이야기들—을 솔직히 지적했을 뿐이라고 할 수 있다. 이런 문제들을 주목하지 않거나 그냥 지나치는 정도의 관심만을 갖는 게 물론 쉬울 것이다. CBC는 분명 그보다 덜 혈기왕성한 사람을 선호했을 것이다.

그러나 스즈키는 여기서 좀더 앞으로 나아갔다. 대부분의 환경운동가들은 우리가 지구를 어리석게 대한다는 것을 지적하는 것으로 만족한다. 열대우림을 파괴해 언젠가 암 치료를 해줄지도 모를 생물종들을 멸종시켜 버린다든지, 온실가스를 너무 배출하여 나중에 엄청난 비용을 치를 것이라든지 하는 지적들은 다 옳은 이야기긴 하지만 쉬운 일이기도 하다.

이 책에 실린 에세이들에서 볼 수 있듯이, 스즈키는 그보다 더 심오한 질문들을 잇따라 던졌다. 그는 학계의, 심지어 그가 사랑하는 모교인 브리티시컬럼비아대학의 '합리주의'를 회의적으로 바라본다. 또 자신을 사람들에게 알린 바로 그 미디어—텔레비전—를 문제삼는다. 그리고 그 모든 것들을 보증해 주는 글로벌 경제 시스템을 의심한다. 그는 끝없는 성장이란 불가능하다고 선언한다. 또한 글로벌 경제를 '변태'라 부른다. 그는 세계은행 회의에서 이런 점들을 지적하여 기립박수를 받았지만 한 관료로부터 "우리와 함께 일하는 게 어떻습니까?"라는 질문을 받기도 했다. 질문자는 글로벌 경제가

"가격을 제대로 매기느냐 하는 문제일 뿐"이라고 했지만 스즈키는 단연코 그렇지 않다고 말한다. 우리가 맞닥뜨린 여러 재앙들을 해결하는 방책으로 시장이 중요한 역할을 하겠지만 가장 소중한 것들은 가격을 매길 수 없다. "당신 어머니는 얼마인가? 아니면 당신 누이나 자녀의 가격은?"

이렇게 놀라운 사람을 만들어 낸 요인들은 더 있다. 아메리카 제국의 가장자리에 살게 된 것은 분명 행운이었다. 새로운 세계가 어떻게 만들어지고 있는지를 똑똑히 들여다볼 수 있었던 것이다. 르네상스를 맞이한 순간의 캐나다 선주민들을 만남으로써 그는 자연을 새로운 눈으로 볼 수 있게 되었다. 어떤 지류든 이 거대한 강 같은 사람에게로 흘러들어가 하나가 되었다.

"사람들은 흔히 우리에게 닥친 가장 시급한 환경 문제가 무어냐고 묻는다.…… 나는 가장 큰 위기가 현대 도시에 사는 사람들의 마음속에, 파괴를 일삼는 가치와 신념에 있다고 생각한다."

이는 감상적인 헛소리가 아니다. 우리보다 더 확고한 근거를 갖고 있는 한 사람이 숙고 끝에 내놓은 견해다. 다음 에세이들에서는 진단과 처방이, 묘사와 열정이 겹친다. 모두 깊은 사랑에서 우러나온 것이니만큼 우리를 쉽게 놓아 주지 않을 것이다. 이 글들이 소중한 지구의 건전한 시민을 많이 만들어 내는 데 기여하길 바란다.

빌 맥키븐
『자연의 종말』 등을 쓴 환경 저술가

과학자로서 나는 새로운 발견에 관한 도덕적·윤리적·사회적 파장에 책임을 느껴야 한다는 가르침을 어디서도 받은 적이 없다. 사실 동료 과학자들은 과학의 대중화를 연구 실력이 변변찮은 사람들이나 하는, 좀 상스러운 일이라 여겼다.

대학 교수로서 나는 유전학과 2차 대전 당시 겪은 나의 독특한 인생 경험—우리 가족은 일본인이라는 이유로 캐나다의 적 취급을 받았다—이 교차하는 것을 보고 과학과 사회의 접점에 관심을 갖게 되었다. 그래서 라디오와 텔레비전 저널리즘이라는, 나로서는 새로운 분야에 진출했다. 덕분에 유전학자였을 때보다 훨씬 더 광범위한 주제와 아이디어를 탐구할 수 있었다. 그러다 보니 잡지·신문·책에 글을 써서 의견을 피력하는 게 자연스러운 일 같았다.

그동안 쓴 글들 가운데 상당수는 책으로 묶여 베스트셀러가 되기도 했다 (1989년『미래를 발명한다』, 1994년의『이제는 바꿀 때』, 1998년『지구의 시간』). 25년에 걸쳐 쓴 에세이들을 읽다가 그 중 상당수가 오늘과도 무관치 않은 것을 보고 깜짝 놀랐다. 그래서 새로운 독자를 발견하기를 바라며 최선의 환경 친화적 전통에 따라 그 글들 가운데 가장 나은 것들과 책에 한 번도 실린 적이 없는 새 에세이들을 재활용하기로 했다.

다른 용도로 썼던 에세이들을 모아 보라고 채근한 그레이스톤북스 출판사에 감사드린다. 이본 반 러스켄벨드와 낸시 플라이트는 내가 보낸 수많은 글들을 다 읽고 추려낸 다음 다시 배열하는 엄청난 수고를 해주었다.

세월이 갈수록 언론 보도가 시시한 정보 조각으로 왜소해지면서 세상이 날로 악화되어 가고 있다. 그래서 뉴스를 듣거나 신문을 읽을 때마다 이야기에 살을 붙이거나 이야기를 보다 넓은 맥락에 두고 생각할 필요가 있다고 느꼈다. 나는 갈수록 거의 강박처럼 글을 쓰게 되었고, 그런 강박 때문에 가장 큰 피해를 본 사람은 아내인 타라 컬리스 박사다. 사랑하는 아내여, 고마운 당신에게 많은 시간을 빚졌소.

데이비드 스즈키

2. 불가능한 꿈 꾸는 세계화 경제

6 우리는 무엇을 할 수 있을까

은자는 여럿
연결되어 있다

인류는 유구한 역사를 통해 우리가 자연계에 깊이 뿌리박고 있으며 자연계에 철저히 의존하고 있다는 사실을 언제나 이해해 왔다. 세계 곳곳의 이야기, 노래, 춤, 문화 속에서 우리는 그런 환경의 일부임을 찬미해 왔다. 만물이 다른 모든 것들과 연결되어 있는 세계에서는 모든 행동이 반향을 불러일으키게 마련이므로 무슨 일을 하든 책임이 뒤따른다. 모든 사회의 의식(儀式)에는 그런 책임을 자각하고 있음이 분명히 드러난다.

그런데 자연의 친밀한 일부라는 이런 감각이 지난 몇 세기 만에 산산조각이 나버렸다. 과학이 세계를 바라보는 방식을 바꾸어 버린 것이다. 우주를 어마어마하게 큰 기계 구조물로 본다면, 톱니나 바퀴나 용수철 같은 부분부분에 집중함으로써 기계가 어떻게 작동하는지 이해할 수 있고, 거대한 퍼즐을 맞추듯 모든 부분들을 다 맞추면 전체를 설명할 수 있다는 생각을 하게 된 것이다. 전체를 설명하기 위해 자연의 부분부분에 집중하는 환원주의(자연의 일부분을 가장 기초적인 구성 요소로 축소·환원하는 것—옮긴이)는 현대 물리학에서는 폐기되었지만 생물학과 의학에서는 아직도 기본 전제로 남아 있다. 환원주의는 우리가 만물을 바라보는 방식을 파편화시켰으며, 각 부분이 작동하는 리듬이나 패턴,

순환을 제거해 버렸다.

인구가 폭발적으로 늘어나면서 인간은 전에 없던 엄청난 성장과 변화의 시대를 살게 되었다. 그들에게는 이런 시대가 너무나 자연스럽게 보이며, 다른 방식을 알지 못하는 사람들은 기대하고—사실상 요구하고—있기조차 하다.

20세기에는 마을이나 지역 공동체가 해체되고 큰 도시가 늘어나는 엄청난 변화가 있었다. 도시와 같은 환경에서는 인간의 기술·경제·산업이 우리가 살 집을 만들어 주고 우리의 물질적 요구를 충족시켜 줌으로써 인간이 자연의 한계를 뛰어넘는 것이 가능하다는 생각을 하기 쉽다.

동시에 인쇄 및 전자 미디어의 형태로 급속히 확산된 정보가 우리를 사방에서 공격해 오고 있다. 그런데 우리에게 밀어닥치는 정보의 대부분은 광고나 포르노그래피나 어리석은 오락물 같은 쓰레기여서 살아가는 데 정말 중요한 문제에 대해서는 아무것도 알려 주는 바가 없다. 뉴스 보도라는 것도 그것이 왜 문제인지를 설명해 주는 해설이나 역사나 맥락은 없고 단편적인 정보만을 제공한다.

글로벌 경제는 자연이나 자연과 관련된 모든 서비스를 경제 이외의 것으로 취급함으로써 상호 연관성의 고리를 끊어 놓는다. 경제학자들은 모든 생물에게 반드시 필요한 대기, 물, 흙, 생물다양성 같은 것들을 모두 경제 외적 요인으로 여긴다. 예컨대 나무를 목재용이나 펄프용으로 베는 것은 경제적 가치가 있지만 나무가 공기 중의 이산화탄소를 산소로 바꿔 준다거나, 토양 침식을 막아 준다거나, 수증기를 배출함으로써 날씨와 기후에 영향을 준다거나, 다른 생물종들을 위한 서식지를 제공해 준다거나 하는 자연의 서비스는 경제적 가치가 전혀 없다는 것이다. 한마디로 인간이 저지르는 침해나 착취는 글로벌 경제에 기여해도 지구를 거주 가능한 곳으로 유지시켜 주는 자연의 활동은 '무가치하다'는 것이다.

이 모든 것들 때문에 상호 연관성에 대한 우리의 감각은 상실되어 버렸고, 더불어 우리가 하는 일에 대한 책임감도 잃어버리게 되었다. 21세기의 도전은 생물학적 자연이 우리에게 가장 필요한 것들을 결정해 주고, 그런 것들이 전부 자연에서 온다는 사실을 인식하느냐 인식하지 않느냐는 문제다.

인간의 오만과 무지를 깨닫던 날

나는 1936년에 캐나다 브리티시컬럼비아 주 밴쿠버에서 태어났다. 어렸을 때의 추억을 떠올리면 나도 모르게 흥분이 된다. 아버지와 나는 캠핑에 쓸 텐트를 사러 어떤 가게에 갔다. 점원은 가게 안에 바로 소형 텐트를 쳐주었다. 아버지와 나는 그 속으로 웅크리고 들어가 누웠다. 첫 캠핑 여행에 대한 기대로 내가 너무 흥분해서 어쩔 줄 모르자 아버지가 나를 꼭 안아 주었다.

브리티시컬럼비아에서 보낸 유년 시절에 대한 추억은 주로 캠핑이나 낚시와 관련된 단편적인 기억들이다. 네 살 때 처음으로 떠난 낚시 여행에서 우리는 호수라기보다는 커다란 못에 가까운 룬 호수까지 걸어갔다. 아버지가 제물낚시(깃털로 모기 모양으로 만든 낚싯바늘-옮긴이)를 하는 동안 나는 조그만 릴낚싯대와 지렁이 깡통을 가지고 작은 송어를 한 마리씩 낚아 올렸다. 스탠리 공원 근처에서 아버지가 견지낚시(견지에 낚싯줄을 감고 감았다 풀었다 하면서 물고기를 낚는 낚시법-옮긴이)로 연어를 낚는 동안 나는 배에 타고 있던 기억도 있다. 또 우리는 스탠리뱅크스 앞에서 지그낚시로 가자미를 잡기도 했고, 프레이저 강 어귀에서 철갑상어를 잡기도 했으며, 무지개송어와 곤들매기를 잡으러 베더 강을 따라 걸어서 여행하기도 했다.

아버지는 아이들에게 낚시를 가르쳐 주어 열렬한 낚시꾼이나 야외 활동을 즐기는 사람으로 만들고 싶어했다. 아버지는 처음 낚시를 해보는 사람이 반드시 고기를 낚아 보도록 만들어야 한다는 철학을 갖고 있었다. 고기가 크고 작고는 중요하지 않았다. 아이들을 사로잡은 것은 고기를 낚는 느낌이었다. 많은 사람들이 자기가 어릴 때 아버지와 낚시를 한 게 얼마나 좋았는지, 이제는 자기 아이나 친구들과 그런 체험을 하고 있다고 내게 이야기하곤 한다. 내 경험을 보면 어린 시절과 청소년기에 했던 낚시는 아주 인상 깊은 체험들로 남아 있다.

일본이 진주만을 공격하자, 대부분이 그곳에서 태어나거나 귀화하여 캐나다인이 된 일본계 캐나다인 2만 명이 악랄한 전시특별법에 따라 검거되었다. 이 법은 명확하진 않지만 위협이 된다고 판단되면 시민으로서의 모든 권리를 중지시킬 수 있도록 한 것이다. 그에 따라 캐나다에서 태어난 부모님과 나와 누이들이 모두 검거되어 각자 70파운드의 짐만 갖고 배에 태워져 밴쿠버에서 쫓겨났다. 아버지는 '도로 건설 수용소'로 끌려가 트랜스캐나다 고속도로의 건설 인부로 일했고, 어머니와 두 누이와 나는 브리티시컬럼비아 내륙 지방으로 소개(疏開)되었다.

당시 여섯 살이었던 나는 세상의 격동과 부모의 고통일랑은 전혀 모르는 채 모든 게 엄청난 모험으로만 보였다. 우리는 오랜 기차 여행 끝에

우리 아이들에게 어떤 세상을 물려줄 것인가

1890년대의 은광 붐 이후로 유적이 되어 버린 어느 유령 도시에 감금되었다. 그곳엔 어떤 시설도, 선생도 없었기 때문에 1년 동안 학교를 다니지 않았다. 우리는 빈대가 우글거리는 쇠락해 가는 호텔의 조그만 방에 쑤셔넣어지다시피 했다. 화장실과 부엌과 욕실은 다른 사람들과 같이 썼는데, 욕실이 어찌나 컸던지 수영을 배울 수 있을 정도였다.

하지만 그런 것들은 내게 전혀 문제가 되지 않았다. 이후 3년 동안 우리 집이 되었던 수용소가 있던 장소가 아주 신비로운 곳이었기 때문이다. 그곳은 기다랗고 좁은 슬로칸이라는 호수 끝자락 부근으로, 서쪽 비탈이 그로부터 30년 뒤에 발할라 주립공원이 되는 골짜기 아래쪽이었다.

학교에 갇힐 일이 없었던 나는 호숫가와 강과 주변 산의 숲을 젊은 탐험가처럼 돌아다녔다. 호수에는 무지개송어와 백송어, 코카니(민물홍연어), 육식잉어, 서커(잉어과의 민물고기-옮긴이), 처브(역시 잉어과의 민물고기-옮긴이)가 가득했다. 나는 물고기들을 닥치는 대로 낚았다.

나보다 나이 많은 남자 아이들이 하는 것을 보거나 시행착오를 거쳐 날도래 애벌레나 뱀잠자리 애벌레를 미끼로 쓰는 법을 배웠다. 이슬이 아직 축축한 이른 아침이면 메뚜기가 움직임이 느려서 아주 잡기 쉽다는 것도 알게 되었다. 수용소에서 일본인 수감자들은 낚시하는 게 금지되어 있었지만 우리한테 물고기는 쌀 같은 주식이었기에 기회만 있으면 몰래 낚시를 하곤 했다. 그 때문에 우리와 당국의 관계는 마치 고양이와 생쥐 같았다. 산에서는 늑대, 흑곰, 코요테, 호저(산미치광이)와 마주치곤 했다. 가시투성이인 두릅나무 덤불을 조심조심 피해 가기도 하고 가을이면 귀한 송이버섯을 몇 자루씩 따곤 했다. 이것이야말로 야생에서 직접 즐겁고도 힘들이지 않고 배울 수 있는 생물 공부였다.

　전쟁 끝무렵 우리 가족처럼 캐나다에서 계속 살기로 한 일본계 캐나다인 가족들은 결국 이리 호(湖)에 있는 캐나다 최남단의 리밍턴까지 내몰리게 되었다. 온타리오 주 남부인 이 일대는 농업집약적인 고장으로, 평평한 들판이 펼쳐져 있고 시골길을 따라 도랑물이 흐르고 개인 땅에 작은 식림지(植林地)가 있어 브리티시컬럼비아와는 환경이 전혀 딴판인 곳이었다. 바로 이런 차이가 내게는 새로운 탐험의 기회로 다가왔다.

　완전히 새로운 어종을 발견하는 흥분에 휩싸인 아버지에게 자극받아 나는 사내끼(dip net, 물에서 고기를 건져 떠내어 잡는 기구로 긴 자루 끝에 철사나 끈으로 망을 얽은 것—옮긴이)로 무장한 누이들과 함께 자전거로 갈 수 있는 거리면 도랑과 개천, 호수를 하나도 남김없이 뒤지고 다녔다. 병에는 개복치와 작은 메기, 새끼 자라, 피라미가 가득하였다. 얼룩메기, 쉽헤드, 실버배스, 빙어도 낚아 제각각인 맛과 질감을 즐길 수 있었다. 우리는 또 캐나다 남단에 자리잡은 보물인 포인트필레(Point Pelee)를 발견하기도 했다. 습지에는 새와 파충류와 곤충과 어류가 많았고, 호숫가에는 새나 어류의 화석과 마른 사체가 널려 있었다. 나중에 국립공원이 된 포인트필레는 조류와 조류 관찰가들이 가장 많이 몰려드는 곳이기도 하다.

　1949년에 우리 가족은 온타리오 주 런던으로 이주했다. 그곳은 인구 7만 명의 도시였는데 당시 인구가 폭발적으로 증가하여 이후 반세기 동안 5배로 늘어났다. 그곳도 내게는 아주 매력적이었다. 우리 가족은 추방되는 바람에 완전 빈털터리가 된 탓에 식용 식물을 채집하고 물고기를 잡아 끼니를 때워야만 했다. 템스 강이 런던 시내 한가운데로 흐르긴 했지만 낚시하기에 더없이 좋은 곳이었다. 나는 우리집 주변 2킬로미터 정도의 강가에 있는 웅덩이와 급류는 속속들이 알게 되었다. 블랙배스와 잉어·메기·서커가 많았는데, 1년 중 어느 때가 되면 강은 알을 낳은 창꼬치와 실버배스와 강꼬치로 바글바글했다. 나는 미끼로 쓸 개구리나 가재, 피라미나 거머리를 어디 가서 어떻게 잡으면 되는지도 알게 되었다.

우리집에서 1킬로미터 정도 가면 흥미로운 것들이 아주 많은 커다란 늪이 있었다. 나는 혼자 다니기를 좋아했다. 전쟁이 한참 벌어지고 있던 몇 년 동안 나는 지나치리만큼 열등감에 사로잡혀 일본인인 나를 사람들이 싫어할 것이라고 지레짐작했다. 그 무렵이 사춘기였기 때문에 고립감은 더욱 심했다. 게다가 그때는 아직 동정(童貞)을 중시하던 때라 성적인 환상을 가지고 어떻게 해볼 수도 없었다. 이런 때 늪은 내게 구원이었다. 온갖 고민거리도 두려움도 좌절도 자전거를 몰고 늪으로 달려가기만 하면 사라져 버렸다. 나는 곤충 채집광이었고, 물에는 물매암이·소금쟁이·물벌레와 같은 근사한 생물들이 가득했다. 알락해오라기가 부리를 쭉 뻗으며 주변의 갈대와 어우러져 있는 모습을 처음 본 것도 이 매혹적인 곳에서였다. 봄이면 짝짓기 상대인 암컷도, 나도 저항할 수 없는 개구리 소리가 늪에 울려 퍼졌다. 집으로 돌아올 때면 도롱뇽 알과 개구리 알을 담은 항아리를 몇 개나 들고 의기양양해했다. 그리고 개구리 알이 올챙이로 변신하는 모습을 지켜보았다.

새로운 낚시터와 낚싯감에 열광하는 아버지 덕분에 나는 어디에 살든 겪어 볼 만한 세계가 있다는 것을 알게 되었고, 고등학교를 마치고 온타리오를 떠나 매사추세츠와 일리노이와 테네시를 거쳐 앨버타로 와서 앨버타 대학의 유전학 조교수가 될 때까지 그것이 사실임을 확인할 수 있었다. 가는 곳마다 새로운 환경과 생물들을 체험할 수 있었던 것이다.

하지만 어린 소년 시절부터 자연과 하나가 될 수 있었던 브리티시컬럼비아의 야생성과 달리 전후의 체험들은 사람들이 시골까지 점령하고 있어 얼마 남지 않은 자연을 내가 찾아다녀야만 하는 곳들에서 얻은 것이었다.

에드먼턴에서 유난히 혹독한 겨울을 한 번 난 뒤, 1963년 밴쿠버에 있는 브리티시컬럼비아 대학(UBC)의 자리를 수락함으로써 결국 내가 태어난 도시로 돌아가게 되었다. 새 가정을 이룬 나는 아버지가 내게 해주었듯이 아이들이 자연을 체험할 수 있도록 캠핑과 낚시 여행을 계획하곤 했다. 주말이면 차를 타고 밴쿠버 일대의 시골길이나 벌목 도로를 따라 외딴 강이나 호수까지 찾아갔다.

1년쯤 지났을 때였다. 스쿼미시 부근의 벌목로를 따라가다 보면 큼직한 무지개송어를 잡을 수 있는 강을 만날 수 있다는 이야기를 들었다. 어느 토요일, 나는 타미코와 트로이를 차에 태우고 당일치기 여행을 떠났다. 스쿼미시를 지나자 비포장 도로가 나왔고, 이내 어느 개인 회사의 숲으로 접어든다는 표지판이 나타났다. 벌목 트럭들은 통행권이 있어 그곳을 마음대로 드나들 수 있었다. 길 상태는 아주 좋았는데, 몇 킬로미터에 걸친 언덕을 구불구불 돌아가게 되어 있었다. 나무를 한창 베어 내고 있는 곳의 숲은 텅 비어 있었다. 태워 버릴 나무 부스러기들만 잔뜩 쌓여 있었다. 나는 동부에서 오래 살았기 때문인지 벌목에 그다지 마음이 상하지 않았다. 사실 목공일을 즐겨 했고, 일하면서 종이를 많이 썼으며, 임업이 브리티시컬럼비아 경제의 엔진이라는 것을 알고 있었다. 게다가 잘 닦인 벌목로 덕분에 이 외딴 곳까지 올 수 있었던 것이다.

길이 마침내 강 가까이 가 닿자, 언덕 위로 차를 몰아 평평한 곳을 찾았다. 주변은 온통 전쟁터를 방불케 했다. 땅은 중장비 자국으로 마구 파헤쳐져 있었고, 커다란 나무들이 있던 자리에는 베여 나가고 남은 등걸과 뿌리가 흉물스럽게 드러나 있었다. 언덕 위에서 보면 나무가 베여 나간 빈터는 교묘하게도 매끈하고 지나가기 좋아 보였지만, 길가를 벗어나 언덕을 내려가기 시작하자 나무의 잔해 사이를 지나가는 게 보통 힘든 일이 아니라는 것을 알 수 있었다. 나는 계속해서 아이들을 장애물 너머로 들어올려 주어야 했다. 처음에는 한 10분 걸으면 되리라 생각했던 것이 한 시간이 더 걸렸으나 일단 시작한 일이니 포기할 수도 없었다. 나는 아이들과 장난도 치고 놀이도 하며 나무의 잔해 사이를 어렵사리 걸어갔다. 장애물투성이인 빈터를 통과하는 것에만 너무 집중하느라 그곳이 인간의 경제적 요구와 생태계를 이루는 생물 군락의 유지가 충돌하는 전쟁터라는 사실을 깊이 생각할 겨를이 없었다.

햇살이 따가운 여름, 그것도 대낮이어서 땀이 비오듯 흘렀다. 물을 가져오지 않은 자신을 책망하며 아이들 걱정을 하고 있었다. 숨을 헐떡이면서 잔해 사이의 나무 토막들을 치워 가며 가노라니 마침내 벌목 지구 가장자리의 숲에 다다를 수 있었다. 눈이 부시고 햇살이 뜨거운 빈터를 벗어나 시원한 나무의 성전으로 들어선 것은 한마디로 충격이었다. 도시의 뜨거운 길거리에서 에어컨이 돌아가는 건물로 들어섰을 때와 느낌이 비슷했다. 시원한 나무 그늘의 품에 안겨 우리는 초목과 죽어 썩어 가는 나무의 축축한 향내를 가슴속 깊이 들이마셨다. 순간 침묵이 흘렀다. 아이들은 말다툼과 불평을 이내 멈추고는 교회 안에서처럼 조용히 속삭이기 시작했다. 그늘에 눈이 적응하면서 숲 바닥이 모든 걸 굽이치는 매끈한 카펫으로 만들어 주는 이끼를 입고 있는 게 보였다. 우람한 거인처럼 쓰러져 있는 나무 몸체의 윤곽이 보였다. 나무 역시 이끼를 입고 있었다. 이 나무는 죽었어도 허클베리와 고사리, 그리고 작은 나무 군락들을 먹여 살리고 있었다. 마실 물이 있는지 찾아보러 다니자니 발밑에서 나뭇가지가 딱딱 부러지는 소리가 초목에 가려 약해졌다. 우리 위로 높은 곳에는 초록색 나뭇가지와 바늘잎들이 볕을 다투느라 뻗어 나가면서 하늘을 덮고 있었다. 그 때문에 숲 바닥에는 점점이 가늘게 흩어진 빛들이 계속해서 춤을 추었다. 지상의 생물인 우리로서는 하늘을 뒤덮은 나무들의 가지 끝이나 바늘잎 또는 활엽 구석구석에서 벌어지고, 또 우리 발밑에 숨겨져 있는 흙 속 군락에서 벌어지는 생명 순환과 포식의 드라마에 경탄만 할 뿐이었다. 타미코와 트로이와 나는 손을 잡고 나무 둘레를 감싸 보려 했지만 절반에도 미치지 않았다. 이 거대한 나무들은 족히 수백 년은 돼 보였다.

나는 할말을 잃었다. 자연은 언제나 내 삶의 기준이었지만 나는 상당 기간을 온타리오에서 살았다. 그곳의 숲은 사람들로 인해 많이 바뀌었다. 나무가 뿌리째 뽑혀 나가고, 냇가의 물길이 억지로 바뀌고, 토양이 개량되었다. 반면 이곳의 숲은 만 년에 걸쳐 자연에 의해 만들어졌다. 숲을 이루는 수많은 생물종들이 내놓는 영양분이 끝없이 순환하는 가운데 죽은 생명이 새 생명을 낳는 생명의 군락이었다.

우리는 그러한 곳을 말할 수 없이 단조롭고 특색 없는 곳으로 금세 변모시켜 버릴 산업형 벌목 현장에서 이곳으로 들어섰다. 아이들과 내가 숲의 신전으로 들어선 그 몇 분간, 나는 인간 경제의 끔찍한 오만을 인식할 수 있었다. 온갖 생명체와 흙과 물과 공기로 이루어진 이런 모체(母體)를 너무나 보잘것없는 것들로 만들어 버린다는 것은 미래 세대에 대한 책임을 조롱하는 것이나 마찬가지였다.

하지만 당시 이런 데까지 생각이 미치지는 못했다. 다만 산업적 벌목이 잘못됐다는 것을, 우리가 들어간 거대한 숲은 인간의 이해를 한참이나 넘어서는 존재이므로 존중되고 외경을 받아 마땅하다는 것을 본능적으로 알게 되었을 따름이다.

1962년에 레이첼 카슨의 독창적인 책 『침묵의 봄』을 읽은 덕분에 그런 영감을 느끼며 고목들의 숲과 마주칠 수 있었던 것이다. 그로부터 몇 년 뒤 나는 아메리카 선주민을 만나 다른 생물과의 유대 관계에 대해서, 우리 모두가 어떻게 서로 연결되어 있으며 서로 의존하고 있는지를 배우게 되었다.

이제 손자들이 낚시를 가자고 하면 나는 아버지가 나를 데리고 가주었던 스페니시뱅크스나 프레이저 강 어귀, 아니면 베더 강 같은 곳으로 이 아이들을 데리고 갈 수가 없다. 다시는 옛날처럼 템스 강에서 낚시를 할 수가 없다. 너무나 오염되어서 사람들은 그곳에서 잡은 것을 먹는다는 생각만 해도 진저리를 친다.

또한 나의 청소년기를 달래 주었던 늪으로도 돌아갈 수 없다. 그곳은 지금 어마어마한 쇼핑몰과 주차장으로 바뀌었다. 그리고 내게 깨달음을 준 그 숲은 그로부터 몇 주 후 다 사라져 버렸다. 남은 것은 우리가 생명의 공간을 재발견하여 우리를 지속시켜 주는 자연 세계와 조화롭게 살아가는 법을 배워야만 한다는 확신이다.

나는 무엇을 할 수 있을까?

사람들은 종종 내게 묻곤 한다. "우리에게 닥친 환경 문제 중에서 제일 시급한 게 뭘까요? 기후 변화인가요, 생물의 멸종인가요, 유독 물질의 오염인가요, 아니면 숲의 파괴인가요?" 정직하게 할 수 있는 유일한 대답은 이렇다. "말씀하신 것 전부와 함께 더 많은 심각한 생태 문제들이 있지요. 그런데 그 중에서 어떤 것이 지구의 여러 생명 부양 시스템에서 회복 불능의 대재앙을 촉발할지 아무도 모릅니다." 다가오는 생태 위기를 피할 수 있는 단 하나의 행동이란 없다.

나는 그 누구도 피해 갈 수 없는 이 위기가 근·현대 도시인들의 마음속에, 우리의 파괴성을 조종하는 가치와 신념에 내재되어 있다고 믿는다. 우리는 인간이라는 종의 역사를 통틀어 우리가 자연의 일부라는 것을 이해해 왔다. 그리고 자연 속에서는 만물이 서로 연결되어 있으며 어느 것 하나 고립되어 존재하지 않는다는 것을 알고 있다. 레이첼 카슨은 해충을 죽이려고 뿌린 살충제가 뜻하지 않게 물고기와 새와 인간에게도 영향을 끼친다는 사실을 지적했다. 따라서 사려 깊게 행동하기 위해서는 임박한 문제를 넘어 전체 시스템을 고려해야만 한다.

오늘날엔 우리가 여전히 자연과 연결되어 있고 자연에 의존한다는 인식을 갖기가 어렵다. 그렇다면 이렇게 사고하는 연습을 해보도록 하자. 과학자들이 타임머신을 만들어서 우리가 40억 년 전으로, 그러니까 지구상에 생명이 진화하기 전으로 되돌아갔다고 상상해 보자. 대기는 이산화탄소는 너무 많고 산소는 없는 아주 독한 상태다. 생명이 없기 때문에 물에 섞인 유독한 물질이 식물의 뿌리나 흙 속의 균류, 또는 미생물에 의해 걸러지지 않는다. 우리가 먹는 것은 하나도 빠짐없이 식물이나 동물이나 미생물로 이루어져 있으니 생명 이전의 세계에서 먹을 것이 있을 리 없다. 한동안 지내기 위해 타임머신에 먹을거리와 씨앗을 좀 가져간다 해도 길러 먹을 곳이 전혀 없다. 토양이라는 게 생명체에서 비롯된 분자와 모래, 미사(微砂), 진흙이 섞여야만 만들어지는 것이기 때문이다. 석탄·가스·석유·나무·토탄 같은 연료도 전부 생명에서 비롯된 것이기 때문에 태워서 열을 낼 만한 것도 없다. 불을 피우기 위해 종이와 나무를 가져간다 해도 산소가 없기 때문에 불꽃이 생길 리 없다. 그러니 옛사람들이 모든 생명을 유지시켜 준다고 말한 네 가지 신성한 원소, 즉 흙·공기·불·물이란 게 모두 우리가 자연이라고 곧잘 부르는 생명의 그물망에 의해 만들어지고 정화되고 피워지는 것이다.

우리가 세계를 보는 방식은 우리가 세계를 대하는 방식을 결정한다. 산이 광물 더미 아닌 신성(神性)으로 보인다면, 강이 잠재적인 관개수로가 아닌 땅의 혈관으로 보인다면, 숲이 목재 아닌 신성한 나무들로 보인다면, 다른 생물들이 자원 아닌 우리의 생물적 친족으로 보인다면, 지구가 기회 아닌 우리의 어머니로 보인다면, 이 모든 것들을 보다 존경하는 마음으로 대할 것이다. 세계를 이렇게 다른 관점으로 보는 것이 바로 앞으로의 문제다.

외계인이 되어 버린 인류

우리 종의 생존 전략은 우리에게 미래를 그려볼 수 있고 우리 행동이 어떤 결말을 가져올 수 있는지 예측할 수 있는 능력을 부여해 준 크고 복잡한 뇌를 갖는 것이다. 이런 선견지명 덕분에 우리 종은 유일하게 선택할 수 있는 독특한 능력을 갖게 되었다. 우리는 어떤 선택이 가능한지를 알고, 그것의 위험과 편익을 가늠해 본 다음, 위험은 극소화하면서 편익은 극대화해 줄 행동을 의도적으로 선택할 수 있다. 이런 혁명적 전략으로 호모사피엔스는 놀라운 성공을 거둬 지구상에서 단연 지배적 위치를 차지하게 되었다.

그런데 컴퓨터 · 이동통신 · 과학자 · 엔지니어 등을 통해 인간의 두뇌 능력이 엄청나게 증폭된 시대에 사는 우리가 우리 선조들이 일상적으로 하던 일, 즉 앞에 닥친 위험을 평가하여 장기적 생존을 위한 최선의 선택을 더 이상 할 수 없는 것으로 보이는 건 참으로 아이러니하다.

우리는 주변 환경에 대한 정보를 제공해 주는 기관을 가진 생물학적 존재인 까닭에 위기가 닥치면 반응을 하는 데 아주 뛰어나다. 자동차 사고나 화재, 지진, 홍수, 태풍 같은 게 닥치면 생존하고 복구하기 위해 최선을 다한다. 하지만 있을 수 있는 어려움이나 위험을 예상하여 그런 일이 일어날 가능성을 최소화하는 것이 훨씬 낫다.

다른 은하에서 거대한 외계인이 지구로 온다는 상상을 해보라. 그 외계인의 발 넓이는 1에이커나 되고, 1초에 한 걸음씩 내달리며 모든 것을 짓밟고 다닌다. 식욕 또한 엄청나서 목이 마르면 호수와 강물을 다 마셔 버리고, 바다 물고기를 엄청나게 잡아먹으며, 광물을 얻기 위해 산을 다 파헤치고, 입으로는 독한 연기를 대기 중에 마구 뿜어 대는가 하면, 독한 배설물로 땅과 물을 더럽힌다. 이런 괴물을 맞이하게 되면 온 세계는 일치단결하여 지구 비상사태를 선포하고, 테러리즘과 싸우기 위해 지금 동원되고 있는 것은 아무것도 아닐 정도로 엄청난 대응을 할 것이다. 괴물의 무지막지한 파괴 행위를 멈추기 위해 온갖 수단을 동원할 것이다.

인간의 활동 전체가 가하는 충격을 그런 외계인과 견줄 경우, 우리가 왜 적절한 대응을 하지 않는지 알 수가 없다. 오히려 파괴가 그다지 심하지 않다거나 파괴 행위를 멈추게 할 비용을 감당할 수 없다는 식의 반대에 막혀서 무지막지한 파괴 행위가 계속되도록 내버려둔다. 우리는 더 이상 미래를 향해 안전하게 나아가는 선견지명을 사용하고 있지 않다.

나는 이처럼 우리가 인간 행동의 위협에 대응하지 않는 이유의 하나가 스스로를 더 이상 자연 세계의 일부로 보지 않기 때문이라고 생각한다. 하나의 생물종으로서 우리는 고산 지대, 북극, 사막, 초원 지대, 숲, 습지 같은 다양한 환경에서 생존해 왔다. 그처럼 다양한 환경에서 살아남으려면 환경에 대한 깊이 있는 실용 지식이 필요했다.

하지만 갈수록 많은 사람들이 인간이 만들어 낸 도시 환경에서 살게 되면서 자연이 더 이상 필요하지 않다는 환상을 갖기가 쉬워졌다. 무역을 통해 필요한 것들을 언제든 살 수 있을 뿐만 아니라, 깨끗한 환경을 비롯한 현대 생활의 온갖 사치를 누릴 수 있기 때문이다.

우리 같은 종이 너무 많아지면 기술·소비·경제적 요구가 커져 지구상의 나머지 생물들에 엄청난 영향을 끼치게 된다. 우리가 지배적 영향력을 행사하게 되면서 지구의 생물학적·물리적·화학적 기능에 갑작스런 충격을 주는 바람에 우리 대부분은 역사상 처음 있는 일을 아직 인식하지 못하고 있다. 하지만 이제는 우리 종 전체가 가하는 충격을 깨닫고 걱정할 줄 알아야 한다.

우리 시대의 도전은 인류라는 종 전체가 무지막지한 외계인이 되어 버렸다는 것, 방어책을 쓰기 위해 우리의 선견지명과 판단력을 사용해야 한는 것, 그리고 정말 외계인이 침략해 왔을 때와 같은 대응책을 동원해야 한다는 사실을 아는 것이다.

생태계의 홀로코스트

내키지도 않고 놀라울 뿐이지만 어느 새 나도 사회의 연장자 축에 끼게 되었다. 나와 우리 가족이 지구상에서 산 짧은 기간에 일어난 변화를 생각해 볼 때, 그동안 일어난 어마어마한 변화는 지속될 수 없다는 게 분명하다. 지구 전역에서 폭발적 인구 증가와 경제성장을 겪고 있는 도시에 사는 사람이라면 연장자들의 경험에 관심을 기울일 필요가 있다.

내 조부모님은 1900년대 초에 가난에서 벗어나기 위해 일본을 떠나 캐나다로 오셨다. 그들은 원시적이고 후진적이라고 여긴 나라에서 계속 살 생각은 없었다. 그들이 원한 건 돈을 좀 벌어서 고향으로 돌아가는 것이었다. 조부모님은 역사적으로나 문화적으로나 아무 연고가 없는 낯선 풍경 속의 이방인이었다. 그들에게 캐나다는 기회의 땅이었다. 이용할 자원이 가득한 상품으로서의 땅이었다. 조부모님은 콜럼버스가 도착한 이래 시작되어 막대한 생태적·인간적 재앙을 일으킨 '신세계'에 엄청난 공격을 가하는 세력의 일부가 된 것이다.

2차대전이 끝나자, 우리 가족은 캐나다 산업의 심장부이자 가장 인구가 많았던 온타리오로 이주했다. 처음에는 리밍턴에서, 그 다음엔 런던에서 살았다. 유럽인 정착자들이 고향 땅의 이름을 따서 지은 곳에서 자란 것이다. 이 땅이 자랑스러운 역사를 가진 사람들, 새로 온 사람들이 '인디언'이란 엉뚱한 이름을 붙여 준 사람들이 오래전부터 살고 있던 곳이라는 사실을 상기시켜 주는 것은 거의 없었다. 알공킨, 모호크, 크리, 오지브와 등 수십 개 부족이 다만 '붉은 인디언'으로 뭉뚱그려 취급되고 있었다. 오늘날 캐나다 선주민들은 대부분 보호구역에 격리되어 있거나 강제로 동화되어 드러나지 않는 탓에 눈에 띄지 않는다.

런던에서 우리는 기찻길 옆에 있는 마을의 북서쪽 끄트머리에 살았다. 철길 둑에서는 봄이면 아스파라거스를 땄고 여름이면 곤충을 잡았다. 어떤 해에는 철길을 따라 1킬로미터 가량 떨어진 곳에 있는 채소 농장에서 일을 하기도 했다. 우리 집에서 동쪽으로 몇 블록 떨어진 곳에는 템스 강이 있었는데, 여기서 아주 진귀한 보물을 발견했다. 다름아닌 등딱지가 부드러운 자라였다!

옥스퍼드 가를 따라 서쪽으로 자전거를 타고 가면 금세 포장도로가 끝나고 자갈길이 나타났다. 여기서 20분쯤 가면 면적이 4에이커인 조부모님의 농장이었다. 하지만 나는 언제나 길가에 있는 커다란 늪으로 가서 개구리와 뱀, 실잠자리 등을 찾아보곤 했다. 집으로 돌아올 때면 부츠는 진흙투성이고 물병에는 개구리 알과 잠자리 애벌레가 가득 담겨져 있었다. 늪 주위의 숲은 언제나 여우, 스컹크, 너구리, 올빼미를 볼 수 있다는 유혹의 손짓을 해왔다.

조부모님의 농장은 아이들의 천국이었다. 습격할 만한 커다란 채소밭과 딸기밭 말고도 데리고 놀 닭이 수백 마리 있어 달걀 담는 재미가 쏠쏠했고, 수시로 울타리를 고치는 재미도 있었다. 밭 끄트머리에는 냇물이 일년 내내 흘렀다. 거기서 나는 시어(矢魚)를 잡느라 뛰어들기도 하고 민물조개를 찾아내거나 달팽이를 잡았다. 밭에서는 꿩이 기적 소리를 내듯 울었고, 마못이 땅굴 앞에 나와 볕을 쬐곤 했으며, 매가 설치동물을 잡아먹기 위해 낮게 날아다니곤 했다.

그 후 35년이 지난 지금, 템스 강은 산업 폐수와 농약 섞인 지표수 때문에 엉망이 되어 버렸다. 이 강은 쓰레기와 화학 폐기물을 버리기에 아주 편한 곳이었다. 이제는 얼마 되지 않는 조개와 가재, 피라미가 간혹 눈에 띌 뿐이다. 지금 런던 사람들은 템스 강에서 잡은 물고기나 철길 옆에서 뜯은 아스파라거스를 먹으라는 소리를 하면 화들짝 놀란다.

1950년 우리 가족이 런던에 처음 왔을 때는 인구가 겨우 7만 명을 넘었다. 5년 뒤 도시 인구가 10만을 넘어서자 우리는 뿌듯해졌다. 1960년에는 거의 두 배 가까이 되는 18만 5천 명이 되었고, 그로부터 10년 뒤에는 25만 명이 되었다. 지금 런던은 인구 35만을 자랑한다. 이 놀라운 성장률은 경제 붐과 시민의 자부심이 있었기에 가능했다. 하지만 그 대가는 무엇인가?

조부모님의 농장으로 가던 길은 지금은 도시가 바이런 마을까지 뻗어 나가면서 널찍한 고속도로가 되었다. 조부모님의 농장에는 고층 아파트 단지가 들어섰고, 냇물은 인공 수로를 따라 흐르도록 길들여졌다. 내가 그토록 아끼던 늪은 어마어마한 쇼핑몰과 주차장으로 되었으며, 그 옆의 숲은 거대한 주택단지에 자리를 내주었다. 그리고 템스 강 옆과 도시 주변에 있던 기름진 농토는 전부 택지로 바뀌어 버렸다.

내가 살아오는 동안 생태계는 엄청나게 황폐해졌다. 그런데 조부모님이 북미로 이민을 왔을 당시에도 홀로코스트는 이미 일어나고 있었다. 200년 전만 해도 온타리오는 6천만 마리나 되는 들소의 발굽 소리가 울려 퍼지는 중서부 평원의 울창한 숲이었고, 나그네비둘기가 수십억 마리씩 날아갈 때면 하늘이 며칠씩 시커매지는 곳이었다. 20세기가 시작될 무렵 그런 것들이 다 사라져 버렸는데도 우리는 전에 없던 생태 절멸로부터 거의 배운 바 없이 계속해서 광적인 파괴를 일삼고 있다.

지금도 우리 눈앞에서 파괴가 계속되고 있다. 경제학이 판을 치고 난장판이 된 세상에서는 팽창하는 도시에 붙어 있는 농토 · 늪 · 숲 · 강 · 연못 같은 것들은 개발되지 않으면 안 되는 것에 불과하다. 그에 따라 우리 아이들은 갈수록 인간이 만들어 낸 불모의 환경에서 자라고 있다. 자연을 경험할 기회를 점점 잃어 가는 우리 미래 세대들은 생명을 떠받쳐 주는 진짜 시스템으로부터 점점 멀어져 갈 수밖에 없다.

내 고향 런던은 지구 전역에서, 특히 신세계에서 2차대전 이후에 일어난 일들을 알려 주는 소우주다. 이제는 비행기를 타고 캐나다 상공에서 내려다보면 온 땅에 고속도로가 만들어 낸 기하학적 직선과 베여져 나간 숲과 농지가 만들어 낸 사각형이 교차하고 있다. 어딜 가나 지리적 · 생물적 현실을 거의 고려하지 않고 수학적 정확성만 보이는 인간의 흔적이 땅을 짓밟고 있다. 우리는 땅을 우리 생각대로 정치적으로 나눠 놓은 게 의미 있다고 여기며 생명체들이 진화하고 적응해 온 생태 지역과 생태계, 수계(水系)가 어떤 역할을 하는지 보지 못한다.

우리는 땅으로부터 너무 소외되어 있기 때문에 땅이 신성하다거나 그것을 이용할 수 있는 우리의 능력이 책임이 뒤따르는 대단한 특권이라는 생각을 하지 못한다. 기술의 힘과 과학 지식만을 믿고 내달리는 우리는 지구가 무제한적이며 끝없이 자기재생적이기라도 하다는 듯 공격을 가하고 있다. 새로운 환경에 들어가게 된 외래종같이, 자연의 제약은 느끼지 못하고 자연의 모든 것을 우리 마음대로 써도 된다는 끔찍한 믿음만 갖고 있다.

이런 일들은 세계 곳곳에서 되풀이되고 있다. 땅과 철저히 유리된 이방인들이 몰려와 땅과 그 땅에 살고 있던 인간과 비인간을 길들이는 것이다. 기술의 힘, 그리고 자연을 마음대로 지배할 권리가 있다는 서구의 태도가 결합되어 멈출 수 없는 폭주가 계속되고 있다. 지금 시대가 물려받은 게 그런 유산이다.

이 대륙에 서식하는 독특한 식물군과 동물군을 존경하고 이 땅과 조화를 이루며 살았던 선주민들의 관점으로 보면 침략자들의 기술적 낙관주의와 경제적 탐욕은 근시안적이고 오만하기 짝이 없다.

야생지 파괴로 지금의 위기를 낳은 것은 다름아닌 이역 땅에서 친숙한 유럽과 같은 환경을 만들려고 했던 식민주의자들의 욕심이었다. 캐나다와 오스트레일리아의 숲과 초원, 그리고 늪을 유럽 본토처럼 만들기 위해 억지로 바꾸었던 것이다. 참새·여우·토끼 같은 종들이 들어온 것은 생태적 재앙이었다.

어린 시절의 뿌리로 돌아갈 때마다 우리가 지금처럼 살기 위해 어떤 대가를 치러야 하는지 상기시켜 주는 달고 쓴 기억으로 마음이 복잡해진다.

생태 관광지가 돼버린 갈라파고스

호모사피엔스는 정말로 전 지구적인 동물이다. 뇌의 창조적인 능력으로 인해 적응에 성공하면서 모든 대륙을 점거할 수 있었다. 지구 어느 곳도 우리가 살아 보지 않은 곳이 없다. 다윈에게 아이디어를 주었던 그 신성한 생물학 실험장에도 침입했다. 한때는 해적들의 은신처였던 갈라파고스 제도는 이제 수많은 생태 관광객들을 유혹하는 신비로운 보물이 되었다.

갈라파고스 하면 비글 호(號), 찰스 다윈, 핀치 새, 진화 같은 말들이 떠오른다. 생물학자에게는 이 전설적인 섬에 가본다는 것이 생명을 다루는 여러 과학의 통합 개념을 만들어 준 영감의 원천을 순례하는 것과도 같다. 적도에 있는 이 머나먼 군도(群島)는 외딴 곳에 자리한 덕분에 인간의 개입을 막을 수 있어 과학자들의 관찰을 위해 만들어진 듯한 완벽한 진화의 실험장이었다. 오늘날 갈라파고스 제도는 특별한 방문객들에게 시간을 거슬러 올라가는 여행을 허락해 주는 에콰도르의 국립공원이 되었다.

그곳에 도착하여 받은 첫인상은 이구아나, 군함새, 가마우지, 플라밍고, 거북과 같은 놀랍도록 풍부하게 남아 있는 동물들에 대한 것이었다. 새와 파충류와 바다포유류가 같은 영역에서, 그것도 종종 엄청난 숫자가 섞여 살면서도 공격성을 거의 보이지 않았다. 갈라파고스에서 가장 감동적이었던 것은 동물들이 사람을 전혀 두려워하지 않는다는 것이었다. 그들에게 전혀 위협적이지 않은 환경의 일부가 된다는 건 상당히 체면 상하는 일이었다. 우리가 지구의 다른 곳에서 동물들에게 한 짓을 안다면 갈라파고스의 동물들은 공포로 치를 떨며 우리한테서 달아나야 한다. 그들이 그렇게 하지 않는 게 나로서는 너무나 고마웠다.

내가 받은 두 번째 인상은 지구가 너무 작아져 버려서 우리는 우리 종의 흔적과 충격에서 벗어날 수 없다는 사실이었다. 그것은 해변 어디를 가나 눈에 띄는 비닐 같은, 인간이 만들어 낸 쓰레기 때문만이 아니었다. 생태관광(ecotourism) 자체가 이곳 식물과 동물의 운명을 결정하는 주 요인이 된 것이다. 비행장 두 곳으로 관광객들이 연이어 도착하여 이곳 인간 사회의 생계뿐만 아니라 에콰도르 정부의 살림을 뒷받침해 주고 있었다. 우리가 탄 배 밑바닥에 괸 더러운 물에 기름막이 떠 있는 것을 보니 아무리 지각 있는 관광객이라도 이런저런 영향을 끼칠 수밖에 없구나 하는 생각이 들었다. 생태계는 복원 능력이 있긴 하지만 분명 한계도 있다.

몇 년 전 두 번째 공항이 들어서면서 관광객 수용 상한선이 2만 5천 명에서 4만 명으로 늘어났다. 산타크루스 섬의 푸에르토아요라 마을은 에콰도르에서 이주해 오는 사람들로 인구가 폭발적으로 증가하고 있으며, 이미 정착한 5500명의 주민이 환경에 끼치는 영향이 너무도 명백히 드러나고 있다. 섬 인구의 지속적인 증가는 어쩔 수 없이 섬 생태계에 더 큰 부담을 줄 것이고, 인간과 다른 생물의 이해 관계는 상충할 수밖에 없을 것이다.

가장 기본적인 문제는 우리가 너무나 무지해서 복잡한 동물 군집이나 식물 군락에 대한 '관리'가 전혀 이루어지지 않는다는 것이다. 최선의 접근법은 대단히 조심스러워지는 것이며, 섬에서 가장 파괴적인 요인—이를테면 우리 자신—을 강력히 단속하는 것이다. 하지만 역사를 보건대 그것이 가능할 것 같지는 않다.

수만 년 동안 외떨어져 있던 갈라파고스 제도의 각 섬은 진화상으로 하나의 기회였다. 새로운 생물종은 여느 대양의 섬들에서와 마찬가지로 바다 위 부유물로 떠돌다가 이곳 제도에 와 닿았다. 그러나 대부분 사라져 버리고 몇몇 종만이 살아남게 되었다.

그런데 지난 몇 세기 동안 아메리카나 오스트레일리아와 마찬가지로 갈라파고스 제도도 최근 들어 해적과 포경꾼, 정착민들이 몰려들면서 의도적이건 우발적이건 근본적 변화를 겪게 되었다.

뱃사람들에게 싱싱한 육류의 원천으로 유명한 코끼리거북은 수만 마리가 끌려가면서 일부 섬에서는 멸종되고 말았다. 그런가 하면 부들이나 구야바, 야생오이 같은 외래 식물종이 들어오면서 일부 섬에서는 종의 구성 비율이 바뀌어 버렸다. 말벌이나 불개미 같은 곤충은 사람한테 해충이 되어 버렸고, 소한테 붙는 진드기와 기생충을 잡아먹으라고 들여온 검은부리 애니(ani, 두견새의 일종—옮긴이)는 토착 조류의 주요 경쟁자가 되었다.

그러나 무엇보다 가장 큰 재앙은 고양이, 당나귀, 염소, 돼지, 쥐, 개 같은 포유류다. 정부는 독이나 덫이나 포획하는 방법으로 염소와 고양이를 줄이거나 없앨 '통제' 프로그램을 만들었지만, 관리상의 문제가 엄청난 데다 부정적인 효과 때문에 실행하기가 곤란한 상태다.

산타크루스 섬의 찰스 다윈 기지는 연구를 지원해 주고, 거북 같은 위기에 처한 동물들이 야생으로 돌아갈 수 있도록 숫자를 늘려 주는 번식 프로그램을 갖고 있다. 하지만 여기서도 제한된 지식에서 비롯된 인간의 인식이나 기호가 각 섬에 강요되고 있다.

그로 인해 갈라파고스에 가보는 게 숭고한 경험이 될 수는 있지만 전 지구적 생태 위기의 탈출구가 될 수 있는 것은 아니다. 하지만 다른 생물종들의 집과도 같은 공간을 공유해 봄으로써 생명에 대한 외경과 진정한 사랑으로 가슴 벅차 오르는 영적 고양감을 맛볼 수는 있다. 이런 유대감은 우리가 지구상에서 살아가는 방식을 궁극적으로 바꿀 수 있는 새로운 마음자세를 갖는 출발점이 될 수 있다.

우리가 알기도 전에 사라지는 생물들

정치인들이 앞다퉈 '경제를 활성화할' 전략을 세우려 할 때, 경제적 성공의 열쇠로 흔히 과학과 기술을 거론한다. 하지만 정치인들이 컴퓨터나 생명과학 같은 화려한 분야에만 초점을 맞추고 투자금의 조속한 회수를 요구하는 한, 그들의 전략은 실패할 수밖에 없다. 오늘날 지구의 생물권이 온통 탈이 났는데도 우리는 성장에만 초점을 맞추고 있다.

정치인들과 정부 관료들은 건전한 자원 '관리' 정책을 세울 수 있는 지식과 전문 역량을 갖추고 있다는 그릇된 가정에 따라 어류·나무·물·토양·공기와 같은 자연자원을 맡고 있다. 그러나 유독 화학 물질 배출, 원자력 사고, 대기오염 같은 생태 위기의 목록이 점점 늘어나고 있다는 것은 우리가 무엇을 알고 행동하기 위해 생물종의 구성이나 지구 생물권 내에서 그들의 상호 작용에 대한 데이터를 충분히 얻지 못했다는 게 분명하다는 것을 말해 준다.

세계 생물종이 주로 서식하는 열대우림지대에만 우리의 관심이 쏠려 있었던 것은 이해할 만하다. 하지만 북미에서는 전문가들이 땅을 어떻게 '재조림(再造林)'하는지 안다고 큰소리치면서 오랜 세월 자란 숲 가운데 상당 부분을 계속해서 '해체하고' 있다. 우리가 얼마나 무지한지를 생각해 본다면 그것은 대단히 놀라운 주장이다. 곤충 전문가인 톰 아이스너는 언젠가 자신은 뉴욕 시에 있는 센트럴파크에 갈 때마다 새로운 곤충 종을 하나씩 발견하게 된다는 말을 한 적이 있다. 대도시가 이 정도라면 오래된 숲에는 아직 발견되지 않은 종이 얼마나 많겠는가.

곤충학자이자 브리티시컬럼비아대학 동물학부 학장을 지낸 지오프 스커더는 노린재 같은 곤충이 포함된 라이게이드(lygaeid) 과에 관한 한 세계적인 전문가이다. 그는 전세계에서 라이게이드 종으로 알려진 것들은 거의 다 알고 있으며, 아직 규명되지 않은 속(屬) 표본을 400여 개나 갖고 있다! 스커더는 종을 모아 이름을 붙이고 분류를 하는 계통분류학에 대한 지원이 부족한 것을 통탄하며, 그것의 필요성이 동물학 못지않게 식물학에서도 크다고 말한다. 그는 남태평양의 뉴칼레도니아 섬에서 벌였던 현장조사에 대해 자세히 쓴 적이 있다. "지프에 함께 타고 있던 식물학자들이 꽃나무 한 그루를 발견하고는 갑자기 뛰어내렸다. 경우에 따라 긍정적으로 분류되기 위해서는 열매와 꽃이 있어야만 하기 때문에 그들은 10년 동안 이 순간을 기다려 왔던 것이다. 어느 날 오후에는 새로운 속의 나무를 여섯 가지나 발견했다! 아직 꽃이 핀 모습을 보지 못한 나무들의 종류도 수없이 많았다."

캐나다의 산림 전문가들은 캐나다 숲이 열대 숲에 비해 종 다양성이 떨어지기 때문에 구성 종이 훨씬 더 많이 알려져 있다고 주장한다. 그런데 최근 서부 캐나다 자연보호구역위원회가 브리티시컬럼비아의 커마나 밸리에 있는 시트카 가문비나무에 설치한 연구 플랫폼(온대우림지대에서 세계 최초로 설치된 플랫폼이다)에서 대단한 연구 성과가 나왔다. 빅토리아대학 대학원생인 네빌 윈체스터와 논문 지도자인 리처드 링은 이 플랫폼에서 수집된 것들 가운데 새로운 종과 속이 여러 개 발견되었다고 보고했다. 그들은 이곳 절지동물(곤충 · 거미 · 갑각류 · 노래기 · 지네) 가운데 겨우 30%만이 알려져 있는 것으로 추정하고 있다.

윈체스터가 관찰한 바로는 숲을 덮고 있는 임관(林冠) 부분의 많은 곤충 종들이 날 수 없고 정주성이며, 오래된 나무들의 아주 특별한 서식지에서만 산다고 한다. 산림의 나무들을 한꺼번에 모두 베어 내는 개벌(皆伐)은 숲의 경관을 근본적으로 바꾸어 놓아 동식물군에 엄청난 변화를 주는 것은 물론, 인간의 해충을 잡아먹는 포식자들을 상당수 없애 버리기도 한다. "이러한 서식지를 없애게 되면 생물다양성이 감소하고 멸종을 유발한다." 그의 연구는 "장기간 안정을 누려 이제는 제한된 서식지가 된 독특한 동물군"을 기록한 것이다. 그는 해안의 오래 자란 숲을 한꺼번에 베어 내면 "생물다양성이 감소되어 이러한 독특한 군집들이 영원히 사라질 것"이라고 경고한다.

나무는 잠재적 약효가 있다거나 과일이나 목재를 내주기 때문에 보통 사람들에게 나무의 중요성은 거의 명백한 반면, 곤충을 식별해 내는 것의 가치는 그렇지 않을 수도 있다. 하지만 곤충은 워낙 수도 많고 다양하기 때문에 생태계에 없어서는 안 될 아주 중요한 구성원이다. 많은 꽃식물, 나무, 포유류, 조류, 어류는 곤충 없이 살아남을 수가 없다. 25년 동안 초파리를 연구한 유전학자인 나 역시 곤충 공부를 통해 인간의 유전과 발달과 행동의 메커니즘에 대한 근본적인 통찰을 얻을 수 있었다.

스미소니언박물관 소속의 테리 어윈은 열대 곤충에 관한 연구를 바탕으로 지구상에 3천만 종의 곤충이 있다는 추정을 한 바 있다. 만일 그렇지 않고 500만에서 2천만 종 정도라고 하더라도 지구의 생물다양성에 대해 우리가 모르는 것이 너무나 많다. 게다가 어떤 종을 식별해 낸다는 것은 죽은 표본에 이름 하나를 달아 주는 것에 불과하다는 것을 잊지 말아야 한다. 종을 식별해 냈다고 해서 우리가 그것의 개체수, 서식지, 번식, 행동, 상호작용에 대한 기본 정보를 알아냈다는 뜻은 아니다.

생물의 세계에 대해 아는 게 워낙 적기 때문에 생물계의 변이성(變異性)이 어느 정도인지 알려면 더 많은 정보가 필요하다. 하지만 기본 정보라는 게 워낙 천천히 조금씩 알려지고 있는데, 가장 큰 원인은 과학계의 속물 근성 때문이다. 자금 지원이나 명성은 대부분 암 연구나 컴퓨터, 생명공학, 아니면 천문학이나 입자물리학 같은 '선정적인' 기초과학 분야에 몰린다. 분류학이나 계통분류학, 심지어 진화론이나 생태학 같은 기술적(記述的)인 분야는 과학계에서 서열이 낮기 때문에 자금 지원이 훨씬 열악한 게 놀랄 일도 아니다.

지구 생태계가 인간의 활동으로 황폐해져 가고 멸종해 가는 생물종이 우리가 발견해 내는 것보다 많은 실정에서 자금이 그렇게 불균형하게 사용된다는 것은 말이 되지 않는다. 계통분류학은 인기가 없기 때문에 학생을 새로 모집하기도 어렵고 졸업생이 취직을 하기도 어렵다. 정부 관련 박물관이나 연구소의 계통분류학 일자리는 거의 사라져 가는 가운데, 캐나다에서 수집된 곤충들은 절반만이 그 종을 알 수 있을 뿐이다.

과학자라면 우리가 세계에 대해 모르는 것이 아는 것보다 훨씬 더 많다는 사실을 이해해야 한다. 우리는 가소로울 정도로 궁색하고 편향된 정보를 근거로 자연자원에 대한 정책을 세운다. 또 큰 것들을 연구하길 선호하기 때문에 토양의 균류나 바다의 초미세 플랑크톤, 심지어 곤충류도 과학계의 인기 순위에서 밀린다. 우리는 발견하기도 전에 파괴해 버리는 일 없이 생물다양성의 정도와 중요성을 가늠하는 데 힘써야 한다.

●●●●●

2002년에 과학자들은 인간 게놈의 염기 30억 개 가운데 98% 이상이 밝혀졌다고 발표했다. 이는 몇 년 전 예상했던 것에 비하면 엄청난 발전이었다. 과학자들은 게놈이 유전병의 원인을 밝혀내 치료할 수 있는 가능성에 환호하고 있지만, 내가 보기에 정말 흥미로운 통찰은 인간 게놈에 존재하는 유전자 염기 배열이 조류나 곤충, 식물, 박테리아에 있는 것과 같다는 점이었다. 인간 게놈은 지구상의 다른 생명체들과 우리가 얼마나 깊이 연관되어 있는지를 보여 준다.

오늘날의 문제는 우리와 생물학적으로 가까운 종들이 하루에 130종 이상 지구에서 사라져 버리고 있다는 사실이다. 게다가 우리가 '아는' 것이라

곧 고작 존재하는 전체 종의 10~15%밖에 되지 않는다. 다시 말해 우리가 채 식별해 내기도 전에 종들이 사라져 버리고 있다는 것이다.

우리는 지구 생물다양성의 생산 능력을 이해하고 모방하기 위해서라도 그것을 이루고 있는 종들이 무엇인지, 그것들이 어떻게 서로 작용하는지를 알아야 한다.

전생물종재단(All Species Foundation)이 흥미로운 프로젝트를 제안한 것은 바로 이 때문이다. "앞으로 25년 안에, 그러니까 인간의 한 세대 안에 지구상의 모든 생물종을 완벽하게 조사한다"는 원대한 프로젝트다. 이 재단은 현재 지구에 남아 있는 모든 종을 기술하고 분류하여 환경 변화의 정도를 측정하고 최선의 보존책을 마련하기 위한 지식 기반을 마련하자고 제안한다. 재단은 이 프로젝트야말로 "생태계의 기능과 진화생물학에 대한 이해는 물론이고, 생태학 발전을 위해 반드시 필요한 핵심 요소다. 또 이 프로젝트는 더없는 모험, 즉 별로 알려진 바 없는 지구를 탐사할 수 있는 기회를 준다"고 말한다.

더 인상적인 것은 이 재단을 이끄는 사람들이 E. O. 윌슨, 피터 레이븐, 테리 어윈 같은 과학자와 보존론자들, 그리고 폴 호큰이나 스튜어트 브랜드 같은 녹색 사업가들이라는 것이다. 이들은 수천만 달러를 모금하여 전 세계에 있는 새로운 생물종을 찾고 각각에 대해 컴퓨터를 기반으로 한 조사를 하도록 지원한다는 계획을 세웠다. 각각의 종은 구할 수 있는 모든 정보와 함께 목록에 올라갈 것이다. 진작 했어야 할 일이다.

바다코끼리의 놀라운 생명력

생물종들이 무서운 속도로 사라져 가고 있는 데 반해 희귀하거나 멸종 위기에 처한 수십, 수백 종의 생물을 보호하려는 우리의 노력은 너무나도 보잘것없고 너무나도 느리다. 수십 종의 희귀종을 가둬 놓고 사육한다고 해서 매년 수만 종씩 멸종되는 것에 대한 보상이 될 리 없다. 어느 종을 멸종 위기로부터 구했다 하더라도 그것의 서식지를 보호하는 일이 어려운 경우도 흔하다. 그래서 좋은 소식을 접하게 되면 상당한 힘을 얻게 된다.

지금 전하려는 소식은 지구상에서 가장 매력적인 동물의 하나에 대한 것으로, 우리가 기회만 준다면 자연 세계에 아직도 대단한 복원력과 잠재력이 남아 있음을 시사해 준다. 내가 이 이야기를 알게 된 것은 캘리포니아 연안에서 40킬로미터쯤 떨어져 있고 로스앤젤레스에서 북쪽으로 140킬로미터 떨어져 있는 채널아일랜즈 국립공원의 산미구엘 섬에 있는 파도 거센 해변에서였다. 가까이에 사람들이 많이 살고 있지만, 그곳에서 수백 마리의 캘리포니아 바다사자와 물개를 바로 옆에서 볼 수 있었다. 또한 고래 같은 거대한 동물도 수십 마리 드문드문 섞여 있었다. 다름아닌 북미 바다코끼리로, 1월에 이곳 해변으로 몰려드는 수만 마리 중 제일 먼저 도착한 것들이었다.

이 거대한 동물은 키가 5미터까지 자라고, 수컷의 경우 몸무게가 2톤 가량 나가기도 한다. 하지만 이 종의 가장 돋보이는 특징은 맥(貘:테이퍼라고도 하는 맥과의 유일한 현생동물로, 코가 윗입술을 덮고 아래로 주둥이가 늘어져 있다—옮긴이)의 코를 닮은 수컷의 커다란 코다. 그때 수컷 한 마리가 공격적으로 일어서는 모습이 보였다. 우리 머리 위로 불쑥 솟아오르며 코를 잔뜩 부풀리는 인상적인 위협 시위를 하는 것이었다. 수컷이나 암컷이나 계속해서 으르렁거리고 씩씩거리고 트림하고 울부짖으면서 자기들의 날카로운 이빨을 조심하라는 경고를 강하게 했다.

과학자인 브렌트 스튜어트와 보브 들롱이 바다코끼리 생태의 놀라운 특징을 알려 주었다. 그들은 하이테크 마이크로프로세서를 바다코끼리 피부에 부착시켜 4개월 동안 수심 · 빛 · 온도를 수시로 측정하고 위치를 추적했다. 바다코끼리들이 산미구엘로 돌아와 껍질을 벗기 때문에 연구자들이 측정 장치를 되찾는 확률은 꽤 높았다. 그들이 발견한 사실은 참으로 놀라웠다. 수컷의 경우 캘리포니아 남부에서 알래스카까지—왕복 1만 킬로미터 거리다—1년에 두 번 이동했던 것이다!

기록에 나타난 사실 가운데 더욱 놀라운 점은 다이빙 패턴이다. 바다코끼리는 한 시간 이상 잠수할 수 있고, 수심 1500미터가 넘는 곳까지 내려가서 평균 24분 있었으며, 물속에 있는 시간의 4분의 1을 오징어 잡는 데 썼다.

이렇게 수심이 깊은 곳에서는 해수면의 빛이 전달되지 않으나 바다코끼리의 큰직한 눈과 초고감도 망막은 깊은 바닷속 생물 자체에서 나오는 빛(생물발광)을 포착해 낸다. 심해에서 다시 수면으로 올라온 바다코끼리는 몇 분 동안 숨을 들이쉰 다음 다시 물속으로 들어가서 같은 행동을 반복하기를 몇 주 동안 쉬지 않고 계속한다.

이 매력적인 동물의 놀라운 특징은 이것 말고도 많다. 산미구엘의 거대한 조개무지에는 약 1만 1천 년 전부터 선주민들이 바다코끼리를 대량으로 사냥한 흔적이 있다. 바다코끼리 수가 원래 어느 정도였는지 아무도 모르지만, 내가 본 유일한 추정치는 25만 마리였다.

우리가 아는 것은 바다코끼리들이 유럽인들의 작살과 총에 쉽게 희생당했다는 사실이다. 유럽인들이 바다코끼리에서 기름을 얻을 수 있다는 사실을 알게 되었던 것이다. 고래 사냥꾼들은 바다코끼리를 잡아서 그 기름과 고래기름을 섞었다. 1869년이 되자 북미 바다코끼리는 상업적 용도로는 '사실상 멸종' 되었다. 이들이 희귀해지자 멸종되기 전에 표본을 구하기 위해 여러 박물관의 원정대가 몰려들었다. 1891년 스미소니언박물관이 보낸 원정대가 과달루페에서 바다코끼리를 여덟 마리 발견했다. 그들은 지구상에 바다코끼리가 얼마 남지 않았다는 것을 뻔히 알면서도 일곱 마리를 죽였다. 바다코끼리가 얼마나 적게 남았는지는 아무도 몰랐지만 추정상 100마리 미만이거나 기껏해야 수백 마리 정도였다.

그러다 놀라운 일이 벌어졌다. 상대적으로 접근하기 어려웠고 야생동물

보호법이 있었으며 인간과 직접 먹이 경쟁을 벌이지 않는다는 점 때문에 이들 북미 바다코끼리가 놀랍게도 복원되기 시작한 것이다. 오늘날 이들의 수는 13만 마리 정도인데, 이는 원래 수준에 근접하는 수치라고 한다. 바다코끼리뿐만이 아니다. 북미 물개도 워낙 많이 잡히는 바람에 1835년에 멸종된 것으로 여겨졌다. 그러다가 1969년 보브 들롱이 자기 박사 연구생과 함께 산미구엘로 조사를 갔다가 암컷 100마리, 새끼 36마리, 그리고 성년인 수컷 한 마리를 발견했다. 이들의 수 또한 폭발적으로 증가했다. 지난해 산미구엘에서는 바다코끼리 1천 마리와 점박이바다표범 1천 마리 이상이 태어났다.

북미에서 사람이 가장 많이 산다는 지역에, 곳곳에 각종 어선과 레저 보트와 수송선뿐만 아니라 석유 굴착대가 있는 바다에, 이런 인상적인 바다 포유류가 늘어날 수 있도록 뒷받침해 주는 생명력이 남아 있다는 게 신기할 따름이다. 아마 우리는 이렇게 우리의 생물학적 친척들과 지구를 함께 나눌 수 있을 것이다.

꼭 그렇게 되기를 바란다.

지구의 풍요에 대한 환상

보존론자들은 지구상에서 가장 멋진 종의 하나인 인도산 벵골 호랑이가 5년 안에 야생에서 완전히 사라져 버릴 것으로 예측하고 있다. 호랑이는 먹이사슬의 최정점에 있기 때문에 없어진다고 해도, 예컨대 곤충이나 균류의 멸종에 비한다면 생태적으로 그다지 파괴적이지는 않을 것이다. 더욱이 호랑이는 먹이와 짝을 찾는 데 상당히 넓은 공간을 필요로 하기 때문에 점점 늘어나는 인간의 수나 요구와 상충되게 마련이다. 그래서 또 하나의 종이, 특히 오랫동안 '식인 동물'로서 인간의 두려움의 대상이 되어 왔던 대형 육식 동물 하나가 사라진다고 해서 뭐가 대수냐고 의문을 가질 수도 있다.

하지만 호랑이가 야생에서 사라져 버린다면 우리는 정신적 고통을 받게 될 것이다. 호랑이는 인류의 수많은 신화와 민담에서 중요한 역할을 한, 자연에 대한 인류의 애증 관계의 상징이었다. 호랑이의 아름다움 · 덩치 · 사나움 · 힘은 경외와 공포를 불러일으키며 우리 자신이 얼마나 약한 존재인지를 일깨워 준다. 흰돌고래 · 알락쇠오리 · 점박이올빼미와 마찬가지로 이 호랑이는 일종의 '지표'가 되는 종으로, 호랑이의 운명은 우리가 다른 생물들과 함께 지구에서 살 수 있는지를 말해 준다.

야생동물에 대한 프로그램을 준비하면서 나는 상실의 속도와 규모에 끊임없이 경악하게 된다. 몇 년 전 가을에 물새가 이동할 때 위니펙 호수 남쪽에 있는 델타 마쉬에 간 적이 있다. 하늘은 여남은 개의 V자를 그리며 한 꺼번에 날아가는 기러기들과 왁자지껄한 소리로 가득했다. 아직도 지난 수천 년 동안 해온 대로 자신들의 유전적 운명에 따라 행동하고 있는 야생동물을 보니 가슴이 벅차 올랐다.

하지만 북아메리카 중부 위로 이동하는 이 물새들은 과거의 단순한 흔적이 아니었다. 한 세기 전만 해도 대륙을 가로질러 날아가는 새들이 말 그대로 지평선 끝에서부터 끝까지 가득 메웠다는 이야기를 들었던 것이다.

나는 또 회색곰이 태평양 연안 산악 지대에만 있는 게 아니라는 사실을 알고 몹시 놀랐다. 회색곰은 한때 저 멀리 온타리오까지, 그리고 아래로는 텍사스와 캘리포니아에 이르기까지 산기슭이나 대초원에 살았다는 것이다. 그들은 엄청나게 떼를 지어 살던, 마찬가지로 이곳에서 멸절된 들소를 먹고 살았다고 한다.

평생을 대서양 연안이나 태평양 연안에서, 또는 대평원 일대나 북극권 위에서만 살았던 노인들은 생명체의 숫자와 다양성이 줄었다는 비슷한 이야기를 울적하게 들려준다. 그들의 기억은 시간은 줄어들고 생활의 속도는 빨라짐에 따라 흔히 잊혀지곤 하는 시간대를 아우르고 있다.

우리 아이들에게 어떤 세상을 물려줄 것인가

이제는 고전이 되어 버린 팔리 모왓의 책 『살육의 바다(*Sea of Slaughter*)』는 바다코끼리나 고래나 바닷새가 차례로 죽어 가는 것을, 그리고 살아남은 것들이 이전 영역의 일부에 갇혀 살게 된 것을 애도하는 이야기다. 모왓의 책은 뉴펀들랜드 사람들에게는 재앙이 되어 버린 대구 생태계의 붕괴를 예견한 바 있다.

도시에서는 슈퍼마켓의 화려한 조명 아래 진열된 채소와 과일과 고기의 모습이 지구의 풍요로움이 끝이 없다는 환상을 만들어 낸다. 인간이 만들어 낸 경관에만 함몰되어 있고, 계절에 따라 변하는 자연의 어김없는 법칙을 경험하는 사람이 극소수인 상태에서 도시인들은 이런 한계 없는 세계에 대한 환상을 갖기가 쉽다.

그런데 우리가 경험하는 도시 환경이 우리의 기준이 되면서 우리는 지난 두 세기 동안 진행된 자연의 피폐를 알아차리지 못하고 있다.

우리가 얼마나 정신적 고양감을 느낄 기회를 상실했는지 한번 상상해 보라. 대평원을 지나가는 수천만 마리의 들소떼를 본다는 상상을 하기만 해도 가슴이 벅차 오른다. 이 거대한 초식동물이 풀을 뜯어먹고 배설물을 내놓는 만큼 평원의 초지가 만들어지고, 헤아릴 수 없이 많은 식물과 곤충과 균류와 새가 도움을 받아 그들과 함께 진화했던 것이다.

나그네비둘기는 또 어떤가! 이 새가 수도 없이 날아가 하늘이 연일 시커매졌다는 이야기가 전해져 온다. 또 나뭇가지에 앉아 쉬던 새들이 얼마나 많았던지 그 무게에 눌려 나뭇가지가 딱딱 부러지는 소리가 숲속에 울려 퍼졌다고 한다. 그런가 하면 이들을 유럽으로 실어 가기 위해 마구잡이로 죽였던 사냥꾼들은 굳은 새똥이 가득 덮여 있는 숲 바닥에서 죽죽 미끄러지곤 했다고 한다. 진화상의 시간으로는 눈 깜빡할 사이에 나그네비둘기가 멸종되는 바람에 숲의 생태계는 파국적인 변화를 맞이했을 게 분명하다.

우리는 착취와 소비에만 매몰되어 있다 보니 정신적으로 피폐해지고 말았다. 우리가 위안과 영감과 친구와 장소에 대한 감각을 얻을 수 있는 궁극의 원천은 언제나 자연이었다. 우리가 그 일부로 있는 생명의 그물망을 우리 손으로 쥐어뜯음으로써 우리는 스스로의 생물물리학적 필요를 위협할 뿐만 아니라 진화상의 친척들과 지구상의 동료들마저도 없애 버리고 있다. 우리는 끔찍스러울 정도로 타락하고 텅 빈 세계에 살고 있다. 이런 세계에서는 우리가 진화상의 친척들과 나눌 수 있는 동무 관계 대신에 산업사회의 거대한 괴물이 만들어 내는 기발한 장난감이 나타나 우리의 혼을 빼놓는다.

내 손자 손녀들이 호랑이가 동물원이나 책이나 비디오에서만 존재하는 세상에서 자랄 것이란 사실 때문에 마음이 아프다.

'지구의 허파' 열대우림지대

많은 사람들이 콜롬비아라는 나라 이름을 들으면 커피와 마약을 떠올린다. 그러나 생물학자에게 콜롬비아는 지구상에서 가장 풍요로운 생태계가 있는 땅이다. 태평양과 안데스 산맥 사이에 있는 초코(Choco) 열대우림지대가 바로 그곳이다. 이 우림지대는 파나마에서 콜롬비아를 거쳐 페루까지 이어져 있다.

바이아 솔라노에서부터 우트리아 국립공원까지 우림지대 전문가인 프랑시 알이라는 프랑스인과 함께 나무배를 타고 갔다. 알은 숲을 덮고 있는 임관(林冠 : 임분(林分)을 구성하고 있는 개개의 수목이 이루고 있는 수관층(樹冠層)-옮긴이) 부분에 세울 수 있는 거대한 공기 플랫폼을 만든 것으로 유명하다. 덕분에 연구자들은 나무들 위에 걸쳐 놓은 600~800제곱미터의 대(臺) 위에서 조사를 할 수 있었다.

알은 해안선까지 뻗어 있는 울창한 숲을 가리키며 말했다. "사람들이 처녀림을 침범할 때 제일 먼저 하는 일이 해안선에 있는 나무들을 다 베어 버리는 거예요." 식생(植生)이 다르긴 해도 나무 덮인 산과 원시 그대로의 만(灣)을 보니 브리티시컬럼비아 생각이 났다.

1987년에 조성된 우트리아 국립공원은 5만 4300헥타르의 장대한 숲을 아우르고 있다. 장대비가 내리는 숲속을 혼자 붉은 진흙 띠 같은 오솔길을 따라 걸어 보았다. 바닥에 뱀처럼 구불구불 기어가는 듯한 나무 뿌리들이 얇은 표토의 영양분을 빨아당기면서 거대한 나무 줄기를 닻처럼 고정시키고 있었다. 평평한 땅에 불쑥불쑥 튀어나와 있는 뿌리들은 걷는 데 방해가 되기는 했지만 가파른 언덕을 오를 때는 반가운 손잡이나 발받침이 되어 주었다.

숲 속으로 들어서니 기온과 빛의 강도가 갑자기 떨어졌다. 머리 위 30미터 부분에는 나무들이 하늘을 덮고 있어 우리가 정글이라고 생각하는 울창한 덤불이 더 자라는 것을 막아 주었다. 언제나 내리는 비는 나뭇잎에 먼저 떨어지기 때문에 빗물이 땅에 바로 떨어져 땅이 패이는 일이 없다. 비가 계속 내렸어도 냇물은 수정처럼 맑다.

땅바닥에는 나뭇잎이 흩어져 있다. 온대 지방에서는 나무를 낙엽수와 상록수로 구분하지만 여기서는 일년 내내 나뭇잎이 떨어진다. 이런 나뭇잎들은 두터운 부식토를 만드는 대신 금세 곤충과 균류의 먹이가 되어 숲의 생물 순환으로 재생된다.

방해하는 초목이 별로 없어 냇가의 둑을 걷거나 나무들 사이를 걷기가 편하다. 곤충들과 개구리들이 윙윙거리고 딸깍거리는 소리가 끊임없이 들려온다. 조용히 천천히 걸으며 눈이 어둠과 지형에 익숙해지면 개구리와 나비, 새의 움직임이 눈에 띄기 시작한다. 복잡성의 우주가 열리는 것이다.

배로 돌아오니 알이 '정글'이란 말은 인도에서 원래 있던 숲을 베어내고 나서 두 번째로 초목이 마구 자라나며 엉키는 것을 가리키는 것이라고 알려 준다. 따라서 원시림을 보고 정글이라고 부르는 것은 모욕이라고 한다. 그는 특별한 성질을 가진 나무들을 잘 보라고 말한다. 튼튼한 껍질 속에 여섯 개씩 들어 있는 희고 딱딱한 '타그와(tagwa)' 씨앗은 깎으면 상아처럼 된다고 한다. 온갖 과실나무가 있고, 기생하면서 공기를 들이마시는 초목·칡·난초가 있다.

하지만 내가 어떤 씨앗이나 잎을 가지고 가서 물어 보면 그는 종종 그게 뭔지 모른다고 인정한다. 분류학자들이 열대우림지대에 사는 종들을 얼마나 아느냐고 묻자 그는 난감한 표정을 지으며 "다 아는 게 불가능한 일이죠"라고 대답한다. 그러면서 한 종의 개체들이 지역적으로 멀리 떨어져 있으면 각각 연관된 종과 다른 특징을 갖게 된다고 말한다. 그래서 우리가 모르는 게 그렇게 많다는 것이다.

알은 한 우림지대 내의 다양성이 크면 클수록 생태계가 안정된다고 생각한다. 나무 한두 그루를 베어내면 임관에 구멍이 나서 빛이 쏟아져 들어와 숲 바닥에 영향을 미쳐 일부 초목이 잘 자란다. 그러나 시간이 조금 지나면 피부에 난 작은 상처처럼 임관의 빈틈은 치유되고 메워진다. 그러나 숲을 많이 베어내게 되면 큰 구멍은 치명적인 상처처럼 스스로 나을 수가 없다.

우림지대에서는 파괴적인 기생충들이 쉽게 통제되는데, 이는 숙주인 종이 온대림에서처럼 한 곳에 몰려 있지 않기 때문이다. "숲의 다양성이 워낙 대단해서 병이 발발할 수 없기 때문에 살충제가 필요 없다"는 것이다. 또한 오스트레일리아에서의 토끼나 캐나다에서의 털부처꽃처럼 외래종이 폭발적으로 증가하지 않는다고 한다. 그것들을 공격할 포식자들이 얼마든지 있기 때문이다. 여기서 보듯 생물다양성은 열대우림지대의 성격을 기술하는 말일 뿐만 아니라 생존을 위한 안정성의 메커니즘 자체이기도 하다.

전세계적으로 목재와 펄프에 대한 수요는 계속해서 증가하고 있으나 인공 조림만으로는 원하는 나무를 충분히 얻을 수가 없다. 그래서 지구에 남은 대단한 숲을 베어내겠다는 주장이 계속 나오고, 초코도 그런 위협을 받는 것이다.

초코 지역은 엠베라·요우난·쿠나라는 세 집단에 속하는 토착민 3만 명의 고향이다. 이들은 먹을 것과 약과 물자를 숲에 의존하는 생활을 지난 수천 년 동안 해오고 있다.

바이아 솔라노에 있는 공항에서 우리는 버스를 타고 해안을 따라 올라가 엘 바예라는 마을까지 갔다. 이 마을은 400년 전에 금광을 캐기 위해 아프리카에서 끌고 온 노예들의 후손이 사는 곳이다. 보로보로 강까지 우리를 데려다 줄 모터 달린 카누와 가이드를 구했다. 세 시간 뒤, 마침내 우리는 농원과 숲이 베여져 나간 땅과 사탕수수 밭과 빵나무 밭을 지나 마침내 태고의 우림지대로 들어섰다. 강폭이 좁은 곳에서는 여울을 만나거나, 쓰러진 나무와 떠내려온 통나무들이 가로막고 있는 곳을 만나면 카누를 끌고

우리 아이들에게 어떤 세상을 물려줄 것인가

지나갔다. 거대한 통나무가 강을 가로막고 있을 때는 배를 밀어 그 아래로 지나갔다.

열대 지방에서는 밤이 일찍 시작되는데, 어두워질 무렵 우리가 아직 목적지인 엠베라 마을에서 몇 시간이나 떨어진 곳에 있다는 것을 알았다. 그 마을은 보로보로 강과 무타타 강이 만나는 지점이었는데, 어두워지고서 다섯 시간이 지나서야 몹시 지친 상태로 마을에 도착했다. 그래도 모험을 했기 때문인지 기분이 아주 좋았다. 조그만 학교에 그물침대와 모기장을 치자마자 우리는 코고는 소리로 개구리의 합창에 동참했다.

보로보로 지역은 지상 2미터 정도의 지지대 위에 초가집을 짓고 사는 84명의 고향이다. 작은 집들이 옹기종기 모여 있는 곳 주변으로는 조그만 채소밭들이 있다. 이곳의 생활은 목욕, 빨래, 먹을 것, 이동이 모두 강을 중심으로 돌아간다. 무타타 강을 따라 세 시간쯤 걸어 올라가면 높이 400미터의 장대한 폭포가 나타나는데, 이 폭포는 강이 지닌 생명력과 힘의 원천으로 여겨지는 거대한 연못으로 떨어진다. 보로보로 사람들은 이곳의 힘을 두려워하여 가까이 가려 하지 않는다. 샤먼만이 이 연못으로 가서 강과 숲의 생산력을 보증해 줄 의식을 치른다.

마을 사람들은 자기네 문화와 생활 방식을 고수하고 싶다고 말한다. 그들은 이 일대 개발 계획에 대해 들은 적이 있는데, 그 중 하나를 콜롬비아 총리는 나라의 '돼지저금통'이라 불렀다. 거의 완성된 팬아메리칸 하이웨이(알래스카의 페어뱅크스에서 시작하여 캐나다~미국~멕시코~중앙아메리카를 거쳐 아르헨티나 최남단의 푸에코 섬에 이르는 총길이 7만 8800킬로미터의 국제도로—옮긴이)는 새로 만들어진 환경부의 장관이 공사를 중단하지 않으면 사임하겠다고 위협하여 겨우 중단되었다. 초대형 항구, 항구와 도시를 연결해 주는 고속도로망, 외딴 마을들에 전기를 공급해 주는 대형 댐들을 건설한다는 계획들도 있다. 숲의 자원을 뽑아냄으로써 '개발'을 한다는 친숙한 생각은 콜롬비아에서도 어쩔 수 없는 일인 듯하다.

초코가 큰 비중을 차지하는 콜롬비아의 숲들에는 알려진 새의 종류와 난초의 수가 가장 많으며(전세계에 알려진 조류 가운데 19.4%가 여기 있는데, 브라질은 17.6%이고, 아프리카는 15%다), 양서류는 두 번째, 파충류는 세 번째로 많으며, 박쥐는 다섯 마리 가운데 한 마리가 이곳에 있다. 이렇게 풍부한 생명의 보고(寶庫)는 과학의 이해를 초월하며, 한번 파괴되면 결코 복원할 수 없다.

이 숲에서 수천 년을 살 수 있었던 지식과 특기를 가진 사람들이 있지만, 이제 그들의 미래는 그들의 고향인 연약한 생태계만큼 불확실하다. 1987년에 발간된 유엔 보고서 『우리 공동의 미래』는 이렇게 언급한 바 있다.

"공식적인 개발이 우림지대, 사막, 그 밖의 외딴 환경에 더 깊이 침투함에 따라 그런 환경에서도 잘 살 수 있었음을 입증한 유일한 문화가 파괴되는 경향이 있다는 건 끔찍한 아이러니다."

콜롬비아 전역의 토착민들은 그들 땅에 침입하는 세력에 저항하는 조직을 만들고 있다. 초코에서는 그 지역 토착민인 엠베라 · 요우난 · 쿠나 족을 대변하기 위해 OREWA라는 단체가 조직되었다. 하지만 초코의 앞날을 논의하는 정부 차원의 회의에서는 이곳 숲에 지금까지 살아온 토착민들이 대부분 배제되었다.

이런 곤경은 아프리카계 콜롬비아인의 수가 토착민들보다 10배는 많다는 점 때문에 더 복잡해진다. 노예 생활에서 벗어난 뒤 흑인들은 200~300년 동안 해안가 마을에서 살아남을 수 있었다. 숲 주변에서 형성된 토착 문화와 지식이 부족한 흑인들은 근근이 살아가는 탓에 현대 생활이 가져다주는 물질적 편익에 목말라하고 있다.

정부와의 협상에서 OREWA는 아프리카계 콜롬비아인들을 숲 지대의 이해 관계자에 포함시켰다. 하지만 빈곤에 처한 사람들은 개발업자들의 감언이설에 쉽게 놀아나곤 한다. 일자리와 전기와 텔레비전을 약속하는 달콤한 유혹에 빠져 도로와 항구 건설을 환영한다. 그들에게 숲은 돈으로 바꿀 수 있는 자원이다. 잘사는 나라의 우리 같은 사람들도 개발이라는 사이렌이 부르는 소리에 저항할 수 없었는데 훨씬 불리한 조건에서 출발한 사람들이 저항할 수 있을 것으로 기대할 수 있겠는가?

북반구 산업 선진국의 환경운동가들은 '지구의 허파'나 '생물다양성의 원천'이라 불리는 열대우림지대의 운명을 염려하고 있다. 콜롬비아 같은 라틴아메리카 사람들은 북반부 나라들이 자기네 숲을 지키지 못했는데 왜 그들은 지켜야 하는지 알고 싶다고 말한다. 사라지는 숲을 둘러싼 논쟁에서 그곳에 사는 사람들은 흔히 잊혀지곤 한다.

초코의 우림지대에서 진흙길을 따라 여행하다 보면 이 장엄한 숲을 왜 지저분한 도시와 가난한 마을, 황량한 언덕에서 풀을 뜯는 메마른 소들과 바꾸는지 알 수가 없다. 숲의 생태계를 보존하면서 인간의 주거지를 위한 소득을 창출하는 방법이 달리 없을까?

프랑시 알에 따르면 방법이 있다. 그는 평생 열대우림지대의 임관에서 식물이 어떻게 자라는지를 연구해 온 사람이다. 내가 초코 같은 숲을 베어 내고 다시 자라게 할 정도로 우리가 많이 알고 있느냐고 묻자, 그는 "절대 그렇지 않죠!"라고 대답한다. 그는 조림지는 결코 숲이 아니며, 외국에서 수입한 유칼립투스나 소나무처럼 빨리 자라는 종들은 예상대로 잘 자라지 못한다는 점을 지적한다. 북반구 온대림에서 발전된 아이디어는 식생과 토양이 그와 딴판인 열대에는 부적절하다는 것이다.

알은 아프리카 · 남미 · 동남아시아에 있는 열대 나라들을 보건대 수천 년은 아니어도 수백 년 동안 군락을 유지해 온 농림업(agroforestry)이라는 세련된 방식을 발견할 수 있었다고 한다. 그는 인도네시아의 사원 조각물에서 서기 1000년경 농림업이 이루어졌음을 시사하는 묘사가 있는 것을 본 적이 있다고 말했다.

농림업은 다양한 용도로 쓰일 수 있는 식물들에 대한 깊이 있는 지식을 필요로 한다. 유용한 식물을 원시 그대로의 숲에서 모아 주변에 있는 농림 완충 지대에 인위적으로 심는 것이다. 여기서 작은 관목과 약용식물, 밧줄이나 가구에 쓸 작은 기생성 덩굴식물을 발견할 수 있으며, 목재와 식용 잎과 과일을 제공해 주는 큰 나무를 발견할 수도 있다.

원시림 생물다양성의 50%는 농림 완충 지대에서 발견할 수 있다. 알의 말로는 사실 산림학자들이 농림 완충 지대가 인간의 창조물이지 천연림이 아니라는 걸 알게 된 것은 19세기가 되어서였다고 한다. 이런 완충 지대에서는 가축이 풀을 뜯고, 오두막이나 마을이 있는 경우도 있다. 원시림은 고스란히 보존되어 있다가 물자를 구하기 위한 여행을 떠나면 새로운 것들을 제공해 준다. "농림을 한 사람들은 진정한 자본주의자들이죠. 그들의 자본은 생물학적인 것이어서 계속 자라거든요"라고 알은 말한다. 그들은 대개 이자로만 살아가지만 사정이 긴급해지면 평소보다 많이 거둘 수도 있다. 그러나 그것도 시간이 흐르면 숲이 되살아난다는 것을 확실히 알기 때문에 하는 일이다.

알이 농림업에 관해 하는 이야기를 들으면 왜 열대우림을 어마어마하게 베어내는 대신 지속 가능한 대안으로 모든 곳에서 강력히 추진하고 있지 않은가라는 의문을 갖게 된다. 그는 이렇게 설명한다.

"농림업은 언제나 지역에서 작은 규모로 이루어집니다. 사람들이 계속해서 과일·채소·고기·식물을 바구니에 담아 교환하거나 팔러 마을 밖으로 나오고 있어요. 허나 그 정도로는 정부와 다국적기업이 원하는 만큼 이익이 대규모로 빨리 나지가 않지요."

유용한 유기체는 모두 완충 지대에서 수확되기 때문에 원시림은 유전물질의 더없이 귀한 원천으로 보호된다. 농림업을 해서 살고 있는 공동체들에게는 외부의 도움이나 지식이 필요하지 않다. 이미 시간의 검증을 거친 고유의 지식에 의존해서 살고 있기 때문이다.

알은 농림업을 하는 사람들이 언제나 여성이라는 것을 알게 되었다. 나무를 베거나 무거운 걸 들도록 남성을 모집하기도 하지만 감독은 여성이 한다. 그는 이걸 보면 왜 여성이 먹을거리와 아이들의 건강에 대해 더 신경을 쓰는지 알 수 있다고 한다. "대규모 단작 농업은 좀더 남성 충동적인 반면, 소규모의 다양한 일들은 보다 여성적인 것 같습니다."

농림업은 단 한 차례 돈으로 회수하기 위해 열대우림을 파괴하는 일이 얼마나 미친 짓인지를 보여 준다. 농림업은 자연이라는 근본적 자본에 의존하고 있는데, 이 자연은 잘 보호받기만 하면 인간 공동체와 생태계를 확실히 지속시켜 준다. 그러나 이는 인간의 창의성과 생산성을 최고로 치는 글로벌 경제학의 자살적 행로를 정면으로 거스르는 길이다.

우리 아이들에게 어떤 세상을 물려줄 것인가

초대형 댐이 초래한 재앙

인간은 자신의 편리와 안락을 위해 주변 여건을 조성하려는 놀라운 욕구와 능력을 가지고 있다. 그리고 우리는 그렇게 할 수 있는 창의적이고도 기술적인 능력을 갖고 있기 때문에 자연 '자원'을 착취하지 못하는 것은 낭비라고 생각한다. 어마어마한 초고층 빌딩, 다리, 댐, 물을 뺀 늪, 심해 석유 시추 장치는 우리의 기술이 어느 정도인지를 대변해 주는 것들이다. 하지만 우리는 이런 프로젝트의 현장과 당장의 수익만을 보지 그 이상의 영향에 대해서는 고려하지 못함으로써 엄청난 생태적 비용을 지불하곤 한다.

브리티시컬럼비아 주 알칸의 케마노 프로젝트를 비롯해 앨버타의 올드맨 강, 서스캐처원의 래퍼티 강과 알라메다 강, 그레이트웨일에서 퀘벡의 제임스 베이 수력발전 프로젝트 II에서의 댐 건설을 둘러싼 논쟁에서 비평가들은 이집트 나일 강의 아스완 댐이나 브라질 아마존 강의 발비나 댐이 초래한 재앙의 사례를 자주 인용한다. 브리티시컬럼비아 북부의 경우를 살펴보자.

브리티시컬럼비아의 거대한 수계는 이 지역의 수요를 다 충당하고 남는 것을 수출할 수 있을 정도로 많은 에너지를 만들어 낸다. 1960년대 초 'B.C. 수력발전(British Columbia Hydro)'은 피스 강을 경제적 모체로 삼은 뒤 1967년에 화려한 팡파르를 울리며 W.A.C. 베넷 댐(오랫동안 브리티시컬럼비아 주지사를 지낸 이의 이름을 따서)을 완성했다. 그때부터 피스 강의 예측 불가능했던 물 흐름은 인간의 필요에 따라 '통제'되고 조절될 수 있었다. 그런데 이곳에서 1200킬로미터 떨어져 있는 앨버타의 우드버팔로 국립공원의 독특한 생태계에 댐이 영향을 미치리라고 의심한 사람은 거의 없었다. 이 공원은 거의 멸종 위기에 있는 흰두루미가 유일하게 둥지를 트는 곳으로 유명한 곳이다.

우드버팔로 공원의 중심부는 세계에서 가장 큰 민물 삼각주로, 피스 강과 아사바스카 강에서 흘러내려온 고운 모래가 쌓여 형성된 것이다. 5000제곱킬로미터 면적의 습지와 초지에는 사향뒤쥐가 수백만 마리 서식하고 있는데, 매년 60만 마리가 포트치페와얀 사람들에게 잡히고 있었다. 100만 마리가 넘는 물새와 그 밖의 다른 철새들도 엄청나게 기름진 이곳 삼각주의 덕을 톡톡히 보고 산다. 또 사초(莎草)는 이 공원 이름의 유래가 된 들소에게 영양이 풍부한 먹이를 제공해 준다.

그런데 댐은 강 하류의 생태계를 확 바꾸어 버린다. 보통 때 같으면 계절에 따라 오르내리던 물 높이가 완전히 바뀌어 버리기 때문이다. 강은 자연 상태에선 겨울과 여름에 수면이 낮고 봄이면 세차게 흐른다. 그러나 전기

우리 아이들에게 어떤 세상을 물려줄 것인가

수요에 맞추려면 물은 겨울에 가장 많이 방류되어야 하고 봄과 여름에는 덜 방류해도 된다. 베넷 댐이 완성되기 전에는 5년에서 8년마다 피스 강에 얼음이 잔뜩 쌓였다가 나중에 녹으면서 삼각주를 범람하게 만들곤 했다.

인간은 홍수를 좋아하지 않는다. 특히 변덕스럽게 홍수가 나는 것을 싫어한다. 삼각주 생태계에서 그런 홍수는 피할 수 없는 것이었다. 하지만 홍수라고 해도 일어나는 주기가 신축성 있어 전적으로 신뢰할 만했다. 그리고 범람의 영향을 받는 지대의 동식물은 묘하게 그것에 적응했고 의존했다. 범람한 물은 쌓여 있던 영양분을 쓸어냈고, 젖어 있던 지대가 말랐을 때 침입하여 살고 있던 버드나무와 같은 키 작은 관목을 삼켰다. 물이 빠지고 난 뒤 남은 진흙은 거름이 되어 단백질이 풍부한 사초를 잘 자라게 했으며, 들소떼는 이것을 주식으로 먹고 살았다.

그러던 삼각주가 16년 동안 단 한 번도 범람하지 않았으니 우리의 홍수 통제 능력은 일단 성공한 것으로 보아야 한다. 그러나 1976년과 1989년에 찍은 위성 사진을 비교해 보면 놀라운 변화가 있었음을 알 수 있다. 비옥하던 사초 초지의 40%가 그보다 맛이 덜한(들소 입장에서) 버드나무와 키 작은 관목들에게 잠식당하고 만 것이다.

우드버팔로 국립공원은 세계적인 자연유산이다. 세계에서 가장 큰 공원인 이곳은 스위스보다 면적이 넓다. 흰두루미의 보금자리일 뿐만 아니라 지구상에서 자유롭게 야생 생활을 하며 돌아다니는 들소떼 가운데 가장 큰 무리가 사는 곳이기도 하다.

그런 곳이 안팎으로 공격을 당하고 있다. 가축으로 기르는 소가 위험한 병에 감염되었다는 이유로 들소의 "개체수를 줄이자"(죽이자는 뜻)는 제안이 있었다. 공원 내에서 앨버타 주 쪽에 있던 키가 대단히 큰 흰가문비나무들은 몇 년째 베여 나가고 있다. 그리고 조금 지나면 앨버타 북부의 엄청난 펄프공장이 유독 물질을 북녘의 공기 중과 물속으로 마구 토해낼 것이다.

베넷 댐이 끼치는 재앙을 보노라면 우리가 생태계 사이의 복잡한 상호연관성에 대해 아는 게 얼마나 적은지를 알 수 있다. 캐나다는 전세계에서 가장 풍부한 야생 자연이라는 보물을 갖고 있다. 따라서 우리가 아는 것에 대해 좀더 겸손해져야 하며 당장의 이익이나 국부적 효과를 넘어 멀리까지 내다볼 수 있어야 한다. 그렇지 않으면 모든 걸 위험에 빠뜨리고 말 것이다.

●●●●●

우드버팔로 국립공원은 끊임없이 인간 활동의 공격을 받고 있다. 캐나다 공원관리국이 조사한 결과에 따르면 삼각주가 말라붙는 일이 계속되는 것은 베넷 댐 상류의 물 흐름이 막히기 때문이라고 한다. 이런 속도로 삼각주가 건조해진다면 앞으로 30년 안에 활력 있는 생태계로서의 삼각주는 사라질 것이라고 한다.

들소들이 브루셀라병과 결핵에 걸리자, 인근 지역의 목축업자들은 자기네 소들도 감염될까 두려워했다. 그들은 정부를 압박하여 자유롭게 돌아다니는 들소떼를 3000마리 넘게 전부 죽인 다음, 다른 공원에 있는 감염되지 않은 들소들을 데려오자는 계획을 세웠다. 이곳이 세계에서 가장 큰 4만 4000제곱킬로미터 면적의 공원이라는 사실을 고려할 때 이 계획은 어마어마한 것이었다. 이 제안에 대해 사람들은 발빠르고 강력하게 대응하여 정부가 계획을 철회하고 대안을 제시하도록 만들었다. 그것은 들소들을 끌어모아 감염된 것들만을 추려낸다는 것이었다. 들소들을 전부 쏘아 죽인다는 생각도 그렇지만 수천 마리나 되는 야생동물들을 전부 붙잡아서 가둔 다음 조사를 한다는 것도 아찔한 발상이 아닐 수 없다. 다행히 이 계획은 아직 이행되지 않았다.

그러는 사이 공원 안에서는 벌목이 계속되고 있고, 펄프공장은 공원의 공기와 물을 오염시키고 있다.

우리는 왜 지구 온난화에 대해
행동해야 하는가

"지구 온난화는 이제 그만." 친구 한 명이 1994년 캐나다 동부에 몰아닥친 한파 이야기를 하다가 내뱉은 말이다. 그는 이 부정적인 말 한 마디를 통해 단지 한 차례 목격한 것에서 근거도 없는 결론으로 건너뛰어 버렸다.

1980년대 말 여름마다 끔찍한 불볕더위가 계속되자 지구 온난화에 대한 우려가 극에 달했다. 하지만 기록상으로 가장 뜨거웠던 해 가운데 여섯 번이 80년대에 집중되어 있었다는 사실이 지구 온난화를 보여 주는 '증거' 노릇을 하지는 못했다. 특별히 더운 해가 계속되는 것이 정상적인 기온 등락 패턴의 하나일 수도 있다는 이야기다. 이렇게 뜨거웠던 몇 해는 단 한 번의 추운 겨울만큼 무언가를 증명하지 못했다. 나는 친구에게 동부는 얼어붙었지만 서부의 브리티시컬럼비아는 기록적인 고온으로 애를 먹고 있다는 사실을 상기시켜 주었다. 지구 온난화는 전 지구에 관한 것이지 국지적 기온을 다루는 게 아니다.

지구 온난화가 정말 위협이 되는지를 입증하기 위해서는 데이터도 더 많이 수집해야 하고 가설도 더 많이 세워야 한다. 그렇다면 많은 경제 전문가나 사업가들의 말대로 증거가 확실할 때까지 우리는 아무것도 하지 않고 있어야 할까?

1990년 제네바에서 열린 한 국제회의에서 전세계의 대기 전문가 700명 이상이 우리가 전에 없이 많은 온실가스를 대기 상층부에 방출하고 있으며, 어느모로 보나 세계가 지난 세기보다 온난화되었다는 데 동의했다.

우리는 대기 상층부에 매년 제거할 수 있는 양보다 많은 온실가스를 배출하고 있다. 온실가스는 지구상의 열기를 붙들어 둠으로써 지구 온도를 생명이 번성할 수 있는 정도로 유지시켜 왔다. 온실가스 분자가 늘어날수록 그런 효과는 더 커질 것이다.

이렇게 계속해서 늘어나는 온실가스의 장기적 효과는 예측하기 어렵다. 지구의 열기가 뜨거워질수록 바다 표면에서 수증기가 많이 발생한다는 것은 누구나 인정한다. 이 때문에 구름의 양이 늘어나게 되는데, 구름이 지구를 더 많이 뒤덮을수록 햇빛은 차단되게 마련이다. 그렇게 되면 지구가 더 뜨거워지기보다 시원해져야 하는 게 아니냐는 것이 일부의 주장인데, 이는 논리적인 가설이다.

기온이 올라가면 지구의 다른 부분들이 다른 속도로 데워지기 때문에 대기가 더 불안정해질 것이라고 주장하는 사람들도 있다. 상승 기류가 많아짐에 따라 넓게 퍼지는 구름보다 수직으로 서는 구름기둥이 늘어나게 되는데, 이렇게 되면 하늘이 맑은 날이 더 많아져서 지구의 온도가 빨리 올라간다는 것이다. 이 역시 타당성 있는 가설이다.

우리는 사실 어떤 일이 벌어질지 모른다. 대기를 다루는 복잡한 컴퓨터 모델의 변수들을 조금씩만 조정해도 빙하 시대부터 큰 재앙을 가져다 주는 온난화에 이르기까지 폭넓은 예측 결과를 얻을 수 있다. 그렇기 때문에 많은 과학자들은 연구비를 늘려 증거를 더 많이 수집하여 더 나은 예측치를 얻어내는 일이 무엇보다 시급하다고 말한다. 하지만 이런 제안은 우리가 데이터를 전부 얻을 때까지는 지금처럼 살아도 된다고 전제할 수 있기 때문에 적절치 못하다.

인구와 기술이 너무나 팽창하여 이제 우리는 지구의 생물물리적 특징을 바꾸어 나가는 상태에까지 와 있다. 그럼에도 우리는 지금의 행동을 이끌어 줄 것을 과거로부터 거의 이어받지 못한 채 하나뿐인 제 집을 놓고 도박판을 벌이고 있다.

이제 우리는 복잡한 생태계의 구성원들 사이에 균형을 잡아 주는 메커니즘 속에서 살아가는 법을 배워야 한다. 그것은 한마디로 인간의 활동을 축소시키고 자연의 재생 능력이 우리가 입은 손실을 보전해 주리라는 희망을 갖는 것이다. 지금 오존층을 보존하기 위해 CFC(염화불화탄소)를 규제하고, 대서양 연안에서의 남획을 금지하는 것도 다 그 때문이다. 또한 오래 자란 숲에 대한 벌목을 줄여야 하며, 토양을 망치고 땅을 오염시키는 농업 관행을 바꾸어야 한다. 아울러 대기 변화는 그 어떤 것이든 엄청난 결과를 가져오므로 온실가스 배출을 줄여야만 한다.

놀라운 사실은 캐나다나 미국이나 오스트레일리아나 스웨덴에서 한 연구들이 모두 같은 결론에 도달한다는 점이다. 주요 온실가스인 이산화탄소 배출을 줄이면 수십억 달러를 절감하는 것은 물론 건강과 환경을 개선할 수 있다는 것이다. 불행히도 배출을 줄이는 비용은 당장 지출되어야 하지만 그로 인한 이득은 몇 년 뒤, 그러니까 정치적 안목으로 고려하는 시간대를 초월하는 때에 가서야 볼 수 있다. 최선의 일을 할 정치적 동기는 거의 없는 셈이다.

우리는 불확실한 미래에 일어날 수 있는 극단적 사태를 최소화하기 위해 지금 당장 행동하는 수밖에 없다. 그렇지만 단 한 주, 한 달, 한 철 동안 일어난 기온 변화 가지고 기후를 예단하는 습관은 버려야 한다.

●●●●●

화석 연료 산업은 인간이 유발한 기후 변화의 현실에 반대의 목소리를 높이며 교토의정서를 이행하는 것은 막대한 낭비라고 생각하는 한 줌밖에 안 되는 과학자들을 계속해서 지원하고 있다. 이와 달리 압도적으로 많은 전 세계의 과학자들은 온실가스 배출을 줄이기 위해 당장 조처를 취하지 않으면 안 된다고 강력하게 주장하고 있다.

1500명이 넘는 기후학자들이 참여하는 '기후 변화에 관한 정부간 협의체(IPCC)'에서 내놓은 조사 결과와 권고안들은 여러 나라의 선도적 과학자들을 대표하는 많은 기구 가운데서도 미국의 국립학술원, 캐나다의 왕립학회, 런던 왕립학회의 강력한 지지를 받고 있다. 그리하여 2002년 12월에 앨버타 주지사 랄프 클라인, '캐나다 제조 및 수출 협회', 석유화학업계의 반대에도 불구하고 열띤 논쟁 끝에 마침내 장 크레티엥 총리와 정부는 교토 의정서를 비준했다.

캐나다 야생동물기금과 데이비드스즈키재단이 공동으로 지원한 연구(「위기에 처한 서식지 : 세계 주요 육상 생태계에서의 지구 온난화 및 종 상실」)에서는 이미 진행된 온난화만으로도 동식물이 최적의 온도에 살기 위해서는 북쪽으로 이동해야 한다는 게 밝혀졌다. 그런데 많은 식물들은 그만큼 빨리 이동할 수 없다. 또 동물들은 흔히 넓은 도로나 빈터, 건물, 울타리에 막혀 버린다. 연구의 결론은 종 구성이 근본적 변화를 겪음에 따라 캐나다 국립공원 대부분이 엄청난 영향을 입게 된다는 것이다.

참여과학자연합(Union of Concerned Scientists)과 데이비드스즈키재단이 공동 지원한 또 하나의 연구(「5대호 일원의 기후 변화에 대하여」)에서도 5대호 연안에 사는 6000만 명에 이르는 인구 역시 지구 온난화의 영향을 엄청나게 받을 것이라고 발표한 바 있다.

경고의 목소리도 많지만 한편으로 온실가스 배출을 줄임으로써 기후 변화에 대처하는 것이 기회이기도 하다는 증거도 많다. 배출 가스를 줄이면 건강이 좋아질 것이고, 에너지 보존을 통해 돈이 절약될 것이며, 대체 에너지 및 에너지효율 분야에서 새로운 기회가 열릴 것이다. 에너지 전문가 랄프 토리가 데이비드스즈키재단을 위해 작성한 보고서(「권력이동 : 지구 온난화에 대한 시원한 해법」, 「교토를 넘어서 : 혁신과 효율을 위한 저배출의 길」)는 이미 있는 기술만 활용해도(이 말은 수소 연료 전지 같은 임박한 기술은 고려하지 않았다는 뜻) 캐나다의 온실가스 총 배출 규모를 30년 안에 절반 이상 줄일수 있다고 말한다. 더욱이 수소 같은 에너지를 이용하는 최첨단 기술이 보급되면 일이 한층 수월하게 빨리 진행될 게 분명하다. 기후 변화 문제에 대처할 때 가장 시급한 것은 경제적 요인도 기술적 요인도 아니다. 그보다는 그것이 해결할 수 없는 문제라고 생각하거나 엄청난 비용을 치를 것이라고 지레짐작하는 마음가짐을 극복하는 것이다.

늑대의 밤

"저 벌레 좀 봐!" 할머니가 길가에 움직이지 않고 누워 있는 딱정벌레를 가리키며 말했다. "어, 배터리가 다 떨어졌나 보네!" 꼬마의 대답이었다.

1994년 일본에 갔을 때 들은 이야기였다. 묵시록적이든 아니든, 이 이야기는 현대인들이 얼마나 자연과 단절된 삶을 살고 있는지를 단적으로 보여준다. 그 꼬마에게는 곤충이 사람들이 공장에서 만든 물건에 불과했던 것이다.

알공킨 공원에 있는 스모크레이크 연안의 선창에 누워 나는 이 일화를 떠올렸다. 우리가 생태에 관한 아이들의 타고난 권리에 대해 너무나 무심해진 이유는 인간이 환경을 완전히 통제할 수 있다는 환상 때문임이 분명하다. 이곳 알공킨에서 자연이 우리가 이해하는 것 이상으로 복잡하다는 사실을 다시 확인하게 된다.

밤하늘을 수놓은 이곳의 아름다운 별빛은 대도시에서 '맑은' 날 밤 볼 수 있는 별빛과는 비교할 수가 없다. 별들의 장관을 올려다보며 도시 아이들이 알공킨의 밤하늘을 처음 본다면 장엄하다고 느낄지, 마냥 두려워할지 궁금했다. 아마 두 감정을 다 느낄 것 같았다.

우리의 지각과 가치는 어떤 경험을 하고 어떤 환경에서 사는가에 따라 다르게 형성된다. 한 예로 대평원에 사는 사람들은 내게 드넓은 하늘과 머나먼 지평선을 자신들이 얼마나 사랑하는지 얘기한다. 그래서 밴쿠버에 오면 둘러싸인 산 때문에 마치 바다로 밀려날 것만 같은 폐소공포증을 느낀다고 했다. 이에 반해 오늘날 대부분의 사람들은 인간이 만들어 낸 도시 환경의 영향을 받아 우선 관심사와 세상을 바라보는 태도가 결정된다.

그런데 이곳 알공킨에서 우리가 전혀 통제할 수 없는 계절·기후·숲·동물에 바탕을 둔 다른 리듬이 있다는 것을 알 수 있었다.

"알공킨에서 오늘 밤은 '늑대의 밤'이랍니다." 사람들이 숲에 모여 우짖는 것에 대해 설명해 주며 누군가가 말했다. 그 소리를 듣고 답으로 늑대가 들려준 울음소리는 너무나 인상적이어서 결코 잊을 수 없을 것이다. 다른 종들 사이에 소통이 가능하다는 것을 확인시켜 주는 소리를 듣고 사람들은 좋아서 어쩔 줄 몰랐다. 늑대에 대한 이런 태도는 『빨간 모자』나 『아기돼지 삼형제』 같은 동화에 나오는 사악한 늑대를 보는 시각과는 너무나 다르다.

올 여름 나는 브리티시컬럼비아의 쾌드라 섬에서 긴장을 풀고 바빈 강에서 래프팅을 하면서, 또 배핀 섬과 그린란드 일대의 북극 지방을 여행하고 온타리오 공원 가운데 보석 같은 이곳 알공킨에서 쉬면서 지내고 있다. 이런 곳들은 하나같이 장엄한 아름다움으로 사람을 압도한다.

하지만 이런 야생의 섬들은 인간의 무지막지한 압박으로 그 수와 규모가 점점 감소하고 있다. 우리가 정신적 친족과도 같은 느낌을 받는 유기체, 이를테면 회색곰·바다코끼리·늑대들이 '개발'과 '자원'에 대한 우리의 요구 때문에 위협받고 있다.

자연계가 이렇게 파괴되는 것은 우리의 경제 제도가 인간밖에 모르는 종 중심주의라는 치명적인 결함을 갖고 있기 때문이다. 경제학자들은 세상의 모든 것을 인간만을 위한 효용이라는 잣대를 가지고 평가한다. 즉, 이용할 수 있으면 가치가 있고, 그럴 수 없으면 무가치하다는 것이다. 그런 평가 방식에 우리의 생존과 삶의 질이 지구로부터 우리가 취하는 것, 즉 공기·물·흙·생물다양성에 달려 있다는 인식이 내재되어 있다면 그럴 수도 있다. 경제학자들은 지금껏 그런 것들—우리가 계속 살아 있을 수 있도록 해주는 것들—을 자기네들이 만들어 낸 시스템의 외부 요인이라고 정의해 왔다. 거기에서 바로 우리의 파괴성이 비롯된다.

그런 시스템에서는 정신적 가치의 중요성과 실재에 대한 인정 따윈 없다. 우리가 캐나다라고 부르는 광대한 땅에는 지구상에서 가장 놀랍고 생물이 풍부한 장소들이 있다. 아비새의 깔깔 웃는 듯한 울음소리는 여러 세대에 걸쳐 캐나다의 예술가와 작가들의 영감을 불러일으켰다. 나는 이 소리를 들으면 도시에서는 너무 쉽게 잊어버리는 실재의 세계로 돌아가게 된다. 아비(아비목 아비과의 조류—옮긴이)나 무스(말코손바닥사슴)를 보면 우리가 다른 종들과 함께 이 지구에서 산다는 것이 얼마나 중요한지를 새삼 깨닫게 된다. 그들은 우리에게 우리의 과학적 이해를 초월하는 힘과 현상이 있으니 수탈과 이윤을 좇는 충동을 자제하라고 한다.

우리는 알공킨에 있는 온타리오 야생지의 보물과도 같은 곳을 떠나 브리티시컬럼비아 북부로 여행을 했다. 바빈 강을 따라 스미더스 위까지 래프팅을 하자, 마치 시간을 거슬러 올라가는 듯한 느낌이 들었다. 나흘 동안 다른 사람이 존재한다는 사실을 알려 주는 것은 오로지 멀리 날아가는 제트기의 속삭임뿐이었다. 우리는 익숙한 도시 환경에서 벗어나 전혀 다른 리듬과 규칙에 따라 살았으며, 다른 눈을 통해 보았다. 생각해 볼 것도 많았고 그럴 시간도 많았다.

"아빠, 여기 물은 마셔도 안전해?" 딸이 물었다. 이 말을 들으니 강이나 호수의 물을 아무 걱정 없이 마시며 캠핑을 하던 내 어린 시절과는 세상이 너무 달라졌다는 생각이 다시금 들었다. 내가 그렇다고 하자, 딸이 신나서 탄성을 질렀다. 그 소리를 들으니 원시적 환경에 있는 것만으로도 기쁠 수 있다는 것을 다시 한 번 느꼈다.

독수리 수백 마리가 떼지어 우리를 앞질러 갔다. 위로 뾰족뾰족 솟은 층진 바위들을 보며 우리는 그런 지질 융기를 일으킨 힘을 추측할 수 있을 뿐이다. 암벽에 어떻게든 뿌리 내릴 자리를 찾아 자란 나무들이나, 숲 전체가 딱딱한 돌바닥을 살짝 덮고 있는 얕은 표토 위에 서 있는 광경을 보자 감탄사가 절로 나왔다.

바빈 호수 바로 아래 출발 지점에서부터 키스피옥스 강의 목적지까지 해발 차이가 500미터나 되었기 때문에 배를 저어 내려가는 동안 경치도 대단했을 뿐만 아니라 떠내려 가는 재미도 아주 좋았다. 도중에 우리는 앞장

서서 회귀하는 홍연어 무리를 만나기도 했다. 그들은 강에서 산란하기 위해 바다에서부터 1000킬로미터를 달려오는 도중에 만나는 수백 개의 장애물 중 하나를 뛰어넘고 있었다. 이렇게 거슬러 올라오는 도중에 그들을 기다리고 있는 온갖 포식자들을 피하는 수는 점점 줄어들고 있었다.

회색곰을 열두 마리쯤 보았는데, 그 정도 숫자면 이곳 강 유역에 사는 전체 개체수의 10%는 될 것 같았다. 그 중 세 마리는 계곡에서 물고기를 잡고 있었다. 야생에서 자유롭게 돌아다니는 회색곰같이 큰 동물은 움직일 공간이 아주 넓어야 한다. 엄청나게 힘이 센 이들 곰도 인간을 극도로 조심하여 볼 때마다 소리를 지르며 사라졌다.

그런데 인간이 점점 압박해 옴에 따라 곰들은 이제 어디로 떠나 버릴 수도 없고 더 좁은 곳에 갇힐 수도 없는 처지가 되고 말았다. 나는 대대로 이 땅에 살아오던 이 근사한 동물에게 우리가 과연 얼마나 많은 공간을 남겨줄 수 있을지 궁금했다.

야영장에 갈 때마다 아이들은 겸손해지긴 하되 무서워하진 않았다. 우리가 조심하고 우리가 여기 있다는 사실을 알 정도로 소리를 내준다면 곰들이 우리에게 충분히 넓은 공간을 허락해 줄 것임을 안 것이다. 강을 안내해 주는 사람들이 이런 종류의 야생지가 이해할 수 없고 예측할 수 없는 곳이기 때문에 끔찍스럽다고 생각하는 도시인들의 이야기를 들려주었다. 하지만 나는 우리의 이해와 지배를 넘어서는 자연의 힘이 아직 남아 있다는 사실에 마음이 들뜨기도 하고 안심이 되었다.

나흘 동안 도로나 벌목의 손이 닿지 않은 자연 그대로의 숲을 지나왔으나, 스키나 강과 만나는 지점에 이르자 모두베기를 한 곳들이 나타나기 시작했다. 1978년 컷오프 산에서 일어난 엄청난 화재는 산림회사들에게 불에 탄 나무들을 모두 베어서 '활용'하자는 빌미를 주었다. 그런 회사들은 화재나 병충해가 자연의 모두베기와 마찬가지라고 주장하지만 그렇게 나무를 한꺼번에 다 베어내고 나면 활용할 것이 아무것도 남지 않는다. 죽었다 해도 계속 서 있거나 쓰러져 있는 나무들은 엷은 표토를 붙들고 있어 작은 나무들과 다양한 유기체들을 먹여 살린다.

스키나 강을 따라 내려가니 50헥타르라는 법정 한도를 초과하여 새로 모두베기를 한 터들이 강 양편으로 줄줄이 나타났다. 산림회사들은 베어낸 나무 한 그루당 두세 그루씩 나무를 새로 심는다고 자랑을 한다. 어설프게 땅에 꽂아 둔 묘목 몇 포기와 수백 년 자란 나무를 바꿀 수 있다는 듯 말이다. 성숙한 나무는 구과(毬果 : 포자수)를 수백 개씩 달고 있고, 구과는 저마다 수백 개의 씨앗을 만들어 낸다. 수천 수만 개의 씨앗 가운데 실제로 싹이 터 자라는 것은 아마 몇백 개가 되지 않을 것이다. 더욱이 작은 나무로나마 크는 것은 몇십 그루도 되지 않을 것이고, 그 가운데 성숙한 나무로 자라는 것은 몇 그루밖에 안 될 것이다. 그렇다면 팔려 나가는 나무는 모두 두세 그루가 아니라 수천 수만 건의 작은 실험 가운데 살아남은 것이라는 이야기가 된다.

바빈 강 유역을 보존하자고 호소하는 사람들은 "탐욕스럽다"는 소리를 듣곤 한다. 해마다 이곳을 체험하는 사람이 몇백 명밖에 되지 않기 때문이다. 그러나 이런 곳이 개발되면 만들어지기까지 수천 년이 걸린, 절묘한 균형을 이룬 복잡한 생태계가 눈 깜짝할 사이에 사라져 버리는 것이다.

인간에게는 단순히 신체적이고 사회적인 것 이상으로 필요한 것들이 있다. 나는 인간이 야생지와 자연을 반드시 경험하도록 태어났다고 생각한다. 그것은 정신을 길러 주는 성전이 있다는 사실을 알아야 어느 정도 충족될 수 있는 갈망이다. 시간과 자연만이 만들어 낼 수 있는 야생지를 파괴한다는 것은 우리가 우리 정신에서 꼭 필요한 부분을 잃어버림으로써 스스로를 왜소한 존재로 만들어 버리는 행위다.

바빈 강의 발원지에서 여행을 시작할 때, 우리는 연방정부가 만든 작은 댐이 있는 곳에서 뗏목들을 띄웠다. 바다에서 스키나 강과 바빈 강을 거슬러 올라오는 기나긴 여행을 마쳐 가는 홍연어들은 그 작은 댐 때문에 더 이상 상류로 올라오지 못했다. 그 덕에 과학자들은 연어의 수와 회귀 상태를 판단하고 산란지인 강바닥의 물고기 수를 조절할 수 있었다.

저항할 수 없는 유전자의 충동에 이끌려 물고기들은 댐 앞에 몰려들어 어쩔 줄 모르다가 결국 구멍들을 발견하고는 들어갔다 커다란 새장 같은 우리에 갇히고 말았다. 그러면 대학의 여름 학기 학생들은 정해진 간격을 두고 길을 터주어서 연어들이 빠져나가게 한 다음 숫자를 세고, 성숙한 수컷인지 덜 성숙한 수컷인지를 구분했다. 우리에 갇힌 연어들은 미친 듯이 공중으로 뛰어오르면서 벽에 부딪치기를 반복했다.

이 끔찍한 광경을 보고 있자니 남미의 파라나 강에 있는 거대한 댐이 생각났다. 파라나 강에서는 많은 물고기들이 강을 오르내리며 먹이를 구하거나 강바닥에 알을 낳으며 살았다. 그래서 물고기들을 댐 한쪽에서 반대쪽으로 넘겨줄 수 있는 물고기 '엘리베이터'가 설치되었다. 이 엘리베이터에서 필사적으로 탈출하려는 물고기들은 바빈 강의 연어들과 마찬가지로 금속에 부딪쳐 처참하게 죽었다. 엘리베이터는 물고기들의 자연스러운 본능을 충족시켜 준다는 명분 아래 자행된 잔인하고 우스꽝스러운 기술적 해결책이었다. 이곳 캐나다에서도 과학자들은 과학의 이름으로 이와 비슷한 불필요하고 파괴적인 방식으로 물고기들을 다루고 있다.

바빈 강에 관광 래프팅이 생기면서 이곳을 오가는 사람들이 많이 늘어났다. 그러나 강둑이 들쭉날쭉해 편하게 텐트를 치고 뗏목을 둘 수 있는 자리가 아주 적기 때문에 이 일대에 가해지는 압박은 더욱 심해질 것이다. 야생동물들이 사람들이 버린 음식물을 뒤져서 먹거나 심지어 땅에 묻은 분뇨를 파먹음으로써 인간에게 길들어질 수 있다는 우려도 있다.

래프팅 가이드들은 우리가 가하는 충격을 최소화하기 위해 무척이나 노력했다. 여행 내내 비닐봉투나 병뚜껑, 캔 같은 인간의 쓰레기는 흔적조차 찾아볼 수 없었다. 가져온 음식은 모두 먹어치우고, 쓰지 않은 것은 되가져가거나 태워서 강에 뿌렸다. 모닥불도 작은 나뭇가지 부스러기들만 모아 피우고, 완전히 타고 남은 재는 흩뿌렸다. 가장 놀라운 것은 인간의 똥을 전부 모아 가져왔다는 사실이다. 물론 우리도 그곳 생태계에 영향을 끼치긴 했으나 극소화하기 위해 최선을 다한 것이다.

독수리·연어·곰 같은 야생동물들만의 영역으로 들어가 본다는 것은 대단한 특권이었다. 우리는 자신도 모르게 그들에게 경의를 표했다. 물고기 잡는 회색곰을 만났을 때는 곰이 일을 다 마치고 떠날 때까지 가만히 지켜보며 기다렸다.

스키나 강에서 처음으로 강 양편으로 모두베기를 한 흔적을 보았다. 강가를 따라 나무 일부만이 남아 있었다. 제일 키 큰 나무들 사이로 하늘이 뻥 뚫려 보였다. 나무들이 그렇게 좁은 띠를 이루며 서 있도록 남겨둔 것은 모르고 보면 원래 숲 그대로인 것처럼 착각하도록 만들려는 비열한 눈가림이었다. 바빈 강의 강둑과 스키나 강의 강둑은 놀라운 대조를 보였다. 바빈 강에서는 산사태로 무너져 내린 바위와 흙이 강 가까이까지 밀려와 있는 모습을 전혀 볼 수가 없었다. 그러나 벌목 지역으로 오니 강가에 사태의 흔적이 뚜렷이 보였다.

자연적인 산사태가 일어난 곳의 맨 아랫부분이 야생림에서 제일 큰 나무들이 있는 자리라는 말이 사실일 수도 있다. 얇은 표토가 산사태가 일어난 곳의 맨 아랫자락에 쌓이면 나중에 나무가 잘 자라는 대단히 비옥한 곳이 될 수 있다. 하지만 강가를 따라 사태가 난 흙이 곧장 강에 쓸려 들어가 버리면, 흙이 패인 자리는 나중에 나무가 자라기 어려운 곳이 될 수도 있다. 그로 인해 미관상 베지 않고 남겨둔 나무들이 있는 자리에서도 근처의 모두베기를 한 곳의 영향이 뚜렷이 나타났다.

야생에서는 생태계의 상호 연관성이 분명히 드러난다. 스키나 강과 바빈 강을 거슬러 올라오는 연어들은 유명하기도 하고, 스포츠·상업적 용도로나 선주민들의 식용 낚시를 위해서도 중요하다. 이들 연어는 대규모 모두베기로 인해 교란되는 생물물리적·기상학적 리듬과도 밀접한 관련이 있다. 또 곰·독수리·미생물의 개체수도 연어의 운명과 얽혀 있다.

야생의 체험은 인간의 정신을 고양시켜 주는가 하면, 우리가 당연하다고 여기던 것을 다시 생각하도록 만들어 준다.

속도를 늦추고 장미 향기를 맡자

올해 내 나이 67세가 된다. 세상에! 2003년 초 석 달이 어떻게 지나갔는지도 모르겠지만 내 인생이 어땠는지를 자문하지 않을 수 없다. 사춘기에 접어들면서 IQ의 절반을 잃어버렸던 격동의 몇 달이 생생하게 기억난다. 그때 나는 오직 한 가지만을 생각하는, 걸어다니는 생식선(生殖腺 : 난소나 고환 같은 성세포를 생산하는 분비기관—옮긴이)이 된 기분이었다. 1950년대만 하더라도 우리는 대부분 그런 것에 대해 생각만 하는 수밖에 없었다. 테스토스테론(남성호르몬의 일종—옮긴이)이 할 말이 참 많았던 모양이다.

10대에는 몇 주라는 시간이 마치 영원과도 같아서 삶은 끝없이 뻗어 나가기만 했다. 나는 천하무적이 된 느낌이어서 나이가 들어 은퇴한다거나 충실히 사는 원만한 삶의 중요성 같은 것은 생각조차 할 수 없었다. 청년 시절에는 과학에 푹 빠져 내일이란 없는 듯이 연구에 전념했다. 대학교수가 되어서는 유전학이 곧 내 삶이었다. 그것은 내 모든 것을 가져갔고, 가장 큰 기쁨도 슬픔도 거기서 비롯되었다. 작가인 시어도어 로작은 과학자의 이런 능력이 "한 생각에만 혼을 다 빼앗기는" 양날의 성질을 가진 것이라고 했다. 즉, 열정에 빠지는 매력이 있지만 좁은 시야에 갇히는 위험도 있다는 것이다.

돌이켜보면 나는 그런 열정과 호기심 때문에 학생들을 실험실로 유인하는 순간에 내 모든 것을 바쳤던 것 같다. 학생들 또한 함께 모든 것을 걸고 사는 공동체적 측면에 매료되었다. 우리는 아이디어와 실험 결과를 놓고 열띤 논쟁을 벌이고, 엄청난 데이터를 뽑아내고, 한층 더 정교한 실험을 꿈꾸며 밤을 새기 일쑤였다. 지금 나는 지난날의 내 행동을 비난하지 않는다. 하지만 대가는 있게 마련이었다. 결혼에 한 번 실패했고, 애인이나 학생이나 아이들에게 관심을 쏟지 못해 그들과의 관계가 곤란해졌으며, 생활은 편협해졌다. 그러다가 내게 부족했던 점들 중 상당수—자신만의 열정에 온통 몰입하는 것, 순간의 희열, 내일이 없다는 듯 일하는 것—가 오늘날의 생태 위기를 초래한 사회 전체의 특징이기도 하다는 사실을 깨닫게 되었다.

미국을 세운 유럽 이민자들은 천연자원이 풍부한, 광대한 영토를 가지고 출발했다. 미국인들의 정신에는 그런 초기 시절의 특징, 즉 거친 개인주의, 정복할 새로운 땅을 찾는 것, 국가에 대한 자부심이 깊이 각인되어 있다. 미국은 엄청난 경제적 성공을 거두면서 전세계의 본보기가 되었고 세계 전역의 야심 찬 이민자들을 끌어모았다. 그런 사회를 지배하는 태도를 드러내는 구어(口語) 표현이 다음과 같은 것들이다. "전 속력으로 전진", "익사하거나 헤엄치거나", "하늘이 한계", "없어져도 비슷한 건 얼마든지 있다", "발전의 대가".

아이들은 내게 인생의 가장 큰 선물—손자·손녀—을 주었다. 갑자기 내 삶은 영원히 뻗어 가는 것이 아니었다. 이제 나는 삶의 종반부에 도달하여 남은 시간이 그리 많지 않다. 죽는 건 이제 두렵지 않지만 손자들과 그들의 손녀들에게 물려줄 유산 때문에 걱정이다. 〈사물의 본질〉 방송 인터뷰 때문에 밴쿠버 섬에서 일하는 벌목꾼들과 만난 적이 있다. 한동안 불평을 듣고 있던 나는 이렇게 반박했다.

"환경운동가들이 벌목이나 벌목 하는 분들에게 반대하는 게 아닙니다. 다만 당신들이 지금 베어내는 것만큼 풍부하게 우리 아이들과 손자들이 계속 나무를 벨 수 있도록 하자는 겁니다."

그러자 벌목꾼 한 명이 말을 가로막았다.

"새끼들이 벌목꾼이 되길 바라다니! 그때는 나무가 하나도 안 남아 있을 텐데."

당장 다음 주급과 가계비 걱정을 해야 하는 그 벌목꾼은 지금처럼 나무를 베어낼 수 없다는 사실을 똑똑히 알면서도 무시해야 했던 것이다.

인생의 황혼기에 접어든 나로서는 연장자의 관점에서 뻔한 조언이라도 할 수 있다면 다행으로 생각한다. 속도를 늦추고 장미 향기를 맡아 보자. 만물이 서로 연결되어 있기 때문에 우리가 하는 모든 일에 파장이 있게 마련인 세상에 우리가 살고 있다는 사실을 인식하자. 내일이 '있으니' 우리가 지금 하는 일이 우리가 어떤 내일을 맞이할 것인지를 결정한다. 우리는 앞으로 내닫기 전에 그런 것들에 대해 고민해야 할 빚을 미래 세대에게 지고 있다.

2

불가능한 꿈 꾸는
세계화 경제

정치인이나 사업가들은 미디어의 선동으로 경제가 가장 중요하다고 여긴다. 그들은 강력하고 성장하는 경제를 갖지 못하면 의료나 교육, 사회안전망, 심지어 환경보호와 같은 서비스를 누릴 수 없게 된다고 말한다. 그러면서 경제가 우리 생활에서 중요한 모든 것들의 근본이 되어 버렸기 때문에 정치적·산업적 최우선순위로 본다.

반면 자연은 경제에 종속되어 자금 여력이 있을 때나 보호받을 수 있는 것이 되어 버렸다. 정치인들은 경제를 계속 성장시키기 위해 정책과 의무를 왜곡한다. 또한 전 지구적으로 세계화된 경제가 필수적이라 믿고 국제시장에 필사적으로 뛰어들려고 한다.

경제를 자연 세계보다 우선순위에 둠으로써 세계화 경제는 지역 생태계와 지역 공동체를 파괴하게 되었다. 우리는 경제의 파괴성을 이해하기 위해 기존의 경제 관념에서 가장 소중히 여기는 전제들을 검토할 필요가 있다. 그리고 정치인들은 현재 지도력과 비전이 무엇보다 필요하다는 것을 알아야 한다.

세계화 경제의 오만

가난이란 무엇인가? 1994년 캐나다 도시 생활자 가운데 저소득 구분선은 4인 가족 기준으로 3만 1071캐나다달러(2006년 8월 현재 환율로 2700만 원 가량—옮긴이)였다. 사회 보조를 받아 사는 북미 사람들은 흔히 텔레비전, 전화, 냉장고, 심지어 자동차까지 갖고 있다. 그런데 내가 한 환경단체의 초청으로 방문한 이곳 파푸아뉴기니 사람들은 대부분 이런 상품들을 가진다는 것은 꿈은 꾸지도 못한다. 이스트세픽 지방의 재정경제부 장관 로라 마틴은 "파푸아뉴기니의 공식 평균 소득이 500(캐나다)달러 정도 됩니다만 실제로는 300달러밖에 안 됩니다"라고 말했다. 그렇다면 여기서는 가난한 캐나다인도 부자로 살 수가 있다.

오늘날 파푸아뉴기니는 궁핍해 보인다. 하지만 얼마 전까지만 해도 이 독특한 곳에서는 빈곤이란 말이 사실상 알려져 있지 않았다. 파푸아뉴기니 대학의 사회과학자인 닉 파라클라스는 이렇게 쓴 바 있다.

배고픈 사람, 집 없는 사람, 일자리 없는 사람이 없는 사회가 있다고 상상해 보자. 누구든 필요한 게 있으면 공동체로부터 안심하고 가져다 쓸 수 있는 사회가 있다고 상상해 보자. 중요한 일을 결정하는 사람들이 필요할 때에만, 그것도 공동체의 협의와 합의에 따라서만 결정을 내리는 사회가 있다고 상상해 보자. 여성들이 생산수단과 재생산수단에 대한 통제권을 갖고 있고, 가사노동은 최소한으로 하고, 육아는 원하기만 하면 하루 24시간 중 어느 때든 도움을 받을 수 있는 사회가 있다고 상상해 보자. 범죄가 거의 없고, 공동체 내에서 갈등이 발생하면 죄나 벌 따위의 관념에 의존하지 않고 피해를 본 쪽의 손해를 보상해 주는 것을 기본으로 하는, 세련된 해결 절차에 따라 문제를 푸는 사회를 한번 상상해 보라. 한 사람이 존재한다는 것 자체가 축복이고, 그런 존재를 지속시키고 함께 존재하기 위해 깊은 책임감을 느끼는 사회를 한번 상상해 보라.

그런데 이런 곳이 허구가 아니라고 파라클라스는 말한다.

뉴기니 섬에 처음 온 식민주의자들은 앞서 말한 것과 딱 맞아떨어지는 사회를 발견하지 못했다. 대신에 언어가 제각각 다른, 1000개가 넘는 집단과 그보다 더 뚜렷이 구분되는 사회를 발견했다. 이들 대다수는 앞서 말한 사회와 대단히 비슷했다. 그러나 저마다 독특한 자신의 길을 걷고 있었다. 이들은 완벽한 사회는 아니었다. 많은 문제가 있었다. 하지만 100년 이상 '북반구적 발전'을 거친 뒤 …… 섬의 토착민들이 지난 4만여 년 동안 이루었던 진짜 발전은 대부분 침식당하고, 원래 있던 문제들은 대부분 더 빠르게 나빠지는 새로 수입된 문제들에 추가되었다.

콜럼버스가 신세계를 '발견' 했을 때 그가 마주친 사람들은 신체적으로나 물질적으로나 정신적으로나 선원들의 유럽에 있는 가족들보다 더 유복했다. 가난이란 마음 상태의 문제여서, 사람들은 남들이 그렇게 말하거나 아니면 남이 과시하는 부를 눈앞에서 볼 때에야 자신이 가난하다는 생각을 할 수 있다.

인류학자인 헬레나 노르베리-호지는 20년 전 라다크에 도착했을 때 받은 첫인상이 극도의 가난과 궁핍이었다고 말했다. 그런데 그녀가 한 소년에게 마을에서 제일 가난한 집이 어디냐고 물어 봤더니 아이가 어리둥절한 표정으로 이렇게 답하더라는 것이다.

"여긴 가난한 사람이 아무도 없는데요."

시간이 흐를수록 노르베리-호지는 라다크의 친족과 공동체의 부, 그리고 문화와 전통이 아주 풍요롭다는 것을 알 수 있었다. 하지만 산업화된 국가들의 자극을 이기지 못하고 결국 정부는 이 나라에도 '개발'이 필요하다는 결정을 내리게 되었다. 이 조그만 나라를 외부 세계에 개방하여 돈과 상품과 관광객을 끌어들이기 위해 히말라야 산 일대에 도로가 건설되었다. 노르베리-호지는 젊은이들이 도시 생활과 상품의 유혹을 좇아 고향을 떠남에 따라 공동체가 잇달아 붕괴되는 것을 지켜보았다. 이제 청년이 된 그 소년은 수도에 살면서 관광객들에게 돈을 구걸하고 있었다. 이유는 "우리가 가난하기 때문"이었다.

1944년 뉴햄프셔 브레튼우즈에서 만난 세계 정상들은 새로운 경제 질서를 위해 국제통화기금(IMF)과 세계은행 창설을 돕기로 했다. 오늘날 우리는 그들이 큰 성공을 거두었다는 것을 안다. 단 51년 만에 지구 전체가 개발과 경제발전이라는 개념 하나에 완전히 젖어들고 말았으니 말이다. 큰 정부든 작은 정부든, 사회주의자든 자본주의자든, 군사독재국이든 왕국이든 민주국가든 세계화된 시장과 경제가 삶의 수준을 향상시켜 부와 기회를 가져다 줄 것이라는 신념을 주문처럼 외고 있다.

하지만 세계화 경제는 치명적인 결함이 있기 때문에 궁극적으로 파괴적일 수밖에 없다. 그것은 우리가 살 수 있도록 해주는 자연자본과 자연 서비스는 소홀히 여기면서, 인간의 창의성은 우리의 한계를 뛰어넘도록 해주고 우리의 생물물리적 환경을 관리하도록 해주는 것인 양 치켜세운다. 또한 끝없는 성장이 가능하고 필요하며 진보를 나타낸다고 여긴다. 반면 장기적인 사회와 생태의 지속성을 대수롭지 않게 여긴다. 그리고 보살핌이나 협동이나 나눔은 불합리한 것으로 여겨 거부하면서 이기심은 부추긴다. 나아가 정신적 필요의 실재를 인정하지 않는다.

이토록 단순하고 획일적인 관념을 전세계의 구원이라며 강요하는 것은 섬뜩한 오만이다.

생태학자와 경제학자는 단결하라!

에콜로지(ecology, 생태학)와 에코노믹스(economics, 경제학)는 같은 그리스어인 '오이코스(oikos)'에서 나온 말이다. 오이코스는 '가구' 또는 '가정'을 뜻하는 말이다. 그런 만큼 에콜로지('로고스'는 '학문'이란 뜻이다)는 가정을 연구하는 학문이고, 에코노믹스('노믹스'는 '관리'라는 뜻이다)는 가정관리이다. 따라서 이 두 분야는 서로 동무 같은 학문이어야 함에도 몇몇 예외를 빼면 교류가 거의 없는 실정이다.

모든 나라가 의존하고 있는 기초 자본이 자연 세계임에도 현대 경제학은 생태학적으로 볼 때 말이 안 된다. 사업가가 숲의 가치를 평가한다고 할 경우, 숲의 생태계는 이를테면 '보드피트'(두께 1인치에 1제곱피트인 목재의 단위-옮긴이)나 '세제곱미터'로 변환되어 이런저런 수식으로 환산되어 버린다. 숲이 베어낼 만한 것인지를 판단하기 전에 조사비와 도로·교량 건설비, 노동력, 재조림, 시장 수요, 이윤과 같은 요소들이 고려의 대상이 된다.

그러나 숲을 건드리지 않는 가치에 대한 고려는 경제적 계산에서 '외부 요인'으로 간주되어 무시된다.

인간은 지금까지 살아오는 동안 대부분 환경으로부터 '자원'을 별 생각 없이 뽑아 쓰고도 별 탈 없이 살 수 있었다. 그만큼 자연계가 풍요롭고 다양했기 때문이다. 우리 인간의 수는 적었고, 기술은 단순했으며, 동력은 인간과 동물의 근육의 힘이었다(그 정도만으로도 피라미드나 만리장성을 건설하고 수많은 숲을 사막으로 만들어 버리기에 충분했다).

그러다가 기계를 발명하고 싸고 풍부한 화석 연료를 이용하면서 생태적으로 어마어마한 영향을 미치는 기술적 근육의 힘이 갑작스럽게 늘어나게 되었다. 오늘날엔 우리 종만이 지구상에 존재하는 다른 3000만 종에 영향을 주는 힘을 갖고 있다. 거의 하룻밤새 생태계 전체를 파괴할 수 있게 된 것이다.

그런데 우리는 자연의 복원력에 익숙해진 나머지 그것이 마치 무제한한 것인 듯 행동하고 있다. 이러한 행동 방식은 경제 시스템에도 그대로 반영된다.

지구는 경제적 이익 때문에 무참히 유린되고 있다. 장기적 안목을 지닌 경제학자라면 경제학 수식에 반영되어야 할 자연 자체의 '서비스'란 게 있다는 걸 알아야 한다. 먼저 우리가 동물이라는 사실을 기억하자. 생물적 존재인 우리는 건강하게 살기 위해서는 깨끗한 공기와 물과 먹을거리가 필요하다. 우리 주변의 생물 세계는 그런 것들을 확실히 보장해 주었다. 과거에는 우리가 불을 내거나 무엇을 남기거나 우리 몸이 죽어 썩으면서 발생하는 오염이 다른 유기체들에 의해 재생되었다. 하지만 오늘날엔 기술 문명에서 비롯된 배설물의 규모나 다양함이나 진기함 때문에 그런 일은 아예 불가능해져 버렸다.

세계의 거대한 숲들은 빗물을 흡수하여 공기 중으로 증발시키거나 땅위로 방출함으로써 지구의 물 순환을 조절해 왔다. 지표수, 침식, 홍수, 사태, 날씨가 모두 숲의 영향을 직접적으로 받는다. 숲은 또 이산화탄소를 흡수하고 산소를 내놓음으로써 우리가 숨쉬는 공기와 기후에 영향을 끼치는 대기 상층부를 조절한다. 오래된 숲은 생태계를 안정시켜 주는 생물다양성을 높은 수준으로 유지해 준다. 이 모든 '서비스들'은 나무들이 서 있는 한 계속되지만 숲이 베여 나가기 전에는 전혀 비용으로 계산되지 않는다.

자연계가 인간에게 베풀어 주면서도 좀처럼 경제적 평가를 받지 못하는 혜택들이 있다. 가장 명백한 것은 다른 종을 발견하여 이용하는 인간의 엄청난 능력이다. 우리가 사용하는 효력 있는 치료약 상당수가 여전히 생물에서 얻은 것이다. 전통 의학의 방대한 약전(藥典)과 열대우림지대의 아직 발견되지 않은 식물들은 과대 선전이 심한 생명공학보다 훨씬 더 큰 이익을 약속해 준다.

역사를 통틀어 인류는 약 7000종의 식물을 먹을거리로 사용했는데, 먹을 수 있는 식물은 적어도 7만 5000종 되고 그 중 상당수는 우리가 지금 먹는 것들보다 우수하다. 상업적 목적으로 기르는 것이 150종 정도 된다고 해도 오늘날 인간의 영양은 주요 작물 20종 정도를 바탕으로 한다(이 가운데 벼과 식물 3개 종, 즉 쌀·옥수수·밀이 가장 중요하다). 또 자연에는 어떠한 경제 모델에서도 절대 고려되지 않는 대단히 미학적이고 영적이고 철학적인 가치가 있다. 공원으로 쓰기 위해 숲을 보존할 때 임업계는 보상을 받는데, 왜 나무를 베어낼 때는 사회가 그만한 보상을 받을 수 없는가?

작고한 미국의 경제학자 줄리언 사이먼은 생태 비평가들이 희소한 자원이 점점 줄어든다는 신화를 영구히 지속시키려 한다며 불만을 털어놓았다. 사이먼은 대부분의 생태학자들이 갖고 있는 불합리한 신념을 지적한다. "인간이 가진 역량을 볼 때 조정 기간만 지나면 문제가 일어나기 전보다 우리를 더 풍요롭게 해줄 새로운 방편으로 임박한 자원 부족 등의 문제에 영구적으로 대처하지 못할 이유가 없다."

이에 대해 월드워치연구소(Worldwatch Institute) 대표인 레스터 브라운은 다음과 같이 반박한다. "생태적 자각이 부족했기 때문에 경제 분석과 정책 결정에 결함이 있었다." 브라운은 어업 · 숲 · 목초지 · 농경지를 세계화 경제의 대표적 분야로 꼽았다.

경제 조건과 이들 생태계는 분리될 수가 없다. 세계화 경제가 확대될수록 지구 생태계가 져야 하는 부담은 더욱 커진다. 세계의 많은 지역에서 이들 생태계에 대한 요구는 지속 불가능한 수준, 즉 생산력이 악화되는 지점에 이르고 있다. 그럴 경우 어업은 붕괴하고, 숲은 사라지며, 목초지는 황무지로 변하고, 농경지는 공기나 물이나 다른 생명 부양 자원과 함께 훼손된다.

경제학자들은 생태학이 경제학과 같이 가야 할 학문 분과라는 걸 더 이상 무시해서는 안 된다.

자동차 사고가 날 때마다 GNP는 올라간다

경제는 오늘날 우리 삶을 지배하는 한 부분이 되었다. 그러나 경제학에 따른 생태학적 비용은 전혀 계산된 바가 없다. 실은 경제적 건강을 나타내는 일부 지표는 실제 비용을 가린다.

경제는 생물학적 존재인 우리가 지구의 생산력으로 살아가기에 돌아갈 수가 있다. 그런데도 우리는 깨끗한 환경을 누리기 위해서는 경제가 계속 성장해야 한다는 소리를 듣는다. 그래서 경제학의 기본 원리—파산을 피하고 싶다면 가진 자본을 전부 써버리지 말라—와 상충되는 일인데도 계속 성장하기 위해 지구의 생산력을 고갈시키고 있다.

경제학자들은 경제의 '건강성'을 측정하기 위해 여러 가지 방법을 제시했다. 그 중 하나인 GNP(국민총생산)는 한 사회에서 한 해 동안 생산한 모든 재화와 서비스의 총 시장 가치를 말한다. GNP는 매년 경제성장을 측정하는 신성한 척도이며, 확실히 환경 파괴를 조장한다. 멀쩡히 서 있는 오래된 숲, 야생 순록떼, 사용한 적이 없는 깨끗한 대수층(帶水層 : 상당량의 물을 함유하고 방출할 수 있는 암석층—옮긴이), 심해의 열수분출공(熱水噴出孔 : 해저 화산 활동에서 생긴 뜨거운 물이 분출되는 구멍으로, 지구의 열기를 식히고 다양한 해저 생태계를 유지시키는 데 기여하는 것으로 알려져 있다—옮긴이), 댐을 건설 하지 않은 수계(水界)는 무한한 생태적 가치를 갖고 있고 지구 전체 생물권 에서 헤아릴 수 없는 '서비스'를 베풀고 있음에도 GNP에는 계상되지 않는 다. 사람들이 금전적 이득을 위해 이용하는 방법을 찾을 때에만 GNP가 올 라간다.

또 GNP에는 재화와 서비스 증가와 관련된 사회적 환경 비용이 빠져 있 다. 화학공장이나 핵발전소에서 난 큰불이나 펄프공장에서 나온 오염 물질 이 광범위한 지역에 독성 물질을 퍼뜨리는 바람에 많은 사람들이 중증 질 환에 걸렸다고 하자. 그러면 더 많은 간호사와 의사, 병원, 건물지기, 의약 품 등이 필요해져 GNP가 올라갈 것이다. 사람들이 독성 물질에 노출된 결 과 죽기 시작하면서 장의사, 관, 조문용 꽃, 조문객들의 비행기 여행, 무덤 파는 인부, 변호사에 대한 수요도 더 많아질 것이다. 그에 따라 GNP가 다 시 올라간다! 랄프 네이더가 말했듯이 "자동차 사고가 한 번 날 때마다 GNP가 올라간다." GNP는 참으로 터무니없는 것이어서 미국 역사상 최악 의 해상 재난이었던 엑슨발데스 호 원유 유출 사고 때문에 1989년의 GNP 가 올라갔다.

GNP는 깨끗한 공기와 물, 토양, 생물다양성의 질과 양은 계산에 넣지 않는다. 그렇다면 화폐의 교환이라는 결과를 낳지 않는 것들은 어떨까? 공동체와 가정이라는 사회 조직을 끈끈하게 결합시켜 주는 활동들은 돈 거래가 없기 때문에 GNP에 나타나지 않는다. 돈을 받고 일하는 베이비시터, 가정부, 일일 도우미는 경제활동인구로 등록되어도 전업 주부는 대상이 되지 않는다. 사회의 여러 층위에서 이루어지는 온갖 자원봉사 서비스, 이를테면 노인·장애인·정신질환자를 돌보는 일도 GNP에 나타나지 않는다. 라이온스클럽 회원인 내 동료 한 사람은 매년 몇 주씩 팔다리마비 환자의 도로 경주 준비를 돕는다. 그는 이 일을 대단히 즐기며, 심한 장애를 가진 사람들도 상당한 기쁨과 재미를 느낀다. 공동체에서 이런 종류의 자원봉사 활동의 가치는 너무나 값진 것이지만 GNP에는 전혀 기여하지 못한다. 경제와 GNP 지상주의는 개발도상국의 이러한 숨어 있는 사회적 서비스를 공략하여 사람들로 하여금 다른 나라에 진 빚과 이자를 갚기 위해 돈을 벌려고 애쓰고 선진국의 상품을 사도록 강요한다.

산업국의 사회적·환경적 토대를 무너뜨리는 데 GNP가 담당한 역할은 〈애드버스터(*Adbusters*)〉지에 실린 다음 이야기에 잘 그려져 있다.

조와 메리는 조그마한 농장을 소유하고 있다. 그들은 독립적이어서 자기네 먹을거리를 가능한 직접 기르고, 필요한 것들을 대부분 스스로 만든다. 두 자녀도 각기 제 몫을 담당하여 이들 가족은 풍요로운 가정 생활을 누린다. 이 가족은 지역사회와 가족의 건강에 기여하긴 하지만 소비하는 게 워낙 적기 때문에 국가 경제에는 별 도움이 되지 않는다.

조와 메리는 수지 균형을 맞출 수 없게 되자, 조가 시내로 나가 일자리를 구한다. 그는 1만 3000달러를 빌려 토요다 차를 사서 매일 80킬로미터씩 운전을 하여 일하러 간다. 이 1만 3000달러와 그가 한 해 동안 쓴 기름값은 국민총생산(GNP)에 추가된다.

그러다가 메리는 도시 생활로 인한 남편의 짜증을 감당할 수 없어 조와 이혼을 한다. 농장과 그 밖의 재산을 나누는 데 든 변호사 비용 1만 1000달러가 GNP에 합산된다. 농장을 인수한 사람들은 농장을 한 집당 20만 달러짜리 공동주택으로 개발한다. 이로써 GNP는 놀라울 정도로 껑충 뛴다.

1년 뒤 조와 메리는 우연히 어느 술집에서 만나 다시 합치기로 한다. 둘은 도시에 있는 각자의 아파트를 내놓고, 차를 팔고, 메리 아버지의 농장 뒤편에 있는 외양간을 개조한다. 그들은 다시 한가족을 이루어 소비를 자제하는 검소한 생활을 한다. 이러면 어떻게 될까? 국가의 GNP는 떨어지게 되고, 경제학자들은 우리가 전보다 못살게 되었다고 한다.

나는 경제학자가 아니다. 하지만 무언가가 잘못되었고, 그래서 변해야 한다는 것을 알기 위해 꼭 경제학자가 될 필요는 없다.

경제성장은 미래의 자원을 빌린 것

오늘날 GNP 대신에 일반적으로 측정되는 GDP(국내총생산)는 팔고 사는 모든 재화와 서비스의 총 가치를 경제적으로 환산한 것이다. 이는 우리 국가 경제의 건전성을 나타내는 핵심 지표가 되었고, 일부에게는 발전의 척도가 되었다.

그러나 GDP는 더할 줄만 알지 뺄 줄은 모른다. 즉, 파괴적인 활동과 생산적인 활동을 구분하지 못한다는 것이다. 하천을 오염시켜도 이윤을 내는 산업은 GDP를 증가시킨다. 오염된 물 때문에 병에 걸려 병원에 입원한 사람들은 의약품이나 꽃과 같은 재화뿐 아니라 의사·간호사·변호사의 서비스를 받아야 하는데, 그렇게 되면 그만큼 GDP가 올라간다. 오염 배출자는 문제를 해결하기 위해 흔히 정부의 보조금을 받는데, 그러면 GDP는 또 올라간다!

이러한 가치 체계에서는 오래된 숲을 베어내는 파괴 행위, 초대형 댐 때문에 골짜기 상류에 홍수가 나는 일, 유망(流網) 사용으로 인한 어류 싹쓸이 모두 자산의 고갈이 아니라 소득의 창출로 취급된다. 하지만 자원봉사, 우정, 나눔, 협동, 돌봄과 같은 공동체 의식을 창출하는 활동은 GDP에 합산되지 않는다. 소득 분배, 실업, 외국에 진 빚도 GDP가 계산하지 않는 항목이다. GDP는 공동체나 생태계의 장기적 안정을 보장하는 현명한 결정에 대해서는 가치를 두지 않는다.

로버트 케네디 주니어는 이렇게 말한 적이 있다. "GNP는 대기오염이나 담배 광고나 고속도로의 시체를 치우는 앰뷸런스는 계산한다. …… 하지만 우리 아이들의 건강, 그들이 받는 교육의 질, 아이들 놀이가 주는 기쁨은 고려하지 않는다. …… 우리가 가진 위트나 용기도 계산하지 않는다. 우리의 지혜도 배움도, 동정심도 애국심도 따지지 않는다. 간단히 말해 삶을 가치롭게 만드는 것들을 제외한 모든 것을 계산한다."

'발전재정의협의회(Redefining Progress)'라는 사회단체는 발전의 척도를 새롭게 만들자고 호소하며 이렇게 이야기한다. "GDP로 계상된, 우리가 경제성장이라고 여기는 것들 중 상당수가 과거의 큰 오류를 고착시킨 것이거나 미래의 자원을 빌린 것이다." 이 단체는 '참발전지표(Genuine Progress Indicator, GPI)'라는 새로운 가치를 제안한다. 이 지표는 한 국가의 전반적 복리와 지속 가능성을 측정함으로써 GDP의 결함을 바로잡자는 시도이다. GPI의 각 요소를 계산하는 방법은 발전재정의협의회가 펴낸 책 『참발전 지표 : 데이터와 방법론 요약』에 수록되어 있다.

GDP와 대조적으로 GPI는 다음 사항들을 적용해 계산한다.

우리 아이들에게 어떤 세상을 물려줄 것인가

- 자원 고갈 : 습지·농경지·광물질(석유 포함)의 상실은 비용이다.
- 소득분배 : "가난한 사람들이 차지하는 국민소득의 비율이 증가하면 GPI가 올라가고, 비율이 줄어들면 GPI가 떨어진다."
- 가사노동과 시장 밖의 거래 : 육아·요리·청소·집수리는 GPI 증가 요인이다.
- 여가 시간의 변화 : "GPI는 여가 시간이 늘어나면 이득으로, 줄어들면 비용으로 본다."
- 실업과 불완전고용 : 비용이다.
- 오염 : GPI 상의 비용이다.
- 장기적 환경 피해 : 비용으로 본다.
- 소비자 내구재 및 하부구조의 수명 : 구매에 들인 돈보다는 해당 항목이 제공하는 서비스의 기간에 따라 계산한다.
- 방어지출(defensive expenditure) : 지출을 늘리지 않으면서 서비스 수준을 유지하는 가격도 GPI에서는 비용이다. "예를 들면 출퇴근에 쓰이는 돈, 자동차 사고로 인한 의료비와 물리적 비용, 식수의 정수처럼 가계가 오염 통제를 위해 개별적으로 지출할 수밖에 없는 돈 같은 것들이다."
- 지속 가능한 투자 : "국가가 총자본이 감소하도록 허락한다든지, 저축보다는 차입 자본으로 투자를 한다면 그 국가는 분에 넘치는 살림을 하는 것이다."

그렇다면 발전재정의협의회는 GDP와 GPI 비교를 통해 무엇을 알아냈을까? 미국의 1인당 GDP는 1950년 7865달러에서 1992년 1만 6414달러로 꾸준히 올랐다. 하지만 GPI가 보여 주는 그림은 달랐다. 미국의 GPI는 1950년 5663달러에서 1969년 7441달러로 정점을 이루다가 1992년에는 4426달러로 떨어졌다. 계속해서 경제성장만을 위해 분투하다가 삶의 질을 형편없이 떨어뜨려 버린 것이다.

세계은행 총재를 지낸 바버 코너블마저도 GDP 수치가 "지속될 수 없는 소득을 나타낸다"는 점을 알고 있다. 그는 이렇게 말한다. "지금과 같은 계산 방식은 자연자원의 기반이 훼손된다는 점을 무시하고 있으며, 재생 불가능한 자원의 판매를 전적으로 소득으로 본다. 인류의 번영과 발전을 가늠하기 위해 더 나은 방법을 찾아내야 한다."

동의하지 않을 수 없는 말이다.

불가능한 꿈, 무한한 성장

이렇게 한번 해보자. 정치인에게 선거에 출마하는 이유가 뭐냐고 한번 물어 보라. 그리고 소속 정당의 목적이 무엇이냐고 물어 보라. 응답자는 경제를 튼튼하게 한다거나, 성장을 극대화한다거나, 세계 시장의 일부를 개척한다거나 하는 목표를 욀 가능성이 많다. 우리 사회와 정부는 이런 경제적 강박관념에 끌려다니고 있다. 실제로 우리는 성공과 발전을 가늠하는 방식을 경제 지표에 의존하고 있다.

그러나 경제성장에 대한 이러한 집착은 훨씬 더 중요한 진실—경제학 자체가 생태학적으로 볼 때 이치에 맞지 않는 창조물이라는 것—을 볼 수 있는 우리의 눈을 가리고 있다. 경제를 최우선순위에 두고 경제학자들의 조언에 따름으로써, 우리는 재앙을 부르는 파괴의 길로 내닫고 있다.

생물학적 존재인 우리가 그 일부로 있는 생태계 구성 요소의 어마어마한 복잡성과 상호 의존성에 우리는 너무 주의를 기울이지 않는다. 원하는 것도 엄청나게 많고 숫자도 많은 사람들이 생물권에 미치는 영향이 어느 정도인지 거의 모른다. 경제학에서는 이윤만이 가장 중요하다.

주디스 맥스웰은 캐나다경제협의회 의장으로 있을 당시 한 인터뷰에서 경제학자들이 한마디로 생태학적 부분에 주의를 기울인 적이 없다는 점을 인정했다. 경제학자들은 환경이 본질적으로 무한하고 한없이 자기재생적이며 자유롭다고 생각한다. 저명한 생태학자 폴 얼리히는 "경제학자들은 영구적으로 움직이는 기계가 있다고 아직도 믿는 전문가들 중 마지막 집단이다"라고 말한 바 있다.

하지만 우리는 유한한 세계에 살고 있다. 인류는 이제 대형 포유류 중에서 가장 많은 숫자를 차지하고, 기술력은 날로 발전해 점점 더 빠른 속도로 자원을 뽑아 쓸 수 있게 되었다. 경제학자들이 보기에 이런 사실들은 시장을 확대하여 이익을 늘릴 기회를 더 많이 제공한다.

경제학에서는 자연 세계의 구성원들이 맡고 있는 역할이 중요하지 않다. 가령 숲은 공기를 정화시켜 주면서 침식·사태·화재·홍수를 막아 주고, 기후와 날씨를 조절해 주며, 야생동물의 보금자리가 되어 줄 뿐만 아니라, 유전적 다양성을 유지시켜(숲이 인간에게 베풀어 주는 정신적 가치는 고려하지도 않았다) 주는 등의 수많은 생태적 '서비스'를 제공함에도 불구하고 경제학자들은 그런 것들은 '외부 요인'일 뿐이라고 여겨 계산에 결코 넣지 않는다. 임업 분야의 한 다국적기업 대표가 말했듯이 "나무는 일단 잘라내야 가치가 생긴다." 이는 아주 고전적인 경제적 관점이다. 경제학자들은 가공의 나라에 사는 사람들이다. 그들은 소비·상품·부·이윤의 지속적인 성장을 언제나 이어갈 수 있다는 듯 추구한다. 그리고 인간의 독창성이 우리가 야기한 문제들을 언제든 해결하면서 새 영역을 개척해 지속적으로 팽창해 나갈 것이라 믿는다.

경제성장 자체가 세계 모든 나라가 추구하는 맹목적인 목적이 되고, 발전의 척도가 되어 버렸다. 선진국의 경제학자들과 정치학자들은 가난한 나라들을 도우려면 상당한 정도의 경제성장이 이루어져야 한다고 주장한다. 그러나 지구 인구의 20%에 불과한 부자 나라 사람들은 자원의 80%를 소비하고 있다.

우리의 소비는 지구 생태 파괴의 주범이다. 1950년대 이후 세계 산업과 경제는 전례없는 성장을 해왔다. 하지만 1968년에서 1978년까지의 고도성장기에 세계에서 소득 수준 상위 20%에 드는 사람들의 소득은 하위 절반 전체의 소득보다 67배나 많았다. 개발도상국은 1인당 국민소득이 1973~1975년의 연평균 성장률 4.6% 수준으로 계속해서 증가한다고 해도 현재의 선진국 수준에 도달하는 데 100년이 걸린다고 한다. 반면 잘사는 나라는 같은 기간 3% '만' 성장해도 소비와 생산이 지금 수준보다 16배나 늘어나고, 세계 전체의 생산은 20배나 증가할 것이라고 한다.

유엔 산하 브룬트란트위원회가 펴낸 보고서 『우리 공동의 미래』는 지구의 생태 위기, 그리고 잘사는 나라와 가난한 나라의 어마어마한 격차에 대해 쓰고 있다. 그런데 안타깝게도 이 보고서는 선진국의 지속적인 경제성장이 제3세계를 위해 꼭 필요하다는 터무니없는 관념을 받아들여, 지구의 부를 5배나 증가시키는 경제성장이 또 한 차례 있을 것이라고 했다. 지금보다 5배나 많이 가지고 쓰는 세상이 상상이 되는가?

지구의 자원은 유한하기 때문에 인간이 머리를 쓴다고 해서 언제나 새로운 자원을 발견하거나 대안을 만들어 낼 수가 없다. 잘사는 나라의 과도하고 지속 불가능한 성장이 지구를 파괴하고 있다. 대체 무엇을 위해 그런 성장이 필요한가? 사회 정의, 평등, 공동체 의식, 의미 있는 일, 깨끗한 환경 같은 것을 달성하기 위해서가 아니다. 그보다 성장을 발전으로 보게 되었기 때문에 성장이 필요하다고 생각하는 것이다. 따라서 좀더 합당한 가치, 목적, 우선순위를 정할 필요가 있다.

브룬트란트 보고서는 "지속 가능한 개발"이란 표현을 썼는데, 이 말은 온 세계의 번영과 경제의 지속적인 '개발'(주로 '성장'으로 해석된다), 그리고 환경 보호를 약속하고 있기 때문에 기업과 정부의 지지를 받았다. 그러나 개발이 경제성장과 동의어가 되는 한, "지속 가능한 개발"은 심하게 모순되는 어법이 아닐 수 없다.

바클레이스 은행 6개월 이윤 78% 곤두박질
　　　　　　　　　　　　　　　　— 〈가디언〉, 1992.8.7

대출 손실로 허드슨베이사 (社) 이윤 29% 급감, TD 은행 이윤 급감
　　　　　　　　　　　　　　　　— 〈글로브 앤 메일〉, 1992.8.28

실리콘밸리 성장률 감소로 중년의 위기
　　　　　　　　　　　　　— 〈시애틀 포스트-인텔리전스〉, 1992.9.29

위의 신문 기사 제목들은 성장률이 떨어지면 나쁜 소식이라는 암시를

담고 있다. 그런데 이 기사들은 각 기업이 입은 순손실이 얼마인지는 설명하지 않고 이윤폭 감소에 대해서만 이야기하고 있다. 이렇게 보면 이윤 상승에는 한도가 없으며, 발전은 이윤폭이 계속해서 증가하느냐의 여부에 따라 측정할 수 있다. 세 번째 기사는 스탠퍼드대학 근처 실리콘밸리에 있는 하이테크 기업들이 30년 동안 폭발적 성장을 거듭하다가 이곳에 새로 들어서는 업체 수가 감소하기 시작했다는 사실을 통탄하고 있다. 그곳에 이미 있는 업체들만 하더라도 이 일대의 땅과 공간을 압박하고 있는데도 성장은 언제나 수정될 수 없는 목표다.

이 기사들은 우리가 얼마나 미친 지경—지속적 성장이 사회 발전의 척도일 뿐만 아니라 절대적으로 필요한 것이라는 신념—에 와 있는지를 잘 보여 준다. 이런 목표가 지속될 수 있는가라고 의문을 갖는 사람은 너무나 적다. 돈이 무슨 실체인 것으로, 목적 그 자체인 것으로 간주하기 때문이다. 우리는 누가 돈이 엄청나게 많다는 이유만으로도 그 사람을 존경한다. 아마존 강의 카이아포(Kaiapo) 인디언들은 돈을 "더러운 종이"라 부른다. 이는 통화, 즉 가치의 실체를 나타내는 종이를 아주 정확히 표현한 말이다.

1992년 미국 대통령선거의 쟁점과 캐나다 헌법의 국민투표를 둘러싼 논쟁은 하나같이 경제에만 초점을 맞추었다. 정부의 성패는 일자리 창출, GNP, 국가 채무와 같은 경제 성적에 따라 판가름된다. 인플레이션이나 실업은 우리 모두에게 영향을 끼친다. 하지만 우리는 지속적인 성장을 유지해야 할 필요성과 그럴 가능성에 관해 우리가 갖고 있는 신념에 가까운 가정이 생태적으로 얼마나 나쁜 영향을 끼치는지를 잘 살펴야 한다.

1992년 10월에 영국으로 여행을 갔다가 그곳 언론들이 파운드의 불안정, 유럽 통화 체계의 통합, GATT(관세 및 무역에 관한 일반협정), 북미 자유 무역의 파장 같은 것들에만 매몰되어 있다는 것을 알 수 있었다. 그 달 파운드화 가치가 급락하자 영국 정부는 추가 하락을 막기 위해 보유고에서 수십억 파운드를 꺼내 시중에 풀었다. 그러자 컴퓨터로, 팩스로, 전화로 어마어마한 액수의 주식 거래 주문이 빗발치면서 떼돈을 벌고 잃는 투자자들이 속출했다. 돈은 이제 더 이상 실체에 닻을 내리고 있거나 인류를 위해 사용되지 않는, 그 자체를 위한 가치의 매개물이 되어 버렸다. 돈은 돈을 그저 사고팖으로써 무한히 증식될 수 있다.

그러나 에너지든 플라스틱이든 금속이든 먹을거리든 우리가 집이나 사무실이나 놀이터에서 쓰는 모든 것은 지구에서 나온다. 우리는 우리의 건강과 생존을 위해 공기와 물과 흙, 그 밖의 살아 있는 것들을 절대적으로 필요로 한다. 지구의 생물물리적 요소들은 우리 사회와 삶이 가능하도록 해주는 기초 자본인 만큼, 경제를 포함한 모든 정신적 · 물질적 가치를 위한 토대가 되어야 한다. 따라서 경제학은 마땅히 장기적 생존과 안정을 위해 이자로만 살면서 자본을 보호해야 한다.

그럼에도 경제학은 성장에 한계가 있다는 인식에서 출발하지 않으며, 공기나 물이나 흙이나 생물다양성의 중요성을 인정하지도 않는다. 개발에 따르는 장기적 환경 비용이나 인간의 이해를 넘어서는 가치는 경제학이 고려하는 바가 전혀 아니다. 오늘날 경제학은 발전과 동의어가 되었으며, 모든 사회가 발전을 열망하기 때문에 우리의 욕망은 끝이 없다.

우리 아이들에게 어떤 세상을 물려줄 것인가

우리가 의존하고 있는 자연계는 관리는 말할 것도 없고 이해하기가 너무나 어렵다. 브리티시컬럼비아의 광대한 우림지대가 매년 2~3% 커진다면, 이론상으로 매년 2~3% 이내 수준으로 벌목을 하면 숲과 벌목은 영원히 지속될 수 있다.

그러나 우리가 만들어 낸 화폐 제도는 더 이상 생물물리적 실재에 뿌리를 두지 않을뿐더러 자연의 재생 능력보다 훨씬 더 빨리 성장한다. 업체들은 500년을 내다보는 벌목 계획에 따라 숲을 경영하지 않으며, 숲을 2~3%씩만 베어내는 것은 경제적으로 좋은 일이 아니다. 단기적 이익을 극대화하기 위해 숲을 확 베어내고 훨씬 더 큰 수익을 위해 투자하는 것이 경제적으로 '이치'에 맞는 일인 것이다. 더욱이 돈은 유동적이기 때문에 정치적 경계를 자유롭게 넘나들며 다른 숲으로 옮겨갔다가 나무가 다 없어져 버리면 어류 쪽으로 옮겨간다. 그리하여 나무 · 어류 · 숲 · 강은 당장의 경제적 이익이란 이름 아래 소진되어 버린다.

우리가 지구의 현실과 다시 균형을 이루기 위해선 지금과는 전혀 다른 계산과 가치 체계가 필요하다. 그 출발점은 암의 경우와 마찬가지로 그칠 줄 모르는 맹목적 성장이 치명적이라는 사실을 인식하는 것이다.

경제학의 위험한 가정

경제학자들은 세계화 경제가 다양한 부문의 투입과 산출을 통제하는 수많은 파이프와 톱니바퀴와 레버로 이루어진 엄청난 기계 같다고 믿는다. 그리고 그 모든 구성 요소를 잘 조절하기만 하면 우리의 경제 엔진이 튜닝 잘된 자동차처럼 좋은 소리를 내면서 돌아갈 것이라 믿는다. 경제학은 공기·물·흙과 그 밖의 생명체들을 외부화하여 인간 생활에서 미미한 역할만을 하는 것으로 분류하는데, 이는 대단히 위험한 가정이다.

인간의 활동은 이미 지구 온도를 상당히 높여 놓았다. 그렇다면 이에 대해 경제학자들은 뭐라고 말할 것인가? 예일대학 경제학과 교수인 윌리엄 D. 노드하우스는 〈이코노미스트〉 1990년 7월 7일자에 실린 '온실 경제학'이란 글에서 다음과 같이 썼다. "주요 온실가스가 늘어난 사실을 과학계의 모니터링이 입증했다." 하지만 노드하우스는 경제학자로서 지구 전체의 기후는 도시 생활과는 무관하다고 생각한다. "도시는 냉방 시설이나 쇼핑몰

우리 아이들에게 어떤 세상을 물려줄 것인가

같은 기술적 변화 때문에 갈수록 기후를 초월하는 곳이 되어 가고 있다."
산업화의 경제적 중요성 때문에 미국인들은 물리적 세계의 제약으로부터
자유롭다고 생각하는 것 같다. "온실효과는 미국의 생산에 별로 영향을 미
치지 못할 것이다. 미국 GNP의 3%는 농업이나 임업처럼 기후에 민감한 부
문에서 창출된다. 다른 10%는 에너지·수계·부동산·건설과 같이 약간 민
감한 부문에서 나온다. 그 나머지 훨씬 더 큰 87%는 대부분의 서비스를 포
함하여 기후 변화의 영향을 무시해도 좋은 부문의 것이다."

우리의 삶 자체가 기후에 대단히 민감한 농업에서 산출되는 영양물에 의
존하고 있음에도 노드하우스는 먹을거리는 무시해도 좋다고 생각한다. "경
제 규모—제조업, 광산업, 공공 설비, 재정, 무역과 대부분의 서비스—로 미
루어 볼 때 앞으로 수십 년간의 기후 변화는 올 여름 있었던 동서독의 경제
통합보다 끼칠 영향이 적을 것이다." 그의 논리는 위가 뇌에 비하면 덜 중요
한 신체기관이기 때문에 없이 살아도 좋다는 결론을 내리는 것과 같다.

하지만 온실가스 배출이 점점 늘어나면서 생겨난 위급한 경보에 대해서
는 뭐라고 할 것인가? 노드하우스는 이렇게 대답한다. "이 모든 예측들은
너무도 불확실한 것들에 바탕을 둔 판단이다. 전부 다 엉터리일 수도 있다.
이런 불확실성은 지구 온난화의 위협에 대한 인류의 반응에 영향을 끼칠
수밖에 없다."

노드하우스는 대부분의 경제학자들과 마찬가지로 경제에 단연 최상의
가치를 두기 때문에 온실효과에 대처하는 '경제적' 비용이 한마디로 너무
크다고 생각한다. 그는 온실가스 배출을 60% 줄이는 데 드는 예산이 매년

3000억 달러가 넘을 것이라고 계산한다. 문제를 풀고 삶을 향상시키는 인류의 능력을 믿는 노드하우스가 지구 온난화에 대처하기 위해 택하는 것은 기술이다. "기후 공학의 선택은 철저히 무시되어 왔다. 가능성 있는 방법으로는 특정 물질을 성층권에 쏘아 넣어 지구 온도를 떨어뜨린다든지, 땅의 사용 패턴을 바꾸어 지구 표면의 반사율을 변화시킨다든지, 바다에 탄소를 먹어치우는 유기체들을 육성한다든지 하는 것들이다." 그러면서 "그렇게 하면 세계 곳곳의 발전소 문을 닫는 것보다는 훨씬 더 효율적"이기 때문에 "그런 방법들이 심각한 법적·윤리적·환경적 문제를 불러일으킬 것"이라는 사실을 부인한다.

지금까지 우리는 한 경제학자의 희한한 렌즈를 통해 세상을 바라보았다. 경제적 시각의 예를 하나 더 들기 위해 메릴랜드대학 경제학 교수인 줄리언 사이먼에게 다시 돌아가 보자. 그는 레이건 정부의 경제자문위원회에서 아주 영향력이 높았던 인물이다. 사이먼은 저서 『궁극의 자원(*The Utimate Resourse*)』에서 인간의 상상력과 창의성이 갖고 있는 무한한 능력을 한껏 찬양하고 있다. 그의 낙관론이 어떤 근거가 있는지 한 예를 들어 보면, 그는 1992년에 했던 한 인터뷰에서 석탄과 구리는 사람들이 이용법을 생각해 내기 전까지는 각각 검은 돌덩이와 반짝이는 돌덩이일 뿐이었다고 말했다. "이런 자원들은 전부 우리 머리에서 비롯된 겁니다. 자원은 땅속이나 대기 중에 있다기보다 우리 지력에 있습니다."

사이먼에게 유한한 자원의 희소성에 대해 질문한다면 그는 이렇게 반박한다. "무슨 희소성요?" 그는 선진국에서 지난 두 세기 동안 인간의 수명이

30세에서 70세 이상으로 늘어났다고 지적하면서 "모든 자원들은 희소해지기보다는 점점 더 구하기 쉬워지고 있어요.……모든 천연자원의 가격은 올라갔다기보다는 떨어지고 있지요. 그리고 지난 수십 년 동안 선진국들의 공기와 물은 지저분해졌다기보다는 점점 더 깨끗해지고 있어요. 따라서 어느모로 보나 인간의 복리는 나빠졌다기보다는 더 좋아지고 있습니다"라고 말한다.

그는 석유를 예로 들며 더 효율적으로만 하면 어마어마한 양을 찾을 수 있으며, "원한다면" 햇빛과 이산화탄소를 이용하여 "석유를 더 만들어 낼 수" 있고, 그런 점에서 "어찌 보면 석유도 에너지도 유한한 것이 아니라"고 한다.

사이먼은 2차대전 이후로 생활 수준과 자원 이용, 인구가 전례없이 늘어났다며 이런 것들이 비슷하게 늘어난 점을 들면서 이런 결론에 이른다. "이것이 계속될 수 없는 분명한 이유는 아직 알려져 있지 않습니다." 더 나아가 "인구 문제는 없다"고 말한다. 사람이 많아질수록 머리도 늘어날 것이므로 삶은 계속 나아질 것이라는 이야기다.

그는 자신에 찬 창조적인 사람들이 있다면 성장에는 한계가 없다고 믿는다. 우리가 설령 유한한 자원을 탕진해 버린다 해도 사람들이 대안을 찾아내거나 우주의 다른 곳으로 가서 필요한 것을 찾아낼 것이라는 말이다. 그는 이렇게 결론을 내린다. "우리는 온갖 자원을 갖고 있습니다. 그리고 더 많은 사람을 계속 부양하는 데 필요한 지식도 갖고 있습니다. 그 때문에 다른 행성이나 공간으로 갈 필요가 없습니다. 하지만 우리에게는 인간 정신의 최대한을 요구하는 도전 정신을 스스로에게 불어넣는 것이 필요합니다. 탐험의 기회를, 머리와 정신의 흥분거리를 갖도록 해주는 것이지요. 그것이 우리에겐 필요합니다."

사이먼이 말하는 세계는 순전히 머리로만 인간의 조건을 향상시킬 수 있다는 공상에 토대를 둔 가공의 세계다. 그는 생명을 구성하는 모든 부분들이 서로 연결되어 있다거나 인구와 소비의 비정상적 증가가 장기적으로 어떤 영향을 끼칠 것인지 인간이 모른다는 점을 인정하지 않는다.

줄리언 사이먼은 주류 경제학자다. 그가 하는 종류의 경제학을 비판하는 사람들은 종종 자격이 부족하다는 이유로 폄하되곤 한다. 하지만 루이지애나 주립대학의 경제학 교수이자 세계은행의 수석 경제학자인 허먼 데일리는 그렇게 쉽게 무시할 수 없는 사람이다. 그는 『불변의 국가경제학 (Steady State Economics)』이나 『공동선을 위하여(For the Common Good)』 등의 책을 썼으며, 내가 진행한 방송 프로그램 〈사물의 본질〉과의 인터뷰에서 우리가 나아가야 할 방향에 대한 아이디어를 제시하면서 자기 분야에 대해 대단히 비판적인 모습을 보여 주었다.

데일리가 보건대 문제는 모든 경제학 교과서의 첫 페이지에서부터 드러난다. "기업에서 가계로, 가계에서 기업으로 교환가치의 순환적 흐름을 나타내는 경제순환 모형이란 것을 우선 보지요. 교환가치는 계속해서 빙빙 돕니다. 외부에서는 그 어떤 것도 이 시스템 안으로 들어가지 못하고, 외부에는 아무것도 존재하지 않습니다." 이처럼 경제는 물질이나 에너지와 분리된 자기충족적 시스템이다.

데일리가 보기에 이것은 말도 되지 않는 주장으로, 동물이 공기나 물이나 먹을거리를 필요로 하지 않는다고 주장하는 생물학자의 이야기나 마찬가지다. 또한 물리학의 법칙에서 불가능하다는, 영구히 작동하는 기계와 마찬가지다. 하지만 이것이 경제학의 관점이 되어 버린 것이다. "우리는 경제를 총 체계(total system)로, 자연을 경제의 한 부분으로 보았습니다. 그러니 총 체계의 팽창을 제한할 수 있는 게 없고, 자연이 만일 희소해진다면 다른 부분으로 대체하면 그만이라는 생각을 하게 되었지요."

인류가 쓰는 모든 것이 지구에서 나는 것인데도 경제학자들은 환경을 추상적인 것이나, '외부 요인'이나, 경제 시스템의 한 요소로 만들어 버린다. 데일리는 우리가 "완전히 다른 전분석적(pre-analytic) 비전, 즉 경제란 것이 더 크고 유한하며 물질적으로 닫혀 있고 성장하지 않는 생태계의 열린 하위 체계라는 관점에서 출발해야 한다"고 말한다. 하위 체계로 본다면 "첫 번째 질문은 경제라는 하위 체계가 총 체계에 비해 얼마나 큰가이다. 그것은 또 얼마나 클 수 있으며, 얼마나 커야 할까?"일 것이다.

데일리가 보기에 경제학적 지혜는 물리적으로 불가능한 것을 인식하는 데서 시작하는 것이다. "우린 실제적인 제약에 직면해 있습니다. …… 물질이나 에너지를 만들어 내는 것은 불가능합니다. 빛의 속도보다 더 빨리 여행하는 것은 불가능합니다. 무생물에서 생명체를 만들어 내는 것은 불가능합니다. 그런 식입니다. 따라서 불가능의 정리(定理)는 단순히 부정적이거나 염세적인 발언이 아닙니다. 그것은 세계에 대한 중요한 인식입니다."

데일리는 경제학자들이 유한한 제약과 지구 생물권에 대한 의존을 무시함으로써 성장이 언제나 계속될 수 있다는 가정을 하게 되었다고 지적한다. 그는 이렇게 경고한다. "세계 54억 인구 전체가 미국이나 캐나다나 서유럽의 1인당 소비량과 같은 수준의 자원을 소비한다는 것은 불가능합니다.……우리는 이미 생태계의 생명 부양 능력, 재생 능력, 흡수 능력을 지속 가능한 한도 이상으로 혹사시키고 있습니다."

데일리는 경제적 건전성과 회복이 가능하다는 관념을 재고해야 한다고 말한다. "우리는 경제성장 시대에서 반경제성장이라 부를 만한 시대로 접어들었습니다. 이 말은 인간 경제의 물리적 팽창이 이제 생산으로 인한 이익보다 환경 비용을 더 빨리 증가시키고 있다는 이야깁니다."

우리는 정부와 민간 부문의 성배(聖杯)가 경제성장이라는 이야기를 계속해서 듣는다. 그러나 환경보호 비용이 이익보다 더 빨리 올라간다면, 성장으로 인해 우리는 더 부자가 되는 게 아니라 가난해지는 것이다.

'지속 가능한 개발'에 관한 논의에서, 대부분의 사람들이 개발과 성장이란 말을 동의어처럼 쓰고 있다는 게 분명해지고 있다. 하지만 데일리는 두 용어 사이에는 큰 차이점이 있다고 말한다. "성장이란 물질이 융합이나 첨가로 규모가 커지는 것을 말합니다. 따라서 무언가가 성장한다는 것은 물리적으로 커진다는 뜻입니다. 그와 반대로 개발은 잠재성을 실현하는 것, 보다 크고 완전하고 나은 상태로 진화하는 것을 말합니다. 그러니까 양적 팽창 대 질적 향상이란 것입니다.…… 아마도 우린 영원히 개발(주로 'development'를 '개발', 'progress'를 '발전'으로 번역하는데, 여기서는 어감상 '발전'이 더 어울리지만 전후 맥락을 고려하여 '개발'로 번역한다-옮긴이)할 수 있을지도 모릅니다. 하지만 영원히 성장하는 것은 확실히 불가능합니다."

데일리는 또 이렇게 지적한다. "인류가 계속 늘어나서 더 많은 생물종의 영역을 차지할수록, 그리고 점점 더 많은 생활 공간을 점거할수록, 다른 생명을 위한 공간은 점점 더 줄어들게 마련입니다.…… 우린 죽음의 이데올로기에 따라 살아가고 있습니다. 우린 생명을 부양해 주는 생물권의 능력을 소진하고 있습니다." 데일리는 우리가 그렇게 하는 것은 "터무니없이 사치스러운" 생활을 유지하기 위해서라고 한다.

그런데 국가 간은 물론이고 한 국가 내에서도 엄청난 부의 불균형이 존재한다. 데일리는 우리가 극빈층의 빚을 탕감해 주지 않는다면 "세계의 부자들이 각자의 물질적 소비 수준을 낮추고, 물질적 생산 수준을 너무 많이 요구하지 않는 차원에서 만족을 찾고…… 생태계에 부과하는 짐을 줄여야 할 것"이라 믿는다. 그것은 가난한 사람들이 최소한의 수단을 충분히 얻도록 해주기 위해서다. 이 말은 "최상위층과 최하위층이 일종의 지속 가능한 평균을 향해 이동하는 것"을 뜻한다.

데일리는 부가 가난한 사람에게도 졸졸 흐를 수 있도록 성장을 자극하는 경제 정책이 현재 작동하지 않는다고 말한다. 그렇다고 엄격한 수단을 동원하여 경제를 축소시키려 한다면 정치적 자살 행위가 될 것이다. 그 대신 "기술에 힘입어 영원히 성장할 것이라고 말하기만 하면 환영할 만한 소식이기 때문에 좋은 평판을 듣는다." 그러므로 극단적인 방법은 피하는 게 낫다.

시장은 미래에 어떤 역할을 하긴 하지만 알아서 하는 것은 아니라고 데일리는 말한다. 사회와 정부는 단체 행동으로 시장이 정해진 생태적 한계 내에서 운영되도록 강제하고, 소득을 공정하게 분배하며, 경제적 지속 가능성을 이룰 수 있도록 조건을 만들어 나가야 한다. "그런 한계 내에서라면 시장은 효율적 배분이 가능하도록 잘 작동할 수 있습니다."

데일리는 지역 경제들이 생태적으로 이치에 맞게 운영되도록 하는 것이 앞으로의 과제라고 믿는다. 하지만 자유무역과 자유로운 자본 이동의 세계화에 골몰하는 초국적기업들로 인해 지역 경제들이 대개 휩쓸려 버린다고 경고하면서, 이런 세계화는 다음과 같은 결과를 낳는다고 말한다.

경제적 목적 때문에 국가 간의 경계는 약화됩니다. 국가 간의 경계가 쉽게 침투할 수 있게 변하는 거지요. 자본은 자유롭게 넘나듭니다. 재화도 자유롭게 넘나듭니다. 사람은 훨씬 더 자유롭게 넘나듭니다. 생산·노동·자본이라는 요소들이 대단히 유동적인 세계에서는 …… 비교우위를 가진 모든 장점들이 진열대 앞에 놓이게 됩니다.……세계화와 자유무역의 문제는 공동체의 기본 단위인 국가의 힘이 약해진다는 것이지요.……그 때문에 국가 간 경계의 힘은 약해지고 초국적기업의 힘은 상대적으로 강해집니다. 초국적기업을 통제할 세계 정부는 없습니다. 그들은 사업을 벌이는 여러 국가 정부의 법에만 종속됩니다. 그러면서 그들은 이들 국가 간에 싸움을 붙여 이익을 챙기면서 공동체와 국가의 힘을 약화시킵니다.

데일리가 보기에는 "다른 길로 돌아가 국민정부의 통제 아래 있는 국가별 영역에 더 제한되어 있는 국민자본을 더 많이 갖는 것"이 이치에 더 맞는 일이다. 이 방식은 획일적이고 상호 의존적인 통합적 세계 시스템에 비해 안정성과 복원력이 있기 때문이다. 그는 생물계의 예를 들어 이렇게 말한다. "하나로 통합된, 각박한 시스템을 만드는 세계화는 농업으로 치면 단일 경작과 아주 비슷합니다. 생물다양성을 풍부하게 하는 대신 달걀을 한 바구니에 다 담는 것이지요." 그렇게 되면 리스크와 불확실성이 올라가고 실패할 확률이 높아진다.

세계화 경제가 불가피하다는 주장에 대해 데일리는 이렇게 반박한다. "우리는 세계화 경제에서 경쟁할 필요가 없습니다. 재화에는 관세를 부과할 수 있습니다. 지역의 소비만을 위해 생산할 수 있습니다. 국제무역은 우리가 원하는 정도로만 제한할 수 있습니다." 데일리가 보기에 세계화는 최저 수준—최저임금 노동, 아동 노동, 환경 파괴, 사회보험 부재, 의료 서비스 부재 등—에서 경쟁하는 것을 말한다. "무제한적인 세계 경쟁은 생활 수준을 어마어마하게 떨어뜨리는 효과가 있습니다.…… 정말이지 어리석은 생각이죠.…… 국제적 경쟁 우위를 확보하기 위해 미친 듯 날뛰다 보면…… 생활 수준이 전반적으로 떨어져 버릴 겁니다."

데일리에게 경제적·생태적 위기는 결국 정신적 위기다. 그것은 "소비 문화란 것이 사람을 결코 만족시키지 않으며…… 물질주의는 어느 정도까지만 도움이 되기 때문"이다. "그 다음부터는 정신적·문화적·지적 추구를 필요로 합니다."

경제학과 생태학을 현실적으로 통합하기 위해서는 주류 경제학자들이 데일리의 비판을 받아들여 새로운 통찰과 방향성을 갖고 다시 시작해야 한다.

카나리아의 경보

1992년에 열린 리우 지구정상회담 때 분명해진 것은 경제학과 빈곤과 환경 파괴가 서로 분리될 수 없다는 사실이었다. 소말리아·아이티·네팔·방글라데시를 휩쓴 인간적·생태적 비극은 나머지 세계에겐 카나리아의 경보였다. 동시에 인도·브라질·중국·옛 소련과 그 동맹국들의 경제 및 산업 개발계획은 지구 생물권 전체와 엄청난 관련이 있다.

외국에 대한 원조는 잘사는 나라들이 잘났거나 관대해서가 아니라 우리 아이들의 미래를 담보하기 위해 꼭 필요한 일이다. 수잔 조지는 『지구의 반이 어떻게 죽어 가는가(How the Other Dies)』(1976)와 『빚보다 더한 운명(A Fate Worse Than Debt)』(1988) 같은 책에서 '남반구'의 불행이 세계화 경제로 인한 것이라는 점을 명백한 사례를 들어 가며 역설한다. 조지는 세계화 경제에 대한 오늘날의 신념이 "모든 사람들에게 구원받으려면 이 교리를 믿도록" 강요하는 도그마에 뿌리를 둔 종교라고 믿는다. 문제는 "우리가 경제를 생태 환경 바깥에 있도록 함으로써 경제가 마음대로 하도록 내버려둔다"는 것이다. "경제는 지도 원리가 되어 버렸다. …… 세계은행이나 국제통화기금(IMF) 같은 기관들은 우리가 자기네 교리를 믿지 않으면 구원받지 못할 것이라고 말한다. 새로 대출을 받지 못할 거라고, 세계 시스템에 참여할 기회를 얻지 못할 거라고 말하는 것이다."

경제학이 재앙으로 된 이유는 유한한 경제학이 생물물리적 세계에 기초하고 있지 않기 때문이다. 부자 나라들이 만든 경제기관들은 실패작이다. "사람들은 더 불쌍해졌다. 더 많은 사람들이 주변화되었다. 더 많은 사람들이 배제되었다. 더 많은 사람들이 굶주리고 있다. 그리고 재정 면에서도 실패했다. 그들이 이 모든 시스템들을 부과하기 시작하면서 부채가 더욱 많아졌다."

조지는 말한다. "우리는 제3세계에 전쟁을 걸고 있다. 부채는 이들 국가를 계속 통제하는 수단이 되었다.……부채는 북반구의 채권국들이 모든 채무국들을 자기 통제에 따르도록 하고 자기들 마음대로 하기 위한 정치적 수단이다. 식민주의보다 훨씬 더 효율적인 방법인 것이다."

그러면 세계화 경제가 남반구 국가들에게 어떤 일을 했는지 조지의 섬뜩한 분석을 살펴보기로 하자.

1982년, 여전히 제3세계로 불리는 남반구 국가들은 9000억 달러라는 빚을 졌다. 1982년부터 1991년까지 10년 동안 이들 국가가 갚은 돈은 1조 4960달러였다. 이들이 빚을 갚은 대가로 얻은 것은 빚을 새로 1조 4780달러 더 얻었다는 것이다. 이는 1982년에 진 빚보다 64% 증가한 액수다. 달리 말해 승산 없는 게임을 하고 있는 것이다.

같은 기간 사하라 이남의 아프리카 국가들을 살펴보면, 엄청난 인적 희생을 치러 가며 어떻게든 매년 약 1조 달러를 긁어모아 채권국들에게 갚았지만 부채가 123% 늘어났음을 알 수 있다. OECD에 따르면 사하라 이남의 국가들은 1982년부터 1991년 말까지 120개월 동안 매달 평균 9억 5000만 달러씩 갚았다. 그러나 대가 는 10년 전보다 123% 많은 빚을 지게 되었다는 것이다.……제일 가난한 나라들도 매달 3억 달러씩 갚았다. 이들은 전에 비해 빚을 150% 더 지게 되었다. 한마디로 빚에서 결코 헤어 나올 수 없다는 것이다.

이런 통계는 1980년대의 마지막 세 해 동안 부채 이자를 갚는 데만 500억 달러를 송금한 브라질의 한탄에서도 볼 수 있다.

어쩌다 이 지경까지 왔을까? 1960년대에 초국적기업들은 가난한 나라 들에게 '개발'이라는 미명 아래 혹할 만한 선물 공세를 퍼붓기 시작했다. 조지는 그 결과 "전세계 모든 나라가 지역이나 국가 차원에서 필요한 물자 를 마련하는 대신 세계화 경제에 통합되도록 부추김당하거나 강제되고 있 다. 먼저 국제 시장으로 진출한 다음 지역 시장이나 국내 시장으로 내려가 고 있다."

이것은 관심의 초점이 지역 공동체였던 과거의 사회 운영 방식과는 정 반대되는 것이다. 전에는 모든 사람이 "필요한 물자를 가계나 지역 차원에 서 구하다가 조금 더 큰 지역, 그 다음엔 국가 수준으로 넓혀 갔다. 그리고 필요하면 국제 차원으로 나아갔다. 지금처럼 엄청난 수송비와 생태 비용을 치를 필요가 없었다. 이토록 비인간적이고 수지맞지 않는 방식으로 수많은 제3세계 국가들을 통합할 필요도 없었던 것이다."

조지의 글은 세계은행의 수석 경제학자인 허먼 데일리의 글을 떠올리게 한다. 그는 세계화 경제를 급속히 추진하는 것은 우리 모두 해야 할 일과 정반대의 일이라고 믿는다. 데일리가 보기에 초국적기업들은 단기적 수익을 얻고 이윤을 극대화하는 데만 몰두함으로써 사회 정의라든가 기회 균등, 지속 가능성, 행복 같은 공동체의 가치를 훼손한다. 데일리의 말처럼 "공동체란 사람들이 서로를 직접 알고, 그 속에서 결정을 할 수 있으며, 결정의 결과를 느낄 수 있는 수준을 말한다."

수잔 조지는 "가정에 훨씬 더 가까운 물질적 생활뿐만 아니라 문화적 생활에 대한 요구"를 부각시킴으로써 이런 파괴적인 경향을 바꾸어 나갈 수 있다고 믿는다. "지구적으로 행동하기 위해 지역적으로 생각하자. …… 모든 사물들을 지키기 위해서는 어딘가에서 지키는 것에서 시작해야 한다." 이런 훈계가 단기적으로는 더 많은 비용을 초래할지 몰라도 장기적으로는 공동체에 이익을 가져다 준다.

빚 때문에 휘청거리는 남반구 실태 분석은 섬뜩하긴 하지만 조지는 나름의 희망을 본다. "사람들이 반응하고 있다. 사람들은 그냥 앉아서 이런 구조조정을 받아들이고 있지 않다. …… 그들은 싸우기 위해 나름의 단체를 만들어 내고 있다. NGO 활동이 제3세계에서 이렇게 활발했던 적이 일찍이 없었다. 리우 회담 때 브라질에 찾아온 환경단체가 1600개가 넘었다. …… 이들 남반구 단체의 창의성은 우리가 창피하다고 느낄 정도로 대단하다." 조지는 잘사는 나라의 우리들이 제3세계 NGO들의 창의성과 지역 우선권을 지원하길 권한다.

세계에서 제일 가난한 나라들의 운명은 조지가 '외채 부메랑'이라 부르는 것을 통해 우리에게 직접 영향을 끼친다. 우리가 남반구의 외채에 직접 영향을 받는 것은 "그들이 숲을 팔아치움으로써 기후의 안전 장치를 잃어 버리기" 때문이다. "나무가 사라지면 그만큼 지구 온난화가 빨라지고, 생물다양성도 악화된다." 그리고 경제가 세계화되면서 "미국에서는 외채 위기의 직접적 영향으로 대단히 보수적으로 잡아도 200만 개의 일자리가 사라졌으며, 유럽에서는 적어도 75만 개의 일자리가 없어졌다."

성장·경쟁력·세계화라는 주문을 쉬지 않고 외다 보니 우리는 데일리나 조지가 말하는 문제들에 대처하지 못하고 있다.

소비를 부추기는 사회

석유 · 가스 · 목재 · 광물에서부터 공기 · 물에 이르는 자원 사용량이 20세기 들어 크게 늘어났다. 개인적으로나 집단적으로나, 도시별로나 국가별로나 우리의 소비 수요는 우리가 지구에 가하는 충격을 확대시켰다. 그런데 이러한 소비 증가는 경제의 핵심적인 부분이 되었다. 언제나 이런 식이었던 건 아니다. 1907년만 하더라도 경제학자인 사이먼 넬슨 패턴은 당시 일어나고 있던 변화에 대해 경고하다가 호된 비난을 당했다. "새로운 도덕은 절약이 아니라 소비를 확대하는 데 있다"고 예견했던 것이다.

한때는 병 때문에 생명이 소진되어 간다는 뜻이었던 소비(consumption, 폐결핵을 뜻하는 말이기도 하다─옮긴이)라는 단어는 이제 우리 경제 시스템의 핵심 요소로서 지구에 영향을 끼치고 있다. 소비가 참으로 음흉한 것은 우리 자신의 정체성이 더 많이 가져야 한다는 요구에 얽어매여 버렸기 때문이다. 폴 와첼이 『풍요의 빈곤(*The Poverty of Affluence*)』에서 말하듯 "해마다 더 많이, 더 새로운 것을 갖는 것이 우리가 원하는 무언가가 아니라 필요로 하는 무언가가 되어 버렸다. 더 많은 부, 계속 늘어나기만 하는 부라는 아이디어는 우리의 정체성과 안전의 중심이 되어 버렸다. 우리는 마약 중독자처럼 사로잡혀 버린 것이다."

앨런 D. 캐너와 메리 E. 고메스는 "자동차나 컴퓨터 같은 값비싼 신상품을 사게 되면 대개 곧바로 기쁨과 성취감을 느끼게 되며, 그것을 가진 사람은 지위와 함께 사회적 인정을 받는다. 하지만 신기함이 사라지고 나면 공허감이 다시 밀려든다. 이럴 때 소비자의 일반적인 해결책은 다음번 구매에 집중하는 것이다"라고 말한다.

나는 종종 "더 많이 원하는 건 인간의 본성 아닌가. 그걸 탓할 순 없다"는 소리를 듣는다. 아마존의 카이아포족 사람 몇몇이 밴쿠버로 나를 찾아왔을 때 그들이 원하는 것을 많이 본 건 사실이다. 그들이 원하는 것을 전혀 발견하지 못했다면 우리가 사는 방식이 완전히 헛것이라는 끔찍한 충격을 받았을 것이다. 하지만 카이아포 사람들은 아마존 우림지대 깊숙한 곳에서 완벽한 자급자족 생활을 했다. 반대로 우리는 생존에 필요한 수준을 훨씬 뛰어넘는 소비를 했다. 사회의 과소비는 우리가 더 많은 것들을 원하도록 만들기 위해 쓰이는 수십억 달러에 끌려다닌다. 빌 게이츠는 '윈도 95' 홍보비만으로 10억 달러 이상을 썼다.

1930년대의 대공황이 끝난 게 2차대전이 막대한 경제적 자극을 주면서부터였다는 것은 시사하는 바가 크다. 미국 산업의 힘은 전쟁을 뒷받침하면서 극대화됐으나 승리의 순간이 다가오자 업계는 경제 붐을 어떻게 하면 지속시킬 수 있을까로 고민하기 시작했다. 해결책은 소비였다. 전쟁 직후 소매업 분석가인 빅터 리보는 이렇게 선언했다.

> 우리의 어마어마하게 생산적인 경제는 ……소비가 우리의 생활 방식이 되도록, 물건을 사고 쓰기를 의식으로 만들도록, 우리의 정신적 만족과 자아의 만족을 소비에서 찾도록 요구한다. …… 우리는 무언가를 소비하고, 태워 버리고, 닳아 없애고, 교체하고, 버리기를 점점 더 빠른 속도로 할 필요가 있다.

1953년 아이젠하워 대통령의 경제자문위원회 위원장은 미국 경제의 "궁극적 목적이 더 많은 소비재 상품을 생산하는 것"이라고 말했다.

그러나 문제가 하나 있었다. 내구성이 뛰어난 상품을 만들면 산업시장이 결국 포화 상태가 되어 버릴 것이다. 계획적 진부화(planned obsolescence) 같은 해법이나 신시장을 제3세계, 중장년층, 여피(도시의 젊은 전문직 고소득층), 어린이, 특정 인종 집단 등으로 계속해서 확대하는 해법이 먹혀들어서 이런 결함은 적어도 일시적으로는 극복되었다. 코카콜라 회장 도널드 R. 케너프는 시장기회에 대해 종교적인 입장을 표명했다. "인구 1억 8000명에 평균 연령 18세, 음주를 금하는 회교 율법을 가진 적도의 나라, 인도네시아를 생각하노라면 천국이 어떤 곳인지 알 것 같습니다."

무한한 시장을 확보하는 궁극의 혁신은 쓰고 버리는 것이다. 산업은 한 번 쓰고 버려지는 물건들을 정당화하기 위해 편리나 위생을 거론하면서 그런 물건들을 위해 무한한 시장을 만들어 내고 있다.

공기나 물은 수치화할 수 없다

공기와 물, 흙, 플라스틱, 에너지, 금속, 먹을거리를 포함하여 우리가 생존하는 데 필요한 모든 것들은 지구에서 나오는 '자연자본'이라 할 수 있다. 하지만 우리는 이런 필수 물자를 가져다 주는 것이 강하고 성장하는 경제라고 쉽게 믿어 버린다. 경제학이라는 거울 속의 세계에서는 인간의 자본이 과대평가된 반면, 자연자본과 생명의 세계가 스스로를 유지해 나가는 과정은 저평가되거나 아예 무시된다.

경제 도표를 보면 자원의 추출, 가공, 제조, 소매, 규제, 세제(稅制), 인센티브 등을 나타내는 항목과 화살표가 가득하다. 오존층, 지하의 대수층, 표토, 생물다양성, 깨끗한 물 같은 것들은 외부 요인, 즉 경제 영역 바깥에 있는 것으로 무시되어 버린다. 하지만 이는 경제 시스템이 더 이상 현실에 바탕하지 않고 있다는 것을 뜻한다. 이른바 외부 요인라는 것은 사실 지구의 생명 부양 시스템이기 때문이다. 그것 없이는 생명이, 그리고 당연히 경제가 있을 수 없다.

『작은 것이 아름답다』의 저자인 경제학자 E.F. 슈마허가 보기에 기존 경제학이 범한 실제 세계의 기이한 왜곡은 재앙이다.

더 넓어진 인간의 거주지는 인간적이거나 인간의 활동으로 고상해지기는커녕 하나같이 을씨년스럽거나 추하다. 이 모든 것은 생산자로서의 인간이 "경제적으로 행동하지 않는 사치"를 할 여유가 없어 소비자로서의 인간이 다른 무엇보다 바라는 가장 필요한 '사치'—건강 · 아름다움 · 영속성 같은 것들—를 할 수 없기 때문에 벌어지는 일들이다. 이런 경향이 치를 대가는 너무나 커서 우리는 부유해질수록 더 '여유'를 잃게 된다.

살아 있는 생명 세계의 '가계'에서는 각 시스템, 각 개체가 전체 '경제'에서 한몫을 담당하고 있다. 서 있는 나무 한 그루는 지구를 위해 많은 생태적 '서비스'를 하지만 그 중 어떤 것도 우리 경제 시스템의 계산 방식과 같은 경제적 가치를 가지고 있지 않다. 경제학자들은 숲이 지닌 휴양지 또는 약재의 가치는 인정하되, 아직도 모든 가치를 전체 생물 세계의 관점이 아니라 인간의 용도에 따라 규정하고 있다.

허먼 데일리 같은 진보적 경제학자들은 전에는 경제 영역 바깥에 있는 것들로 간주되던 요인들을 경제학에 포함시키는 시도를 하고 있다. 즉, 한때 외부 요인으로 간주되던 것들을 내부화하는 작업을 하고 있는 것이다. 생태학자들 역시 자연이 제공하는 광범위한 서비스들을 기록하고 평가하는 시도를 하고 있다.

자연의 서비스를 인간이 만들어 낸 기술로 대체한다면 그것의 경제 효과를 측정할 수 있을지도 모른다. 예컨대 정수처리장으로 정수했을 때의 비용을 계산하면 강 유역에 의한 정수의 가치가 어느 정도인지 계산할 수도 있을 것이다. 자연이 해주는 서비스 가운데는 우리가 감히 시도해 볼 만한 기술적 능력이 없기 때문에 대체할 수 없는 것들도 있다.

예컨대 데이비드 피멘텔은 뉴욕 주에서 어느 화창한 날 곤충이 무수한 꽃의 가루받이를 하는 게—사람의 기술로는 흉내낼 수 없는 대단한 재주다—얼마의 가치를 갖는지 계산해 본다. 자연이 하는 일 하나하나에 1달러의 가치를 매긴다면 조잡하게나마 계산을 할 수도 있을 것이다. 로버트 콘스탄자 연구팀이 이런 식으로 계산을 해보니 매년 미화 달러로 약 30조의 경제 가치가 있다는 결론을 얻었다. 이는 전세계 모든 나라의 GDP를 전부 합친 것보다 두 배나 많은 액수다!

우리의 경제 시스템에서는 이런 서비스는 논의의 축에도 끼지 못한다. 그러니 우리가 생태적으로 얼마나 파괴적인지 놀랄 일이 아니다. 생태적 서비스에 대한 오늘날의 경제적 평가를 비판적으로 보는 나 같은 사람들은 경제적 가치 이상의, 신성히 여겨야 할 무언가가 있다는 경고를 한다. 자연의 모든 부분에 경제 가치를 부여할 경우, 경제학자들이 공기나 물이나 생물다양성 같은 것들을 모두 합리적으로 수치화할 수 있다는 듯 그냥 계산에 집어넣으려고 하는 위험도 있다.

그렇긴 해도 자연이 해주는 서비스의 경제적 가치를 측정하는 시도를 해봄으로써 그것의 엄청난 '가치', 지금의 경제가 인정하지는 않지만 얼마나 어마어마한 가치를 가지고 있는지 당장 깨달을 수 있다. 우리가 유한한 지구의 한계를 계속 강조하는 것은 바로 그 때문이다. 그런데도 우리를 재앙으로 몰고 가는 그릇된 믿음은 변할 줄 모른다.

경제의 패러다임 바꾸기

후손들의 미래를 보장해 주는 방식으로 살기 위해서는 스스로를 조직하고 살아가는 방식을 획기적으로 바꿔야 한다. 하지만 오늘날 정치·경제 지도자들은 하나같이 우리를 이른바 파괴적인 길로 이끌어 가고 있다. 소비를 계속 늘리고, 재생 가능한 천연자원을 남용하고, 고용은 줄이면서 경제는 성장시키고, 세계화를 지지하는 것이다.

과연 어떻게 하면 우리 모두를 하나의 틀에 가둬 버리는 세계화 경제를 우리가 의존하고 있는 자연 세계와 조화를 이루도록 할 수 있을까? 이런 질문을 던지는 경제학자는 거의 없다.

예외적 인물이 허먼 데일리다. 그는 세계은행의 수석 경제학자로 6년 동안 일하다가 사임했다. 학계로 돌아오자마자 데일리는 세계은행을 위한 중대한 제안들이 담긴 놀라운 고별 연설을 했다.

첫 번째 제안은 어떤 것이었을까? "자연자본의 소비를 소득으로 계산하는 일을 그만 두라. 소득이란 정의상 한 사회가 올해 소비할 수 있고 내년에도 같은 양을 소비할 수 있는 최대치다. 이는 올해의 소비를 소득이라 부를 수 있기 위해서는 내년에도 같은 양을 생산하고 소비할 수 있는 능력이 남아 있어야 한다는 뜻이다. 따라서 지속 가능성은 소득의 정의 자체에 내재되어 있는 개념이다."

기존의 경제학은 우리가 생존하는 데 필요한 모든 것이 지구에서 나오는 '자연자본'이라는 사실을 망각하거나 무시하고 있다. 우리는 자본은 건드리지 말고 이자만으로 살아야 할 책임이 있다. 데일리는 경제학자들이 부가 인간에 의해 창출된다는 개념에만 매몰되어 있어 "변치 않고 유지되어야 하는 생산 능력이 자연자본을 배제하고 인간이 만든 자본만이라고 생각해 왔다"며 "우리는 자연자본을 습관적으로 자유재로 간주해 왔고 ······ 오늘날 온 세계에서 자연자본은 반(反)경제적인 것이 되어 버렸다"는 점을 지적했다.

데일리는 자연자본의 소비를 소득으로 여기는 잘못이 국민계정체계(SNA)에, 자연자본을 고갈시키는 프로젝트에 대한 평가에, 국제수지 계산에 내재되어 있다고 말한다. 그리고 그런 계산법이 "투자가 자연자본을 고갈시키는 프로젝트에 치우치도록, 그리고 지속 가능한 프로젝트로부터 멀어지도록 만든다"고 말한다. 지속 가능한 미래를 위해서는 이런 편향이 반드시 시정되어야 한다. 재생 불가능한 자원을 고갈시키는 것, 또는 지속 가능한 산출량 이상으로 남용하는 것은 사용자 비용(user cost)으로 간주해야 한다. 이산화탄소와 같은 인간 활동의 산물을 빨아들이는 싱크대 역할을 하는 공기·물·흙의 능력도 마찬가지다.

데일리는 또 이렇게 말한다. "국제수지에서는 석유든 지속 가능한 산출량 이상으로 베어낸 목재든, 고갈된 자연자본을 수출해도 경상계정에 계상되어 전적으로 소득으로 다루어진다. 그러나 이는 회계상의 오류다. 그런 지속 불가능한 수출품들 중 일부는 고정자산의 판매로 보아야 한다. …… 이게 제대로 되면 무역수지 흑자였던 것이 실은 적자였음을 알 수 있다. 그것은 자연자본이라는 자본을 계속해서 이전하는 바람에 초래된 결과다."

이와 같은 것을 북극이나 태평양 연안인 북서부의 오래된 숲에 적용했다면 우리의 경제적·정치적 결정은 사뭇 달라졌을 것이다.

그의 두 번째 권고는 이렇다. "노동과 소득에 대한 과세는 줄이고, 자원 소비에 대한 과세는 늘려라. 과거에는 정부가 성장을 촉진하기 위해 보통 자원 소비를 장려했다. 그래서 에너지, 물, 비료, 심지어 벌목 같은 것은 지금도 흔히 장려의 대상이 된다."

대부분의 나라에서 노동과 소득에 세금을 많이 부과하는데, 그렇게 하면 실업률을 더 높일 뿐이다. 데일리는 우리가 과세 기반을 노동과 소득에서 다른 곳으로 옮겨야 한다고 말한다.

"소득세 구조는 고소득자에게는 과세하고 저소득자에게는 보조해 주어 전반적인 세수(稅收) 구조가 진보적이 되도록 유지해야 한다. 하지만 국고 세입의 대부분은 자연을 고갈시키거나 오염을 유발하는 소모에 대한 과세로 충당해야 한다." 데일리는 그런 변화가 북반구에서 먼저 시작되어야 한다고 지적한다. 문제는 세계은행이 환경적으로 지속 가능한 개발을 권장할 때 세계은행의 융자를 받는 나라들에 대해서만 그 영향력을 행사한다는 것이다. 잘사는 산업국가들에게는 아무런 영향력을 행사하지 못한다.

허먼 데일리의 관점은 기존 경제학에 내재되어 있는 왜곡을 볼 수 있게 하고, 경제의 세계화를 향해 지금처럼 폭주하는 것이 왜 위험한지를 알게 해준다. 그가 마지막으로 던진 공격적인 제안은 이랬다. "단기적으로는 자연자본의 생산성을 극대화하고, 장기적으로는 그것의 공급을 늘리는 데 투자하라." 경제학자라면 생산을 제한하는 요인이 있을 때 우리가 가진 것을 최대한 활용하고 그것의 공급을 늘리는 데 투자해야 한다는 것을 안다. 하지만 많은 경제학자들은 지구에서 나오는 '자연자본'을 제한 인자(limiting factor)로 볼 줄 모른다.

경제학은 인간의 창의성이 더 많은 것을 만들어 내거나 대체재를 발견함으로써 자연의 제약을 극복할 수 있다는 가정에 바탕을 두고 있다. 그러나 데일리는 이러한 가정이 오류임을 안다. "과거에는 자연자본이 무한정 풍부하며 가격이 거의 제로에 가까운 것으로 다루어졌다. …… 이제는 남아 있는 자연자본이 부족하기도 하고 보완적인 것이어서 한정된 것으로 보인다. 예를 들어 어획량은 어선의 수가 아니라 남아 있는 어족량에 따라 정해진다. 벌목은 제재소의 수가 아니라 남아 있는 숲의 양으로 한정된다. …… 이산화탄소를 빨아들이는 싱크대 역할을 하는 대기의 능력은, 땅속에 남아 있는 제한된 원유의 양보다는 석유가 타서 없어지는 속도에 더욱 제한받을 것이다."

하지만 자연자본은 정의상 우리가 만들 수 없는 것인데, 과연 어떻게 해야 그것을 보존하거나 늘릴 수 있을까? 데일리는 다음과 같은 정책들을 장려한다면 그렇게 할 수 있다고 말한다. "올해의 이익을 소비하기보다는 내년의 자본을 축적하는 데 보태는 식의 투자 방식을 따른다. 재생 불가능한 것들을…… 우리는 얼마나 빨리 소모해 버리는가?…… 제대로 계산된 소득을 얼마나 소비하며 얼마나 투자하는가?…… 자연자본을 고갈시키는 행위에 대해 소비자 비용을 물리지 않는다면 투자는 반드시 자원을 다시 채워 놓는 방식과 반대되는 방향으로 쏠릴 것이다."

마지막으로 데일리는 다음과 같은 근본적인 처방을 제안한다. "세계화 경제에서 보다 국민적인 경제로 방향을 돌려라. 지금은 모든 것을 세계 경제에 의존하는 것을 명백히 선(善)으로 칭송하고 있기 때문에 쉽지는 않을 것이다. 각국의 시장이 다른 모든 국가들에게 가차없이 정복당하는 것을 발전·평화·조화의 왕도라고 생각하고 있다. …… '민족주의자(nationalist)' 는 경멸적인 말이 되어 버렸다."

데일리는 이런 지적도 한다. "세계은행은 회원들의 이해 관계에 봉사하기 위해 존재한다. 그 회원이란 국민국가도, 민족 공동체도, 개인도, 기업도, NGO도 아니다. 국경 없는 하나의 세계라는 사해동포주의적 국제 통합 비전에 봉사할 권한이 세계은행에는 없다."

우리는 세계화 경제의 이런 파괴적인 충격이 캐나다와 미국에도 미치는 것을 흔히 본다. 지속 가능한 공동체와 생태계를 육성할 수 있는 벌목·어로·채굴 정책이 투자자 이익의 극대화를 목표로 삼는 초국적기업들의 반대로 좌절되곤 하는 것이다. 세계적인 환경 문제를 해결하기 위한 국제협정이 체결되면, 국민국가의 정부는 그것을 집행할 수 있어야 한다. 데일리가 말하듯 "국가가 국경에 대한 통제력을 갖지 못하면 국제협약 준수에 필요한 것들을 포함해 자국의 국내법을 집행하기도 곤란한 처지에 빠지게 된다."

데일리는 이런 대단한 경고도 하고 있다. "사해동포적 세계화는……국가 공동체와 그 이하 단위의 힘을 약화시킨다. 반면 초국적기업의 힘은 상대적으로 강화된다. ……외국 자본을 줄이고 국민 자본을 늘릴 필요가 있다. …… 앞으로 10년 뒤면 전문가들 사이에 '자본의 재국민화(renationalization)'라는 용어가 유행할 것이다.……글로벌 경쟁력을 높이는 데 필요한 모든 조정을 동원한 수출 주도의 성장이라는 지금의 개념은 진부해질 것이다. '글로벌 경쟁력'은 대개 임금을 줄이고, 환경·사회 비용을 외부화하고, 소득을 올린답시고 자연자본을 싼값에 수출하는, 삶의 질을 떨어뜨리는 경쟁이다."

데일리는 우리에게 지금과 같은 경제 패러다임에 의문을 던지라고 한다. 그는 아무 생각 없이 세계화가 무엇보다 중요하다는 미사여구만을 반복하는 세태에 대항할 수 있는 반가운 상식을 우리에게 제공해 주고 있다.

숲과 바다와 인간이 다함께 사는 길

정치는 우리 사회의 지배적인 힘이다. 우리가 선출한 대표들의 가치관과 행동이 우리를 미래로 이끈다. 우리는 이것만이 유일한 방법이라고 생각하지만 이와는 아주 다른 방식으로 스스로를 다스리는 사회들이 있다.

나는 하이다족의 독수리 씨족에게 받아들여져서 해마다 하이다그와이(퀸 샬럿 제도)에서 열리는 하이다 부족회의에 참석한다. 회의가 끝나면 성대한 잔치가 벌어지는데, 테이블 위에는 가까운 바다에서 잡은 조개·게·청어알·연어·가자미와 함께 집에서 만든 과자·케이크·파이가 잔뜩 차려져 있다. 음식을 먹고 나면 손님들에게 선물도 주고 노래와 춤을 즐기며 논다.

이곳에서는 문화와 역사와 공동체가 '고향'이자 '가족'인 숲과 바다의 풍요에 뿌리를 두고 있다. 하이다 사람들을 생각하면 1992년 유엔에서 놀라운 연설을 한 말레이시아 사라와크의 켈라빗 사람인 앤더슨 무탕 우루드가 생각난다. 그의 말에서 우리 모두를 위한 풍부한 아이디어와 통찰을 발견할 수 있기 때문이다.

사라와크는 브라질 면적의 2%도 되지 않지만 세계 열대 목재의 절반 가량이 여기서 나온다. 벌목 속도를 당장 절반으로 줄였지만 무탕은 사라와크 원시림이 2000년이면 대부분 사라질 것이라 경고했다. 게다가 숲을 베고 나면 도미노 현상이 일어난다. "물고기, 야생동물, 사고야자, 등나무, 약용식물이 사라집니다. 그러면 돼지가 사라지고, 그 때문에 우리가 주로 먹는 고기도 사라져 버립니다.…… 껍질에 독성이 있는 나무와 덩굴을 베어내 강물에 흘려보내면 물고기가 죽습니다. 산사태로 강이 오염되고, 그로 인해 병이 생기고 우리가 마실 물이 없어집니다."

캐나다인들과 마찬가지로 말레이시아인들도 토착민들의 신성한 묘지를 존중하지 않았다. "벌목 회사들은 우리의 감정 따윈 아랑곳하지 않고 묘지를 불도저로 밀어 버립니다.…… 왜 파괴하느냐고 항의하면 보상이랍시고 돈을 조금 줍니다. 하지만 그건 모욕입니다. 어떻게 조상의 시신을 판 돈을 받을 수 있단 말입니까?"

가치 체계가 근본적으로 충돌하는 것이다. '발전과 개발'은 벌목 행위를 정당화하기 위해 정부가 흔히 사용하는 말이다. 이 말에 대해 무탕은 이렇게 말한다. "우리에게 그들이 말하는 소위 발전이란 굶주림, 의존, 무기력, 우리 문화의 파괴, 우리 부족의 도덕적 해이를 뜻할 뿐입니다."

브리티시컬럼비아의 경우와 마찬가지로 사라와크의 임업 관행은 공동체를 유지한다거나 숲을 보존하는 방법에 대한 고려는 거의 없이 이윤을 극대화하는 데만 맞추어져 있다. 무탕은 이를 계략이라고 본다. "정부는 우리를 위해 일자리를 창출한다고 주장합니다. 하지만 그런 일자리란 숲이 사라지면 함께 없어져 버립니다. 10년이면 다 없어질 겁니다. 그리고 우리를 수천 년 동안 살게 해준 숲도 함께 사라져 버릴 겁니다."

정말 문제는 서구의 발전관이 공동체와 가족을 부양해 주는 삶의 방식을 파괴한다는 사실이다. "제 아버지, 할아버지는 정부한테 일자리를 부탁할 필요가 없었습니다. 그들은 실업이란 걸 몰랐습니다. 땅에서 나는 것들과 숲에서 나는 것들로 살았습니다. …… 우리는 한 번도 배고프다거나 무엇이 부족하다는 걸 느껴 본 적이 없었습니다. 벌목 회사에서 주는 일자리는 남자들을 몇 달 동안 가족한테서 떼어놓습니다. 그리고 우리 가족과 공동체를 누대에 걸쳐 결속시켜 주었던 튼튼한 끈을 끊어 버립니다. 또 이런 일자리는 아무것도 모르는 우리들을 소비 경제로 몰아넣습니다. …… 페난·켈라빗 등의 토착민들은 숲을 자기 집이라고 생각합니다. 자기 집에 도둑이 들어온 걸 보면 자길 걸 지키려고 합니다."

1987년 이후로 이들은 평화적 봉쇄 운동을 벌였는데, 정부는 수십 명을 체포하고 가두는 것으로 대응했다. 무탕 자신도 부재중 재판을 받아서 고향으로 돌아가면 체포될 처지에 있다.

무탕은 또 이런 이야기를 들려준다.

정부의 고위 관리 하나가 저더러 개발을 하려면 누군가는 희생을 해야 한다고 말하더군요. 저는 왜 우리가 그런 희생을 해야 하느냐고 물었습니다. 우리는 이미 가난해졌고 주변부로 밀려나 버렸습니다. …… 기업들이 우리 숲에서 난 것들로 부자가 되는 동안 우리는 빈곤에 허덕이는 처지가 됐습니다. 이제 우리에게는 목숨

말고는 희생할 게 남아 있지 않습니다.

현대화 경쟁을 한다 하더라도 우리 같은 토착민들의 오래된 문화와 전통을 존중할 줄 알아야 합니다. 우리는 유럽 문명이 만들어 낸 발전 모델을 맹목적으로 따라가서는 안 됩니다. 선진국의 부를 부러워할 수도 있겠지만 그런 부가 엄청난 값을 치르고 산 것임을 잊어선 안 됩니다. 잘사는 나라들은 너무나 심한 스트레스와 공해, 폭력, 빈곤, 정신적 공허 때문에 고통받고 있습니다. 토착 공동체의 부는 돈이나 상품이 아닌 공동체, 전통, 특정 장소에 속한다는 느낌에 있습니다. …… 세계는 단일 문화를 향해 질주하고 있습니다. 우리는 잠시 멈추고 다양성의 아름다움을 깊이 생각해 봐야 합니다.

자기 부족을 위한 무탕의 호소는 이곳 캐나다에도 해당된다. 하이다 그와이의 땅과 물에는 발전을 달리 정의하고 다른 길을 갈 수 있는 기회를 주는 생명이 아직 풍부하다.

●●●●●

환경운동가들은 페난 사람들의 숲을 회복 불가능할 정도로 파괴하는 벌목 관행에 대해 말레이시아 정부를 오랫동안 비난해 왔다. 말레이시아는 전세계의 지탄을 받았지만 그다지 개의치 않았다. 그러다가 1997년과 1998년 몇 주 동안 인도네시아와 말레이시아 일대를 어마어마한 연기구름이 뒤덮었다는 소식이 들려왔다. 가뭄으로 인한 화재로 사라와크 일대가 온통 잿더미가 되고 만 것이다. 고통스러워하는 오랑우탄의 사진이 숲에 대한 탐욕스러운 파괴 행위의 상징인 페난의 이미지를 대신하게 되었다.

황금알을 낳는 거위, 숲

우리는 모두 벌목될 위기에 놓인 오래된 숲 속에 서 있었다. 그는 자라는 데 수천 년이 걸린 나무들을 베어내고 골짜기에 도로를 뚫을 수 있는 임업 면허를 따낸 기업의 CEO였다. 우리는 50미터도 안 되는 거리에 서로 마주 보고 서서 숲의 운명에 대해 열띤 논쟁을 벌였다.

"저기 저 나무 보여요?" 그는 수령이 몇백 년은 된 듯한 거대한 나무를 가리키며 외쳤다. 그는 내 대답을 기다리지 않고 말했다. "저건 베어낼 때까지는 아무 가치가 없어요."

나는 이 말에 너무 충격을 받아 그에게 계속 말할 틈을 주고 말았다. "물론 당신네들같이 나무 껴안기 좋아하는 환경운동가들은 저런 나무를 보고 좋아서 돈을 내서라도 지키려고 하겠죠. 하지만 당신네 친구들이 이 숲을 전부 지킬 만큼 돈을 모을 수 있을 거라고 생각해요? 벌목은 이 지역 경제를 계속 성장시켜 주고, 당신네 같은 보존주의자들이 옷도 사입고 차도 몰고

TV도 볼 수 있게 해주는 거잖소."

내 말문이 막힌 것은 그의 말이 옳다는 걸 알았기 때문이다. 우리 사회가 채택한 경제학에 내재된 가치 체계에는, 상품이나 서비스와 교환되는 화폐가 있어야만 경제적 가치가 있는 거래로 인식된다.

하지만 나무가 그 일부를 이루고 있는 숲을 보는 나의 관점은 완전히 다른 것이다. 나무 한 그루는 만들어지는 데 수천 년이 걸리는 유기체들의 군락 중 아주 작은 일부였다. 그리고 이런 군락은 숲을 이루는 전체 생명체 중 극히 작은 일부인 나무들(업계의 용어로 표현하자면 "시장성 있는 목재" 또는 "섬유")로 이루어져 있다. 흙은 바이러스·박테리아·균류·원생동물과 같은 수만 종의 미생물과 그보다 큰 선충류·땅벌레·곤충·진드기 등으로 이루어져 있는 살아 있는 유기체다. 식물과 동물은 숲 바닥을 담요처럼 덮어 주고, 이끼류는 바위와 썩어 가는 나무를 씌워 주며, 그루터기와 쓰러진 나무는 숱한 유기체들에게 양분을 공급해 주고 보호해 준다. 우리가 숲이라고 인식하는 군락은 이처럼 우리의 이해를 뛰어넘어 복잡할 뿐만 아니라 서로 연결되어 있으며, 숲에 충만해 있는 공기·물·햇빛에 의해 하나로 얽혀져 있다.

산림 전문가들이 '2차림'이라고 부르는 것은 전혀 숲이라 할 수 없다. 토마토나 옥수수를 키우는 농장처럼 나무를 작물처럼 기르려는 나무 농장인 것이다. 물론 이런 '관리된 숲' 또는 '섬유 농장'은 더 이상 자연림이 지닌 복원력이나 재생력, 또는 자기보호 능력이 없기 때문에 업체들은 상업적 가치가 있는 빨리 자라는 품종을 육성해 줄 유전학자와 '잡초'(상업적 가치가 없는 것들)를 제거해 주는 제초제, 해충을 박멸해 주는 살충제, 토양을 복구시켜 주는 화학비료, 소방수가 필요해진다. 대규모 모두베기와 중장비의 사용은 흙속의 식물군과 동물군을 햇볕·바람·공기에 노출시키고, 숲의 혈액이라 할 수 있는 습지와 개울과 강을 변화시키며, 남은 종들의 구성을 근본적으로 바꾸어 버린다.

산림 전문가들은 잘려 나간 원래의 숲을 만들어 내는 게 무엇인지를 다 안다는 듯 이런 관행을 "적절한 임학적 관리"라고 합리화한다. 물론 그들은 모른다. 그들은 숲을 이루는 종들이 어떤 것인지 제대로 조사한 적도 없으며, 그 구성원들이 서로 어떻게 연결되어 있는지 설명해 주는 청사진을 갖고 있지도 않다. 숲은 동화에 나오는 황금알을 낳는 거위와 같은 존재다. 한마디로 거위가 살찌고 건강해야 황금알을 계속해서 낳을 수 있다는 이야기다. 동화에서처럼 글로벌 경제는 거위를 죽여 당장 구할 수 있는 황금알을 전부 모으겠다는 근시안적 사고를 하고 있다. 『변화를 위한 좋은 소식 : 위기의 지구를 위한 희망』이란 책에서 내가 지적한 바와 같이, 나무는 성장률 이하 수준으로 선택적으로 벌목하면 몇백 년 만에 한 번 정도가 아니라 무한정 '수확'하는 이익을 얻을 수 있다. 나무를 선택적으로 베어낸다면 복원력과 재생력의 비결인 다양성을 희생하지 않아도 된다.

나무가 수익을 창출함으로써 경제에 편입되어야만 가치를 획득한다는 CEO의 말로 돌아가서, 인간이 가치를 정의하기 전에 그 나무는 과연 무엇을 하는 존재인지 한번 생각해 보자. 몇백 년을 산 그 나무는 공기 중의 이산화탄소(온실가스의 하나)를 흡수함으로써 생명의 기후 조절에 한몫 담당하고 있으며, 광합성의 부산물(생존하기 위해 산소에 전적으로 의존하는 우리 같은 동물들에게 나쁘지 않은 부산물)로 산소를 내놓는다.

살육의 바다

지구는 물의 행성이라고 해도 과언이 아니다. 육지에 사는 우리들은 바닷물 아래에 무엇이 있는지 모르는 게 너무나 많은, 공기 지상주의자다. 그런데 대기·기후·표토 같은 것들은 계속 바뀌는 데 반해 바다는 급속한 변화를 덜 겪고 있는 듯하다. 우리가 갈수록 해양 자원, 특히 식량 때문에 바다 쪽으로 관심을 돌리고 있는 것은 그 때문이다.

바다는 지구 표면의 70%를 덮고 있다. 바다는 생명 자체가 시작된 곳이고, 헤아릴 수 없이 많은 생명체들의 고향이기도 하다. 그런 바다가 오늘날 재앙이라고 할 정도로 심하게 약탈당하고 있다. 우리가 아마존 우림지대와 브리티시컬럼비아 해안 우림지대, 캘리포니아 삼나무, 제임스 만의 수계를 태우고, 대규모로 베어내고, 댐을 건설하는 것에 반대한다면, 바다에서 일어나고 있는 참상을 외면할 수는 없다.

우리는 바닷속 생물들을 너무 많이 먹고, 너무 많이 파괴한다. 세계에서 가장 큰 도쿄의 츠키지 어시장에 가보면 문제의 원인이 무엇인지 짐작할 수 있다. 어물전이 꽉 찬 통로가 몇 킬로미터나 이어져 있는데, 그토록 많고 다양한 바다 생물들이 다 팔려 나간다는 생각을 하면 섬뜩해진다. 부두에는 어마어마하게 많은 참치, 황새치, 상어가 얼린 상태로 줄줄이 늘어서 있다. 온갖 생선 알과 자잘한 물고기, 낙지, 게, 고래고기 토막을 비롯해 온갖 크기와 모양과 종류의 생선이 팔려 나간다. 오후가 되면 어물전이 텅 비었다가 다음날 아침이 되면 같은 과정이 되풀이된다. 만족할 줄 모르는 일본의 식욕은 자기네 바다에서 난 것들만으로는 충족되지 않기 때문에 전세계의 바다에서 어물을 사오거나 잡아와야 한다.

환경 위기의 원인과 관련된 모든 것—무지, 근시안, 탐욕—은 우리가 바다에서 '어획'을 하는 방식에서 극대화된다. 바다 생태계에 대한 우리의 지식은 극도로 제한되어 있다. 그래서 우리는 눈에 보이지 않는 것은 생각해 볼 필요도 없다는 식으로 행동하고 있다. 그렇지 않다면 우리가 바다에 쓰레기, 하수, 산업폐기물, 핵폐기물, 낡은 화학무기를 버리는 행태를 어떻게 설명할 수 있겠는가?

더욱이 어업 정책은 복잡한 해양 생태계에 대한 고려보다는 정치적·경제적 우선 관심사에 따라 결정된다. 일본 어선단은 마치 해적처럼 7대양을 휩쓸고 다니면서 '국제' 수역을 마음대로 약탈하고 있다. 탐욕과 근시안의 극치를 보여 주는 것은 대만과 한국, 그리고 일본 어선단이 사용하는 유망이다. 쿠웨이트까지 가서 전쟁을 치를 만큼 적극적이라면 바다에서 행하는 파괴 행위에 대해서도 마찬가지로 엄중하게 대응해야 한다.

상식이 있다면 거의 눈에 띄지도 않는 5000킬로미터의 나일론 그물을 1년에 6개월 동안이나 몰래 펴놓는 것이 얼마나 파괴적 행위인지를 알고 분개해야 한다. 이 '죽음의 장막'은 그들이 잡으려는 오징어보다 훨씬 더 많은 것들을 끌어올린다. 물고기든, 바다새든, 돌고래나 바다표범이나 작은 고래 같은 바다 포유류든 무차별적으로 잡아 버린다는 것이다. 유망은 죽음의 큰 낫처럼 바다를 훑는다. 어부들은 이렇게 잡히는 동물들이 나중에 어떻게든 복원될 것이라는 듯 유망을 사용한다. 일본 정부는 유망이 끼치는 영향을 '모니터링' 하겠다고 장담하는데, 이는 가소로운 책략이다. 바다를 노천 채굴하듯 마구 훑는 일은 당장 중지되어야 한다.

바다는 대단히 넓은 데다 때로는 예측할 수 없어 수백 킬로미터 길이의 유망이 유실되곤 한다. 인간의 손을 떠난 유망은 '귀신 그물'이 되어 사시사철 물고기를 잡아들인다. 그물에 너무 많은 물고기들이 걸려들면 그물이 무게를 이기지 못하고 해저로 가라앉아 그 안에 든 생물들이 전부 썩어 버려 사라지게 된다. 그러면 이 그물은 눈에 띄지 않는 해저의 괴물처럼 다시 떠올라 죽음의 행위를 계속하게 된다.

우리의 어로 활동이 생태계에 끼치는 장기적 영향은 단기적인 경제적 편익 이상으로 평가되어야 한다. 문제는 유망만이 아니다. 우리는 바다 밑바닥이 한결같고 영원히 복원력이 있는 것처럼 대한다. 그래서 초대형 가공 어선들이 숲을 몽땅 베어내는 것과 같은 파괴적인 방식으로 해저를 그물로 훑고 있다. 상당수가 100년도 더 된 '코끼리조개'라고 불리는 큰 조개는 많은 해저 생물들의 서식지를 파괴하는 배의 '물 분출'로 해저에서 사라져 가고 있다.

우리 아이들에게 어떤 세상을 물려줄 것인가

각국 정부는 어획량을 제한하고, 어로 장비와 어로 시즌을 규제하면 해양 자원을 '관리'할 수 있다고 생각한다. 해양 생태계에 대한 엄청난 무지를 인정하는 데서 출발하는 대신, 신중에 신중을 거듭하는 규제를 하는 대신, 바다 생물들이 다 사라질 때까지 뒷짐을 지고 있으려 한다. '지속 가능한 미래'에 대해 진심으로 관심을 갖고 있다면 바다를 착취하는 지금의 방식은 바뀌어야만 한다. 유망은 좋은 출발점이다.

●●●●●

일본이 1970년대 말에 아주 질기고 효율적인 나일론 모노필라멘트 유망을 만들고 난 뒤, 이 그물을 이용하는 배의 수가 엄청나게 늘어났다. 주로 오징어를 잡는 데 사용된 이 그물은 아주 효과적이어서 일본이 자국 해안선 1000 킬로미터 이내에서는 사용을 금지하자, 일본 어선들은 머나먼 바다로 원정을 나갔다. 1980년대에 주로 일본과 대만에서 500척이 넘는 어선들이 베링해로 몰려들자 알래스카 정부는 일본 어선단을 쫓아냈고, 뉴질랜드는 1983년 자국 해역에서 대만 어선들의 유망 사용을 금지했다. 1989년에는 하와이가 유망을 금지했고, 남태평양 국가들은 유망 금지를 요구하는 '타라와 선언'에 서명했으며, 캐나다 해양수산부 장관 톰 시든은 개인적으로 반대 의견을 피력했다. 세계식량농업기구(FAO)는 1989년에 31만 5000마리에서 100만 마리에 이르는 돌고래가 유망에 걸려 죽은 것으로 추산했다. 1989년 12월 미국은 남태평양에서의 유망 사용 금지와 함께, 1992년 6월 30일부로 전

세계적으로 모라토리엄(위험한 활동의 일시적 정지—옮긴이)을 요구하는 결의문을 유엔에 제출했다. 이 결의문은 물타기를 한 다음 통과될 수 있었다.

어선을 타본 입회인들은 일본의 유망이 오징어 1억 600만 마리와 다른 100여 종의 바다 동물 4000만 마리를 잡은 것으로 추산했다. 1991년 11월 25일, 일본과 미국은 전세계적으로 일본의 유망을 단계적으로 폐기하는 데 합의했다. 1991년 6월 30일, 유엔은 1992년 6월 30일까지 50%를 줄이고 1992년 말까지는 전면 폐기한다는 결의문을 통과시켰다. 그러나 유럽 어선들은 1990년대 말까지 대서양과 지중해에서 유망을 계속 사용했다.

유망은 단계적으로 폐기될 때까지 어류·포유류·거북·새를 너무나 많이 훑어 버렸다. 그것 말고도 다른 끔찍한 방법이 있다. 낚싯바늘이 1만 개 달려 있고 길이가 50킬로미터나 되는 주낙(longline)이 해양 곳곳에서 사용되고 있는 것이다. 이 낚싯줄은 어선 뒤쪽으로 멀리 뻗어 나가 해수면 가까이 떠 있으면서 미끼 달린 낚싯바늘로 알바트로스 같은 새까지 낚아 버린다. 1997년부터 2000년까지 남태평양에서만 33만 마리의 새가 주낙에 잡힌 것으로 추산되는데, 그 가운데 알바트로스가 4만 6500마리, 큰바다제비가 7200마리, 흰턱바다제비가 13만 8000마리에 이른다. 게다가 주낙에는 상어, 거북, 돌고래, 심지어 고래까지 낚여 엉켜 버린다. 1994년에는 주낙에 걸린 부수 어획(목표 대상이 아닌 어종들—옮긴이)의 양이 알래스카 연안에서만 5억 7200만 파운드나 되었다고 한다.

그것으로도 충분하지 않았던지 트롤어선 두 척이 바다 밑에 어마어마한 저인망을 끌고 다니면서 마구잡이로 끌어올리는 기술이 나오게 되었다. 튼튼한 합성섬유로 만든 그물은 점보제트기를 12대나 가둘 수 있을 만큼 큰 것도 있다! 프랑스와 스코틀랜드가 짝을 이룬 트롤어선들은 6주 만에 돌고래를 2000마리 이상 잡았다고 한다. 갑판 위로 끌어올린 엄청난 부수 어획 가운데 상당수는 버려지며, 저인망에 갇혀 끌려다니는 엄청난 무게가 바다 밑바닥의 생물 서식지를 짓눌러 파괴해 버린다. 해양 보존 전문가인 엘리엇 노스는 해마다 싹쓸이당하는 해저의 총면적이 모두베기를 당하는 숲의 면적보다 115배나 많다고 한다.

위기는 어획량을 크게 증가시키지만 서식지를 파괴하고, 엉뚱한 종들을 광범위하게 죽이며, 돈이 되는 어종을 남획할 수 있는 강력한 기술이 자꾸 발전한다는 것이다. 이런 남획을 제한하는 생태적 지속 가능성의 원칙이 지켜지지 않는다면 새로운 기술은 미래에 대한 고려라곤 없이 황금만을 좇는 심성을 부추길 것이다.

위험한 '종 우월주의'

1991년 3월, 브리티시컬럼비아 임업국은 생물다양성에 관한 회의를 후원한 바 있다. 여러 전문가들이 모여 숲과 수계에서의 생물다양성의 가치라든지 벌목이나 채굴이나 댐이나 오염이나 농업 같은 인간의 활동이 야기한 위협에 대해 논의했다. 개회 연설이 끝난 뒤 청중 한 사람이 일어나 자신이 겪었던 두려움과 좌절에 대해 감성적인 발언을 했다. 그는 자신이 1960년대에 히피가 되어 사라졌다가 1980년대에 환경운동가가 되어 돌아왔다고 말했다. 그런데 숲이 파괴되는 속도가 갈수록 빨라지는 모습을 보면서 그는 어쩔 수 없이 더 파괴적인 수단, 이를테면 폭력이나 법을 어기는 방법을 고려할 수밖에 없다고 했다. 그의 말은 우리도 그처럼 행동해야 할까 하는 질문을 우리에게 던져 주었다.

환경운동의 힘은 비폭력에 대한 비타협적 헌신에 있었다. 하지만 갈수록 사람들은 지구 환경 위기가 시급함에도 정부가 말하지 않고 움직이지

우리 아이들에게 어떤 세상을 물려줄 것인가

않는 것에 분노와 좌절을 표시하고 있다.

염화불화탄소(CFC)의 역사는 많은 것을 시사한다. CFC의 일종인 프레온은 1930년대에 처음 알려졌을 때 나일론·플라스틱·DDT 같은 것들을 가져다 준 사람들로부터 놀라운 화학 물질이라는 칭송을 받았다. 안정성 있고 독성이 없으며 불연성(不燃性) 물질이라는 것이다. 1976년 미국에서만 7500억 파운드가 넘는 프레온이 스프레이 캔의 압축가스로, 냉매로, 실리콘 칩의 세정제로 만들어졌다. 1970년대 초에 과학자들은 대기 상층부에서 자외선이 CFC 분자의 염소를 끊어내 풀려 나온 염소가 반응성이 대단히 높아 오존층을 파괴한다는 사실을 발견했다.

대기 상층부의 오존은 햇빛의 자외선을 대부분 흡수한다. 자외선의 양이 적으면 살갗이 그을리는 정도지만 양이 많아지면 DNA 자체에 유전적 손상을 가한다. 미생물을 죽이고, 인간에게는 피부암(치명적인 흑색종을 포함하여)과 백내장을 유발하며, 면역 기능을 떨어뜨린다. 자외선이 점점 강해지면서 숲과 바다의 플랑크톤, 농작물, 야생동물에게 어떤 일이 벌어지고 있는지 모른다.

과학계의 발표로 스프레이 캔에 대한 소비자들의 수요가 줄어들자, 화학업계는 염소를 덜 함유하는 대체 물질을 개발하라는 압력을 받았다. 이 문제는 한동안 잠잠했다가 1984년 대기 과학자들이 남극 상공 오존층에 커다란 구멍이 뚫린 것을 발견했다는 발표가 있자, 대중들뿐만이 아니라 과학계·정치권·산업계에 엄청난 충격을 주었다. 그 결과 1990년에 50개국 이상이 모여 2000년까지는 CFC 사용을 전면 금지하기로 합의했다.

환경 문제 가운데 CFC와 오존의 관계만큼 명명백백한 사례는 드물다. 문제를 일으키는 원인 물질이 밝혀지고, 오존과 자외선의 영향이 알려지고, 덜 파괴적인 대체 물질 개발이 가능한 경우였다. 그런데 경제적으로 너무 중요해서 생산을 당장 중단할 수 없게 된 CFC를 사용한 사례가 너무나 많았다. 사용이 금지된 뒤에도 CFC는 수십 년 동안 계속 대기 중에 배출될 것이다. CFC의 오존층 파괴와 비교하여 지구 온난화나 독극물 오염, 우림지대 파괴 같은 생태 문제들은 훨씬 더 복잡하여 그 원인이나 효과, 해법을 확정하여 수량화하기가 매우 까다롭다. CFC에 대해 행동하는 게 이렇게 오래 걸린다면 다른 문제에 대처하는 데는 얼마나 더 오래 걸릴까?

대형 댐, 모두베기, 독극물 오염으로 인한 환경 문제는 너무나 심각해서 당장 특단의 조치를 취하지 않으면 안 된다. 한 해 동안에만 시민들은 캐나다 연방 환경부를 고소하여 케마노 프로젝트와 브리티시컬럼비아의 클레요쿼트 사운드 숲의 벌채, 앨버타의 올드맨 강 댐, 서스캐처원의 래퍼티-알라메다 댐들, 퀘벡의 제임스베이 수력발전 프로젝트, 노바스코티아의 포인트 아코니 석탄공장에 대한 환경영향평가를 하도록 압력을 가했다.

시민들이 직접 뽑은 대표들을 법정으로 불러내어 법적으로 당연히 하게 되어 있는 일을 하도록 만든다는 건 참으로 괴이한 일이다. 정치인이나 정당을 제대로 뽑은 것일까? 아니면 정치인이나 정당에 관계없이 주요 환경 문제에 대한 진지한 행동을 차단하는 정부 자체의 구조와 우선 관심사에 근본적인 문제가 있는 것일까?

어떤 형태의 정부든 인간이 만들어 낸 것인 만큼 인간의 가치와 신념 체계를 반영한다. 그리고 인간의 모든 창조물처럼 어떤 정치 시스템도 완벽하지 않다. 옛 소련에서부터 남아프리카공화국에 이르기까지 스트레스가 많고 변화가 빠른 시대의 정부는 유연성과 상상력과 리더십이 필요하다. 이런 자질들은 지구 생물권이 전례없는 변화를 겪고 있는 지금과 같은 때 특히 중요하다.

캐나다는 민주주의 제도가 아직은 굳게 뿌리내리지 않은 젊은 나라다. 내 부모님처럼 캐나다에서 태어난 일본인들은 1947년에야 투표권을 얻었으며, 이 땅의 선주민들은 같은 권리를 1960년에 획득했다.

요즘 정치와 정치인들을 바라보는 대중들의 시선은 아주 냉소적이다. 이는 정치인들이 무능하거나 열의가 없고, 또 무슨 일을 할 때에도 반응이 지독하게 느린 것에 대한 좌절의 표현이다.

물론 정부의 우선 관심사와 관점이 환경 보호에 필요한 것들과 일치하지 않을 수도 있다. 최선의 의도, 올바른 정치적 우선 관심사, 최선의 정부 구조 아래 가장 훌륭한 사람들이 모인다 해도 지구의 생태 파괴에 제대로 대응하기란 어려울 것이다.

정치인들은 자신을 뽑아 줄 사람들의 표를 보고 행동하기 때문에 다른 생명체에 대해서는 그들이 인간의 필요와 요구에 영향을 끼칠 때만 관심을 가진다. 이런 식의 좁은 시야는 과거엔 문제가 되지 않았을지 모른다. 하지만 우리가 거의 하룻밤새 모든 생태계를 쓸어 버릴 수 있는 능력을 갖게 되면서 이런 식의 '종 우월주의'는 우리가 나머지 자연에 무슨 일을 저지르는지 볼 수 있는 눈을 가려 버린다. 최소한 모든 사람들은 생태학에 대한 이해를 통해 우리가 여전히 자연 세계에 뿌리박고 있으며 의존하고 있다는 사실을 인식해야 한다.

또한 지구의 운명을 가지고 '당리당략을 꾀하는' 일은 없어야 한다. 오늘날 정치인들은 토양 훼손에서부터 독극물 오염, 대기 변화, 삼림 벌채, 멸종, 발암물질, 핵융합 발전에 이르는 문제들에 관해 결정해야 한다. 하지만 캐나다와 미국에서 선출된 공직자들은 대부분 법조인과 기업가 출신이어서 과학과 기술을 제대로 다루기가 힘들다. 기업가나 법조계 출신이 압도적으로 많은 탓에 정부의 우선 관심사는 자유무역이나 침엽수 목재 같은 경제 문제나 북극에서의 캐나다 주권이나 퀘벡의 독립 같은 법적 관할권 문제 등에 치우치는 불균형과 왜곡을 보이고 있다. 우리의 교육 제도는 '모든' 사람이 과학적으로나 기술적으로나 문맹을 면하도록 하여 이 분야의 위기를 이해하고 그에 대처할 수 있는 능력을 확실히 길러 주지 않으면 안 된다.

이런 장벽들은 하나하나 극복될 수 있다. 그러기 위해서는 무엇보다 정치적 관점을 형성하는 사회의 가치·가정·신념이 근본적으로 달라져야 한다.

인류 발생지에서 얻은 교훈

다른 여러 가지 경로로 DNA를 비교해 본 결과 과학자들은 인류 공통의 조상이 아프리카 리프트밸리를 따라 살았다는 결론을 내렸다. 이곳은 우주에서 비행사들이 육안으로 볼 수 있는 지구의 지형 지물 중 하나다.

유명한 세렝게티 평원 북쪽 끄트머리에 있는 이 인류의 요람에서 최초의 인류가 모습을 드러냈을 당시의 조건은 어떠했을까 하는 힌트를 얻을 수 있다. 나무에서 내려와 두 발로 걷게 된 이들은 풀을 뜯으며 뛰어다니는 수많은 동물들과 방대한 초지를 나누어 썼다.

갈라파고스 제도에서처럼 마사이마라의 동물들은 아직 인간을 두려워할 줄 몰랐다. 누들이 큰 무리를 지어 각종 영양이나 얼룩말들과 함께 풀을 뜯는다. 인간은 길가에서 기린 · 코끼리 · 사자와 마주친다. 마라 강은 숨을 푹푹 쉬며 큰 소리로 울부짖는 하마들로 가득했고, 강둑에는 커다란 악어들이 꼼짝 않고 누워 있다.

새를 좋아하는 사람들에게는 이곳이야말로 천국이다. 기품 있는 볏두루미가 무리지어 날아다니고, 물떼새가 우릴 보더니 놀라 소리 지르며 날아오르고, 찌르레기가 장관을 이루는 곳이다. 개구리나 도마뱀이나 뱀들은 아무리 대단한 파충류광이라도 만족시킬 수 있을 정도다.

오래전부터 곤충을 몹시 좋아했던 나는 사마귀와 대벌레, 생쥐만한 메뚜기, 똥을 공처럼 굴리는 왕쇠똥구리 등 다양한 곤충들에 그만 매료되었다(어릴 때 온갖 곤충을 모은답시고 열심히 잡아 죽이곤 했는데, 이제 시절이 얼마나 바뀌었나. 내 딸들은 날 닮아서 곤충을 아주 좋아하는데 전시만을 위해 죽이는 법은 절대 없다. 이제는 핀이 꽂힌 표본 대신 사진이 있다).

산업화된 나라의 도시에 사는 사람들이 보기에 세렝게티와 같이 야생동물이 다양하고 풍부한 곳은 도시의 삭막한 거주 환경과 너무나 대조적이다. 워낙 각박한 환경에서 살다 보니 우리는 그런 평원에서의 삶이 어떠했는지 판단할 근거를 잃어버렸다. 좀더 종합적인 시각을 얻기 위해 초기 모험가들의 기록을 읽기도 하고, 이곳에서 평생을 살아온 노인들과 이야기해보기도 한다. 그들은 20세기 들어 동물들의 구성과 숫자가 급격히 변했으며, 인식이 달라지고 국립공원이나 생태 관광 같은 게 생겨났어도 변화는 계속되고 있다고 말한다.

몇십 년 전만 하더라도 세계에서 가장 카리스마 있는 동물 중 하나인 코뿔소가 수만 마리 있었지만, 오늘날 마사이마라에는 20마리도 채 되지 않는다. 이제 아프리카 아이들은 코뿔소 영역과 숫자가 대단히 제한적인 것을 당연히 여긴다. 한때 대륙 곳곳에서 번성했던 치타·침팬지·표범도 이

우리 아이들에게 어떤 세상을 물려줄 것인가

제는 공원과 보호구역과 개인 사냥 동물원이라는 좁은 구역에서만 볼 수 있다.

우리가 묵고 있는 부시벅영양(아프리카 대륙 중북부 지역에 분포하는 영양-옮긴이) 캠프의 소유주 에드 사드가 1978년에 나이로비로 왔을 때 케냐의 인구는 1200만 명이었으나 지금은 2800만 명이 되었다. 케냐는 아프리카에서 출생률이 가장 높은 나라의 하나로, 앞으로 17년 6개월 정도면 인구가 다시 두 배로 늘어난다고 한다. 이러한 인구 증가는 야생동물들의 서식지에 엄청난 압력으로 작용한다. 인구가 폭발적으로 늘어나면 소득과 땅, 목재, 먹을거리가 필요해져 동물들을 위한 야생 지대를 별도로 남겨둘 여력이 부족해지기 때문이다.

산업화된 나라에서 온 수백만 명의 사람들처럼 나 역시 이곳에 관광객으로 왔다. '생태 관광'은 남반구 국가들이 야생지를 보존하면서 필요한 소득을 올리는 방법으로 크게 선전되고 있다. 그러나 관광이란 게 결코 얌전한 게 아니다. 아주 '소비적'이란 뜻이다. 이곳 마라 강에서도 관광의 충격은 당장 나타나고 있다. 비가 억수로 와 땅이 물에 흠뻑 젖은 탓에 4륜구동 차량들이 금세 평원 곳곳에 엇갈리는 길과 바퀴 자국을 내고 있다. 트럭이나 밴은 자주 수렁에 빠지는 바람에 바퀴가 헛돌 때마다 풀밭 곳곳에 깊은 도랑이 패인다.

우리는 한 캠프에만 머무르면서 특정 생물종들을 찾고 관찰하며 시간을 보내기로 했다. 하지만 대부분의 관광객들은 이곳에 2~3일 정도만 머무르기 때문에 운전기사들은 동물을 최대한 많이 보여 주기 위해 평원 곳곳을 질주한다.

운전기사들은 차창 밖을 유심히 살핀다. 우리는 암컷 두 마리와 짝짓기를 하고 있는 수사자와 마주쳤다. 그런데 이내 다른 차들이 여덟 대나 나타나 사자들 주위를 둘러싸더니 불과 몇 미터 앞에 멈춰섰다. 자연의 생생한 현장을 그토록 가까이서 보는 건 스릴 넘치는 경험이긴 하지만, 가까이서 낄낄거리고 있는 관광객들을 위해 사자들이 연출을 하고 있다는 느낌이 들었다.

이곳 케냐와 탄자니아에서 아직 살고 있는 동물들 정도의 수와 다양성이 보존돼 있는 곳은 지구상에 몇 되지 않는다. 그런데 이들이 인류로부터 전에 없는 압력을 받고 있는 것이다. 우리가 과연 그들이 번성할 수 있도록 공간을 나눠 쓰는 법을 배울 수 있을까?

생태 관광은 분명 광범위한 벌목이나 댐 건설, 그 밖의 야생지 개발보다는 낫다. 하지만 생태 관광은 침략적이고 소비적이다. 우리는 야생동물이 자유롭게, 그리고 우리의 존재를 뛰어넘어 존재한다는 사실을 깨달아야 한다.

진정한 부

하이다족 추장 스키데가테는 부족의 땅인 '하이다그와이' 서해안에 있는 마을의 자취를 보여 주기 위해 우리 가족을 배에 태웠다. 우리는 숨을 죽이고 쓰러져 있는 커다란 통나무집을, 마을 밖의 이끼 뒤덮인 땅을, 오래된 문화를 말없이 증언해 주는 닳아빠진 기둥들을 걸어서 지나갔다. 나중에 연어와 범노래미를 잡았고, 가리비·해삼·성게를 건져 먹었다. 그리고 모닥불가에 둘러앉아 잔뜩 부른 배를 두드리며 북 장단에 맞춰 하이다 노래를 불렀다. 너무 배가 불러 허리띠를 풀어 놓고 통나무에 기대앉아 있던 스키데가테 추장이 생각에 잠겨 있다가 이렇게 말했다. "가난한 사람들은 이 밤에 뭘 하고 있을까." 우리는 이보다 더 좋을 순 없다며 키득거렸는데, 사실 우린 세상에서 가장 부자였던 것이다. 그런 하루에 어떻게 값을 매길 수 있단 말인가.

지난 1월에는 아마존 우림지대 깊숙한 곳에 자리한 카이아포족 마을인 아우크레에 가보았다. 그곳에는 주민 300명이 상상을 초월하는 전통 생활을 하고 있었다. 그들은 활주로와 무선 전화로 전세계와 연결되어 있고 칼과 도끼, 쌀, 설탕, 약, 그리고 약간의 의복을 그들이 말하는 '문명'에 의존하는 21세기 사람들이다. 하지만 그들은 시내로 와서 정착하라는 제안을 거부하고 대신 햇빛과 모닥불, 강에 흐르는 물, 약국이자 식료품점이자 목재소인 숲에 의존하는 전통 생활 방식을 택했다.

14년 동안 친구로 지내온 파이아칸 추장이 나를 보자 가족처럼 반겨 주었다. 내가 낚시를 좋아한다는 걸 아는 그는 다음날 나를 강으로 데리고 갔다. 마침 우기여서 불어오른 강물이 숲으로 넘쳐흘렀다. 그 때문에 지난번 왔을 때와는 완전히 달라져 있었다. 그때는 강물이 말라서 전기뱀장어나 공작배스, 커다란 메기 같은 것들을 잡으려면 웅덩이를 뒤져야 했다. 또 거북 알을 찾으려면 강둑을 뒤져야 했다. 하지만 올해는 강이 급류를 이루고 있어 물고기들이 과일이나 견과류를 찾아 나무들 사이를 헤엄쳐 다니고 있었다. 우리는 낚싯바늘을 과일 속에 끼워 과일 먹는 물고기들을 많이 잡을 수 있었다. 내가 파이아칸에게 "사람들은 이런 걸 할 수 있는 휴가를 가기 위해 몇 년 동안을 열심히 일해 돈을 모으잖아요"라고 말하자, 그는 이해 못하겠다는 듯 나를 물끄러미 쳐다보았다.

어쨌든 우린 정말 중요한 것을 잊어버리고 말았다. 우린 이렇게 말하곤 한다. "인생에서 제일 중요한 건 자유다." 이젠 이렇게 된 것 같다. "인생에서 제일 중요한 건 비용이 많이 든다."

지난 6월 워싱턴에 있는 세계은행에서 연설을 했다. 이 기관은 사회 정의와 환경 관련 활동을 하는 사람들한테는 눈엣가시 같은 존재다. 방송 프로그램에서 몇 차례 세계은행의 수치스러운 환경 관련 기록을 지적한 일이 있었기에 이 은행에서 직접 연설할 기회를 갖는 게 기뻤다. 나는 솔직하고 거칠게 비판했으나 대화와 변화를 위한 방법을 제시했다(놀랍게도 기립박수를 받았다).

질문 시간에 한 경제학자가 물고늘어졌다. "당신은 변화가 일어나야 할 곳을 지적했습니다만 비판하는 대신 우리와 함께 일하는 게 어떻습니까? 가격을 제대로 매기느냐의 문제일 뿐이니까요." 바로 그거였다. 기업계와 정계 지도자들이 세계를 함부로 다루는 방식의 문제점을 이보다 분명히 표현하기도 힘들 것이다. "가격을 제대로 매기느냐는 문제일 뿐"이라는 것은 모든 것에 가격이 있다는 말 아닌가. 그게 틀렸다는 것이다. 가장 소중한 것은 값을 매길 수가 없다. 당신 어머니의 값은 얼마인가? 아니면 당신 누이나 아이의 값은?

언젠가 다른 지역에 사는 투자자들이 밴쿠버의 부동산을 몰아 사고 있을 무렵 한 부동산 중개인으로부터 편지를 한 통 받았다. 그는 이번에야말로 우리 집을 팔기에 가장 이상적인 때라고 했다. 이 집에서 25년을 살고 보니 집은 일개 부동산이라기보다는 내 '가정'이었다. 나한테 중요한 것이면서 가정이 되도록 만들어 준 것들을 더 들라면 이런 예를 들겠다.

- 층층나무 아래에 있는 묘지. 이곳은 우리 집안의 개 파샤가 고양이인 블래키와 아이들이 길에서 발견한 뱀·생쥐·새들과 함께 묻혀 있는 곳이다.
- 2층에 사는 장인 어른이 나를 위해 심어 가꾸시는 텃밭의 아스파라거스와 라즈베리.

- 타라와 내가 결혼할 때 당시 아버지가 우리가 살 첫 번째 아파트를 위해 만들어 주신 찬장과 우리가 주택을 살 때 부엌에 내가 짜넣은 찬장.
- 절친한 내 친구 짐 머레이가 우리집에 와서 1주일 묵으면서 깎아 만들어 준 후문의 손잡이.
- 어머니가 돌아가신 뒤 뼛가루의 일부를 묻은 울타리의 클레마티스.

이것들은 주택을 내 가정으로 변모시켜 주었으며, 가정을 돈으로 환산되는 것 이상의 소중한 존재로 만들어 주었다. 하지만 시장에 가면 무가치한 것들이다.

할아버지가 개간하고 아버지가 자신에게 물려준 땅을 자식들과 손자들에게 물려주고 싶어서 은행에게 땅을 빼앗기지 않으려는 중서부 농부의 가치도 이와 비슷하다고 할 수 있다. 조상들이 몇 세기 전에 정착한 곳에 남기 위해 전기와 수돗물의 유혹을 물리치고 머나먼 어촌 마을에 살고 있는 뉴펀들랜드 사람들도 경제학을 초월하는 장소에 대한 집착을 증언해 준다.

그러면 수천 년 동안 이 땅을 점유해 온 동물과 식물을 친족으로 여기고, 바위와 강과 숲을 신성하게 여기는 선주민들의 가치 체계를 한번 생각해 보자.

그렇다면 "가격을 제대로 매기느냐는 문제일 뿐"이라고 하는 사람들의 심성에 문제가 있는 게 아닌가 하는 것이 내 생각이다. 어리석게도 소비에 기반을 둔 경제가 만들어 낸 과도한 생산품과 돈을 부와 동일시하면서, 우리는 삶에서 정말 중요하고 돈으로 살 수 있는 그 무엇보다 훨씬 더 가치 있는 것들을 보지 못하게 되어 버렸다.

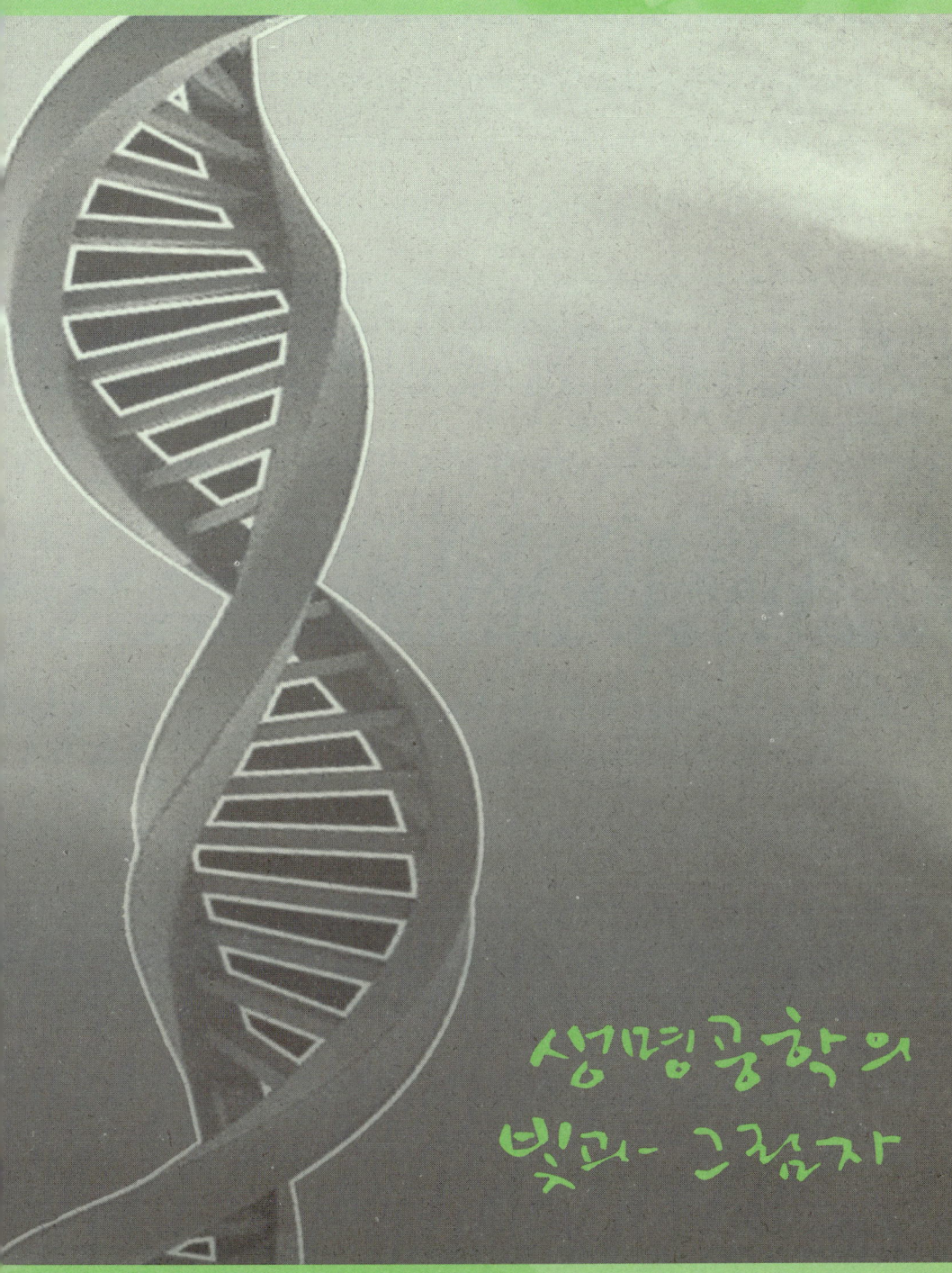

3

생명공학의
빛과 그림자

20세기는 과학자들의 놀라운 통찰이 지배한, 그리고 그 중 상당수를 응용한 기술이 지배한 시대다. 내가 태어난 1936년에는 아이들이 텔레비전을 너무 많이 볼까 봐 걱정할 필요가 없었다. 아직 가정에 널리 보급되지 않았기 때문이다. 당시엔 천연두로 몇백만 명이 죽었고 소아마비가 무서운 병이었다. 내가 어릴 때엔 제트기도, 비디오테이프도, CD도, 위성도, 바다 건너와의 전화 연결도, 컴퓨터도, 경구피임약도, 컴퓨터단층촬영도, 유전공학도, 장기이식도 없었다. 각각의 혁신은 우리가 사는 방식과 우리가 스스로에 대해 생각하는 방식을 바꾸어 놓았다. 그리고 새로운 소비재 상품들이 쉴 새 없이 쏟아져 나와 소비자를 자극했다.

과학은 무지의 장막을 걷어 버리고 자연의 가장 깊숙한 비밀에 대한 답을 밝힘으로써 전능의 지위를 차지하게 되었다. 우리는 더 많은 것을 발견하여 우리에게 영향을 미치는 힘을 이해하고 통제하는 데 필요한 지식을 얻을 것이며, 모든 사람의 생활이 향상될 것이라 믿기 시작했다.

발견하고 응용하기까지 시간이 줄어듦에 따라 기초 연구와 기술 개발을 구분하기가 점점 어려워졌다. 순수과학자의 작업이 쓸모있다고 생각되면, 많은 사람들이 이익이나 권력을 얻기 위해 모든 통찰을 앞다투어 이용하려 달려들었다. 20세기 과학과 기술의 역사를 통해 배울 점이 참으로 많다.

과학 기술의 근거 없는 낙관주의

오늘날 사회 내의 지배적 태도야말로 전 지구적 생태 위기를 가져온 근본 원인의 하나다. 이러한 태도는 과학과 기술의 힘이 환경을 통제하고 조작할 수 있는 통찰과 이해를 제공해 주리라는 믿음에서 나온다.

기술은 인류의 역사가 시작된 이래 인간의 진화를 혁명적으로 이끌어 왔다. 과거에는 도자기든, 그림이든, 활과 화살이든, 금속 가공이든 기술이 실용적 이익을 주었어도 굳이 과학적 설명이 필요하지 않았다. 그러나 오늘날에는 이동통신에서 생명공학과 원자력에 이르기까지 기술 혁신을 이끄는 것은 과학이다. 이제 우리의 통찰과 발명은 인간에게 예측 불허의 파장을 일으키며 일찍이 없었던, 환경을 변화시킬 수 있는 힘을 준다. 그 때문에 과학 사업의 본질과 그것의 파급 효과, 그리고 한계가 어디까지인지를 이해하는 것이 반드시 필요하다.

1960년대 초 신출내기 조교수가 된 나는 전공 분야인 유전학 강의를 하나

맡았다. 나는 대학의 종신 재직권, 주변의 인정, 더 많은 연구비를 받기 위한 출세 사다리의 전도 유망한 신참으로서 야심만만하고 열의에 차 있었다. 내가 처음 가르친 학생들 중 한 명이 연구실에 한동안 있었는데, 그는 유전학자는 거의 모든 걸 알고 있는 줄 알았다고 말했다. "1년 동안 실험을 해보니 우리가 아는 게 거의 없는 걸 깨달았어요." 그가 덧붙인 말이었다.

물론 그의 말이 절대로 옳다. 현대 과학은 '성공'했다고 허풍떨지만 사실 지독한 약점을 갖고 있다. 다름아닌 방법론 자체에 내재되어 있는 약점이다. 과학자들은 세계의 일부분에만 초점을 맞춰 본 다음 그것을 분리하여 통제하고 측정한다. 그리하여 자연의 일개 파편이 시스템의 다른 요소들과 어떻게 맞물려 있는지 모르면서 그 파편에 대해서만 이해하고 지배한다. 우리가 얻게 되는 이런 통찰은 통합된 전체가 아니라 부스러기들의 엉성한 모자이크일 뿐이다. 그리하여 예컨대 어떤 유전 물질이 동물 개체 전체에 어떤 역할을 하는지 모르면서 그것을 조작하는 강력한 기법을 발명할 수 있다.

과학을 어느 정도 해본 사람이면 실험이란 것이 만족스러운 해답보다는 수수께끼를 내놓을 가능성이 훨씬 더 많다는 것을 안다. 우리 주변의 행성을 지나가는 위성이 보내온 근사한 사진을 보더라도 이 사진은 몇 가지 이론을 무효로 만들어 버리긴 했어도 훨씬 더 많은 의문을 낳았다. 우리가 상상할 수 있는 것보다 자연이 훨씬 더 복잡하다는 사실을 알면 왠지 안심이 되는 구석이 있다.

그런데 과학의 관행이 지난 수십 년 동안 근본적으로 바뀌었다. 1957년 스푸트니크 1호가 발사되자, 미국은 대학과 학생들에게 돈을 쏟아부어 따라잡도록 했다. 이때는 연구만 괜찮으면 거의 모든 분야에서 지원을 받을 수 있었기 때문에 과학자들로서는 그야말로 황금기였다. 내가 1961년 초파리 염색체 활동 전문가가 되어 학교를 마쳤을 때, 나와 동료들은 여러 곳에서 일자리를 제안받고 연구비를 고를 수 있었다. 우리는 순전히 앎 그 자체를 위한 지식 추구에 종사했고, 좋은 연구는 결국 적용될 수 있는 아이디어로 이어지는 것으로 여겼다.

그 뒤 과학은 경쟁이 아주 치열한 분야가 되었다. 성공에 따른 보상이 대단히 컸기 때문이다. 30년 전에는 내 분야의 연구가 활발한 과학자가 1년에 주요 논문 한 편을 발표하는 정도였다. 그러나 이제는 논문을 1년에 몇 편은 으레 써야 한다고 생각하며, 1년에 열 편 이상 썼다는 이야기가 특별한 일이 아니게 되어 버렸다. 하지만 요즘 논문은 흔히 같은 소리를 반복하거나 지식을 조금 추가하는 정도에 불과하여 지식의 파편화를 심화시키고 있다.

과학적 사고와 기술은 눈부신 하이테크 산업들을 새로 만들어 내기 때문에 정부는 연구를 경제성장 엔진의 핵심 연료로 본다. 그 결과 연구 자금을 담당하는 기관들은 실용적이고 돈벌이가 될 만한 연구를 찾으며, 과학자들은 연구비 지원 요청을 할 때 자신이 제안하는 연구가 상당히 유익한 발견을 해내리라고 주장하거나 암시해야 한다. 캐나다나 미국의 연구비 요청안 제목을 보면 세계의 모든 문제가 다 풀릴 수 있겠다는 인상을 받게 된다.

물론 그것은 전혀 사실이 아니다. 설령 사람들을 잘 골라 연구비를 대준다 해도(캐나다는 그렇게 하지 못하고 있다) 계획된 만큼 해법을 찾아내는 연구는 별로 없다. 연구비 타내기 게임은 과학 하는 방법에 대한 그릇된 사고 방식을 고착화시킨다. 과학자들은 실험 1에서 2, 3을 거쳐 예컨대 암 치료라는 특정 목표를 달성하기 위해 연구를 일직선적으로 진행하지 않는다. 만일 연구가 그런 식으로 풀린다면 과학 하는 일은 판에 박힌 재미없는 일이 될 것이다.

사실 과학자들은 대부분 자연의 어떤 측면에 호기심을 갖는 데서부터 시작한다. 그런 호기심을 해결하기 위한 실험을 했다가 예상치 못한 길로 새기도 하고 캄캄한 뒷길로 잘못 들어서기도 하지만, 운이 좋거나 감이 좋아서 아무 관련도 없는 아이디어를 연결시켜 유용한 것을 만들어 내기도 한다.

그러나 많은 젊은 과학자들은 과학이 일직선으로 발전하며 연구비 지원을 제안할 때의 주장이 달성될 수 있다고 마냥 믿는다. 게다가 언론은 새로운 발견에 관해 숨막힐 듯한 보도와 '돌파구' 같은 표현을 남발함으로써 그런 관념을 부채질한다. 사람들 역시 '전문가들'이 문제를 해결해 줄 것이라 믿으면서 이런 근거 없는 낙관주의에 기댄다.

하지만 오늘날 우리가 직면한 위험들—대기 변화, 오염, 산림 채벌, 인구 과잉, 멸종 등—의 결말은 과학적으로 해결되기는커녕 예측할 수도 없다. 과학자들이 지구 온난화 같은 문제를 위해 일련의 행동을 계획하려면 "정보가 더 필요하다"는 말을 하는데, 이는 그런 지식을 금세 얻을 수 있으며 그때까지는 문제가 현실적으로 급박하지 않다는 그릇된 인상을 준다. 그 바람에 우리는 지금의 방식대로 계속 살아가게 되는 것이다.

우리 아이들에게 어떤 세상을 물려줄 것인가

자신들의 작업이 전 지구적 기아, 오염, 인구 과밀 같은 문제를 해결할
것이라 주장하는 과학자들은 과학적 해결을 방해하는 문제의 사회적·경제
적·종교적·정치적 근원을 이해하지 못한다. 오늘날의 과학은 어떤 변화
가 일어나고 있는지, 어떤 예상치 못한 위험이 닥쳐오고 있는지 찾아내 경
고를 해야 하는 막중한 역할이 있다. 그러기 위해서 과학자들은 자신의 작
업이 잠재적으로 모든 문제를 해결할 수 있다는 치명적 신화를 버려야만
한다.

한 유전학자가 본 생명공학

파우스트 박사, 프랑켄슈타인 박사, 모로 박사, 지킬 박사, 사이클롭스 박사, 칼리가리 박사, 스트레인지러브 박사. 민간에 전해지는 미친 박사들에 관한 이런 계속되는 경고를 제대로 듣지 않는 과학자 자신이 과학의 가장 큰 적이다. 대중 문화에 나타난 이런 이미지 속에는 지식에 대한 과학자의 냉혹하고 비인간적인 태도에 대해 대중들이 당연히 느낄 수밖에 없는 두려움이 있다. 이는 좋은 의도를 가진 괜찮은 사람들인 우리 과학자들이 언제든 괴물을 만들어 내는 타이탄이 될 수 있다는 두려움이다. — *시어도어 로작*

두 가지 선택의 기로에서

우선 어떻게 해서 내가 지금과 같은 관점을 갖게 됐는지를 간단히 이야기하려 한다. 나는 1936년 브리티시컬럼비아의 밴쿠버에서 태어났다. 부모님은 두 분 다 나보다 25년 전에 밴쿠버에서 태어나셨다. 1942년, 캐나다에서 태어나고 자란 우리 가족은 시민으로서의 모든 권리를 박탈당했다. 재산은

우리 아이들에게 어떤 세상을 물려줄 것인가

모두 몰수당해 초특가에 팔려 나갔고, 은행 계좌는 동결되었다가 결국 빼앗겼다. 그리고 우리는 로키 산맥 깊숙한 곳에 있는 원시적 수용소에 3년 동안 갇혀 살았다. 우리가 저지른 죄는 캐나다의 적과 같은 유전자를 갖고 있다는 것이었다. 하지만 우리는 캐나다인이었기 때문에 그 적은 우리의 적이기도 했다. 2차대전이 끝나 갈 무렵 우리는 두 가지 선택의 기로에 섰다. 시민권을 포기하고 일본으로 가는 편도 티켓을 받느냐, 아니면 브리티시컬럼비아를 떠나 로키 산맥 동쪽에 재정착하느냐였다.

진주만 공습에 뒤이은 소개(疏開)와 감금, 추방은 모든 일본계 캐나다인들의 삶과 정신에 결정적 영향을 미쳤다. 내 경우 이 사건들은 열등감(찢어진 눈에 대한)을 낳았고, 같은 캐나다인들에게 내 가치를 입증해 보이겠다는 동기를 불러일으켰다. 그리고 전쟁의 결과, 평생 편견이나 차별의 기미가 조금만 보여도 본능에 가까운 반감을 갖게 되었고, 인권을 열성적으로 추구하게 되었다.

유전학에 매료되다

자연은 평생토록 나의 시금석이자 내 삶이자 열정이었다. 어릴 때는 물고기와 낚시를 너무 좋아해서 어류학자가 되겠다는 꿈을 꾸었다. 나중에 어머니가 곤충 채집용 그물을 짜주자 내 꿈은 곤충학자로 바뀌었다. 전쟁이 끝날 무렵 온타리오로 이주한 나는 운 좋게도 후한 장학금을 받고 애머스트 칼리지에 들어갈 수 있었다. 거기서 생물학과를 우수한 성적으로 마치면서 정교한 유전학에 매료되어 의과대학에 합격했음에도 시카고대학에서 유전학 학위 과정을 밟게 되었다. 테네시의 유명한 오크리지 국립연구소 생물학 분과에서 박사후 과정을 1년 밟은 나는 미국 남부의 인종차별을 뒤로하고 캐나다로 돌아가기로 결정했다.

학자로서의 첫 지위는 앨버타대학 유전학 조교수 자리였다. 교수진 중 가장 젊었던 나는 농과대 2학년생들에게 유전학을 강의하였다. 참으로 기쁘고도 놀랍게 그들은 내가 가르쳐 본 학생들 중 가장 훌륭한 학생들이었다. 그들은 식물과 동물을 기르는 것에 관해, 복제와 유전공학의 미래에 관해—내가 별로 공부하거나 생각해 보지 못한 것들이었다—질문을 던졌다. 덕분에 나는 공부를 많이 해야 했다. 1년 뒤 브리티시컬럼비아대학 동물학부로 자리를 옮겼을 때 학생들은 대부분 의과대 예과생들이었다. 그들 또한 나로서는 준비되지 않았던 질문을 던져—이번엔 유전병과 의료유전학이었다—나는 책을 많이 읽어야 했다. 내 인생의 두 가지 커다란 열정, 즉 인권과 유전학이라는 묘한 기로에 서게 된 것은 바로 학생들의 질문에 대답해 주기 위해 이렇게 책을 읽는 과정에서였다.

유전학의 어두운 역사

나는 내가 배운 유전학의 역사 상당 부분이 멸실되었다는 것을 발견했다. 또 20세기 초 생물학자들이 유전의 원리를 발견하고, 그것을 식물에서 곤충과 포유동물에 이르기까지 폭넓게 적용할 수 있다는 것에 매료당했다는 사실을 알게 되었다. 이때는 이런 유전 법칙으로 과학자들이 진화를 통제하고 인간을 포함한 유기체의 생태를 자유자재로 조절할 수 있을 것으로 생각했다.

꽃잎 색깔, 초파리의 날개 모양, 모르모트의 털무늬 등에 관한 연구 결과를 추론하여 유전학은 인간의 유전과 행동에서 유전자가 차지하는 역할에 대해 발표하기 시작했다. 그러면서 새로운 학문 분과가 탄생했다. 바로 인간의 유전에 관해 연구하는 우생학이었다. 우생학은 당대의 유명한 과학자들의 지지를 받았고, 대학에서도 별도의 학문 분과로 가르쳤으며, 우생학 잡지와 교과서와 학회도 생겨났다. 그로 인해 인간의 진화를 조절할 수 있는 확고한 기반이 만들어졌다는 믿음이 생겨나기 시작했다. 적극적 우생학은 특정 인종의 바람직한 유전자를 증가시키는 것이고, 소극적 우생학은 바람직하지 않은 유전자를 감소시키는 것이었다. 놀랄 것 없이 바람직하다 싶은 특질들은 백인 중상류층에게서 근소하게 나타나는 것이었고, 바람직하지 않다고 여겨지는 특질은 흑인이나 빈곤층이나 범죄자들에게서 나타난다는 것들이었다.

유전적으로 이유가 있다는 주장의 대상이 된 특징들로는 매독, 결핵, 술버릇, 게으름, 범죄 성향, 사기성 등이 있었다. 저명한 과학자들이 이런 우생학을 지지하며 정당성을 부여했다. 한 예로 하버드대학 교수이자 미국 우생학회 회장이었던 에드워드 이스트는 그의 우생학 교과서에 이렇게 썼다. "실제로 흑인은 백인보다 열등하다. 이는 가설이나 가정이 아니라 실제 사실을 거칠게 표현한 것이다."

문제는 '열등하다'는 말이 과학적으로 의미가 있는 범주가 아니라는 것이다. '우월하다'느니 '낮다'느니 '못하다'느니 하는 말처럼 이 말도 가치 판단이다. 유전학의 흥미로운 발견에 너무 들뜬 나머지 이스트 같은 과학자들은 자신의 개인적 가치나 신념을 과학적으로 입증된 '사실'과 혼동한 것이다.

과학으로 정당화된 인종주의

과학자들이 이렇게 열광하면서 대담한 주장을 했으니 정치인들이 자기네 편견을 정당화하기 위해 이런 생각들을 이용하기 시작한 건 놀랄 일이 아니다. 브리티시컬럼비아 주의원이었던 A.W. 닐은 1937년에 이렇게 말한 바 있다. "백인종 한 사람과 황인종 한 사람을 교배시키면 열에 아홉은 두 인종의 최악의 특질을 가진 잡종 폐인이 나온다." 딱히 멘델이 말한 비율이 아닌데도 닐은 자기 주장을 뒷받침한답시고 수치를 집어넣은 것이다.

닐은 1941년 2월에는 총리에게 이렇게 말했다. "우리 브리티시컬럼비아 사람들은 한번 일본놈이면 영원히 일본놈이라고 확신합니다." 달리 말해 캐나다에서 나고 자란 2세, 3세 캐나다인이어도 소용없다는 뜻이었다. 닐 같은 사람들은 일본인이면 배반을 잘 하고 신뢰할 수 없는 등의 온갖 특질이 유전적으로 코드화되어 있다고 믿었다. 이러한 태도는 2차대전 중 일본계 미국인들을 소개하는 책임을 졌던 존 드위트 장군이 1942년 2월에 한 다음 발언에서도 잘 드러난다.

인종적 친화력은 이민을 간다고 해서 끊어지는 게 아니다. 일본인은 적국 인종이다. 미국 땅에서 태어난 많은 2세, 3세 일본인들이 '미국화' 되었다 하더라도 인종적 기질은 희석되지 않는다. …… 따라서 지금 사활이 걸린 태평양 연안에만 11만 2000명이라는 가상의 적 일본계 인종이 마음대로 돌아다니고 있다는 뜻이다.

우리의 추방은 나름대로 대단히 중요한 발견을 했다고 한 과학계의 주장에 의해 정당화되었다. 끔찍한 것은 전쟁 전 독일에서도 유전학이 번성했다는 사실을 알게 된 것이다. 홀로코스트를 낳은 '인종정화법' 을 포함하여, 나치 정부의 '진보적' 법률이 제정되도록 어느 정도 도운 것도 바로 과학자들이었다. 악명 높은 인간 유전학자인 요제프 멩겔레가 아우슈비츠에서 쌍둥이 연구를 할 수 있었던 것도 동료 연구자들이 두 번이나 그의 연구를 지지해 준 덕분이었다.

2차대전이 끝나자 나치가 저지른 수용소에서의 만행이 드러나면서 반감이 일자, 유전학자들의 지배적인 견해는 인간의 지능과 행동은 유전(천성)보다는 환경(양육)에 의해 주로 형성된다는 쪽으로 옮겨갔다. 여기서 반드시 기억해야 할 중요한 사실은 이런 변화가 과학계의 중대하고도 새로운 통찰이나 획기적 발견으로 이루어진 게 아니라는 것이다.

생물학적 결정론

양육의 영향이 결정적이라는 믿음은 1969년까지 유지되었다. 그 무렵 버클리의 교육심리학자 아서 젠슨이 〈하버드 교육 리뷰〉지에 「IQ와 학교 성적을 얼마나 끌어올릴 수 있을까?」라는 글을 발표했다. 이 방대한 연구는 흑인과 백인의 IQ 테스트 점수 차이에 관한 보고서들을 종합한 것이었다. 유전학자들에게는 IQ 테스트가 실제로 무엇을 평가하는가라는 질문은 이슈가 아니다. 두 인종 모두 점수 분포는 우리에게 친숙한 종(鐘) 모양의 곡선을 그렸고, 두 곡선은 계속해서 표준편차 하나 정도의 평균 오차를 보이면서 백인의 평균이 항상 흑인보다 높은 것으로 나타났다. 광범위한 수학적 분석을 통해 젠슨은 이러한 차이가 주로 유전에 의해 결정된다는 주장을 했다. 미시시피 주지사 조지 월리스나 닉슨 대통령 같은 정치인들은 그의 연구를 당장 인용하여 어려운 여건에서 살고 있는 아이들을 돕기 위한 '헤드스타트 사업(Operation Headstart)' 같은 프로그램의 예산 삭감을 정당화했다.

유전이냐 환경이냐

젠슨은 유전학자가 아니었다. 옥스퍼드대학의 월트 보드머와 스탠퍼드대학의 루카 카발리−스포르자는 존경받는 집단유전학자로, 인종과 IQ 문제에 관한 결정적인 논문을 썼다. 인종이나 IQ보다는 덜 감정적인 사례로 콩의 키를 보면 일정 집단의 씨앗들이 자라서 된 콩나무들의 키 분포가 그리는 종 모양의 곡선에 유전적 요소가 있음을 증명할 수 있다는 것이다. 즉, 작은 콩나무에서 열린 콩들은 평균적으로 키가 작고, 큰 나무에서 열린 콩들은 큰 편에 속하며, 중간 크기의 나무에서 열린 콩들은 그 사이에 분포한

우리 아이들에게 어떤 세상을 물려줄 것인가

다는 것이다. 따라서 콩나무의 키를 결정하는 강력한 유전 요인이 있다는 것이다.

그런데 콩 한 줌을 촉촉하고 양분 많은 흙에 심고, 다른 한 줌은 물기 없는 모래질 흙에 심었을 경우, 결과는 달라진다. 두 화분에서 모두 종 모양의 분포가 나타날 것이고, 두 집단에서 모두 작은 콩나무의 콩은 작게 자라고, 큰 콩나무의 콩은 크게 자랄 것이며, 중간 크기 콩나무의 콩은 중간 크기로 자랄 것이다. 따라서 두 집단 모두 콩나무의 크기에 강력한 유전 요인이 있음을 알 수 있다. 그러나 두 집단의 중간 크기의 차이가 유전 요인을 반영한다는 결론을 내린다면 완전히 오류다. 두 집단의 유일한 차이는 자라는 환경이기 때문이다.

보드머와 카발리-스포르자는 사회가 완전히 색맹일 경우에만, 즉 흑인이든 백인이든 아이들을 보고 대하는 방식에 전혀 차별이 없을 때에만 IQ를 비교하여 유전 요인을 결정할 수 있지 않을까라는 결론을 내렸다. 이런 명백한 결론에도 불구하고 많은 과학자들—그 누구도 유전학자가 아니다—이 인간의 지능과 행동에 유전 인자가 상당히 작용한다는 주장을 하기 시작했다. 심리학자인 한스 아이젱크와 노벨상을 수상한 생화학자 한스 크레브스는 범죄 성향이 상당한 유전 인자를 갖고 있다는 내용의 논문들을 발표했다. 하버드대학의 리처드 헌스타인은 미국처럼 엘리트가 지배하는 나라의 사회 계층은 일처리 능력보다는 유전 인자가 반영되는 경향이 훨씬 더 강하다는 주장을 했다. 캐나다에서는 의사협회장이 생활보조금을 받는 사람들의 유전자가 미래 세대에 전해지지 않도록 단절시키자는 제안을 한 바 있다.

분자유전학의 함정

의사의 원대한 프로젝트는 어디가 잘못되었나? 원래 품었던 호의가 아니라 목
표를 추구하는 과정에서 위험하기 짝이 없는 조급증과 독선적 근시안에 문제가
있었다. 자기 생각에 따라 일을 밀고 나가는 이런 능력은 우리 인간성의 아름다
우면서도 끔찍스러운 일면이다. 프랑켄슈타인 박사는 최선의 이유 때문에 보다
나은 인간형을 새로 만들어 내고 싶었다. 그가 알았던 것은 생물의 물질적 구성
의 비밀이었다. 즉, 자연의 물질적 부분들을 조작하여 놀라운 결과에 이르는 법
을 알았던 것이다. 그가 몰랐던 것은 자연의 본성에 감추어진 비밀이었다. 그러
니까 그는 가장 신성한 비밀을 모르면서도 스스로 신과 같이 되고자 마구 질주
했던 것이다.   — 시어도어 로작

20세기 초의 우생학이 당시의 발견들에 도취되었던 것처럼 분자생물학
자들은 인간의 거의 모든 특질에 유전 인자가 영향을 미친다고 믿도록 분
위기를 조성했다. DNA를 고립, 분리시켜 조작하는 강력한 수단은 실로 혁
명적인 힘을 갖는다. 거의 매주 언론의 기사 제목들은 어떤 특질, 이를테
면 위험 감수 능력을 비롯해 우울 성향, 수줍음, 주벽, 동성애 등과 관련된
유전자를 분리시켰다는 최근의 소식을 알려 준다. 그러나 최초의 주장이
발표되고 나서 몇 달 뒤 그 주장을 보강하는 후속 연구가 실패했다거나 유
전 인자와의 관련성이 그보다 훨씬 더 복잡하다는 이야기는 좀처럼 하지
않는다.

그들이 저지른 큰 실수 중 하나가 상호 연관성과 인과 관계를 혼동한 것
이다. 알코올탈수소효소(adh)를 통제하는 유전자를 예로 들어 보자. 이 유전
자는 adh^{A}와 adh^{B}라는 두 개의 다른 상태로 존재한다. 알코올중독자의 80%

가 adh^A 유전자를, 비중독자의 80%가 adh^B 유전자를 갖고 있다고 증명하는 연구가 있다고 가정해 보자. 이는 '상호 연관성'이다. 그러나 adh^A가 알코올 중독의 '원인'이 된다고 결론내린다면 완전히 잘못된 이야기다. 그런데도 언론은 물론이고 심지어 과학자들 자신도 이런 함정에 자주 빠진다.

이런 식으로 한번 생각해 보자. 지난 10년 동안 밴쿠버에서 폐암으로 죽은 사람들을 모두 조사한 결과 90%가 손가락과 이빨에 누런 얼룩이 있었다는 사실을 발견했다고 하자. 이것은 상호 연관성이다. 그렇다고 손가락과 이빨에 누런 얼룩이 끼면 폐암의 '원인'이 된다는 결론을 내릴 수 있을까?

하지만 분자생물학자들은 동성애처럼 발현이 다양하고 복잡한 특질들을 상호 연관시키는 DNA 조각들을 분리시킴으로써 이런 일이 잇달아 발생하게 한다.

유전공학의 급속한 성장

유전공학은 새로 획득한 기법의 놀라운 속도와 힘 덕분에 발전한 그야말로 혁명적인 과학이다. 내 딸은 대학 4학년 때 대학원에 가서 할 연구 프로젝트를 위해 지리적으로는 떨어져 있지만 서로 관련이 있는 세 가지 식물종의 미토콘드리아 DNA를 분리하고 배열하여 비교했다! 그런 실험은 40년 전 내가 대학을 졸업할 때만 하더라도 상상도 할 수 없는 일이었기에 나는 떨리는 마음을 주체할 수 없었다. 그래서 나는 왜 그렇게들 흥분을 하는지 이해한다. 나 역시 오랫동안 유전공학을 간접적으로나마 연구하면서 상당한 흥분을 겪은 바 있기 때문이다.

그러나 흥분의 도가니가 되곤 하는 혁명적 분야에서 역사는 우리에게 활발한 논쟁을 부추기고, 더 비판적이고 더 조심스러워질 필요가 있다고 이야기한다.

1970년대에 분자유전학이 이 분야를 혁명적으로 발전시켜 상당한 사회적 파장을 불러일으키리라는 것은 명백해졌다. '생명공학'이란 살아 있는 세포와 기관에 분자 단위의 조작을 가하는 응용유전학 분야를 말한다. 생명공학을 끌고 나가는 힘은 다양한 종의 DNA 분자 조합을 만들어 그것을 살아 있는 세포에서 테스트하는 능력에 있다. 이런 기법은 'DNA 재조합'으로 알려져 있다. 캐나다 국립연구위원회에서 발행하는 〈사이언스 포럼(Science Forum)〉지의 칼럼니스트로서 나는 1977년에 이런 글을 쓴 바 있다.

대학 교수 자리나 정년 보장이나 승진을 확보하기 위해 발표 압력을 엄청나게 받는 젊은 과학자들에게, '노벨상 병'에 시달리고 있는 자리잡은 과학자들에게 DNA 재조합은 거역할 수 없는 사이렌의 부름과도 같다. …… 우리 실험실에서도 대장균에 든 초파리 DNA 배열을 복제하라는 압력이 상당하다. …… 학생들과 박사후 연구원들은 5년이나 10년 전에는 꿈도 꾸지 못하던 실험이나 기법을 당연한 것으로 여긴다. 우리는 염색체 유전자의 배열과 구조, 규칙을 정말 이해하는 단계에 와 있다는 느낌을 받는다. 이렇게 열광적이고 흥분된 분위기에서 과학자들은 DNA 재조합에 대한 규제나 그것의 장기적 영향에 관한 논쟁은 원만한 연구 진행을 방해하는 장애물로 여긴다.

DNA 재조합의 사회적·도덕적·윤리적 파장에 관해 비판적 논의를 해보자는 요청을 했으나 과학계 내부에서는 지지를 거의 받지 못했다. 나는 1년 뒤 〈사이언스 포럼〉에 왜 과학계가 그렇게 주저하는지 설명해 보려 했다.

나는 과학계 내부에서 반감을 억누르도록 압력을 가하는 걸 느낄 수 있다. 동료들의 찬성이 없다면 과학계의 강연에 초대되거나 심포지엄 같은 데서 발언할 기회가 주어지지 않을 것이다. 젊은 과학자들에게 무엇보다 중요한 것은 충분한 연구비를 받거나 계속 확보하는 것이며, 인정을 받고 정년 보장과 승진 기회를 얻는 것이다. 그 때문에 이 집단에서 노골적으로 비판하는 일은 아주 드물며, 목표를 정하기 위해서는 과학계에서 더 높은 위치에 있는 사람들에게 의존하게 된다. …… 내가 무슨 말을 하고 있는가? 과학자들이 악하다거나 무책임하다는 게 아니다. 그보다는 개인의 우선 관심사와 기득권 집단의 일원으로서 지위를 유지하려는 야심과 목표 때문에 우리가 하는 일의 사회적 파급력을 객관적으로 가늠하지 못한다는 것이다.

기득권 집단의 편견에서 벗어나

의도는 좋지만 과학계에서는 정당화되지 못하는 주장이나 학생들의 질문에 대답하려는 과정에서 얻은 통찰의 파장에 대한 개인적 경험 때문에 나는 과학자들이 자기네 작업의 중요성과 의미에 관한 공개 토론에 참여하는 것이 대단히 중요하다는 확신을 가질 수 있었다. 이런 논의에 확실히 참여하고 싶어 나는 1977년 〈사이언스 포럼〉에 이런 글을 썼다.

작업을 계속하기 위해 그토록 큰 도박을 해야 하는데 중요한 질문을 객관적으로 할 수 있겠는가? 나는 그럴 수 없으리라고 본다. 그 때문에 내 실험실에서는 DNA

재조합 실험을 금지하는 입장에 설 수밖에 없다. 즉 그런 실험에 관한 보고서는 내가 받은 연구비의 지원을 받을 수 없으며, DNA 재조합과 관련된 논문의 공동 저자로 올라가는 일도 없을 것이라는 이야기다.

나는 과학계에서 내가 꿈꾸거나 바라던 것보다 훨씬 더 많은 것들을 이미 이루었다. 4반세기 동안 나를 사로잡은 것은 연구의 즐거움이었다. 나는 실험실에서 맛볼 수 있는 흥분과 우정을 사랑했다. 한때 캐나다에서 가장 컸던 우리 그룹과 우리가 한 작업이 자랑스러웠다.

그러나 과학적 통찰을 나와 관련된 더 넓은 사회에 남발하는 바람에 혼탁해진 분야가 생겼다. 그만큼 과학의 본분을 과도하게 넘어서는 주장을 하는 사례가 많았던 것이다. 나는 우리처럼 경력이나 평판이 괜찮은 사람들 가운데서 그런 작업을 그만두고 기득권 집단의 편견에서 벗어나 도덕적·윤리적 의문이 있는 논의에 참여하는 사람이 나와야 한다고 느꼈다. 직원이든 연구비 수혜자든 원자력·담배·석유화학 산업에 종사하는 과학자들은 월급을 받고 연구비를 계속 지원받아야 하는 입장이라 터놓고 논의하기보다는 피해 가려는 경향이 강하다. 생명공학에 종사하는 과학자들이라고 해서 다르리라고 생각할 이유는 없다. 결국 나는 정부로부터 받던 연구비를 아예 끊어 버리기로 했다. 연구비라는 게 동료들이 주는 것인데, 거의 대부분 사회적·윤리적 고려 없이 연구를 재촉하기만 하는 사람들이었기 때문이다. 나는 외부가 강요하는 의제에 영향받고 싶지도 않았고, 그 때문에 약해질 수 있는 입장에 처하고 싶지도 않았다.

우리 아이들에게 어떤 세상을 물려줄 것인가

신뢰할 수 있는 논객으로 남기

신문 칼럼이나 텔레비전이나 라디오를 통해 과학을 대중화하는 일을 하면서 연구만 하던 과학자 시절보다 훨씬 더 광범위한 분야의 주제와 문제를 살펴볼 수 있게 되었다. 나는 생명공학 분야와 그와 관련된 모든 것들에 흥미를 잃었다기보다 이 분야에 대해 숙고해 볼 수 있는 보다 폭넓은 관점을 갖게 되었으며, 그만큼 글을 많이 쓰게 되었다. 1986년에는 자서전인 『변신 : 삶의 각 단계(*Metamorphosis : Stage in a Life*)』에서 유전학의 도덕 문제와 윤리 문제를 다루었다. 유전학에 관한 칼럼을 연재하다가 이것들을 묶어 『미래를 발명한다(*Inventing the Future*)』와 『이제는 바꿔야(*Time to Change*)』라는 책을 냈는데 둘 다 베스트셀러가 되었다. 1988년엔 과학 저술가인 피터 너트손과 함께 유전학 윤리(genethics)란 말을 만들고 『유전학 윤리 : 생명을 공학화하는 윤리(*Genethics : The Ethics of Engineering Life*)』라는 책을 썼는데, 이 책도 베스트셀러가 되었으며 지금도 여러 대학에서 교재로 널리 쓰이고 있다.

그러니 과학자도 아닌 생명공학산업의 대변인 같은 사람들이 나의 자격을 의심한다는 건 참으로 놀라운 일이다. 나는 과학 연구가 주는 나날의 흥분을 일부러 포기하고 새로운 유전학의 도덕적·윤리적 파급 효과를 논하는 믿을 수 있는 논객으로 남기로 했다. 그렇다고 내가 과학자로서 배우고 경험한 것을 전부 잊어먹는 건 아니다. 최소한 논의에 참여하는 사람들이라면 연구비의 원천이나 기업 내 지위 등 관점에 영향을 끼칠 수도 있고 발언을 편향되게 할 수도 있는 요인들에 대해 솔직해져야 한다.

생명공학의 현주소

오늘날 생명공학의 결과물은 공개 토론에 부쳐지지도 않고 정부와 공모하여 우리의 먹을거리에, 들판에, 의약품에 마구 들어가고 있다. 그런데 이런 행위는 건강상으로나 생태적으로나 경제적으로 심각한 파장을 일으킨다. 생명공학의 핵심은 생명의 청사진 자체를 조작하는 능력이다. 특정 목적을 달성하기 위해 생물종의 한 부분을 제거하고 다른 것을 집어넣는 일을 한다는 것이다. 지난 1만 년 동안 우리가 의존해 온 농업이 식물과 동물을 기르는 것이었다면, 생명공학은 기르고 고르는 조잡한 기술보다는 훨씬 뛰어난 곳으로 우리를 끌고 가겠다는 것이다. 따라서 우리는 마땅히 그런 주장의 근거와 잠재력, 그리고 이 신생 분야의 한계를 검토할 필요가 있다.

생명공학의 잔인한 기만

유전공학을 하루빨리 발전시켜야 하는 근거로 가장 많이 인용되는 것이 아마도 "인구가 매년 8000만 명씩, 그것도 개발도상국에서 늘어난다"는 이야기일 것이다. 이렇게 급증하는 인구에게 필요한 것들을 대기 위해 숲을 더 베어내거나 습지를 없애지 않는, 즉 자연을 보호하면서 그들을 먹여 살리기 위해서는 생명공학으로 단위면적당 생산을 늘리는 방법뿐이라고 주장한다.

이러한 주장은 심각한 영양실조로 고통을 겪는 사람들의 수가 잘사는 나라에서 비만으로 고생하는 사람들의 수와 맞먹는다는 아이러니에도 불구하고 상당한 무게를 갖는다.

그런데 생명공학은 엄청난 투기 자금으로 굴러가고 있다. 이러한 투자를 정당화하고 더 많은 돈을 끌어모으기 위해서는 결과물이 나와야 한다. 많은 기업들이 도산을 한 것은 사람들의 기대에 부응하지 못했기 때문이다. 바이오테크 기업의 생존은 제약업이든 농업이든 상품이 가져다 줄 이익에 대한 기대에 달려 있다. 이 분야의 상품은 어마어마한 자금을 투입하여 만들어진다. 식품생명공학 기업의 경우, 식품이 가장 절실히 필요한 사람들은 역시 가난한 사람들이다. 세계은행 총재였던 제임스 울픈슨은 13억 명이 하루 1달러 미만으로 살아가고 있으며, 30억 명은 하루 2달러 미만으로 살아가고 있다고 말했다. 자유기업의 자본가들이 갑자기 가난한 사람들에 대한 연민과 염려로 그들이 사먹을 수 있는 값에 유전공학 산물들을 공급한다면 가슴 벅차 오르는 반전일 것이다. 생명공학을 통해 굶주리는 많은 사람들을 먹여 살리겠다는 이야기는 진지하게 받아들일 수 없는 잔인한 기만이다.

과학 지식의 참본질

나 또한 유전공학에서 중요한 결과물이 나오리라는 점을 의심치 않는다. 대신 아주 먼 미래에. 밭에서 유전자를 조작한 식물을 길러서 수급이 가장 불안한 시장에 내놓는다는 것은 이익에만 눈이 먼 행위다. 내가 우려하는 것들은 단순한 원칙에 근거한 것이다. 과학자라면 어떤 분야든 새로 생겨난 혁명적 학문에서 최신 아이디어들의 대부분이 불확실할뿐더러 장기적인 시험을 통과하지 못한다는 사실을 알아야 한다. 달리 말해 최근에 이야기되는 것들 대부분이 오류라는 것이다. 이는 결코 과학 때리기가 아니다. 단지 과학이란 당대의 아이디어들이 틀렸다거나 많이 빗나간 것임을 증명해 나가면서 발전한다는 사실을 인정하자는 것이다. 신상품을 이용해 먹으려는 성급한 행동은 부정확한 가설에 바탕을 두고 있으므로 제시되는 이익은 의심스러우며 한마디로 위험할 수 있다.

나는 1961년 충분한 자격을 갖춘 유전학자로 학교를 졸업했다(즉 박사학위를 받았다). 왓슨과 크릭(DNA의 2중 나선 구조를 밝힌 사람들—옮긴이)의 유명한 논문이 발표된 지 겨우 8년 뒤였기 때문에 우리는 많은 것, 즉 DNA, 인간 염색체의 수, 오페론(단백질의 제조를 제어하는 유전자의 한 단위—옮긴이) 등에 대해 배웠다.

그런데 지금은 내가 학부생들에게 염색체 구조와 유전자 조작에 관한 1961년 당시의 최신 아이디어를 이야기해 주면 못 믿겠다는 듯이 웃어 버린다. 지금의 시점에서는 40년 전에 최상이라고 알았던 생각들이 순진하고 얼토당토않아 보이는 것이다. 하지만 이런 학생들이 앞으로 20년 뒤 과학자로 자리를 잡았을 때 지금 그들이 흥분하고 있는 아이디어들이 40년 전 내가 흥분했던 것들만큼 우스꽝스러워 보일 것이라고 하면 별로 웃지를 않는다.

어떤 새로운 분야든 과학자들은 일련의 관찰을 한 다음, 그것들의 의미를 해석하는 가설을 만들어 낸다. 연구자들은 이런 가설이 타당한지 검증하기 위해 실험을 한다. 실험 결과 가설은 폐기되거나 근본적으로 수정될 수 있으며, 그만큼 더 실험을 해볼 필요가 있기도 하다. 그렇게 과학은 발전하는 것이다. 이런 절차는 우리더러 결코 서두르지 말고 진행하라고 암시한다. 이런 느낌은 생명공학 기업인 암젠의 연구개발 부사장인 로저 펄뮤터의 말을 들으면 더욱 강해진다. "우리가 절대적 진리라고 여기는 것들이 몇 년 뒤면 참 어리석어 보인다." 그의 말은 확실히 옳다. 그런데 '참 어리석어' 보이게 될 아이디어들을 이용해 먹기 위한 성급한 행동을 대체 왜 하는가? 무모하고 위험한 짓 아닌가?

생명공학, 아직 멀었다

생명공학자가 특정 DNA의 배열을 추출하거나 합성하여 해당 게놈의 정확한 위치에 삽입하고, 삽입한 DNA의 예상되는 발현을 별 문제 없이 얻어낼 수 있을 때 이를 '성숙한' 학문이라고 말할 수 있다. 그러나 그런 일이 일어난다 하더라도 그런 조작에 관한 논문을 발표할 수는 없다. 금세 케케묵은 것이 되어 버리기 때문이다. 생명공학 분야의 논문들을 확인해 보면 그 수와 종류에 깜짝 놀랄 것이다. 그런 보고서들은 연구자가 그 결과가 어떻게 될지 '몰랐던' 실험에 바탕한 것들이다. 그래서 실험을 하고 보고를 한 것이다. 생명공학 논문의 양만 보더라도 우리가 아직 배울 게 너무나 많다는 사실을 알 수 있지 않은가? 그것만 보아도 이 분야는 아직 연구실을 떠나 시장에서 틈새를 발견할 만큼 성숙한 것과는 거리가 한참 먼 학문이라는 것을 알 수 있다.

오늘날 소개되고 있는 생명공학의 문제는 이익을 위해 밀어붙이는 사람들이 그 과정에서 얻는 게 엄청나게 많다는 사실이다. 나는 그들이 유전자를 조작한 생물과 상품을 안전하게 '관리'하는 우리의 능력과 그로 인한 혜택을 믿는 데서 출발한다고 믿는다. 그러나 담배·원자력·석유화학·자동차·제약·군수 산업의 경험을 통해 기득권 세력이 대변인의 관점에서 비판이나 우려를 공개적으로 검토하는 능력을 배제한다는 걸 배운 바 있다.

과학은 일직선으로 발전하지 않는다

생명공학 후원자들은 진정한 과학과는 그야말로 동떨어진 과학의 발전상을 조장하고 있다. 그들은 과학자들의 연구비 요청과 현실을 혼동하고 있다. 과학자들이 연구비를 요청할 때 지원받은 돈이 실험 A에 쓰이고 그것이 실험 B, C, D로 이어진 다음 암 치료로 이어질 것처럼 말한다. 과학자들은 과학이 이런 식으로 발전하기 때문에 연구비를 지원받아 마땅하다는 환상을 계속 불어넣는다. 이는 과학의 발견이 일직선으로 이루어진다는 듯한 착각을 낳는다.

그러나 그것은 진실과는 더없이 동떨어진 이야기다. 실험 A는 연구자가 그 결과가 어떻게 될지 모르고, 따라서 뒤이은 실험들이 어디로 이어질지 모르기 때문에 하는 것이다. 그래서 생명공학에 관한 온갖 요란한 선전에도 불구하고 확실한 결과물이 나오는 경우가 그토록 적고, 테스트 단계나 시장까지 온 것들을 둘러싼 논란이 그토록 많은 것이다.

과학이 갖고 있는 위대한 힘은 '기술(記述)'에 있다. 우리는 어디를 둘러보더라도 발견한다. 그것은 20세기의 과학이 눈부신 발전을 했다고 하지만 주변 세계에 대한 우리의 지식은 아직 하찮기 때문이다.

DDT로 본 과학의 맹점

과학의 치명적 약점은 해법을 '처방'하는 것이다. 고전적인 사례로 DDT를 들 수 있다. DDT는 19세기에 처음 합성된 복잡한 고리 모양의 분자다. 1930년대에 폴 뮐러는 이 물질이 곤충을 죽인다는 것을 알아냈다. 화학의 힘으로 태초부터 인류를 괴롭혀 온 재앙을 다스린다는 선전이 널리 퍼졌다. 뮐러가 DDT를 발견했을 당시, 유전학자들은 살충제를 쓰면 그 화학 물질에 내성을 갖는 돌연변이를 가진 곤충을 단지 골라낼 뿐일 거라고 주장할 수도 있었다. 그런데 그들은 민감한 변종들을 재빨리 대체해 버림으로써 농민들이 다른 종류의 살충제를 끊임없이 필요로 하게 만들었다. 당시 생태학자들은 세계의 모든 동물 중에서 곤충의 수가 가장 많고 다양하며, 다른 종의 꽃가루받이를 해준다든지 필요한 것을 잡아먹거나 필요한 먹이가 되어 주는 따위의 중대한 생태적 역할을 한다는 사실을 주장했어야 했다. 아마도 곤충 1000종 가운데 한두 종만이 인간에게 해충일 것이다. 인간에게 귀찮은 곤충 한두 종을 잡기 위해 스펙트럼이 광범위한 살충제를 쓴다는 것은 범죄를 다스리기 위해 도시민들을 전부 죽이는 것이나 마찬가지다. 너무 잔인하고 불합리한 일이다.

그러나 유전학자들과 생태학자들은 화학의 힘을 과신한 나머지 그런 우려를 제기하지 못했다. 그리하여 수백만 킬로그램의 DDT가 제조되어 사용되었으며, 폴 뮐러는 1948년에 노벨상을 받았다. 여러 해가 지나서야 생물학자들은 DDT가 생물농축으로 먹이사슬 위에 있는 어류·조류·포유류에게까지 영향을 끼친다는 사실을 알아냈다.

DDT와 그 뒤에 나온 CFC의 역사는 우리가 특정 목적을 위해 과학적 통찰을 적용하는 데는 대단히 영리하지만 실제 세계에 미치는 파급 효과(예컨대 생물농축이나 오존층 파괴)는 미리 예견하지 못하고 광범위하게 사용한 다음에야 알게 된다는 점을 말해 준다. 유전자가 조작된 생물체와 생산물이 그렇게 예상치 못한 파장을 일으키지 않으리라고 생각하는 것 자체가 터무니없는 일이다.

우주는 단순한 기계 장치가 아니다

아이작 뉴턴과 르네 데카르트 이후, 과학자들은 우주를 거대한 기계 장치로—구성 요소를 하나하나 분석할 수 있는—보기 시작했다. 만일 그렇다면 우리는 자연의 부분부분을 알아 나가 궁극적으로 조각 지식들을 충분히 얻은 다음, 그것들을 전부 합쳐 자연의 전체 그림을 복원할 수 있을 것이다. 생물학자들은 전체가 부분들의 단순한 합 이상이라는 주장에 대해 특히 비판적이었다. 생명체가 무생물에는 없는 일종의 생기(生氣)를 가지고 있다는, 별로 신뢰받지 못하는 생기론(vitalism)의 한 표현이라 보기 때문이다. 생명이—무생물 구성 요소의 특성상 생명 상태를 기대할 수 없음에도—무생물인 물질의 집합에서 비롯됐다는 것에 관심을 가지는 생물학자는 별로 없다.

기계 장치로서의 우주 전체를 이해하기 위해 각 부분에 초점을 맞추는 환원주의는 생산적인 방법론적 접근이었다. 그래서 과학자들은 원자 이하의 입자(아원자 입자)·원자·유전자·세포·조직 같은 것들에 집중하여 각각을 다른 나머지로부터 분리하고, 그런 부분들에 영향을 끼치는 모든 것들을 통제하며, 그 속의 모든 것을 측정함으로써 부분에 대해서는 심오한 통찰을 얻게 되었다.

그러나 물리학자들은 각 부분이 상승 작용에 의해 서로 영향을 끼치기 때문에 부분들이 결합할 경우 개별적으로는 기대할 수 없던 새로운 성질들이 나타난다는 것을 19세기에 이미 알아냈다. 물리학자들은 수소 원자와 산소 원자의 물리적 성질을 전부 규명했으나, 수소 원자 둘이 산소 원자 하나와 결합하여 물 분자를 만들어 낼 때 어떤 성질이 나타날지 예측할 수 없어 쩔쩔매야 했다.

그런데 생물학자들과 의사들은 아직도 그 점을 이해하지 못한다. 한 예로 우리에 갇힌 침팬지를 연구하면 침팬지라는 종에 대해 전부 알 수 있으리라는 생각을 오랫동안 했던 것이다. 야생 상태의 침팬지는 완전히 다른 동물이라는 걸 알게 된 것은 제인 구달이 침팬지가 자연 서식지에 가서 직접 연구하면서부터였다. 생물물리학자인 브라이언 구드윈은 한 개체군 내에 있는 개미들의 집단 행동은 각 계급에 속한 개체들의 행동의 총합으로는 설명할 수 없다는 사실을 보여 주었다.

부분에 집중하다 전체 잃어버리다

하나에만 집중하다 보면 무엇보다 연구 대상을 흥미롭게 만들어 주는 리듬과 패턴, 주기, 맥락을 놓치기 쉽다. 생명공학은 환원주의의 궁극적 표현이다. 즉, 개별 DNA 조각을 집중 연구함으로써 그것들의 활동을 예측할 수 있다는 신념을 나타낸다. 선구적인 과학자이자 버클리의 분자세포생물학 과장을 지낸 리처드 스트로먼은 다음과 같은 문제가 있다고 말했다.

어떤 식물이나 동물에 유전자 하나를 삽입하면 그 기술은 통할 것이다. …… 원하는 특징을 얻을 수 있을 것이다. 그러나 동시에 세포나 유기체 전체에 예측 불가능한 변화를 일으킬 것이다. …… 유전자는 네트워크 안에, 나름의 논리를 가진 상호작용하는 네트워크 안에 존재한다. …… 이 분야 사람들이 이런 네트워크 문제를 다루지 않는다는 사실이 그들의 과학을 불완전하고 위험스러운 것으로 만든다. …… 우리는 유전자 개념의 약점을 알고는 있으나 어떻게 하면 그것을 새롭고 더 완벽한 지식으로 구체화할 수 있을 것인지는 모르는 위기에 처해 있다.

생명공학자들은 모든 DNA 조각들을, 마치 그것들이 같은 것처럼 추출했다가 삽입할 수 있다고 생각한다. 그러나 스트로먼이 지적하듯 유전자는 독립적 개체로 존재하는 게 아니라 각 네트워크 간의 복잡한 조합 속에 존재한다. 수정되는 순간부터 모든 유전자 조합은 조직적인 염기 배열 속에서 형질을 발현하기도 하고 안 하기도 하면서 개체로 발달 또는 분화된다. 그것은 결국 유기체의 표현형(phenotype)—눈에 띄는 특성—을 만들어내는 염기 배열과 유전자 조합의 총합적인 표현이며, 자연선택이 작용한 것이다.

따라서 게놈을 개별적으로 작용하고 선택된 유전자들의 단순한 합이라고 봐서는 안 된다. 서로 협력하여 활동하기 때문이다. 생명공학자들은 예컨대 가자미의 유전자 하나를 추출하여 토마토나무에 찔러 넣으면 그것이 어떤 기능을 하여 예측 가능한 결과를 유발할 수 있다고 생각한다. 그러나 내가 보기에 그 말은 아일랜드의 유명 보컬그룹 U2의 리더 보노를 빼내 억지로 뉴욕 필하모닉 오케스트라에 집어넣고 다른 연주자들이 각자 맡은 부분을 연주하는 동안 그의 부분을 연주하라고 하는 것과 마찬가지다. 모든 사람이 나름대로 연주를 하긴 하겠지만 전체적으로 어떤 소리가 날지는 예측할 수 없을 것이다.

그레이그 벤터는 그 누구보다 먼저 30억 개에 이르는 인간 게놈의 염기 배열을 전부 해독하고야 말겠다고 선언한 용감무쌍한 기업가다. 셀레라(Celera)라는 회사를 설립하면서 그는 이 프로젝트를 신속히 추진하겠다고 선전해 엄청난 논란을 일으켰다. 생명공학을 그렇게 과대선전한 그였지만 2000년에는 이렇게 말하지 않을 수 없었다. "우리는 생물학과 인간의 생리학, 의학에 관해 알려질 내용의 1%에도 훨씬 못 미치는 정도만 알고 있다. 생물학에 대해 내가 말할 수 있는 것은 '우리는 아무것도 모른다'는 것이다." 그는 이듬해에 자신의 발언이 암시하는 바를 더욱 상세히 설명했다.

일상생활에서 우리는 이런 유전자가 무얼 결정하고 저런 유전자가 무얼 결정한다는 식의 이야기를 한다. 그런데 사실 거의 그렇지 않다는 점을 알아 가고 있다. 그런 식으로 작용할 수 있는 유전자의 수는 손가락으로 셀 수 있을 정도다. 그만큼 분명하지 않다는 것이다. 유전자의 기능은 환경의 영향을 빼놓고서는 규정할 수 없다. 이 유전자는 이 병을 유발한다거나 저 유전자는 단백질을 만들어 낸다는 따위의 생각은 이제 물 건너간 이야기다.

아직 배울 게 너무나 많음에도 생명공학을 이용해 먹겠다고 성급하게 행동하는 것은 잘못이라는 게 드러났다.

무지몽매한 실험

유전자 조작 식물들이 북미 대평원의 광범위한 지역에서 재배되고 있다는 것은 이미 알려진 사실이다. 몬산토 같은 기업들의 압력을 받은 캐나다와 미국 정부는 제기되는 긴박한 의문들은 거의 고려하지 않고 새로운 변종들을 승인함으로써 생명공학업계의 치어리더 역할을 해왔다. 위력이 줄어들거나 썩는 방사성동위원소나 화학 오염 물질과 달리, 유전자 조작 식물과 동물은 번식하고 돌연변이를 일으킨다. 이들이 일단 자연에 방출되고 나면

돌이킬 수가 없다.

지구에 사는 생물의 인상적인 특징은 끈질기다는 것이다. 온갖 변화에도 불구하고—햇빛은 40억 년 전보다 30%나 더 뜨거워졌고, 빙하 시대가 왔다 갔으며, 대륙이 서로 부딪치면서 산과 바다가 생겨났고, 자극(磁極)이 거듭 바뀌었다—생명은 지난 38억 년 동안 번성해 왔다. 생명은 일단 자리를 잡으면 믿을 수 없을 정도로 끈질기다. 바람·곤충·비·강물과 같은 요인들이 유전자 조작 생물체가 유전자를 퍼뜨릴 수 있도록 운반체 역할을 한다. 서스캐처원의 농부인 래번 어플렉은 유전자 조작 농산물이 가져다줄 이익과 위험을 검토하는 뉴질랜드의 한 위원회 앞에서 다음과 같이 증언했다.

캐나다는 몽매하게도 캐나다 땅에서 광범위한 실험을 한 적이 있습니다. 그것은 돌이킬 수 없는 실험으로, 앞으로의 파장에 대한 진지한 고려 없이 수행된 것이었습니다. 우리의 경험으로 보건대, 작물들(그리고 잡초들)은 워낙 다양한 방식으로 퍼지기 때문에(바람, 물길, 길가, 농기계, 트럭) 어쩌다 원치 않는 지역으로 퍼져 나가는 것을 막는다는 게 불가능합니다. 우리 캐나다는 지금 평원 지대 전역에 걸쳐 유전자 조작 작물의 오염을 어느 정도 겪고 있습니다.

생명과학에 매달리는 정부와 기업들

과학 연구와 그 적용 사이의 복잡한 관계를 제대로 이해하지 못하는 정부는 경제적 이익을 촉발하고 싶어 때때로 특정 분야에 돈을 쏟아붓곤 한다(내가 보기에 그런 투자는 여러 가지 이유 때문에 실패할 수밖에 없는데, 그것은 이

에세이의 주제가 아니다). 그런데 지금은 연방정부든 주정부든 지방정부든 생명과학에 매달려 생명공학 기업과 그 상품을 홍보하느라 야단이다. 불행히도 분자생물학은 비전문가는 해독하기가 매우 힘든 비밀스러운 학문이다. 분자생물학 연구를 진행하고 있는 생명공학 기업이나 과학자들은 자기네 작업이 가져올 이득을 공격적으로 선전하고 있다. 그들은 너무 열광한 나머지 반대나 우려를 사소하거나 근거 없는 것이라며 무시해 버린다. 담배업계가 흡연이 건강에 끼칠 수 있는 위험을 무시한 것과 마찬가지다.

그렇다면 사회는 어떻게 해야 사람과 생태계에 닥칠 수 있는 위험을 최소화하는 방식으로 새로운 발견과 그것의 적용에 대처할 수 있을까?

내가 보기엔 대학이야말로 이런 문제를 터놓고 논의하고 토론해야 할 곳이다. 대학의 과학자들은 난해한 과학 용어를 써가며 말하는 동시에 비전문적 용어를 써서 학생이나 일반인들과 소통하면서 과학의 여러 분과를 고루 다룬다. 대학은 사회에서 매우 특별한 입지를 갖고 있는 기관이다. 지식의 최첨단에 서서 온갖 아이디어를 탐색하는 학자들과 학생들의 집단인 것이다. 그런데 이런 아이디어 가운데 상당수는 사회에 위험을 끼칠 수도 있어 사상가들은 종종 제도 권력에 위협적인 존재로 간주된다. 학자들에게 연구를 계속할 자유를 주고 외부의 간섭으로부터 보호하기 위해 대학은 정년보장이라는 특권을 부여한다. 정년보장에는 그 학자의 분야가 사회에 영향을 끼치는 이슈에 대해 지식을 공유하고 발언해야 할 책임이 뒤따른다.

그런데 슬프게도 대학은 민간 부문과 광범위한 제휴 관계를 맺음으로써 이런 지위를 스스로 약화시켰다. 기금을 찾아다니던 대학의 행정 당국은 기업에서 자금원을 발견하였으며, 이제는 교직원들에게 대학에 충성을 바칠 기업을 차리라고 부추기까지 한다. 브리티시컬럼비아대학 임학부 사례에서 그것이 어떤 해악을 끼치는지 볼 수 있다. 이 대학 임학부 건물 로비에는 벌목업체들의 기부에 감사한다는 명판들이 가득 걸려 있다. 환경운동가들이 수십 년 동안 브리티시컬럼비아의 일괄 벌목 관행을 파괴적이고 비과학적이라고 비난해 왔는데도 브리티시컬럼비아대학 임학부는 업계에 굴복한 것이다. 임학부로서는 임업계를 지지해 주는 것이 이성적인 논쟁보다 더 중요하다(흥미롭게도 최근 학부의 여학생 수가 늘어나면서 대안적인 임업 관행에 관해 관심도 많아지고 논의가 더 진지해졌다).

임학부뿐만 아니라 제약·화학·군수업계의 돈을 받는 학부들도 업계의 관점을 지지하고 있다. 학생들은 우려하는 측의 견해를 접할 기회가 거의 없이 이 분야의 잠재적 이익을 일방적으로 선전하는 이야기만을 듣게 된다. 이를 수긍하지 않는 교직원이라 하더라도 대부분 감히 나서서 발언하지 못하며, 동료들의 지지를 잃을 위험을 감수하는 사람은 온갖 수모를 겪게 된다. 내 경험으로 보건대 관행을 문제삼거나 있을 수 있는 위험을 이야기하는 것만으로도 강력한 반발과 함께 '반과학적'이라거나 '감정적이며 비과학적'이라는 혐의를 받는다. 이는 견해 차이가 존중되어야 마땅한, 이른바 학자들의 공동체로서는 슬픈 일이 아닐 수 없다.

생명공학을 지지하는 쪽의 로비에 말려들지 않으면서 중요한 이슈를 제기하는 방법 하나는 왕립위원회나 의회의 조사를 통해 사회·보건·생태·경제 전반에 미치는 유전공학의 영향을 검토하는 것이다.

북미의 패스트푸드 문화에 대항해 슬로푸드(slow food) 운동이 일어난 유럽에서는 유전자를 조작한 작물과 먹을거리가 추방당했다. 유럽 사람들은 사전 예방 원칙을 적용하여 신기술을 받아들이기 전에 상품의 필요성과 그것이 안전한지 확실한 증거를 요구한다. 유럽 사람들은 우리가 "실험을 하고 있기" 때문에 위험한지 또는 안전한지 증거를 찾기 위해 북미 사람들을 주의 깊게 본다고 말한다. 캐나다인들은 상품 라벨에 명시하지도 않고, 또 달리 정보를 받지 않은 상태에서 5년 이상 유전자 조작 식품을 먹어 왔다.

그런데 1960년대까지 수십 년 동안 과학자들이 인간을 대상으로 부주의한 실험을 했다는 게 밝혀졌다. 몇 가지 예를 들어 보자. 매독에 걸린 환자들에게는 병이 심해질 때까지 일부러 처치를 하지 않았다. 정신병원에 입원한 환자들에게 효과를 알아보기 위해 환각제를 투여하는 일도 있었다. 유전적인 이유로 정신적으로나 육체적으로 장애가 있다는 판단을 받은 사람들에게 불임 수술을 하기도 했다.

이러한 과학 과잉 사례를 통해 과학자들은 인간을 대상으로 한 실험 조건을 받아들였다. 즉, 실험 대상이 되는 사람에게 어떤 테스트를 하게 되는지 먼저 알려야 하고, 연구가 진행되기 전에 그 사람의 동의를 받아야 한다는 것이다. 정부는 유전자 조작 식품이 비유전자 조작 식품과 "본질적으로 같다"는 생명공학산업계의 주장을 그대로 믿고 그런 식품을 섭취했을 때 생길 수 있는 장기적 효과에 대한 대규모 조사를 거의 요구하지 않았다(아르파트 푸스타이 박사는 실험을 통해 유전자 조작 감자를 쥐에게 먹인 결과 해로운 결과가 나타났다는 점을 밝혔는데, 이 실험은 저명한 의학 전문지 〈랜싯〉에 실렸

우리 아이들에게 어떤 세상을 물려줄 것인가

다. 푸스타이의 실험은 유전자 조작 식품 섭취에 관한 연구로는 유일하게 발표된 경우지만 언론이나 업계 로비스트들로부터 철저하게 무시당했다).

그 결과 캐나다와 미국에서 많은 사람들이 '고지된 정보에 근거한 동의'를 한 적 없이 실험 대상이 되고 있다. 최소한 어떤 식품이 유전자 조작이 된 것인지를 누구나 알 수 있도록 상품 라벨에 표시하여 선택할 수 있게 해야 한다.

생명공학의 미래

유전학자로서 나는 믿을 수 없을 정도로 신기한 기술이 탄생하고, 살아 생전에 해결되는 것을 결코 볼 수 없으리라 생각한 생물학 문제들이 풀리는 것을 보며 엄청난 기쁨을 계속 맛보고 있다. 유전학자들이 의기양양해하는 것은 이해할 만하다. 우리가 원하는 대로 생명을 조작할 수도 있다는 생각을 하면 더욱 그렇다. 나는 이런 기법이나 통찰들 가운데 미래에 중요하게 쓰일 것들이 있다는 점을 의심치 않는다. 하지만 우린 배울 게 아직 너무나 많다. 유전자 조작 농산물과 식품에 대한 보고서와 그동안의 경험들에서 앞으로 더욱 조심해야 할 타당한 이유들이 이미 드러났다.

과학자라면 원자력산업의 경험을 잊어선 결코 안 된다. 2차대전 기간에 연합국 과학자들은 적이 원자폭탄을 만들기 전에 먼저 만들어야 한다며 서둘러 내달렸다. 원자탄이 만들어지자 연합국들은 적들이 결코 경쟁 상대가 되지 않는다는 것을 알았다. 원자탄은 근본적으로 다른 신무기로, 당시 세대를 파괴할 수 있을 뿐만 아니라 유전 인자 변화를 초래하여 미래 세대에까지 타격을 입힐 수 있었다. 그럼에도 불구하고 전쟁을 신속히 종결지음으로써 많은 인명을 구할 수도 있다는 이유로 사용이 정당화되었다. 원자폭탄을 사용하고 나서 여러 해 '뒤에' 과학자들은 새로운 현상을 발견하였다. 방사성 낙진과 방사성동위원소의 생물농축, 전기의 연결을 무력화시키는 감마선의 전자기펄스(electromagnetic pulse, 핵폭발로 생긴 고농도의 전자 방사—옮긴이), 핵겨울로 인한 광범위한 생태적 파장 등을 발견한 것이다.

생물학자들이 유전공학 같은 혁신 기술이 생태계나 건강에 미칠 파급 효과를 충분히 알 것이라고 생각해선 안 된다. 정부는 경제적 압력에 굴복해선 안 되며, 인간과 자연의 장기적 건강을 우려하고 지도해 나가야 한다. 그리고 이 흥미로운 분야에 종사하는 과학자는 역사에서 배워야 하며, 그들의 작업이 생태계와 건강과 사회에 끼칠 파장을 자유롭고 공개적으로 논의하는 걸 환영해야 한다.

반드시 대가는 치르게 마련

나는 오래전부터 과학과 기술이 우리 삶에 영향을 끼치는 방식을 통제할 수 있으려면 사회의 모든 수준에서 과학 지식을 더 많이 알아야 한다고 믿었다. 내가 방송 일을 시작한 것도 그 때문이었다.

그러나 최근 들어 더 많이 자각하는 것이 중요하다는 내 신념이 잘못됐다는 걸 깨달았다. 먼저 문제가 없는 기술은 없다는 점을 알아야 한다. 아무리 이로운 것이라 해도 과학은 나름의 대가를 치르게 마련이다.

DDT를 한번 생각해 보자. DDT는 말라리아를 옮기는 모기를 대량으로 죽였으며, 확실히 많은 열대 지역에서 수백만 명의 인명을 구했다. 그러나 유전학자들은 DDT가 모기에게 내성을 가진 돌연변이를 일으키게 되는 엄청난 선택 압력을 행사할 것이며, 몇 년 안에 그런 모기들이 대량으로 다시 나타날 것이라는 점을 예측했어야 했다. 과연 그런 모기들은 다시 나타났다. 하지만 일단 화학적 접근법을 택한 이상 그보다 더 독한 화합물에 의존해야 했다.

화학물질을 대량 살포하여 발생한 생태적 피해는 어마어마했다. 그것은 DDT가 모기만이 아니라 모든 곤충을 다 죽이기 때문이다. 더욱이 이 화합물을 미생물이 섭취하고, 이 미생물들은 자기보다 큰 포식자에게 먹히며 먹이사슬을 타고 올라갔다. 그리하여 처음에는 아주 적은 양이었으나 '생물농축' 과정을 거쳐 먹이사슬 위로 올라갈수록 더 많이 축적되었다. 결국 DDT는 새들의 몸에 농축되어 알껍질을 얇게 만들어 번식력을 떨어뜨림으로써 수를 엄청나게 감소시켰다.

기술 혁신이 궁극적으로는 이득보다 부작용을 더 많이 초래하는 사례가 아주 많다. 나는 광범위한 이해 관계를 대변하는 시민위원회 같은 것이 있어 모든 신기술에 대해 비용편익분석(cost/benefit analysis)을 해야 한다는 생각을 자주 했다. 이 아이디어는 이득과 부작용을 면밀히 따져 봄으로써 신기술 사용을 허용할 것인지 말 것인지 결정할 때 더 많은 정보를 확보하자는 것이다. 이렇게 하면 미래에 발생할 문제를 방지하는 데 도움이 되리라는 믿음은 우리의 예측 능력에 대한 신뢰에 바탕한 것이다. 실제로 환경과 건강에 끼치는 영향에 대한 테스트는 대체로 이런 신념에서 나온 것이다. 하지만 우리는 그런 시스템에 기댈 수는 없다.

우선, 우리의 평가라는 것이 한계가 있기 때문이다. 예를 들어 북극 한가운데서 석유 시추를 할 경우 환경영향평가를 한다고 가정해 보자. 조사는 어쩔 수 없이 제한된 구역에서 제한된 시간 안에 할 수밖에 없다. 이때 시추공 두 곳에서 관찰된 효과를 100배 남짓 확대하면 실제 시추의 영향을 적절히 추정한 것이라고 가정하기 쉽다.

게다가 어떤 효과들은 '상승적'이다. 즉, 구성 요소들은 상호 작용을 하기 때문에 각각의 영향을 전부 합한 것보다 더 새롭고 더 많은 영향을 끼친다는 것이다. 그리고 해당 산업이 최선의 행동을 할 것이라고 가정하기 때문에 평가는 언제나 보수적인 방향으로 나오게 마련이다.

설령 조사를 10년에 걸쳐 한다 하더라도(그럴 리는 없겠지만) 이렇게 민감한 지역의 변화무쌍한 조건들을 전부 예측할 수는 없다. 내가 아는 동료들은 수십 년에 걸쳐 동물과 식물의 개체수를 조사하여 예측할 만한 근사한 주기와 패턴을 발견했지만, 갑자기 전혀 예상치 못한 변동이 생기는 바람에 낭패를 보았다. 그들은 그런 식으로 더 많은 출판물을 내놓겠지만, 우리는 우리가 아는 게 얼마나 적은지를 알고 좀더 겸손해져야 한다.

또 하나, 우리는 굵직한 기름 유출 사고가 상대적으로 드물게 일어난다는 것을 안다. 시추공 20곳 중 하나 꼴로 사고가 일어난다고 가정해 보자. 시추공 두 곳을 조사하여 아무 영향이 없다는 것을 알았다고 해서 시추공 100곳을 파도 사고가 나지 않을 것이라고 결론을 내릴 수는 없다. 테스트한 시추공 두 곳 중 한 곳에서 사고가 났다고 해서 실제 시추공 100곳의 절반에서 사고가 날 것이라고 결론 내리는 것도 마찬가지로 타당하지 않다. 이런 숫자는 통계적으로 무의미하다.

식품첨가제·살충제·의약품도 상용화되기 전에 광범위한 테스트를 거친다. 그러나 수많은 사례를 통해 우리는 모든 부작용을 예측할 수 없다는 것을 안다. DDT의 경우는 고전적인 사례다. 실제로 DDT가 사용될 당시 우리는 이 화학물질이 새의 몸에 농축되는 것은 말할 것도 없고 먹이사슬을 타고 올라가는 생물농축 자체에 대해서도 알지 못했다.

탈리도마이드(입덧을 멈추게 하는 약으로 임산부에게 먹이다 많은 기형아 출산을 유발하는 약해 사건을 일으켰다—옮긴이)나 DES(여성호르몬을 모방한 합성 호르몬으로 역시 임산부 등에게 먹이다 2세에게 심각한 부작용을 일으켜 사용이 금지되었다—옮긴이)를 기억하는가? 아니면 경구피임약의 경우를 한번 보자. 경구피임약은 광범위한 테스트를 거쳐(푸에르토리코에서) 해로운 부작용 없이 효능이 있는 것으로 밝혀졌다. 그러다 연구자들이 이 약의 부정적인 효과를 볼 수 있었던 것은 몇 년 동안 수백만 명의 건강한 여성들이 이 약을 복용한 뒤였다. 사전 테스트를 많이 해도 예측할 수 없었던 것이다.

그래서 우리는 끔찍한 결론에 이르게 된다. 기술은 엄청난 이득을 가져온다. 그것은 부인할 수 없는 사실이다. 그래서 우리는 기술에 매료되는 것이다. 어떤 기술이 자리를 잡으면 그것 없이 사는 게 불가능해진다. 다시 옛날로 돌아갈 수가 없다.

그러나 어떤 신기술에 대한 사전 테스트든 결함이 있게 마련인 것은 영향평가란 것이 제한적인 수밖에 없기 때문이다. 테스트는 규모나 범위나 시간 제약이 있으며, 예상되는 영향이라는 것도 우리가 선험적으로 아는 것들에 의존한다.

그렇다면 어떤 일이 벌어질지 모르는 것을 어떻게 테스트할 수 있을까? 모든 기술에 나름의 대가가 있다면, 해당 기술이 강력할수록 잠재적 대가는 더 커지게 마련이다. 따라서 기술에 관한 판단을 내릴 때 우리가 무지하다는 것을 감안하여 극도로 신중해야 한다. 또한 우리가 할 수 있는 일이라고 해서 전부 다 할 필요는 없다는 점을 깨달아야 한다.

자동차 오일 교환에 숨겨진 비밀

현재의 기술 사회는 지나친 소비와 폐기물로 인한 환경적 파장 때문에 우리의 생활 방식을 재평가하도록 만든다. 한때 재활용은 단순히 필요했기 때문에 당연히 해야 하는 일이었다. 우리는 우리 부모들이 일상적으로 모든 걸 아껴 쓰며 살았다는 것을 잊어버리고 방탕하게 산 대가를 톡톡히 치르고 있다.

우리는 수시로 자동차 오일을 간다(맡기지 않고 직접 하는 사람도 있다). 그런데 이 시커멓고 역겨운 기름이 어딘가로 흘러가면 어떻게 될까라는 생각을 해본 적이 있는가? 이 윤활유는 재활용될 수도 있지만 대부분 땅이나 강에 버려진다. 우리 사회의 근시안이 드러나는 대표적인 예라 할 수 있다.

우리는 참 이상한 착각에 빠져 살고 있다. 현재 석유 값은 시장의 '공급 과잉' 때문에 싼 편이지만 석유업계 사람들이라면 누구나 21세기 초부터 석유가 말라 가기 시작할 것임을 안다. 우리는 엄청난 환경 문제를 안고 있으면서도 결국 오염을 가중시킬 뿐인 많은 생산품의 파괴적 영향에 대해서는 관심을 갖지 않는다. 다시 쓰고 난 오일 이야기로 돌아가 보자.

윤활유에는 두 종류가 있다. 하나는 자동차에 쓰이는 오일이고, 다른 하나는 산업에 쓰이는 오일이다. 캐나다에서 매년 생산되는 윤활유 2억 갤런(1갤런은 3.78리터다—옮긴이)의 절반은 윤활 과정에서 소진되고 나머지 1억 갤런만 재활용이 가능하다. 실제로는 약 3700만 갤런이 수거되는데, 그 가운데 2200만 갤런만이 정제되고 나머지는 타버리거나 도로에 흘려진다. 그러면 수거되지 않는 6300만 갤런은 어떻게 될까? 하수도로 흘러들어가거나 땅에 버려질 가능성이 있다. 그렇다면 의심할 나위 없이 우리는 물이나 채소나 고기에 들어 있는 그것을 먹게 된다. 이처럼 사용된 오일을 재활용하지 않으면 귀한 자원을 낭비할 뿐만 아니라 중대한 환경 오염을 일으키게 된다.

한번 사용한 오일에는 해로운 화학물질들이 들어 있는데, 이것들은 다시 정제되는 과정에서 제거되지만 한번 쓴 오일을 질이 좋지 않은 화로에서 태우거나 버리면 바깥으로 풀려 나온다. 여기에는 납, 아연, 크롬, 비소, 염소, 브롬, PCB, PCA, 휘발성 또는 반휘발성 유기물 등 온갖 유해 물질이 들어 있다.

물론 오일을 다시 정제하는 데는 돈이 든다. 쓰고 난 오일을 저장하고, 수거하고, 다시 정제하는 공장으로 수송하는 시스템이 갖춰져야 한다. 하지만 깨끗한 새 오일(원유를 정제한 것) 값이 너무 싸서 굳이 그럴 필요를 느끼지 못한다. 20년 전 미국에서는 재(再)정제 공장이 200곳이 넘었다. 그러나 1987년에는 세 곳만 남았으며, 그나마 살아남기 위해 안간힘을 다 하고 있다. 그 무렵 캐나다에는 여섯 곳 있었지만 겨우 견디는 수준이었다.

문제의 원인에는 심리적인 것도 있다. 북미 사람들은 다시 정제된 오일이 새로 만든 것보다 질이 나쁘다고 생각한다. 그러나 캐나다국립조사위원회 연구 결과, 재정제된 오일이 정제된 오일만큼 좋거나 심지어 더 좋다는 사실이 밝혀졌다. 하지만 우리는 재정제된 오일을 사려고 하지 않는다. 그 이유는 특히 값이 비싸기 때문이다.

재정제업자들에게 더 큰 문제는 정치적인 것이다. 모든 세금 인센티브와 보조금이 원유 발견과 시추에만 주어지기 때문이다.

그러다 보니 재정제를 할 경제적 동기가 없다. 재활용을 통해 환경을 보존하고, 유독 오염 물질을 제거하고 오일이 환경에 유입되는 것을 막아 환경을 보호하려면 온갖 자극이 있어야 한다.

그런데 여기에도 문제가 있다. 어떤 상품이든 상품 생산자는 보통 최종 처분까지 포함한 '총'비용을 예상할 의무가 없지만, 그것까지 애초부터 원가 계산에 넣어야 한다.

우리의 시각이 근시안적이라는 것을 보여 주는 대표적인 예가 원자력산업이다. 이 산업은 방사성 폐기물을 처분하거나 노후한 원자력발전소를 폐쇄하는 문제에 대해 심각하게 고민하기 훨씬 전에 발전소들을 지었던 것이다. 환경적으로 책임질 수 있는 방식으로 재활용을 하는 경제적·법적 유인책이 필요하다. 오일을 다시 정제하는 것은 간단히 해결할 수도 있는 문제 같지만, 이 산업은 현재 궁지에 몰려 있다.

우리는 액체 폐기물을 하수도에 버리고 잊을 수 있다는 생각이나, 그것을 땅에 쏟아 스며들게 할 수 있다는 생각을 하지 말아야 한다. 온타리오 케노라 부근에서 PCB 유출 사고가 일어나자 사람들은 경악을 금치 못했는데도 사용된 오일 '수백만' 갤론—그 속에는 PC와 그 밖의 독성 물질이 상당량 들어 있다—이 먼지 발생을 억제한다는 명목으로 비포장도로에 뿌려지고 있다는 것은 아이러니가 아닐 수 없다. 그리고 그보다 더 많은 양이 물로 흘러들어가고 있는데, 여과 시스템의 부식을 수리하거나 교체하는 비용이 1년에 800만 달러에 이른다. 쓰고 난 오일 수백만 갤런은 온실을 덮히기 위한 저질 연료로 쓰이기도 한다. 타는 온도가 워낙 낮아서 PCB를 파괴하지는 못하는데, 이 PCB는 공기 중에 그대로 배출되어 온실 안에 자라는 식물들에게 고스란히 흡수된다. 다 쓴 오일은 여름에 돼지가 화상을 입지 않도록 등에 뿌리기도 한다.

수천 년 동안 인간의 숫자는 적었고 기술 또한 간단했다. 그래서 환경은 무한해 보였고 끝없는 자기정화 능력이 있어 보였다. 그러나 오늘날엔 사람들의 수가 너무 많고 기술 또한 강력해 자연이 받아들일 수가 없다. 정부는 미래세대를 위해 자원을 보존하는 사람에게 상을 주지도 않고, 환경을 오염시키거나 해치는 사람에게 벌을 주지도 않는다. 경제적으로 이익이 될 때에만 재활용을 하는 것은 이치에 맞지 않다.

우리는 모든 생명이 서로 연결되어 있는 유한한 지구에 살고 있다. 그러니 다음 번 자동차 오일을 갈 때에는 그것을 흘려보내기 전에 먼저 곰곰이 생각해 보도록 하자.

식탁에 오른 방사선 처리 식품

양파나 감자에 싹이 돋아나서 먹기 곤란해진 것을 본 적이 있는가? 냉장고 없이 고기가 상하지 않도록 하려고 애써 본 적은 있는가? 인류 역사 내내 먹을거리가 썩는다는 것은 큰 걱정거리였다. 인간은 마침내 기발한 방법들을 알아냈다. 훈제, 소금에 절이기, 탈수, 병에 넣기, 냉장, 얼리기 등이 그것이다. 그리고 이제는 20세기 기술의 기적이라 할 수 있는 방사선 처리 방법까지 개발했다.

부패는 죽은 식물이나 동물의 조직에 알을 낳고 기생하는 미생물의 활동에서 비롯된다. 어둡고, 습하고, 따뜻한 저장 조건은 식물의 성장을 촉진한다. 썩기와 싹트기 두 과정은 부패를 일으키는 유기체를 죽이거나 식물의 재생력을 파괴하는 방사능을 다량 주입하면 억제될 수 있다. 식품 방사선 처리는 세계의 기아 문제를 해결하고, 침체한 원자력산업을 회생시킬 수 있는 기술혁명으로 크게 선전되고 있다. 이것은 결코 우연이 아니다.

우리 아이들에게 어떤 세상을 물려줄 것인가

원자를 쪼갬으로써 에너지를 방출하는 것은 그때까지 밀교 같았던 과학이 이룬 최상의 성공이었다. 전쟁이 끝나자, 물리학자들은 '평화를 위한 원자력'을 이용해 싸고 깨끗하고 무한한 에너지의 시대가 열리기를 희망했다. 왕립 기업인 '캐나다원자력공사(AECL)'는 원자력을 평화적으로 사용하는 데 앞장섰다. 캐나다는 암 투병에 쓰이는 코발트 60 '폭탄' 개발국이자 주요 생산국이다. 그리고 캔두(Candu) 원자로는 세계 최고라는 평을 받는다. 그러나 캔두는 경제적으로 블랙홀이 되어 버렸다. 이 기술에 국민의 세금을 수십억 달러 쏟아부었지만 그 돈을 회수할 가망성이 보이지 않기 때문이다. 거대 프로젝트는 일단 시작되면 자체의 생명력을 키워 나가 중단하기가 어렵다.

복잡한 원자력 기술은 과학과 공학의 궁극적 성취를 대변한다. 그러나 스리마일 섬이나 체르노빌에서 일어난 사고는 어떤 기술이든 "잘못될 수가 없다"는 믿음을 영원히 잠재워 버렸다. 인류가 절대 안전하다고 자부하는 장치치고 낭패를 보지 않은 게 없다. 원자력산업은 안전·경제성·핵무기 때문에 계속해서 우려의 대상이 되고 있다. 핵시설이 정당화 수단과 잠재적 수익원을 찾는 것은 결코 놀라운 일이 아니다.

이제 식품 방사선 처리 이야기로 돌아가 보자. 캐나다원자력공사와 국제 원자력 업계는 식품 방사선 처리가 경제적으로나 건강상으로나 이익을 가져다 줄 것이라고 선전하기 위해 상당히 애를 쓰고 있다. 캐나다 과학위원회와 지도적인 과학자들은 식품 방사선 처리의 안전성과 편익을 강력히 주장해 왔다. 미국에서도 질병통제센터(CDC), 보건부 차관보, 농무부, 식품의약국(FDA)이 모두 식품 방사선 처리가 안전하다고 인정해 주었다.

여기서 솔직히 밝혀 둬야 할 것이 있다. 지금까지 나는 식품 방사선 처리에 대해 중립적인 입장이었다. 그것은 내가 방사선 처리가 된 먹이를 먹은 초파리에 관한 논문들을 읽어 보았으나 그런 먹이가 돌연변이 발생률을 높인다는 주장을 하기 위해 내놓은 데이터가 별로 인상적이지 않았기 때문이다. 하지만 이제는 엉거주춤한 입장을 극복할 때가 되었다.

첫 번째 이유는 추진하는 일에 대해 엄청난 이해 관계를 가진 사람들이 내세우는 거창한 주장을 대체로 믿지 않기 때문이다. 이제는 담배가 도움도 되고 안전하다는 담배업계의 주장을 믿는 사람이 거의 없다. 그렇다면 원자력업계의 열성적인 판촉 활동에 대해서도 똑같이 조심스러워야 하지 않을까? 오해는 하지 말기 바란다. 나는 그들이 악하다거나 정직하지 않다고 생각하는 게 아니다. 하지만 그들은 '신자(信者)'들이다. 신자들은 종종 자신들이 믿는 것을 팔기 위해 과장·왜곡·위협 등 온갖 수단을 쓴다. 우리는 방사선 처리 식품이 끼칠 수 있는 건강상의 위해를 원자력업계가 부인하는 걸 회의적으로 받아들이고, 아울러 다른 쪽의 정보도 찾아보아야 한다.

오늘날 우리가 먹는 식품과 공기, 물에는 각종 약물과 오염 물질, 첨가제가 가득하다. 우리가 과연 어떤 것을 먹고 있는지 되도록 많이 알아야 한다. 왜 방사선 처리 식품업계는 식품 라벨에 방사선 처리 사실을 밝히지 않고 자기네 활동을 숨기려고 애를 쓰는가? 사람들에게 정보를 줘서 스스로 결정할 권리를 주지 않는 일은 결코 지지할 수가 없다. 사람들이 방사선 처리가 된 식품에 방사능이 있는 것으로 잘못 알고 있다면 모르는 상태로 내

버려두지 말고 가르쳐 주는 것이 업계가 해야 할 일이다.

역사는 우리가 신기술의 궁극적인 비용과 편익을 절대 예측할 수 없다는 것을 가르쳐 준다. 그런 사실을 알아야 하는 업계가 있다면 바로 원자력산업이다. 핵폭발의 장기적 결과(낙진, 오존층 파괴, 전자기펄스, 핵겨울)는 핵무기가 사용되고 나서 한참 뒤에야 발견되었다.

기술의 역사는 당장의 편익은 명백하나 비용은 완전히 알 수 없고 선험적으로 예측 불가능하다는 것을 보여 주는 사례로 가득하다. 어떤 영향이 있을지 예상할 수 없다면 무엇을 찾아보아야 하는지도 알 수 없다. 우리가 해로운 영향을 보여 주기 위해 동물 실험이나 유행병 연구 등에서 나온 증거를 나열하는 데만 매여 있다면 잠재적인 소비자와 궁극적인 납세자의 지지를 잃을 수밖에 없다.

방사선 처리 식품에 대해 우리는 엉뚱한 질문을 계속하고 있다. 문제는 이 기술이 안전하냐가 아니다. 이 기술이 널리 사용되어 수백만 명이 여러 해 동안 그 식품을 먹은 다음이 아니면 어떻게 될지 알 수 없기 때문이다. 역사를 길잡이 삼는다면 예상치 못한 해로운 영향이 있을 것이다. 지금 식품 방사선 처리에 매달리는 가장 큰 동기는 침체된 원자력산업을 살리기 위해서이다. 그 때문에 과연 오늘날 원자력산업이 필요한가라는 근본적 질문이 가려져 있다. 우리 사회에서 핵 에너지의 역할을 재평가하는 왕립위원회의 활동이 아직 없다는 것은 유감이다.

학계의 매춘 행위

산업화된 나라의 모든 정부들은 하이테크산업에서 일본이 거둔 성공을 모방하기 위해 대학에 있는 과학자들의 창의적 에너지를 이용하려고 한다. 캐나다 대학들은 정부와 산업의 압력을 받아 학자들에게 민간 부문과의 연계를 발전시킴으로써 기초 지식을 산업으로 빨리 이전시킬 것을 부추기고 있다. 그리하여 기업이나 정부에 이해 관계가 없는 집단인 학자들의 고유한 역할이 심각하게 훼손되었다.

'복구 엔진'을 자처했던 브리티시컬럼비아대학 총장 데이비드 스트랭웨이는 대학의 요란한 홍보지 첫 면에서 이렇게 말했다. "대학은 나중에 자유기업이 이용할 수 있는 아이디어를 제공하는 자유로운 탐구의 주요 원천입니다. 우리 사회에서 성공하기 위해서는 자유로운 탐구가 뒤에서 밀어 주고 자유기업이 앞에서 끌어 줄 필요가 있습니다." 홍보지의 나머지 면에는 의료계나 산업계나 일반 사회에서 드러내 놓고 문제를 해결하는 사람들,

주로 과학자들의 사례가 가득 실렸다.

북미 전역에서 대학들은 산업계의 일부가 되기 위해 요란스럽게 달려가고 있다. 실제로 교수들은 그들의 발견을 이용해 수익을 내는 기업가가 되라는 부추김을 받는다. 이런 변화에 반대하거나 질문을 제기하는 사람은 별로 없다.

그러나 나는 대학의 사회적 역할에 대한 스트랭웨이 총장의 정치경제적 견해에 동의하지 않을뿐더러 대학을 산업화하기 위해 앞뒤 가리지 않고 질주하는 것 자체가 대단히 염려스럽다. 이유를 한번 따져보자.

역사적으로 대학은 취업을 준비하거나 전문가들이 '민간 부문'을 이롭게 할 목적을 가진 곳이 결코 아니었다. 대학은 원래 인간의 사상과 창의성을 함께 탐구하는 사람들의 공동체였다. 대학이 공익 사업이 된 뒤로 공통된 가정은 우리 젊은 인재들이 중요한 천연자원이라면 대학이 그들의 발전을 극대화한다는 것이었다.

좋은 대학은 학자·몽상가·예술가·발명가가 자기 분야에서 탁월하고 기술과 지식을 공유한다는 것만으로도 당당하게 함께 있을 수 있는 장소다. 인간의 생각은 그 어떤 것이든 대학 안에서는 수용될 수 있다. 때문에 정부나 산업을 종종 비판하기도 한다. 학자들은 권력을 쥔 사람들에게는 눈엣가시일 수도 있다. 그래서 학자들은 자신의 견해와 사회 비판에 가해질 박해에 맞서기 위해 정년을 보장받으려고 그토록 싸워 온 것이다. 사회는 편협하고 자기중심적인 목적 이상을 추구하기 위해 객관적 비평가를 필요로 한다. 그런데 슬프게도 북미 대부분의 대학에서 정년보장은 특권이나 기회라기보다 무력한 철밥통 같은 것이 되어 버렸다.

대학의 산업화는 여러 가지 이유에서 잘못이다. 과학자들은 기업들이 그들의 새로운 아이디어와 발견을 이용하도록 투자를 유치하기 위해 애쓰면서 현재의 최신 아이디어 대부분이 머지않아 오류이거나 아니면 아무 관련이 없거나 사소한 것으로 드러난다는 점을 잊었거나 모르는 것 같다. 과학의 본분은 최신 개념을 무효화하는 것이다. 그런데 왜 그것들을 적용하지 못해 안달인가?

내가 대학의 산업화에 반대하는 데는 훨씬 더 근본적인 이유가 있다. 학문 공동체의 본질은 아이디어를 자유롭게 교환하고 지식을 공유하는 것이다. 대학 내에 교직원들과 함께 사기업을 만드는 것은 그런 정신에 위배된다. 사기업은 사소하고 비열할 수 있는 파괴적 경쟁을 부추긴다. 아이디어의 배타적 소유를 주된 목적으로 삼으면 기밀 보호가 우선순위가 된다. 그리고 돈에 눈이 멀면 사회적 책임과 신기술의 파급 효과에 대해 폭넓은 질문을 던지기보다 오히려 무시하는, 겉만 번지르르한 과학과 편협한 관심을 낳을 수 있다.

내가 가장 관심을 갖는 것은 사회를 위한 지식의 비평가이기도 하고 원천이기도 한 학계의 중차대한 역할이다. 다른 꿍꿍이가 없는 학자는 나름의 균형 잡힌 시각을 제공하는 위치에 서게 되며, 자신을 뒷받침해 줄 데이터를 갖게 된다. 베트남전 당시 과학계에서 가장 돋보였던 활동가는 MIT의 데이비드 볼티모어(나중에 노벨상을 탔다)와 하버드대학의 마크 타신이었다. 그들은 네이팜탄·고엽제·최루탄을 만든 다우케미컬과 몬산토 같은 기업

우리 아이들에게 어떤 세상을 물려줄 것인가

을 비난했다. 하지만 지금은 볼티모어와 타신 둘 다 생명공학 기업을 소유하고 있고, 다우케미컬과 몬산토는 생명공학에 깊숙이 개입하고 있다. 볼티모어와 타신이 전처럼 두 기업에 대해 비판적일 수가 있을까? 절대 그럴 수 없다.

아랍 국가들의 석유 금수 조치 직후인 1970년대에 나는 앨버타의 역청암 지대의 막대한 석유 매장량을 다룬 영화와 관련된 일을 한 적이 있다. 당시 석유값이 치솟자 신크루드(캐나다 석유회사─옮긴이)만한 원전을 10개 이상 개발한다는 이야기가 있었다. 그렇게 되면 유전 한 곳이 매일 이산화황을 적어도 50톤씩 배출할 것이었다. 산성비가 많이 내릴 게 뻔했다. 그래서 우리는 그런 개발이 환경이 미칠 영향에 대해 카메라 앞에서 이야기해 줄 이 지역 대학의 생태학자를 찾아다녔다. 그러나 석유회사가 주는 연구비가 끊어질까 봐 어느 누구도 나서지 않았다! 대학 내에 그런 전문가가 있으라고 사회가 지원해 주는 것은 바로 그런 지식을 구하기 위해서가 아닌가.

나는 새로운 아이디어를 적용하는 데 있어 대학 교수들의 역할을 부인하지 않는다. 우리 대학의 일류 학자들은 세계 각국의 연구를 파악하는 캐나다의 눈이자 귀이며, 훌륭한 학자들은 언젠가 이용할 수 있는 아이디어를 짜낼 것이다. 그러나 수지 타산을 맞추기 위해 급하게 몰아붙이면 대학 내의 학문은 왜곡되어 돈 가진 사람들의 뜻에 굴복하고 만다. 오늘날 이윤과 파괴가 과학을 적용할 때의 주요 근거가 되었으나 환경적·사회적 비용은 좀처럼 진지하게 언급되지 않는다. 기업과 일정한 선을 긋는 학자들이 필요한 것은 바로 그 때문이다.

나는 아직 브리티시컬럼비아대학 교수지만, 대학을 아끼는 만큼 나서서 비판을 하지 않을 수 없다. 정년을 보장받았으니 그럴 의무가 있다.

그토록 오랫동안 경제적 지원을 받지 않았던 대학의 과학자들이 민간 기업과의 파우스트적 거래를 왜 환영하는지 묵과할 수는 없지만 이해할 수는 있다. 하지만 철학자·역사가·사회학자들이 더 잘 알아야만 함에도 왜 그렇게 쉽게 묵인하는지 이해할 수가 없다.

대학을 산업화하기 위해 무문별하게 달려드는 것은 과거에는 학계 자체가 의문시하던 많은 가정을 맹목적으로 받아들인다는 뜻이다. 예컨대 대부분의 경제 시스템과 마찬가지로 자유기업은 지속적 성장, 즉 GNP·소비·소비재의 성장이라는 맹목적 필요성에 기초하고 있다.

일정한 기간에 꾸준히 성장하는 것을 '기하급수적 성장'이라 하는데, 과학자라면 누구나 우주에서 무한정 기하급수적으로 성장하는 것은 없다는 걸 안다. 하지만 경제학자·사업가·정치인들은 지난 수십 년 동안 소득과 소비재 상품, GNP(그리고 인플레)가 폭발적으로 성장했듯이 앞으로도 그래야 삶의 질이 유지될 수 있다고 생각한다. 역사가들은 이런 성장이 정도(正道)에서 벗어난 일시적 변동이기 때문에 어쩔 수 없이 중단되고 역전되게 마련임을 안다. 하지만 온 세상이 그런 신화를 파느라 바쁜 마당에 기하급수적 성장을 계속할 수 있다고 착각하는 것이 어떻게 바뀔 수 있겠는가?

대학에 몸담고 있는 학자들은 사회에서 사고(思考)라는 조그만 섬과도 같은 존재다. 그들은 사회의 결함을 지적하기 위해서는 기업이나 정부,

군대 같은 다양한 이해 집단의 우선 관심사와 일정하게 거리를 두어야 한다. 그러나 사회적으로 관계가 있거나 경제적으로 이익이 되는 문제에 관심을 쏟다 보면 그런 활동이 이루어지는 맥락을 놓치기 쉽다. 아울러 역사를 망각하고, 기술 혁신이 초래하는 환경적·사회적 비용에 눈감아 버린다.

미국에서는 MIT, 하버드, 칼텍(Cal Tech, 캘리포니아공과대학─옮긴이), 스탠퍼드 같은 대학의 예산 상당 부분이 민간 기업이 투자한 것이다. 이 때문에 이들 대학 교직원들 사이에서도 민간 기업과 그토록 긴밀한 끈을 맺어야 하느냐를 두고 의견이 분분하다. 이들 대학이 사립인 데 반해 캐나다의 주요 대학들은 전부 정부의 지원을 받는다. 하지만 임박한 학계의 산업화을 둘러싸고 논의가 거의 이루어지지 않고 있다. 이들 과학자의 활동과 지식은 국민이 지불하는 것인 만큼 공공의 이익을 위해 언제든 쓸 수 있어야지, 기밀 정보니 이윤 우선이니 특허상 비밀이니 하는 장막 뒤에 숨어서는 안 된다. 예를 들어 군수업계나 제약업계, 임업계, 컴퓨터업계로부터 연구비나 투자를 받는 경우, 자원이 끊길 각오를 하고 업계들을 비판하기란 아주 어려울 것이다.

과학자들의 사고방식 때문에 대학이 갈수록 산업화되어 나타나는 문제점도 있다. 과학자들 사이에는 지원받는 연구비 규모나 연구 성과물의 지속 여부와 직접적 관련이 있는 위계가 있다. 과학자들은 자신의 지위를 유지하고 동료들의 신뢰를 얻기 위해서도 계속해서 어떤 성과물을 내놓아야 한다. 첨단 연구의 특정 문제에 외곬수로 집중하는 대신 보다 폭넓은 사회·환경·윤리 문제에 관심을 갖는 사람은 과학계 내에서 서열이 떨어지게 되어 있다. 노벨상 수상자로 사회운동가나 일부 과학 분야의 비평가가 된 하버드대학의 조지 왈드나 칼텍의 라이너스 폴링, 로저 스페리 같은 학자들은 종종 "노망"이니 "다 됐다"느니 "주제넘다"느니 하는 험담을 듣곤 했다. 과학자들이 민간 기업에 더 단단히 얽매일수록 그들의 지평은 더욱 제한될 것이며, 그들의 일에 대해 사회적·윤리적 의문을 제기하는 사람들에게 더 참을성이 없어질 것이다.

이제 응용과학 중에서 제일 인기 좋은 것, 즉 상업적 목적으로 유기체의 유전자를 조작하는 생명공학에 대해 살펴봄으로써 좀더 구체적으로 이야기해 보자.

최근 생명공학 회사들이 대학 캠퍼스에 우후죽순으로 생겨나고 있다. 그러나 생명공학의 미래를 논의하기 위해 곳곳의 대학에서 열리는 많은 국제회의 가운데 이 기술의 오용이나 위험성에 관해 심각하게 의문을 제기하는 사례는 단 한 차례도 없었다. 마땅히 사회 기득권층과 한 팔 간격을 유지해야 하는 학자들의 학문 공동체가 그런 질문을 던져야 한다. 아니면 누가 하겠는가?

생명공학에 더 많이 투자하라고 부추기는 주장들 가운데 하나가 "세계의 배고픈 자들을 먹여 살릴" 잠재력을 그것이 갖고 있다는 것이다. 이는 얄팍한 자기 정당화에 지나지 않는다. 지구상의 기아 문제는 먹을 것이 부족해서라기보다 정치적이고 기술적 요인에서 비롯된 현상이다. 설령 그렇지 않다 하더라도 20세기에 이미 두 배나 늘어난 인구의 기하급수적 증가는 생명공학이 가져다 줄 어떠한 식량 증산으로도 감당할 수 없을 것이다. 물론 많은 연구비를 타내기 위해 자신의 연구를 정당화하려고 안달인 과학자들은 그런 반대 의견을 인정하지 않을 것이다.

북미 사람들은 대학과 민간 산업의 유착을 강화하려는 무비판적 밀어붙이기를 경계해야 한다. 감당할 수 없는 '비용'이 있기 때문이다.

바보상자에 살고 바보상자에 죽는다

라디오 토크쇼에서 한 미래학자는 다가오는 전자혁명이 가져다 줄 편익을 침이 마르도록 격찬했다. 그는 쇼핑, 게임, 영화 주문, 주가 확인을 집에서 컴퓨터와 텔레비전으로 어떻게 할 수 있는지를 설명하더니 흥분에 겨워 이렇게 말했다. "그렇게 되면 불친절한 점원, 인파, 악천후, 교통체증을 참아내야 할 필요가 없어질 겁니다." 그의 말은 날씨나 다른 사람 같은 실재는 우리가 지금 텔레비전 수상기를 통해 접근할 수 있는 통제된 세계 같은 것에 비하면 귀찮은 일이라는 것처럼 들린다.

전자혁명은 다양한 자극과 경험을 한없이 제공할 것이라고 선전되고 있다. 컴퓨터와 통신의 결합은 우리에게 '가상 현실'을 제공하는데, 이를 선전하는 사람들은 이것이 실재보다 훨씬 낫다고 자랑한다.

텔레비전은 이미 오늘날 통신과 정보의 가장 보편적이고 강력한 매체가 되었다. 그것은 세계의 역사적 교훈, 가치, 우선순위, 지식에 관해 점점 더 많은 것을 우리에게 알려 준다. 또한 아주 극소수 사람들만이 직접 경험할 수 있는 놀라운 이미지들, 예를 들어 패트리어트 미사일이 발사되는 장면, 우주선에서 찍은 화성의 모습을 클로즈업한 화면, 어느 환자의 내장 벽에 난 혹의 생생한 모습, 문제 가정의 불화 장면 등을 보여 준다.

텔레비전의 기술 발전은 실로 놀랍다. 스포츠 중계의 인상적인 장면을 봐도 그렇고, 컴퓨터 애니메이션을 활용한 광고를 봐도 그렇다. 보는 사람의 입장에서는 텔레비전이 실재보다 낫다. 실생활보다 더 빠르고 친밀하고 깨끗하니까. 채널 500개의 세상으로 달려가는 지금, 텔레비전이 무한한 교육적 잠재력을 가지고 있다는—그런데 과연 무엇에 대한 교육인가?—말도 듣는다.

텔레비전 수상기를 '바보상자'라 부르던 것이 그리 오래된 일이 아니다. 이는 전달하는 내용의 지적 수준이 떨어진다는 뜻의 경멸적 표현이다. 그러나 이제는 더 이상 그렇지 않다. 텔레비전 수상기는 가상 현실과 크게 선전되고 있는 정보고속도로의 세계에서 중심적 자리를 차지할 것이다. 그러나 우리는 시청자들이 이 전자 세계로부터 정말 무엇을 배워야 하는가라는 곤란한 질문을 거의 잊고 있다.

실제 삶에서 자연은 절묘하리만큼 복잡하고 다양하지만 텔레비전을 위해서는 이래저래 손을 타야 한다. 그것은 시청자가 계속해서 바뀌는 이미지의 흐름에 적응되어 있는데 실제 자연 세계의 속도는 너무 느리기 때문이다. 전형적인 자연 다큐멘터리 프로그램이 어떤지 한번 생각해 보자. 야생동물 전문 사진가는 다른 사람은 좀처럼 볼 수 없는 대상의 일생의 한 순간을 포착하기 위해 몇 달을 기다리는 수도 있다. 커다란 포유류가 새끼를 낳는다든지, 포식자를 피한다든지, 먹이를 발견한다든지, 논다든지 하는 놀라운 장면들은 멋진 연속 장면들로 꽉 찬 박진감 넘치는 프로그램을 만들기 위해서는 편집을 해야 한다. 그러다 보니 대단히 감동적이고 흥미로울 수밖에 없다.

그런데 흔히 시청자들이 받는 최종 인상은 일상생활에 대한 진정한 통찰보다는 "동물들이 정말 별짓 다 하네" 하는 식이 되기 쉽다. 텔레비전의 자연 다큐에서 그려지는 것 같은 가지각색의 색깔·모양·움직임을 보겠다는 생각으로 아마존 우림지대나 북극에 갈 생각은 아예 말아야 한다. 그런 프로그램은 실재를 반영한 것이 아니라 창작물이니까.

실재 대신 텔레비전 화면을 즐겨 봄으로써 우리는 자연으로부터 너무나 멀어져 버렸다. 전자 이미지라는 기술에 노출된 삶을 살다 보니 인간의 기술과 통제력이 최고이며, 우리 종은 창의성 덕분에 생태계의 속박을 벗어날 수 있게 되었다는 생각을 하기 쉽다. 바로 그런 생각 때문에 미국 경제의 97%가 기후에 직접 의존하고 있지 않으므로 지구 온난화는 경제에 별 영향을 끼치지 않을 것이며, 예방 조치에 드는 비용이 편익보다 훨씬 더 많을 것이라는 터무니없는 결론에 이를 수 있는 것이다.

오늘날 인류에게 가장 필요한 것은 우리가 다른 종들과 서로 연결되어 있고, 의존하고 있으며, 그들을 사랑해야 한다는 감각을 회복하는 것이다. 그런 일은 우리 주변과 저 밖에 있는 세계의 광활함을 우리 몸으로 직접 경험할 때만이 가능하다. 우리는 실제 살아 있는 것들의 열기와 냉기를 느끼고, 향기와 악취를 맡으며, 맛과 질감을 즐겨야 한다. 바보상자를 통해 우리

우리 아이들에게 어떤 세상을 물려줄 것인가

의 감각을 공격하는 파편화되고 단절되고 가속되어 있는 화면들이 아니라 지질적·진화적·생물적 규모로 일어나는 실제의 썰물과 밀물을 즐길 필요가 있다.

오늘날 도시에 사는 대부분의 사람들은 우리의 고향인 실제 세계의 낯선 환경을 대하면 불편해하거나 겁을 집어먹기까지 한다. 그 미래학자는 완전히 틀렸다. 가상 현실과 정보고속도로의 자극은 피상적이고 찰나적이며, 우리에게 자연이 더 이상 필요하지 않다는 위험한 자만에 빠져들게 만든다.

무엇이 진실인가

일반의 인식과 태도를 바꾸기 위해서는 사람들에게 정보를 주고 알도록 가르쳐 주어야 하는데, 그렇게 하기 위한 가장 좋은 방법은 미디어를 이용하는 것이다. 하지만 개인들이 공격적으로 쏟아져 나오는 정보를 제대로 판단하기 위해서는 정보 자체의 본질을 이해해야 한다.

텔레비전은 엄청난 힘을 갖고 있다. 생생한 색과 움직임으로 호소력 있는 영상을 전달하기 때문이다. 이런 영상은 오늘의 세계를 살아가는 우리의 경험 가운데 중요한 부분을 차지한다. 우리가 접하는 현실 세계는 우리가 감각 기관을 통해 느끼는 경험에 바탕하는데, 그 중에서 눈으로 보는 것만큼 확실한 게 없기 때문이다. 그런 시각적 인상이 불완전하다는 것은 믿기가 어렵다.

하지만 이렇게 한번 생각해 보자. 우리의 눈은 가시적(可視的) 파장 가운데 대단히 제한된 범위 안에 있는 전자기(電磁氣) 방사선만을 찾아낼 수 있다. 감지할 수 있는 영역의 양쪽 끝에 있는 자외선과 적외선은 우리 눈에는 보이지 않지만 벌이나 방울뱀에게는 아주 잘 보인다. 마찬가지로 개는 우리가 아는 세상과 아주 다른 세상을 코를 통해 경험하며, 우리는 알 수 없는 실재를 느낀다.

같은 제약은 우리의 미각·후각·청각·촉각에도 적용된다. 그리고 우리는 구할 수 있는 모든 정보 가운데 극히 일부만을 감지할 수 있는데, 그렇게 들어온 정보도 우리의 지각과 경험이라는 필터를 거치면서 상당히 바뀐다. 그래서 석기 시대 사람이 지금의 텔레비전 프로그램을 본다면 그가 눈과 귀로 받는 인상 자체는 우리하고 똑같다 하더라도 실제로 보고 듣는 것은 상당히 다를 것이다. 똑같은 사건 현장에 있던 두 사람의 말이 완전히 일치하지 않는 것은 바로 그 때문이다. 실재란 우리가 불완전하게 묘사할 수밖에 없는, 인간 뇌의 주관적 구성물이라는 이야기다.

과학자들은 실재를 다른 방식으로 안다. 그것은 다른 방식의 앎에 기초한 것으로, 자주 우리의 감각을 정면으로 거스른다. 과학자에게 원자나 블랙홀이나 5차원은 돌덩이처럼 실재하는 것이고 확실한 것일 수 있다. 확률의 법칙도 마찬가지다. 10대부터 하루에 담배를 두 갑씩 피워 왔으나 건강한 80대 노인이 있다고 해서 담배와 폐질환 사이에 관계가 없다고 증명할수는 없다. 많은 사람들은 이런 점이 이해하기 어렵다고 한다. 통계적인 것과 일화적인 것을 구분하기가 애매한 것은, 개개인의 이야기가 훨씬 더 현실적이고 구체적이라고 느껴지기 때문이다.

나는 이와 같은 일을 캐나다 과학위원회 과학교육위원으로 일할 때 경험한 적이 있다. 그때 캐나다 전역의 과학 교사와 과학 교과를 자세히 소개한 조사가 이루어졌는데, 엄청난 정보를 모아 분석하여 그래프와 표로 보여 주는 한편 사례 조사도 함께 진행했다. 조사자들이 무작위로 선택한 학교를 방문하여 교실에서 교사와 학생 사이에 어떠한 일이 오가는지 관찰했던 것이다. 놀라운 사실은 사례 조사의 영향력이 통계 분석보다 훨씬 더 컸다는 것이다. 사례 조사는 일화와 실제 인간적 상황이 풍부했던 반면 통계 분석은 무미건조하고 비인간적인 숫자만이 있을 뿐이었다.

몇 년 전 CBC의 한 시간짜리 텔레비전 방송을 할 때도 같은 일이 있었다. 방송은 암 치료의 현주소를 살피고 '암 시설'이 암이라는 수수께끼를 풀지 '못함'으로써 구조적 특혜를 누리고 있는 게 아닌가를 파고들었다. 프로그램의 일부는 논란 많은 레이어트릴(살구나 복숭아 등에서 추출한 항암제—옮긴이)을 캐나다에서 금지한 것과 관련된 문제를 다루었다. 인터뷰에 나오는 과학자들은 하나같이 레이어트릴이 전혀 효과가 없다는 증거를 제시했다.

그러다 맨 마지막에 할리우드 배우인 레드 버튼스가 자기 아내의 말기 암 투병 과정을 설명하는 대목이 나왔다. 그녀는 화학 치료와 방사선 치료를 받았으나 의사들로부터 더 이상 희망이 없다는 최후 통첩을 받았다. 그런데 버튼스가 아내를 독일로 데려가서 레이어트릴 치료를 받게 한 결과 아내의 병이 나았다는 것이다.

어떤 과학자도 그런 보도는 아무것도 '증명'하지 못한다는 사실을 안다. 병세가 완화된 데는 수없이 많은 이유가 있을 수 있지만 사례 하나만으로 결정적 요인이 무엇이다 하고 집어낼 수는 없다. 하지만 일화의 힘은 거스를 수 없을 정도로 강하다. 그 이야기 하나만으로 과학의 모든 증거가 무의미해진 듯했던 것이다. 그 때문에 암 전문가들이 노발대발했는데, 나로서는 그런 그들을 비난할 수가 없다.

뉴스를 보면 기자들이 어떤 문제를 이야기하다가 길거리에서 사람들의 경험과 의견을 물어 보는 식의 보도가 어떤 힘을 가지고 있는지 알 수 있다 (나도 이런 '길거리 보도'를 많이 해봤는데, 사람들의 개인적 의견이 객관적 샘플의 의미를 갖지는 못한다). 기자가 아주 강한 찬성 의견 둘과 약한 반대 의견 하나를 담을 경우, 보도 전체의 균형은 한쪽으로 완전히 쏠리게 된다. 하지만 그런 인터뷰는 무작위적 샘플이 아니라 뉴스 프로듀서가 추후에 선택함으로써 영향력을 갖게 되는 것이다.

일화적 소재와 수량화된 과학적 데이터를 구분하기는 해야겠지만, 우리는 과학 자체가 사회와 개인 나름의 경험이라는 온갖 지각(知覺)의 부담을 진 인간이 하는 것이라는 점을 결코 잊어서는 안 된다.

고대 그리스인들이 "실재란 무엇인가?"라는 질문을 던진 이후로 철학자를 비롯한 많은 학자들이 이 문제를 누대에 걸쳐 숙고했다. 나는 이 질문에 대해 논할 생각은 없지만 과학자이자 언론인으로서 내가 본 것을 조금 이야기할 수는 있다.

대단하고 복잡한 뇌는 우리에게 행동의 유연성을 가져다 주었다. 우리는 추상적으로 생각하고, 혁신하고, 종합하고, 지금 행동한 결과가 나중에 어떻게 될지 예상하고, 배우고, 기억하고, 지식을 공유할 수 있다. 다른 종들도 이런 능력을 일부 가지고 있을 수는 있으나 우리 뇌로 인한 결과물은 이 지구상에서 독특하다. 게다가 우리는 뇌의 신경회로가 갖고 있는 제약에 더 이상 구속받지 않는다. 뇌가 만들어 낸 것들을 보강해 주는 매우 빠르고 보다 신뢰할 만한, 그리고 보다 효율적인 기계들을 만들어 냈기 때문이다.

인간이 존재해 온 5만 년에서 10만 년 동안 우리는 해부학적으로나 유전학적으로나 거의 바뀐 데가 없다. 설령 크로마뇽인이 우리처럼 옷을 입고 뉴욕이나 토론토나 시드니의 길거리에 나타난다고 해서 알아볼 사람은 없다는 것이다. 하지만 호모사피엔스가 출현한 지 수천 년 만에 뇌는 지구 전역에 언어와 노래, 시, 미술, 문명을 엄청나게 만들어 냈다.

하지만 모든 사람의 감각기관이 본질적으로 같다면 우리 주변 세계에 대한 지각은 모두 같은 바탕에서 출발하는 것 아닌가? 눈의 망막에 모이는 빛의 파장은 모든 사람의 신경세포에 같은 충격을 가한다. 우리가 시간·공간·소리를 체험하는 것도 전부 같은 신경계를 통해서이지 않은가? 이 놀라운 기관이 우리를 깜짝 놀라게 만들기 시작하는 지점이 바로 여기다.

갑작스런 생명의 위협을 경험하거나 무언가를 고통스럽게 기다리는 시간을 보낸 적이 있는 사람이라면 시간이 사람의 '마음 상태'에 따라 늘어나기도 하고 줄어들기도 한다는 것을 알게 된다. 누구와 영화를 보러 가거나 함께 텔레비전 프로그램을 보고 그것에 대해 이야기해 보자. 각자의 느낌을 적어서 비교해 보면 기억할 만한 내용이나 중요한 것에 대해 느끼는 것이 무척 다른 것을 보고 깜짝 놀랄 것이다.

내가 보기에 지금까지 만들어진 영화 가운데 가장 심오한 영화 중 하나가 구로자와 아키라의 고전 〈라쇼몬〉이다. 영화에서 어떤 여자와 그녀의 남편이 산적에게 붙잡히는데, 여자는 강간당하고 남자는 살해되고 산적은 달아난다. 산적이 잡혀 심문을 받게 되면서 영화는 여자, 산적, 죽은 남편, 덤불 속에서 현장을 지켜본 사람 각각의 눈을 통해 과거의 사건으로 돌아간다. 그런데 이 각각의 이야기가 서로 완전히 다르다!

아무리 같은 문화와 배경을 공유하고 있다 하더라도 우리는 유전자와 각각의 뇌의 지각 능력이 형성하는 경험의 독특한 조합이다. 우리는 계속해서 경험을 걸러냄으로써 본질적으로 사건의 편집 버전인 실재를 만들어 낸다.

영화 〈새로운 출발〉에서는 등장인물 한 명이 합리화 때문에 비난받는 유명한 장면이 있다.

그는 "물론 합리화는 인생에서 가장 중요한 것이지"라고 대답한다.

"섹스보다 중요하단 말이야?"라는 질문을 받자, 그는 이렇게 대답한다. "물론이지. 넌 3주 동안 합리화 없이 버텨 본 적 있어?"

나도 그 말에 동의한다. 우리는 합리화의 대가들이다. 격심한 논쟁 끝에 두 사람은 자신에게 가장 유리한 방식으로 스스로를 묘사하기 위해 사건을 재구성한다. 요는 누구나 각자의 문화와 경험에 의해 형성된 자기 세계관이 진짜라고 느낀다는 것이다.

하지만 인도·보츠와나·영국 출신들이 심각한 질병이나 출생, 결혼, 죽음 같은 비슷한 상황에 처할 때의 반응을 보면 천양지차임을 알 수 있다.

과학자들이 과학을 세계를 이해하는 독특한 방식이라고 보는 것은 과학이 사건을 시간과 공간에 따라 재연하는 방법을 제공해 줌으로써 객관적 실재라는 그림을 보여 주기 때문이다. 그러나 과학의 역사는 그렇지 않다는 사실을 말해 준다. 무엇보다도 과학자들도 인간이기 때문에 어느 누구 못지않게 문화적 편견이라는 굴레에서 벗어나지 못한다.

영국 귀족 가문 출신으로 노예·식민주의·무역 팽창 시대에 교육을 받은 찰스 다윈이 그의 위대한 통찰, 즉 자연선택에 의한 진화를 경쟁과 선택이라는 적자생존 개념을 통해 설명한 것은 결코 놀라운 일이 아니다. 오늘날에는 협동과 공유도 진화의 구성 요소로 간주된다.

20세기 초에 유전학자들은 흑인·빈민·동성애자·범인·집시 등의 '열등성'을 강조하기 위한 생물학적 기반을 제공하는 데 과학을 이용했다. 오늘날 유전학자들은 과학이 그런 평가를 할 수 없다는 것을 안다. 백인 남성이 백인 여성보다 지적 능력이 뛰어나며, 백인 여성은 흑인이나 아메리카 선주민보다 지력이 뛰어나다는 '증명'을 한 신경해부학자들의 생각은 이제 받아들여지지 않는다.

그런 예는 아주 많다. 그렇다고 과학자들이 고집불통이라거나 사악하다는 뜻은 아니다. 사회적 편견이나 가치 못지않게 자신의 편견이나 가치로부터 자유로울 수 없다는 뜻일 뿐이다. 그리고 오늘날의 과학자들이 과거보다 더 깨우쳤다거나 객관적이라는 증거도 전혀 없다.

불행하게도 데이터가 그냥 순수한 데이터가 아니라는 것을, 문화적 틀이나 가치나 전제가 인식되는 문제의 종류에, 실험이 수행되는 방식에, 그리고 결과의 해석에 영향을 끼친다는 사실을 아는 과학자들이나 일반 대중이 너무나 적다.

과학적 '객관성'의 함정을 이해한다 하더라도 우리는 여전히 감각에서 비롯되는 지각의 제약에 갇히고 만다. 그런데 우리의 감각은 지난 수십 년 동안 근본적으로 바뀌어 버린 세계에서 비롯되는 위험을 더 이상 견딜 수 없을지도 모른다.

시안화물에 오염된 포도 두 송이 때문에 칠레의 대형 농기업 하나가 무릎을 꿇었다. 이런 과일을 발견했다는 것은 세관으로서는 대단한 업적이다. 익명의 전화 제보와 독극물이 묻은 이 과일을 물증으로 하여, 캐나다·미국·일본을 비롯한 각국 정부는 즉각 칠레산 과일과 채소의 수입을 전면 금지했다. 그런데 같은 정부가 PCB나 북미에서 기른 농산물에 사용한 에일러(Alar, 식물생장조절제—옮긴이) 같은 위험 물질에 일반인이 광범위하게 노출된 것에 대해서는 놀랍도록 관대한 모습을 보여 주고 있다. 우리는 지구적으로 훨씬 중대한 문제보다 당장 지각할 수 있는 위기에 훨씬 더 영웅적으로 대처할 수 있다. 왜일까?

이것은 스탠퍼드대학 교수이자 심리학자인 로버트 온스타인과 생태학자인 폴 얼리히가 『새로운 세계, 새로운 사고방식(*New World, New Mind*)』이란 책에서 도발적으로 제기한 질문이다. 그들은 인간의 행동에 수많은 모순이 있다는 것을 상기시켜 준다. 우리는 텍사스의 어느 우물에 갇힌 아이에 관한 보도를 접하고 깊이 감동하는 반면, 사전에 충분히 막을 수 있는 병 때문에 해마다 2000만 명이나 되는 영아가 사망한다는 소식을 간단히 무시한다. 우리는 알래스카 연안에서 고래 세 마리가 얼음에 갇혀 있는 영상에 매료되지만 '시간당 두 종' 이상 꼴로 지구 생물이 멸종되어 가고 있다는 소식에는 관심이 없다. 테러리스트 몇 사람의 위협 때문에 수많은 사람이 겁먹을 수 있으나, 북미의 고속도로에서 매년 5만 명 이상이 숨지는 것이나 그렇잖아도 어마어마한 세계의 핵무기 양을 계속해서 늘리겠다는 계획에 대해서는 관대하다.

온스타인과 얼리히가 보기에 이런 모순은 우리 종의 오랜 진화의 역사와 겪어 온 변화의 속도로 설명할 수 있다. 우리는 감각기관들을 통해 주변에서 일어나는 사건들을 감지한다. 우리가 아는 실재는 그런 감각들의 범위 내에서 그려진다. 이렇게 감각으로 외부 사건들을 받아들이는 데 제약이 따름에도 불구하고 우리는 주변 환경에 훌륭하게 반응할 수 있다. 온스타인과 얼리히는 우리가 만일 동굴 안에 있을 때 곰 그림자가 입구를 지나가거나 나뭇가지에 앉아 있다가 가지 부러지는 소리를 들으면, 그에 즉각 반응하여 방어 행동을 취할 수 있다는 점을 지적한다.

인간의 뇌는 감각을 통해 들어오는 것들을 조절하고 적절한 반응을 내보내는 한편, '미래'라는 아이디어를 발명하기도 했다. 오늘 우리가 하는 일이 미래에 어떤 영향을 끼칠 수 있다는 사실을 알기 때문에 우리 종은 독특하게도 생존을 극대화하기 위해 수많은 옵션 중에서 선택할 수가 있다. 우리는 미래로 가는 어떤 길을 의도적으로 선택했고(비록 막다른 골목을 만나고 엉뚱한 방향을 택했다 하더라도), 그것이 성공하는 바람에 오늘날 지구상에서 가장 보편적이고 수가 많은 대형 포유류가 된 것이다.

우리 아이들에게 어떤 세상을 물려줄 것인가

하지만 수적으로 엄청나게 늘어나고 과학 덕분에 기술력에 속도가 붙으면서 '옛 사고방식'이 더 이상 적절치 않은 '새로운 세계'를 창조하기에 이르렀다. 소규모로 살던 수렵채집인들은 대부분의 역사 동안 먼 곳에 같은 부류의 사람들이 살았다는 사실을 몰랐다. 그들의 세계는 얼마나 멀리까지 연락이 닿고 여행이 가능하느냐, 또 어디서 먹을거리를 찾을 수 있느냐에 따라 제한되었다. 인간의 수가 적고 기술이 단순했을 때에는 환경이 인간의 활동으로 인한 충격을 쉽게 흡수하여 원래대로 돌아올 수 있었다. 인류의 수가 10억이 된 것은 겨우 20세기 초의 일인데, 벌써 50억을 넘었고 앞으로 50년 안에 두 배로 늘어날 것으로 보인다.

이처럼 인류의 수가 어마어마한데도 우리는 인류라는 종 전체에 영향을 끼치는 것들보다는 임박한 개인적 위기에만 반응하고 있다. 전에는 피해야 할 위험이 당장 닥쳐오는 구체적인 것이었지만 지금은 훨씬 더 추상적이고 몇 년 뒤에나 닥쳐오는 식이다.

지금 우리에게 닥친 위험들은 대부분 우리의 감각기관들이 감지할 수 없는 것들이다. 먹을 것에 살충제가 들어 있는지, 마실 물에 다이옥신이나 PCB가 들어 있는지, 낮은 수준의 우주배경복사(우주의 모든 공간에서 같은 세기로 파가 들어오는 것을 말한다–옮긴이)나 방사성동위원소가 늘어났는지 알 수가 없다. 우리는 오존층이나 그것의 변화도, 대기 중 CFC나 이산화탄소의 양이 늘어났는지도 느끼지 못한다. 산성비를 몸으로 느껴 확인할 수도 없다. 우리는 자신이 '느낄' 수 있는 위협에 반응하는 데 적응되어 있어 지금 세계의 새로운 위기를 심각하게 받아들이는 것이 어렵다.

온스타인과 얼리히는 우리의 우선 관심사와 행동에 영향을 끼치는 지각의 제약이 우리 유전자의 변치 않는 결론은 아니라고 생각한다. 그들은 우리가 속해 있는 지구의 모든 유기체들의 공동체를, 그리고 모든 생명체들이 함께 나누고 재생시켜야만 하는 유한한 자원의 공동체를 더 잘 이해할 때 비로소 '새로운 사고방식'을 개발할 수 있다고 생각한다. 독극물이 묻은 포도 두 송이에 대한 각국 정부의 엄청난 대응은 우리가 새로운 세계의 '진짜' 위험에 맞서기 위해 무엇을 해야 하는지 고민할 때 되새길 수 있는 사례가 되어야 한다.

우리 아이들에게 어떤 세상을 물려줄 것인가

텔레비전의 진짜 메시지

갈수록 전자 미디어, 특히 텔레비전은 우리에게 주변 세계에 대한 경험과 지식을 제공하는 중요한 역할을 한다. 기자들과 프로듀서들은 균형과 객관성을 추구한다 하더라도 우리가 세상을 바라보는 방식을 결정하는 문화적 여과 장치를 피할 수는 없다. 우리는 최소한 이러한 고유의 편견은 인정해야 한다.

텔레비전의 힘은 이라크나 사라예보 같은 곳에서 벌어지는 끔찍한 전쟁을 포착한, 심금을 울리는 장면들에서 나온다. 우리는 상상을 초월할 정도로 많은 사람들이 방글라데시 삼각주들에서 사이클론 피해를 입은 모습이라든지, 바로 우리 눈앞에서 죽어 가는 소말리아 사람들을 볼 수 있다.

하지만 이미지는 그때뿐이어서 우리 의식을 스쳐지나가고 경제 상황이나 스포츠 경기에 관한 보도가 곧이어 방송된다. 그래서 텔레비전을 끄고 나서 가까운 상가로 차를 몰고 가 쇼핑을 할 때면 먼 나라의 불행한 사람들이 겪고 있는 비참함은 우리 의식에서 이미 사라져 버린 뒤다. 중요한 사건들이 정말 사소한 것으로 되는데, 이는 전자 미디어의 세계 뉴스가 일련의 단절된 파편들로 보도되기 때문이다.

그러나 지구 생태 위기가 우리에게 주는 가장 심오한 교훈은 우리 삶이 중동이나 아프리카나 인도에서 벌어지고 있는 사건들과 긴밀한 연관이 있다는 것이다. 아랍 국가들이 국제적 화약고가 되어 버린 것은 세계의 산업 국가들이 분수에 맞게 사는 법을 배우지 못하고 중동 자원을 수탈하면서 살게 되었기 때문이다. 스탠퍼드대학의 생태학자 폴 얼리히는 미국이 건국될 때 인구를 1억 5000만 명 수준으로 유지시키는 인구 정책을 채택했더라면 오늘날의 사태를 피할 수 있었을 것이라고 말한다. 그랬다면 미국은 석유를 완전히 자급자족할 수 있었을 것이다. 그런 점에서 걸프전의 쿠르드 난민들이 비참해진 원인을 우리의 생활 방식에서 찾는 것이 현실적으로 매우 타당성 있다고 할 수 있다.

미디어는 '지구 온난화'가 아직 과학적으로 논란의 여지가 있는 문제인 것처럼 보도하지만 전세계의 과학자들은 그 위협이 실재하며 산업 국가의 정부들이 당장 반응을 보여야 한다는 견해에 거의 만장일치로 동의하고 있다. 캐나다·미국·오스트레일리아와 같은 선진국에 사는 개개인은 사치스러운 생활 방식으로 인해 온실가스의 농도를 점점 높이는 데 기여하고 있다. 또한 자동차로 석유를 탕진하고 있다. 석유 1리터는 무게로는 0.8킬로그램밖에 안 되지만 이산화탄소를 2킬로그램씩 대기 중으로 배출한다. 크고 건강한 나무 한 그루가 1년에 이산화탄소 9킬로그램을 제거할 수 있는

데, 우리는 나무는 나무대로 엄청나게 베어내면서 엄청난 석유를 써대고 있는 것이다.

바닷물이 불어 해수면이 상승하면 방글라데시나 이집트의 저지대 삼각주가 상습적으로 침수되고, 전세계에 있는 수천 개의 산호섬이 막대한 피해를 입을 것이다. 기후 패턴의 변덕으로 조수와 폭풍이 몹시 강해지면 환경 재난으로 인한 난민이 대량으로 발생할 것이다. 해수면이 몇 센티미터만 올라가도 해안에 사는 사람들에겐 큰 재앙이 될 수 있다.

가뭄과 기근도 전 지구적 기후 패턴이 변했기 때문이다. 1990년 11월 '세계 기후 변화에 관한 제네바 협약'에서 케냐와 나이지리아에서 온 과학자들은 내게 자기 나라의 농민들은 언제 작물을 심고 거둘 것인지를 알려 주는 자연의 계절 신호에 의존해 왔다고 말했다. 그런데 이제는 날씨가 너무 변덕스러워져서 농민들이 그런 신호를 더 이상 믿을 수 없게 됐다는 것이다.

캐나다인들은 제3세계 사람들보다 평균 16배 이상을 소비하고 있다. 이미 우리 건강 문제의 상당수는 오염·운동 부족·과식이 원인이랄 수 있는데, 이런 것들은 다 우리가 사는 방식 때문에 빚어진 결과다. 하지만 경제 성장과 소비를 향한 우리의 꺾일 줄 모르는 집착은 우리 나라뿐만 아니라 지구 전역의 환경 문제를 더욱 악화시키고 있다. 선진국은 필요한 막대한 자원을 가난한 나라에서 빼앗음으로써 그들을 급증하는 인구로 인한 수요와 극심한 부채 사이에서 허덕이게 만든다.

보브 겔도프의 라이브 에이드(Live Aid) 자선 공연 같은 텔레비전 영상이 인류를 돕는 행동을 즉각적으로 불러일으킬 수도 있다. 그러나 우리가 보는 낱낱이 쪼개진 파편들을 이해할 수 있는 지구 생태계의 맥락을 알 필요가 있다.

오늘날 텔레비전 시청자들은 폭발적 변화를 겪고 있는 기술에 압도당하고 있다. 케이블과 위성접시 안테나가 수십 개의 채널을 우리 가정에 쏘아보내고 있으며, 적외선 리모컨으로 무장한 시청자는 24시간 내내 이들 프로그램을 훑을 수 있다. 그렇다면 정확히 무엇을 '배우고' 있는가?

1990년 영국 배스에서 열린 '야생동물 영화인 심포지엄'에서 브롱스 동물원 소속 영화 제작자인 토머스 벨트레는 "모든 기술에는 윤리가 각인되어 있다"고 주장했다. 그는 전동톱을 예로 들며 그것이 단순히 노동 부담을 덜어 주는 도구가 아니라고 했다. "전동톱은 한 문화가 숲과 맺는 관계를 통째로 바꿔 버릴 수 있습니다. 전동톱 때문에 티크나무와 마호가니나무 숲이 하룻밤새 사라져 버릴 수 있습니다. 그러면서 나무는 자원—이용되기를 기다리는 환금작물—이 되어 버립니다. 석유와 예비 부품, 그리고 전동톱을 사야 하는 사람은 어쩔 수 없이 국제 화폐경제에 깊이 뿌리박게 됩니다."

벨트레는 텔레비전이 환경보존 윤리와는 근본적으로 상반되는 메시지를 전달한다고 생각한다. 환경보존 윤리는 "천연자원의 소비를 억제하고 신중히 하는 것, 세계를 일관되고 서로 연결되어 있는 것으로 보는 것, 수십 년 내지 수백 년 앞까지 멀리 내다보는 것"을 말한다. 반면에 텔레비전은 "조급하고, 일관성 없고, 근시안적 문화를 부추긴다." 텔레비전은 단순히 다른 프로그램들을 모아 놓은 것이 아니다. 총합은 우리의 생각과 행동에 영향을 끼친다. 그래서 벨트레는 "환경보존은 사람들에게 만족감 느끼는 것을 뒤로 미루라고, 내일 필요한 자원을 오늘 소비하지 말라고 권하는" 반면, "텔레비전은 조급하다"고 말한다. "텔레비전은 만족을 뒤로 미루는 걸 용납하지 않습니다. 텔레비전이 상징하는 바는 즉각적 접근성이니까요." 텔레비전은 스스로의 노력과 수고를 요구하는 책과는 다르다.

나아가 그는 이렇게 지적한다. "환경보존은 사람들에게 세계를 일관되고 서로 연결된 것으로 보라고 합니다. 모든 사건들이 하나의 맥락 속에서 일어나며 한 곳에서 일어난 일은 다른 곳에도 영향을 끼친다고 보라고 합니다. …… 텔레비전이 세계에 접근하는 방식은 일관되지 않습니다. 어느 시간과 장소에서 일어난 일은 다른 시간이나 장소와 아무 상관이 없습니다. …… 텔레비전은 세계 어디서 온 것이든 필요로 하는 모든 이미지를 가능한 한 빨리 자유롭게 공급합니다. 텔레비전의 궁극적 메시지는 화면만 좋으면 어떤 것이 다른 것과 아무런 연관성이 없어도 좋다는 것입니다."

마지막으로 벨트레는 이렇게 말한다. "환경보존은 멀리 내다보는 눈을 갖도록 북돋아 줍니다. 즉 맥락을 아는 역사적 관점을 갖도록 함으로써 결정을 내리도록 돕습니다." 반면에 "텔레비전은 가장 근시안적 매체"라고 말한다. "텔레비전은 빠른 변화를 기대하도록 만듭니다. …… 그리고 장기적 안목을 무시하는 문화를 부추깁니다." 그리하여 "언제나 변화하는 현재라는 횡포를 통해" 문화를 포박해 버린다는 것이다(나는 어느 록 음악 방송의 DJ가 "이번엔 지난해의 그리운 옛 노래 순서입니다"라고 하는 소리를 들었을 때 이 말이 얼마나 정확한지 알고 깜짝 놀랐다).

오늘날 지구상에 사는 사람들은 대부분 2차대전 이후 세대들이다. 전후는 전자 미디어가 우리에게 정상으로 받아들이라고 가르치는 성장과 변화가 전에 없이 비정상적인 기간이었다. 그에 대해 벨트레는 다음과 같이 지적한다. "다음번 광고 이상의 것을 생각지 못하도록 부추기는 텔레비전은 즉시 일어나는 변화에만, 아니면 기껏해야 단 하룻동안 일어난 일에만 관심을 가집니다. 환경처럼 서서히 변하는 것들은 텔레비전의 관심이 될 수 없습니다.······ 과거에 대한 고려도, 미래에 대한 고려도 없이 급속도로 빠른 변화의 아이디어에만 기반한 문화는 보존과는 영원히 무관할 수 있습니다."

그러면 어떻게 해야 이 문제를 풀 수 있을까? 벨트레는 유럽이 "규제 완화 움직임에 저항하라"고, 그리고 "채널은 넷으로도 충분하다"고 말한다. 우리는 또 "기술 중심의 윤리에 대항하는 모든 형태의 프로그램 제작을 지지해야" 한다. 동시에 "책이나 행사, 의식, 음악, 그림, 조각, 심지어 건물" 같은 전통 매체를 사용하자고 제안한다. 그리하여 브롱스 동물원의 건축물처럼 사람들에게 "삶의 아름다움과 경이에 직면하도록, 존경하는 마음으로 삶의 신비를 음미하는 생활로 돌아가도록" 해보자고 한다.

정보가 파편화되어 있고 우리 삶의 나머지 부분과 물리적으로나 시간적으로나 단절되어 있다는 벨트레의 주장을 설명하기 위해 아주 평범한 날의 한 신문을 살펴보기로 하자.

1992년 3월 4일은 밴쿠버의 전형적인 봄날이었다. 기온은 10℃가 좀 넘었고 비가 왔으며 길거리에는 꽃이 활짝 피어 있었다. 이른 아침에 CBC 라디오에서 '세계 뉴스'라며 '균형' 잡히고 냉정한 방식으로 진행하는 짧고 파편화된 보도들을 들으면서 그것들이 전달하는 정보가 너무나 적다는 사실에 새삼 놀랐다. 기사들은 하나같이 그것들을 평가할 수 있는 맥락을 제시하지 못했으며, 그것들과 관련된 문제들—이를테면 지구 생태계가 갈가리 찢겨 나가고 있는 사실—을 인식하지 못했다. 이 평범한 아침에 우리가 들은 소식이 어떤 것인지 살펴보자.

기사 1: 수십억 달러가 들어가는 초대형 프로젝트인 하이버니아(Hibernia)는 침체된 뉴펀들랜드 경제에 붐을 일으킬 터였지만 또 한 번의 타격을 입었다. 페트로캔 사장인 윌버트 하퍼가 걸프캐나다리소시스를 대신할 다른 투자자가 나타나지 않는다면 자신들도 60일 안에 철수하겠다고 발표한 것이다. 그런데 중요한 질문들에 대해선 왜 이야기하지 않는가? 이런 초대형 프로젝트가 과연 지역에 장기적 안정을 가져올 수 있을까? 새로 생기는 일자리 대부분을 이 지역 사람들이 차지할 수 있을까? 지구 온난화를 심화시키는 고비용의 석유개발사업에 투자해도 되는 걸까? 고기잡이 같은 지속 가능한 활동에 어떤 위험이 닥칠까? 한 기사의 보도 시간이 15초에서 40초 정도밖에 안 되기 때문에 그런 질문들이 있을 수 없다.

기사 2: 서스캐처원 주정부는 우라늄 광산을 더 개발할 것인지를 놓고 논쟁을 벌이고 있다. 광산을 개발하자는 쪽은 심한 불경기에 경제적 활력을 불어넣을 수 있다고 주장하고, 반대자들은 우라늄은 결국 무기에 사용될 수 있다고 경고한다. 그러나 때묻지 않은 땅의 물과 물고기가 지독한 방사능에 오염될 수 있다는 것은 보도되지 않았다. 우라늄 이야기는 아주 중요한 문제, 즉 환경을 보호할 수 있는 효과적인 방식으로 우리 활동을 따지기 시작해야 한다는 점을 지적할 수도 있었다. 우라늄은 단지 일자리나 수익의 문제가 아니라 건강, 환경오염, 폐기물 관리, 국경을 초월한 핵무기의 문제다. 우리는 '요람에서 무덤까지'의 비용을 따져 보아야 하는데, 그런 건 뉴스가 되지 못한다.

기사 3 : 브라이언 멀로니 총리와 클라이드 웰스 뉴펀들랜드 주지사는 어족량이 급감하고 있는 대구를 약탈해 가는 외국 어선에 대한 감시를 강화할 것을 요구했다. 하지만 경제와 관할권 문제에만 정신이 팔려 있는 정치인들이 생태 문제를 이해하고 면밀한 대응 방안을 갖고 있다는 듯 행동하는 것을 얼마나 믿을 수 있을까? 대구가 남획되고 있다는 경고는 지난 20년 동안 계속 있어 왔던 이야기였다.

기사 4 : 미국의 한 펄프공장이 염소를 쓰지 않고 펄프를 만들라는 유럽의 요구에 굴하지 않겠다는 선언을 했다. 캐나다 기업들도 그러고 싶겠지만 정부 법령을 따를 수밖에 없을 것이다. 법의 구속을 받지 않는 자유기업과 국제 경쟁력을 강력히 옹호하는 사람들이 시장의 압력을 받을 때는 왜 규탄하지 않느냐는 질문은 없다. 대신 그들은 환경론자들이 국제 경쟁력을 떨어뜨린다거나 부당한 보이콧에 참여하는 비이성적 광신도라고 비난한다. 하지만 지속 가능한 수준을 초과하는 오염 배출량을 어떻게 정당화할 수 있느냐는 질문을 받으면, 자기네는 정부가 허가해 주는 대로 할 뿐이라고 반응한다.

기사 5: '그와이하나스(사우스모즈비)'를 국립공원으로 보존한다는 1987년의 결정에 대한 보상으로 마침내 '하이다그와이(퀸샬럿 제도)' 사람들에게 3700만 달러가 지불될 수 있게 되었다. 공원을 세우는 데 왜 그렇게 오래 걸리는지, 하이다 사람들과 원주민 아닌 사람들은 결국 어떻게 되는지, 크라운 섬에 대한 채벌권만 갖고 있을 뿐 공유림에 전혀 투자한 적이 없는 회사가 왜 벌써 4000만 달러를 보상받았는지는 알 수 없었다.

기사 6: 브리티시컬럼비아의 로워메인랜드에서 집시나방이 발견되었는데, 정부가 생물 농약인 BT를 살포하려는 계획을 세우자 시민들이 반대하고 나섰다. 이런 이야기는 말할 것 없이 집시나방이 나무에 심각한 해를 입히는 존재로 묘사한다. 이제 우리는 곤충이 지구상의 동물종 중에서 단연 수가 제일 많은 그룹이며, 대부분의 곤충이 많은 동물의 먹이가 될 뿐 아니라 해충을 잡아먹고, 꽃가루받이를 매개하고 분해하는 역할도 한다는 사실을 알고 있다. 인간에게 골칫거리가 되는 곤충은 1000마리에 한 마리 꼴밖에 되지 않을 텐데도 우리가 원치 않는 극소수를 잡기 위해 곤충들의 광범위한 스펙트럼에 영향을 주는 무지막지한 프로그램을 사용하는 것이다. 이걸 온당한 관리라고 할 수 있을까?

3월 4일은 심각한 생태적 의미를 갖는 이야기들로 가득한 라디오 뉴스가 방송되었던 또 다른 전형적인 하루였다. 미디어가 정보를 보다 폭넓은 맥락에서 제시하고 이야기들을 일관된 그림으로 연결시켜 주는 방식으로 묶어서 전달한다면 지구가 위기에 처해 있고, 그럼에도 이에 대처할 지도력이나 비전이 거의 눈에 띄지 않는다는 점을 금세 알아차릴 수 있을 것이다. 그럴 때라야 우리는 문제를 해결하기 위해 일하기 시작한다.

4

우리에게 생물을
착취할 권리가 없는가

오늘날 대부분의 과학자들이 철학 과목이라곤 들어 본 적이 없는데 Ph.D.(원래는 철학 박사라는 뜻이다—옮긴이)라는 박사학위를 받는 것은 아이러니다. 20세기 들어 과학이 급속도로 발달하면서 온갖 발견들에 뒤떨어지지 않고, 과학자가 되는 데 필요한 전문 지식을 얻기 위해 보다 일찍, 보다 제한된 분야를 전문적으로 다룰 필요가 생겼다.

내가 박사학위를 받은 1961년 무렵만 하더라도 유전학자로서의 전문성을 주장한다거나 인간을 포함한 동식물의 분자에서부터 미생물에 이르기까지 유전학에 관한 거의 모든 것을 안다고 주장할 수 있었다. 그러나 20년 뒤 실험실을 떠날 무렵, 내 전문 분야가 초파리 발달 유전학이라는 것을 알았다.

과학은 대부분 자연의 한 부분에 초점을 맞춰 그것을 고립시키고 그것에 영향을 주는 모든 것을 통제하는 환원주의적 방식으로 연구를 해나간다. 그것이 원자에서 에너지를 뽑아내고, 우리를 우주 먼 곳까지 데려가 주며, 인간 게놈의 모든 배열을 밝히는 통찰력을 제공해 주는 강력한 앎의 방식이었다. 믿을 수 없을 정도로 놀라운 발견에 우리는 너무 흥분한 나머지 우리가 모르는 게 얼마나 많은지를 간과하고, 우리가 중요한 것은 거의 다 아는 단계에 와 있는 것으로 착각하게까지 되었다. 인간 게놈의 DNA 배열을 밝히는 일은 모든 질병 치료의 실마리가 되고, 인간의 행동을 설명해 주며, 우리가 스스로의 운명을 제어할 수 있도록 해주는 과학의 성배(聖杯)로 크게 선전되었다.

그러나 과학자들은 그런 엄청난 주장에서 슬그머니 꽁무니를 빼고 이제는 단백질의 상호 작용을 연구하는 단백질공학이 진짜 성배라며 환호한다.

발견의 기쁨에 도취된 나머지 많은 과학자들이 과학의 약점과 한계를 인식하지 못하고 있다. 또한 실험 연구, 특히 공적 자금을 받아 대학에서 수행하는 연구에 책임이 따른다는 것을 제대로 배우거나 알지 못하고 있다.

아우슈비츠 이후의 유전학

유전공학이 야기하는 윤리 문제의 미로를 빠져나갈 수 있도록 도와주는 가장 훌륭한 안내자는 다름 아닌 역사다. 우리는 똑같은 실수를 되풀이하는 위험에 처해 있으면서도 역사가 주는 교훈을 망각하고 있다. 나치의 아우슈비츠 강제수용소의 악명 높은 의사였던 요제프 멩겔레를 한번 생각해 보자. 몇 년 전에 법의학자들이 브라질의 한 무덤에서 발견한 뼈가 멩겔레의 유골이 맞다는 결론을 내리면서 그는 다시 뉴스에 등장했다. 그가 한 짓을 아는 과학자라면 자신을 돌아보지 않을 수 없을 것이다.

나는 북미에서 가장 우수하다는 대학에서 교양 과목들을 공부했다. 첫 번째 유전학 교수는—내게 영감을 준 영웅이다—정통 유전학계의 독보적 인물인 커트 스턴에게서 박사학위를 받은 유대인이었다. 스턴 역시 나치 독일에서 탈출하여 결국 버클리에 자리잡은 유대인이었다.

나는 학부를 졸업한 다음 생물학을 전공했으나 커리큘럼에 따라 과학

과목은 절반도 들을 수가 없었다. 대신 음악, 미켈란젤로, 20세기 역사, 세계 종교, 문학 등을 들었다. 오늘날의 과학도들에게는 좀처럼 주어지지 않는 대단한 기회였다. 하지만 철학이나 과학의 역사를 배울 기회를 갖지는 못했다. 그 때문에 20세기가 시작될 무렵 유전학자들이 선택 교배를 통해 인류를 향상시킨다는 생각에 흥분했었다는 사실은 전혀 배우지 못했다.

유전학자들이 인종적 우월성 또는 열등성(과학적 의미를 가진 말이 아니라 가치 판단이다)의 '유전적 근거'에 관해 대담한 주장을 했다는 이야기를 아무도 우리에게 해주지 않았다. 1920년대와 1930년대에 유명한 유전학자들 중에서 집시의 방랑 기질, 범죄 성향, 술주정, 떠돌이 생활의 유전적 근거에 관해 쓴 사람들이 있긴 했다. 그러나 우리 신진 과학자들은 우리 선배들이 특정 국민의 이민을 규제한다거나 국제결혼을 금지하고, 정신병원 환자들에게 불임 시술을 할 수 있도록 법을 만드는 데 중요한 역할을 했다는 사실을 배우지 못했다.

대학원에서 공부하면서도 과학자에겐 엄청난 사회적 책임이 뒤따른다는 것을 배운 적이 없다. 우리는 과학 연구가 이루어지는 사회적 맥락과 가치 체계가 연구의 종류와 그 결과의 해석에 영향을 끼친다는 사실을 몰랐다. 아무도 우리에게 과학에 한계가 있다고, 과학은 전체를 결코 아우를 수 없는 파편화된 자연관을 제공해 줄 뿐이라고 말해 주지 않았다. 우리의 행동을 제한하는 윤리 규범도 없었고 과학자가 공공의 후원을 받는 게 특권이라는 지각도 없었다.

과학도들은 지나치게 많은 과학 과목을 듣느라 자기 학문 분과 이외의 것들을 접할 기회를 거의 갖지 못한다. 내가 몸담고 있는 대학의 과학도들도 철학·역사·종교·문학 수업을 들을 여유가 없다. 1970년대 학생 데모 때 우리 과의 교수 한 분이 한 말이 생각난다. "그럼 이럽시다. 우리의 명예와 대다수의 학생들을 위해 우수한 동물학 수업은 계속하고, 나머지는 그냥 교육시키죠 뭐." 말할 것도 없이 그는 '교육'이란 말을 우습게 여기고 있었다.

오늘날 과학계에서는 너무 많은 일들이 일어나고 있기 때문에 과학자가 모든 발견에 뒤처지지 않기가 어렵다. 발표된 연구 논문들 대부분이 몇 년 지나지 않아 오류이거나 사소하거나 중요하지 않은 문제로 밝혀질 텐데도 우리는 어쩔 수 없이 가장 최근에 나온 연구 결과를 강조할 수밖에 없어 고전 연구와 역사는 점점 더 무시하게 된다. 아, 얼마나 큰 손해인가.

우리는 유전학자들이 나치의 인종 정화 프로그램의 막후 주도자라는 사실을, 과학자들과 의사들이 히틀러에 반대하는 목소리를 내지 않았다는 사실을 배우지 않는다. 학살 수용소에서 소위 연구라는 것을 수행한 멩겔레 같은 이는 우리 같은 연구자였다.

나는 동료 과학자들이 멩겔레같이 사람을 죽인 의사를 쉽게 부정한다는 것을 안다. 우리는 "세상에, 그는 유사 과학 실험을 한 의사였어. 그는 유전학자하고는 거리가 먼 미치광이였어"라고 말한다. 하지만 독일의 '진짜' 유전학자들은 그렇게 말하지 않는다. 게다가 그를 괴상한 과학자의 한 예로, 한 세대에 한 명 날까 말까 한 미치광이로 무시해 버리면 다일까?

나는 그렇게 생각지 않는다. 나치의 인종 정화 프로그램이 추진되고 있을 당시 독일은 당대 최고의 유전학자와 생물학자들을 자랑하고 있었다.

나치 독일 같은 나라뿐만 아니라 파시스트 이탈리아, 일본, 매카시 시절 미국의 과학자들에 관한 이야기는 자랑스러운 게 아니다. 코넬대학의 역사학자 조셉 해버러는 이렇게 쓴 바 있다. "분명한 사실은 과학계의 지도자들이 양심과 권력, 국가주의와 국제주의, 정의와 애국주의를 선택하라고 종용받으면 거의 예외 없이 권력, 국가주의, 애국주의 쪽을 택한다는 것이다." 정신이 번쩍 들게 만드는 고발이다. 우리는 과거를 기억해야만 그런 고발을 피할 수 있을 것이다.

나는 요제프 멩겔레가 단순히 일탈한 것에 지나지 않기 때문에 간단히 무시해도 좋다고 생각한 적이 한 번도 없다. 과학자들은 흔히 당장 임박한 문제에만 정신이 팔리곤 하는데, 이는 과학 하는 커다란 즐거움이다. 그러나 그 때문에 우리는 '누구나' 우리와 우리의 동료들이 무얼 하고 있는지 보다 폭넓은 맥락을 보지 못하는 까막눈이 될 수가 있다.

멩겔레는 스스로를 과학자라 부르는 수많은 사람들 중 한 명이었다. 그는 어떤 과학자의 제자였고, 의료과학계의 동료였다. 단순히 그가 괴물이었다고 말하는 것은 우리 자신의 책임을 너무 쉽게 회피하는 것이다.

원자폭탄의 폭발은 과학계가 무구하다는 낭만적인 생각을 깨버렸다. DNA 재조합이나 미국의 '전략방위구상(스타워즈)'에 반대하는 목소리가 높았던 것은 과학계가 다시는 그렇게 침묵해서는 곤란하다는 희망적인 신호다. 하지만 요제프 멩겔레 같은 사람들의 존재를 인정하고 과학도들이 듣는 수업에서 그를 다루지 않는 한, 그가 주는 역사의 교훈을 금세 잊어버릴 것이다.

과학자들이 자신들의 역사를 정면으로 응시하길 꺼린다는 것은 1987년 가을 토론토에서 열린 카우치칭 컨퍼런스 조직위원회 회의에 초대받아 갔을 때 분명히 알 수 있었다. 해마다 다양한 학문 분과의 전문가들이 온타리오의 카우치칭에 모여 특정 주제를 놓고 토론했는데, 1987년의 주제는 아메리카 제국의 부상과 몰락이었다. 1988년에는 DNA와 유전공학에 대해 토론했는데, 분자유전학의 어마어마한 발전으로 보나 인간 세포의 유전 청사진 전체를 해독하겠다는 제안이 나왔던 것으로 보나 시의적절한 주제였다.

카우치칭 위원회는 DNA 조작 기술과 그것이 미래에 끼칠 엄청난 파장에 관심을 쏟았다. 그런데 정말 중요한 질문은 과학자들과 권력자들이 생명체의 유전자 구성을 바꿔 버리는 전례없는 능력으로 무엇을 할 것이냐이다. 그것을 예측하는 유일한 방법은 과거를 돌아보는 것에서 시작된다.

카우치칭 회의에서 나는 위원들에게 20세기 초에 완전히 새로운 과학 하나가, 즉 유전학이 유전 법칙을 발견했다는 사실을 상기시켰다. 당연히 과학자들은 인류를 위해 이런 지식을 적용할 수 있게 되었다는 사실에 열광했다. 나는 문화와 과학의 전성기였던 전쟁 이전의 독일에서 의사와 과학자들이 유전학의 성과물을 기꺼이 적용하려 했다고 지적했다. 초파리와 옥수수의 '물리적' 특성의 유전에 관한 연구를 사람의 '행동'과 '지능'에 응용함으로써 그들은 인류가 선택적 교배를 통해 '결함'을 제거하면 '완벽'해질 수 있다는 결론을 내렸다. 나치의 인종 정화 프로그램은 과학계의 가장 '진보적인' 아이디어 일부를 대변하는 듯했다.

이렇게 나는 의사와 과학자들, 특히 유전학자들이 새로운 발견에 도취

되어 인간 행동에서 유전 인자가 결정적으로 중요하다는 생각을 대중화하여 히틀러의 국가사회주의자들에게 팔았다고 이야기했다. 유전 인자에 대한 강조는 홀로코스트라는 끔찍한 만행으로 곧장 이어졌다. 따라서 과학자들은 그에 대해 책임감을 느껴야만 한다. 위원들 가운데 두 사람(한 명은 분자생물학자였고 둘 다 유대인이었다)이 발끈했다. 그들은 과학자들이 나치의 만행에 대해 일정 부분 책임을 져야 한다는 내 이야기를 부인하면서 나를 "병적"이라고 비난했다.

이처럼 과학사를 선택적으로 기억하는 것은 결국 똑같은 일이 다시 일어날 수 있게 하는 은폐와 수정주의로 귀결된다. 내가 진행한 텔레비전 시리즈에서 유전학의 역사를 다룬 적이 있는데, 그 프로그램을 본 〈글로브 앤 메일〉의 과학전문기자 스티븐 스트로스가 이런 평을 썼다. "당신은 수도원 또는 실험실을 떠나 자기 신앙에 대한 세상의 이해를 바꾸고자 하는, 그래서 당연히 이단자의 길을 가고 있는 성직자 또는 과학자 같다(당신의 동료 유전학자들 일부는 그렇게 생각한다)." 이단이라고 비난하거나 이단이라고 말하는 것만으로도 도그마를 강화할 수 있으며, 반대자에게 과학계에서 파문당한다고 위협할 수 있다. 나는 과학자들이 왜 과거를 직면하길 꺼리는지 이해할 수 있다. 다행히도 몇몇 예외적인 사람들이 우리가 망각하지 않도록 해준다.

베노 뮐러-힐은 독일 쾰른대학의 분자생물학 교수다. 분자생물학과 유전학 교과서치고 그의 연구를 언급하지 않은 책이 거의 없다. 하버드대학에서 월터 길버트(나중에 노벨상을 받았다)와 함께 연구하는 동안 뮐러-힐은 유전자의 활동을 제어하는 리프레서(repressor)라는 단백질 분자를 떼어내 정화시킬 수 있는 고전적 실험을 했다. 세포 하나에는 리프레서가 몇 개밖에 없기 때문에 뮐러-힐/길버트 실험은 과학계의 일대 쾌거였다. 뮐러-힐의 연구실은 이 단백질의 주된 구성을 결정하는 물질의 특성을 계속 수집해 나갔다. 세계 최고 수준의 과학자로서 그는 연구를 계속하고 있다. 그런 그가 지난 10년 동안 나치 독일의 유전학 역사에 대해서도 연구했다.

뮐러-힐의 글 가운데 「아우슈비츠 이후의 유전학」이란 글이 『홀로코스트와 민족 말살 연구(*Holocaust and Genocide Studies*)』란 책에 실려 있다. 이 글은 홀로코스트에서 과학자들이 한 역할을 바라본 한 과학자의 단호한 시선이 담긴 소름끼치기도 하고 고통스럽기도 한 기록이다.

글은 이렇게 시작된다. "과거를 제대로 평가할 수 있으려면 먼저 수집되고 기억되어야 한다. …… 이는 과학자에게는 특히 어려운 일이다. 과학은 현재에만 경도되어 있기 때문이다. …… 오직 오늘의 결과만이 존재한다. 오직 새로운 데이터와 이론만이 영광과 명예와 새로운 연구를 위한 돈을 가져다 준다. 과거를 곰곰이 따져 보는 일은 그 과학자가 오늘날 과학계에서 차지하고 있는 지위를 거의 박탈해 버린다." 그는 자신의 연구와 책에 대해 이렇게 요약한다. "유전학은 역사를 억압하는 거창한 과정을 거쳐 부상했다는 특징을 갖고 있다." 나중에는 이런 말도 나온다. "유전학자들은 자신들의 역사를 인정하길 거부했고, 지금도 거부하고 있다."

과학은 국경을 초월한다. 자유롭게 구할 수 있는 출판물들을 통해 지식을 공유하는 국제 공동체가 그 주체이기 때문이다. 세계 각국 정부들이 과학적

우리에게 생물을 착취할 권리가 있는가

혁신을 경제적 복리와 연결지음에 따라 과학자들은 사회적 '연관성'이나 '실용성'이 있는 것들만 연구해야 하는 엄청난 압력을 받게 되었다. 연구비는 그런 점들에 대한 고려를 기준으로 해서 지급되고 갱신되며, 새로운 아이디어를 적용했을 때 받을 수 있는 경제적 보상이 상당하다. 과학자들은 그 어느 때보다 현재와 미래의 일에만 관심을 쏟고 있다.

하지만 과학자들이 이유는 아주 그럴싸하다 해도 윤리적 선을 넘어가는 연구에 참여한다면, 마땅히 과거에 어떤 일이 있었는지를 잘 살펴볼 필요가 있다. 오늘날 대부분의 과학자들은 너무 바쁘기 때문에 과학의 역사를 무시하거나 선택적으로 기억한다.

뮐러-힐은 1981년에 방대한 역사 기록을 보기 위해 독일연구협회 문서보관소에 갔다가 자신이 전쟁 이후 그곳에 찾아온 첫 번째 사람이라는 소리를 들었다. 그는 아우슈비츠가 순수한 과학적 사고의 결과물인가라는 질문의 답을 찾고 있었다. 과학의 이성이 어떻게 가장 비이성적인 것으로 바뀔 수 있을까? 순수한 과학적 이성이 성장하는 과정에서 일어날 수밖에 없는 불가피한 일인가? 이런 중요한 질문을 던지는 것만으로도 과학계에서 부정되고 적대시당할 위험이 있다.

독일의 전기작가 P. 피셔는 노벨 수상자이자 유전학자인 막스 델브뤽의 전기를 쓰면서 이런 위험을 예시한다. 1947년에 미국유전학회 회장이던 H.J. 뮐러는 고국인 독일로 돌아가는 델브뤽에게 "아직 독일에 있는 유전학자들에 관한 1급 정보를 모아, 그들이 나치즘을 활발하게 지원하고 나치 치하에서 유전학을 팔아먹었다는 혐의를 면제받을 수 있는 증거가 있는지 조사해 달라"는 주문을 했다. 델브뤽은 뮐러의 부탁을 들어주지 못했다. 그것은 그가 "용기가 없었고, 독일의 어떤 과학자들이 국가사회주의 정부에 연루되어 있었는지 알아보는 것은 부적절하다고 생각했기 때문"이었다. "그래서 그는 미국유전학회가 위임한 임무를 수행하지 못했다. …… 나중에 델브뤽은 절친한 친구인 식물유전학자 게오르그 멜허의 말을 듣고 독일 생물학자 가운데 인종 이론을 확대하는 데 기여한 사람은 사실상 없으며, 비인간적 행위로 귀결된 비인간적 이데올로기 형성에 생물학 전반이 기여한 바가 없다는 확신을 갖게 되었다." 델브뤽처럼 위대한 과학자도 동료 그룹의 압력을 거부하지 못하고 마침내 같은 노선을 걷게 되었던 것이다.

「아우슈비츠 이후의 유전학」에서 뮐러-힐은 이렇게 말한다.

아우슈비츠에서 가스나 노예 노동으로 사람을 죽임으로써 과학적 선별을 이끌었던 의사들의 수는 적었다. 그래도 대학교수 9명이 가스실로 보낼 정신질환자 7만 명을 선별하는 데 적극 관여했다. …… 회스(아우슈비츠 수용소장으로 악명을 떨치다가 종전 후 사형당한 인물—옮긴이)가 에리히만으로부터 넘겨받은 사람의 수는 250만 명이었다. …… 아우슈비츠는 몰살의 장이나 인간생물학의 실험장이기만 한 것은 아니었다. 화학제품 생산을 위해 계획된 곳이기도 했다. 종합화학회사인 이게파르벤(IG-Farben)은 전쟁 기간에 가장 큰 투자를 아우슈비츠 부근에 했다. …… 과학의 투자 · 생산 · 파괴가 지닌 잠재성을 고려할 때, 아우슈비츠는 현대 과학과 기술의 기념비라 할 만하다. 아우슈비츠 이후 인간생물학과 기술화학은 결코 이전과 같은 것은 아닐 테지만 변한 것은 없었다. 처신이 발각되지 않았던 인간생물학자들과 의사들은 말장난으로 위기를 모면했다. 즉, 그건 유사 과학 또는 유사 의학이었으니 이제는 진짜 과학과 의학을 다시 시작할 수 있게 됐다고 말했던 것이다.

뮐러-힐은 아우슈비츠에서 진행된 연구와 관련이 있는 독일 과학자들을 추적해 보았다. 아우슈비츠에서 가장 악명 높았던 과학자는 요제프 멩겔레였다.

멩겔레는 그냥 시골 출신의 그저 그런 과학자가 아니었다. 그는 당대 최고의 독일 과학자들과 공동작업을 했다. 먼저 뮌헨의 인류학자 테오도르 몰리존 교수와 함께 일했으며, 그 뒤 인간유전학자이자 내과 전문의인 오트마르 폰 베어샤우어 백작과도 함께 일했다. 멩겔레는 제도권 바깥에서 활동했던 아마추어가 아니었다. 멩겔레의 스승이었던 폰 베어샤우어는 아우슈비츠에서 "인간 쌍둥이, 인간의 시력 결함, 인간 결핵…… 특정 혈청단백질"에 관한 연구를 하기 위해 연구비를 신청했는데, 그가 신청한 연구비는 모두 승인받았다.

뮐러-힐은 이어 다음과 같이 이야기한다.

쌍둥이 연구는 어떻게 되었는가? 그들은 쌍둥이들을 인류학적으로, 생리적으로, 그리고 심리적으로 분석했다. 측정할 수 있는 것은 전부 다 측정했다. 흥미로운 예외인 경우는 멩겔레나 그의 조수들이 죽여 버렸다. 흥미로운 신체기관들은 베를린-달렘에 있는 KWI라는 연구소로 보냈다. ……
그렇다면 폰 베어샤우어 교수의 사례가 유일한 경우였을까? 그렇지 않다. 이런 미치광이들의 살인 덕을 이미 본 다른 연구자들이 있었다. …… 1940년과 1941년 초에 독일의 정신병원 환자 7만 명 가량이 가스로 학살당했다.

그들의 뇌 상당수는 결국 과학 실험실로 갔다. 놀라운 점은 대부분의 유전학자들이 이 악명 높은 과학자들과 사건들이 있었다는 사실 자체를 모른다는 사실이다. 역사에서 말소되어 버린 것이다.

생물학자들에게 나치 독일은 중대한 교훈을 준다. 새로운 아이디어를 무비판적으로 서둘러 적용해서는 안 된다는 것이다. 그런데 뮐러-힐에 따르면 나치 치하 과학의 역사는 체계적으로 억압되고 날조되었다. 그런 일이 어떻게 일어났는지 그는 다음과 같이 설명한다.

아우슈비츠는 DNA가 기초 유전 물질임을 보여 주는 논문이 나오면서 가장 파괴적으로 되었다. 그러한 발견의 중요성이 널리 이해되기까지는 몇 년이 걸렸으나 1953년에 2중 나선 구조가 발표될 무렵에는 바보가 아닌 이상 유전학이 폭발적 인기를 누리고 있음을 다 알게 되었다. 이러한 발전 속도는 그 과정에서 흘린 피눈물을 돌이켜보거나 그에 대해 뉘우칠 여유를 갖지 못하도록 했다. 과학자들은 조지 오웰의 『동물농장』과 『1984』는 거론하면서도 자신들이 그에 못지않은 무시무시한 세상을 만들어 냈다는 사실을 알아차리지 못한다. 비밀 경찰이 있어 그들에게 과거를 잊어버리라고 강요하는 것도 아니다. 그들 스스로 과학 시장에서 말소시켜 버리는 것이다. 그리하여 그들은 아름다운 과거를 갖고 있다고, 아니면 과거가 아예 없다고 믿어 버리게 되었다. 유전학과 사회를 다룬 교과서의 항목들은 나치에 대해 단지 몇 문장만 언급하고 있다.

역사를 기억하지 않는다면 과학계가 또다시 나치 독일 같은 끔찍한 일에 연루될 수 있지 않을까? 물론 다른 모습으로 나타나긴 해도 분명히 그럴 것이다. 무엇보다 과학자들은 다른 집단과 마찬가지로 온갖 결점과 특성, 다양성을 갖고 있다. 야망, 맹렬한 호기심, 권력욕, 경제적 안정에 대한 갈망, 두려움 등의 이유로 온갖 행동을 하게 마련이다. 게다가 지금은 유전공학, 장기이식, 에이즈 치료 등이 지닌 엄청난 잠재력을 이용하는 데 급급한 나머지 개별 과학자들이 윤리적 기준에 대해 안이하거나 타협적인 수준을 벗어나지 못하고 있다.

이런 경향이 더 쉽게 나타나는 것은 부분적으로 과학의 방법론 때문이라고 뮐러–힐은 말한다.

과학자들은 대상을 관찰하고 분석한다. 관찰되는 대상은 아무런 권리가 없다. 인간이 관찰 대상이 될 경우 그 인간은 노예에 불과하다. 과학자가 흥미를 갖는 것은 그가 대상에게 던지는 질문의 답이지 그 대상이 던지는 질문이 아니다. 일반적으로 과학자는 대상 전체를 분석하지 않고 작은 일부분만을 분석한다. 다른 것들은 대상으로부터 분리되며, 과학자는 분석을 위해 대상의 극히 일부만을 받아들인다. 그가 분석하는 대상으로부터 기대하는 답은 숫자나 DNA 배열, 또는 이미지 같은 것들이다. …… 이렇게 모든 것을 객관화하는 과정이 과학자의 머리가 갖는 주된 관심사이자 즐거움인 것 같다. 과학자의 마음에는 다른 것들이 차지할 자리가 거의 없다.

하지만 나치 독일에서 만행을 저지른 사람들이 별로 실력은 없지만 야심만만한 기회주의자인 2류 지식인들이 아니었나 하는 반박도 있다. 뮐러–힐은 그런 지적에 동의하지 않는다. "과학이 사기꾼이나 협잡꾼 집단에게 좌우되는 것은 나치 엘리트들이 바라는 바가 아니었다. 나치는 자신들이 벌이는 파괴와 약탈의 전쟁에 도움이 되는 실용적인 과학과 기술을 필요로 했다."

그러면 나치의 만행은 되풀이될 수 있는 일일까?

1939년부터 1945년까지 독일에서 자행되었던 기형아 살해는 이제 한마디로 구시대적인 것이 되어 버렸다. 대부분의 유전학자들은 자신들이 새로운 가치를 창조했다고 진지하게 믿는다. 그들은 부모를 위해서나 국가를 위해서나 비용 효과가 작은 태아를 죽이길 권하는 시장의 힘에 호소한다는 사실을 자각하지 못한다.

뮐러–힐의 생각은 유쾌한 것이 아니었기에 과학계 동료들은 그를 노골적으로 적대시했다. 하지만 그의 말에 귀기울이고 과학의 역사에서 좋은 것만 아니라 나쁜 것까지 캐내지 않는 한, 과학자들이 보기에는 가장 그럴듯한 명분으로 실은 끔찍한 짓을 선배들과 똑같이 계속해서 저지르도록 방관하게 될 것이다. 우리는 과학자도 사람이라는 사실을 잊지 말아야 한다.

유전학자인 R. 골드는 뮐러의 책에 대해 내가 쓴 칼럼을 반박하는 편지를 〈글로브 앤 메일〉에 보냈는데, 바로 그의 편지는 선의의 과학자들이 수정주의를 얼마나 강화할 수 있는지를 보여 주는 좋은 사례라 할 수 있다.

수정주의자들이 취하는 전술 중 하나는 거꾸러뜨릴 수 있는 허수아비를 세우는 것이다. 그는 이렇게 썼다.

스즈키 박사는 칼럼에서 유전과학과 유전학자 자체에 일종의 부도덕이 내재되어 있다는 주장을 하기 위해 더 이야기할 수 있다는 암시를 중간중간에 내비친다. 그는 우리가 유심히 살피지 않는다면 과거에 당한 수법에 또 걸려들 것이며, 인류에게 해악을 끼치는 사악한 기도에 이미 연루되어 있을 수도 있다고 넌지시 말하는 것 같다.

그는 내가 "과학자들은 부도덕한 경향이 있기 때문에 부도덕한 일이 일어난다"고 암시한다는 이야기까지 한다.

그는 과학을 대중화하는 일에 종사해 오면서 내가 써온 것들과는 '정반대'의 추리를 하고 있다. 나는 과학자들이 다른 어떤 집단보다 '나을 것도 못할 것도 없다'는 점을 계속해서 강조해 왔으나, 유전공학의 새로운 통찰을 광신한 나머지 20세기 초 가장 뛰어난 과학자들 중 일부가 선택 교배를 통해 인류를 '향상'시킬 수 있다고 선언하게 되었다는 것이다. 목적이야 칭찬할 만한―고통을 줄이고 인간 조건을 개선한다는―것이었지만 그런 생각들은 일부 과학자들의 부추김으로 나치의 인종 정화로 변질되었던 것이다. 지금 우리는 DNA를 조작하는 실력이 급속도로 늘고 있다고 열광하는데, 나치 때와 같은 주장들이 상당수 있다는 게 문제다.

골드는 유전학자로, 하버드대학에 있는 우리 동료 중 한 명이 DNA 재조합 실험에 관한 연방법의 가이드라인을 고의적으로 위반했고, 그 사실이 발각되자 대학을 그만두고 생명공학회사를 차린 것을 알고 있다. UCLA의 한 의사는 유전병을 앓고 있는 아이들에게 DNA를 투여함으로써 연방법의 제한 규정을 위반했다. 몬태나의 한 교수는 야외 연구를 나가서 DNA가 조작된 생물로 느릅나무 실험을 하는 위반을 범했다. 평판이 좋다는 과학자들이 규정을 고의로 위반한 사례는 이밖에도 여럿 있다. 그것은 그들이 부도덕하거나 미치광이어서가 '아니라' 야심과 신념에 사로잡힌 보통 인간일 뿐이기 때문이다. 따라서 우리는 과거가 보여 주었던 함정을 잘 기억해야 한다.

앞서 말했듯이 뮐러-힐은 전후의 독일 과학자들이 홀로코스트 당시 일

우리 아이들에게 어떤 세상을 물려줄 것인가

어났던 일을 합리화함으로써 사건을 축소했던 방식을 지적한 바 있다. "그들은 이것이 유사 과학이거나 유사 의학이라고 말함으로써 진짜 과학과 의학을 다시 시작할 수 있었다." 골드가 하는 방식이 바로 그와 같다. "인종 정화의 개념은 과학적인 것이 아니기 때문에 유전학에서 차지할 자리가 없다. 다른 이유 때문에 저지른 행동을 정당화하기 위해 끌어다 쓴 지적 쓰레기에 불과할 뿐이다." 골드는 이렇게 역사를 다시 쓰고 있다.

20세기 초에 선도적인 과학자, 즉 유전학자들과 인류학자들은 '열등'한 사람들이 번식하는 것을 막거나 '우등'한 사람들이 자식을 더 많이 갖도록 부추김으로써 인류를 과학적으로 향상시키겠다는 생각을 대중화시켰다. 나치 독일이 인종 정화 정책을 펼 수 있는 사회적 분위기를 조성했던 것이다. 지금에 와서 보면 이런 생각들이 정말 '지적 쓰레기'지만 1920년대와 1930년대에는 과학적 가설이었다. 중요한 교훈은 우리가 실험실에서 얻어 낸 아이디어를 사회나 생태계에 급하게 적용하려는 일을 대단히 조심해야 한다는 것이다. 그런데도 계속해서 과거를 얼버무리려 한다면 그런 중대한 교훈에서 아무것도 배우지 못할 것이다.

골드가 마지막으로 나를 비난하는 문제는 내가 "이 모든 것에 대해 우리가 어떻게 해야 할 것인가"를 이야기하지 않았다는 것이다. "우리에게 이러한 선택을 할 수 있게 해주는 연구를 그만둬야 한단 말인가? 아니면 우리가 어떤 선택을 해야 하는지에 대해 그는 어떤 조언을 하는가?" 한때 실험을 했던 과학자로서 나는 과학자들 덕분에 갖게 된 통찰력으로 엄청난 대리만족을 느끼고, 이 나라의 훌륭한 과학을 좀더 지원해야 한다는 주장을 계속

해왔다. 그렇다고 과학을 적용할 때 해롭거나 예측 못했던 부정적인 결과가 없으리라고 주장하는 것은 어리석기 짝이 없다.

골드는 지난 수십 년 동안 과학에서 일어났던 엄청난 변화와 그것과 사회의 관계를 직시하지 않으려는 것 같다. 반세기 만에 전세계 인구는 '두 배' 이상 늘었고 고도로 산업화된 국가 1인당 자원 소비량은 몇 배가 늘어났다. 같은 기간 과학계는 수적으로 엄청나게 늘어났으며, 그만큼 발견과 적용 간격이 급격히 줄어들었다. 그러면 그럴수록 과학과 사회의 변화하는 관계에 대한 지속적인 재평가가 이루어져야 하는데, 우리에게 있는 최선의 가이드는 역사다. 이단이라거나 새로운 기계파괴주의자라거나 반지성주의자라는 비난은 비판적 의견이나 의문을 꺾어 버리는 강력한 수단이 된다. 길게 볼 때 그것은 공공과 과학 자체에 대한 엄청난 해악이다.

인종주의 무덤에서 추는 마지막 춤

인종적 특성이 생물학적 근거를 갖는다는 주장이 편견으로 가득 찬 사람들을 기쁘게 하는 것은 다른 인종이 "각각의 특성을 유지해야" 한다는 주장을 뒷받침해 주는 것으로 보이기 때문이다. 인종주의는 유전학자들이 인간의 행동에서 유전 인자가 차지하는 중요성을 지나치게 강조하는 바람에 더욱 악화되었다. 언론 매체들이 큰 도시들에서 일어나는 인종 간의 갈등을 선정적으로 보도함에 따라, 지난 수십 년 동안 엄청난 사회적 변화가 일어났다는 사실을 잊어선 안 된다.

얼마 전 자주 다니는 술집에 들어섰을 때, 한 친구가 반갑게 맞았다. 그 역시 그 집 단골이었는데, 가까이 가보니 내가 모르는 사람과 설전을 벌이고 있었다. 주변 사람들은 숨을 죽이고 두 사람의 설전을 지켜보고 있었다. 내가 다가서자 그 모르는 사람이 내 쪽을 휙 돌아보더니 이렇게 말했다. "대체 당신네들 뭘 원하는 거요?"

그 순간을 돌이켜 보면 나는 이해하고자 하는 머리의 요구 때문에 깜짝 놀라게 된다. 나는 그들이 무슨 논쟁을 했는지 단 한마디도 듣지 못했기 때문에 그의 말을 전혀 이해할 수 없었지만, 내 머리는 당장 그게 무슨 뜻인지 알아내려 하기 시작했다. 독자가 이 문장을 읽을 수 있는 것보다 빨리 내 머리는 친구가 CBC에서 일하고 있으니까 두 사람의 대화 주제가 분명 최근에 있었던 예산 삭감이었을 거라는 판단을 내렸다.

나는 어렵사리 말을 꺼냈다. "음, 깎인 게 아니라 분명 올랐을 거요."

"아냐, 데이비드." 친구가 끼어들었다. "그 이야기가 아니라구." 그 말은 도움이 되기는커녕 나를 더 혼란스럽게 만들었다. 그러자 내 머리는 "당신네들"이라는 말의 뜻을 이해하기 위해 여러 경로를 찾아다니기 시작했다.

친구는 전에 브리티시컬럼비아에 살았다. 그렇다면 둘은 이 지역 경제 이야기를 하고 있었을까? 아니면 대학으로 간 우리 모두에 대한 것이었을까? 아마 가까운 YMCA에서 일하는 사람들과 관련된 이야기였는지 모른다. 서서히 내 둔한 머리는 처음 보는 그 사람이 나와 친구가 캐나다인으로 태어나긴 했어도 그는 동인도제도(주로 동남아시아의 말레이 제도를 가리킨다—옮긴이) 혈통이고 나는 일본 혈통이어서 싫어한다는 것을 깨닫기 시작했다. 그는 '유색'인 캐나다인 전부를 지칭하고 있었다. 그가 어릴 때 중부 유럽에서 이민을 왔다는 사실을 알게 되니 어찌나 묘한 기분이 들던지! 나는 더없이 냉소적이었지만 최대한 점잖게 "꺼져" 달라고 부탁했다. 말로 벌어먹는 사람에게 시비를 걸지 말아 달라는 뜻을 분명히 하면서.

내가 이 이야기를 하는 것은 뇌가 주변 세계를 이해하기 위해 어떻게 기능하는가뿐만 아니라 외모로 보아 소수자인 사람들이 캐나다에서 겪을 수 있는 일상 체험 한 가지를 나눠 보고 싶었기 때문이다. 요즘 들어 언론들을 보면 인종 사태에 관한 보도가 아주 많다. 나는 언론들이 하나같이 문제를 잘못 다루고 있다고 생각한다. 물론 이곳에도 편견으로 꽉 찬 사람들이 있다. 그렇지 않은 나라가 어디 있겠는가. 그러나 과거보다 지금이 더 나쁘다는 이야기를 하도록 내버려두어서는 안 된다.

토론토에서 아침마다 출근하기 위해 버스를 타고 제시케첨 스쿨—다른 어느 학교여도 좋다—을 지나가는데, 그때마다 온갖 피부색의 아이들이 함께 놀고 싸우고 끌어안고 하는 모습을 보면 아주 즐겁다. 아이들은 피부색의 차이를 전혀 의식하지 않고 행동한다. 오늘날 토론토에는 내가 어릴 때는 상상도 하지 못할 만큼 다양한 인종이 섞여 살고 있다. 그때는 명백히 소수인 사람들의 나라 대부분이 1년에 캐나다에 이민을 100명씩만 보낼 수 있었다.

이 나라는 엄청난 실험을 하고 있다. 오늘의 캐나다는 프랑스와 영국 출신 간의 경쟁에 기초해서, 그리고 원래 이 땅에 살던 사람들을 멋대로 억압하고 생겨난 국가다. 인종 차별과 관련된 끔찍한 이야기나 실수가 많았으며, 앞으로도 많을 것이다. 그러나 우리는 과거의 잘못을 통해 배웠으며, 무의식적 편견이 종종 드러난다는 것을 자각함으로써 변하고 있다.

내 생각에 캐나다인들은 지나치게 자기비판적이다(나 역시 그렇다). 자신에게 너무 엄격하다는 것이다. 하지만 우리는 좋은 점을 잊어서는 안 된다. 4세 캐나다인이지만 혈통으로는 완전히 일본인인 내 큰딸은 남편이 백인이란 점(비록 칠레 출신이지만)이 마음에 걸린 적이 한 번도 없었다. 하지만 우리 부모 세대만 하더라도 국제결혼은 있을 수 없는 일이었다.

우리 부모님은 캐나다에서 태어났으면서도 1948년까지는 투표를 할 수 없었고, 대학에서 할당제 차별을 받아야 했으며, 부동산을 취득할 수 없었다. 전쟁 직후 우리 가족은 온타리오 남부의 리밍턴으로 이사를 갔는데, 그곳은 아이들이 "해 지고 나면 흑인은 구경도 못하는" 곳이라고 자랑하던 타운이었다.

요는 지난날의 불의를 한탄하는 게 아니라 한때는 문제없던 것들이 지금에 와서는 받아들일 수 없는 것이 되었다는 사실이다. 하지만 여전히 편견투성이 인간들이 많기 때문에 우리는 언제나 그런 사람을 볼 때마다 싸워야 한다. 그러나 인종 차별 사건이 일어날 때마다 인종 장벽을 뛰어넘는 관용과 우정과 도움을 주는 행동도 많다고 믿는다.

나는 베트남의 보트피플과 굶주리던 에티오피아인들에게 캐나다 사람들이 보인 반응을 보고 놀라기도 하고 강한 자부심을 갖게 되었다. 관대하고 순수한 행동이었다. 제3세계를 도와준 우리의 전적은 다른 나라들의 귀감이 되었다.

만인의 평등과 정의라는 이상을 향해 한 걸음 한 걸음 나아가고 있는 우리는 학교 운동장에서 함께 뛰노는 아이들을 보며 희망을 가진다. 1940년대 편견으로 가득 찼던 리밍턴에서 겪은 두 에피소드를 기억할 때마다 나는 아이들에게서 희망을 발견한다. 나와 친했던 한 친구는 매주 어떤 클럽에 가서 즐거운 놀이를 많이 했는데, 나도 데려가고 싶어했다. 나는 기대감에 부풀었다. 그래서 한번은 그 친구를 따라갔는데 그곳 어른들이 나를 저녁 내내 밖에서 앉아 기다리도록 했다. 친구는 '영국의 아들들'이란 그 클럽에 나를 가입시키고 싶었던 것이다!

또 하나의 경험은 다른 친구의 이야기다. 우리가 같이 놀고 있을 때 아버지가 자전거를 타고 지나갔다. 나는 손을 흔들며 아버지를 불렀다. 그걸 보고 친구는 몹시 놀랐다.

"너 저 사람 어떻게 알아?"

"우리 아빠니까."

"하지만 저 사람은 중국 사람이잖아!"

그렇다. 아이들은 (피부) 색맹이다.

물고기들도 고통을 느낀다

의료 기술은 우리를 삶과 죽음의 장벽 너머로 데려다 놓음으로써 인간 삶에서 전례없던 선택을 하도록 만들었다. 최근까지만 하더라도 우리는 우리가 보기에 맞다 싶은 방식으로 다른 생물종을 이용하는 권리를 당연하게 여겼다. 식량·옷·근력은 우리가 이렇게 이용함으로써 얻어낸 편익이다. 이런 전통은 과학 연구에까지 이어져 동물들은 인간의 이익을 위해 연구되고 '희생'되었다. 이제 우리에게 과연 그런 권리가 있느냐는 심각한 의문이 제기되고 있다.

현대의 생물학 연구는 하나의 유기체에서 알아낸 것을 다른 것들에 적용할 수 있는, 유기체 공통의 진화 역사에 바탕을 두고 있다. 유전학의 가장 기초적인 개념들은 초파리 연구에서 먼저 소개되었고, 분자유전학은 박테리아와 바이러스를 이용하기 시작했으며, 생리학과 심리학은 상당 부분 쥐 연구에 토대했다.

우리 아이들에게 어떤 세상을 물려줄 것인가

하지만 오늘날 인간의 활동으로 멸종률이 높아짐에 따라 단지 인간의 지식을 넓히기 위해서, 또는 이익이나 재미 때문에 다른 생명체를 이용할 권리가 도대체 우리에게 있는지 질문하지 않을 수 없게 되었다. '동물의 권리' 운동은 우리가 자연계에서 대체 어떤 위치를 차지하느냐는 고통스러운 질문이 밑바닥에 깔려 있다.

어릴 때 내가 가장 아끼던 물건 중 하나는 BB총(구경 0.18인치 정도의 공기총—옮긴이)이었다. 아버지가 이 총을 안전하게 쏘는 법을 알려 주신 뒤로 나는 사냥감을 찾아 숲 속을 몇 시간씩 쏘다니곤 했다. BB총으로는 야생동물을 죽일 수 있을 만큼 가까이 다가가기가 어려웠지만 비둘기와 찌르레기를 몇 마리 잡았다. 그리고 잡은 것은 다 먹었다. 그러다 10대가 되자 22(0.22인치—옮긴이) 구경으로 등급이 올라갔는데, 그것으로 토끼도 잡고 꿩도 잡았다.

어느 해인가는 만화 잡지에서 금속 새총을 파는 광고를 보고는 바로 주문했다. 새총이 도착하자, 몇 주 동안 과녁에 구슬을 쏘아 맞히는 연습을 했다. 꽤 잘 맞히게 되자 살아 있는 것을 잡고 싶어 숲으로 갔다. 마침 열심히 일하고 있는 다람쥐가 눈에 띄었다. 다람쥐를 쫓아가면서 구슬을 마구 쏘아 대자 다람쥐는 결국 나무 위로 뛰어오르더니 맨 꼭대기로 올라갔다. 더 이상 피할 수 없는 막다른 골목에 몰린 것이다. 나는 계속해서 구슬을 쏘아 댔다. 몇 개는 스치기도 했으니 다람쥐를 맞혀 떨어뜨리는 건 시간 문제였다. 그때였다. 다람쥐가 갑자기 울기 시작했다. 귀를 찌르는 듯한 공포의 비명이었다. 다람쥐가 울부짖는 소리에 나는 두렵기도 하고 내가 한 짓이 부끄럽기도 하여 어쩔 줄 몰랐다. 단지 새총 때문에 우쭐해져서 다른 생명을 '죽이려' 했던 것이다.

나는 아주 열렬한 낚시꾼이었다. 물고기는 우리 가족의 주된 단백질 공급원이었기 때문에 나는 한 번도 낚시를 스포츠라고 생각해 본 적이 없다. 하지만 버티는 물고기를 끌어올리는 게 대단히 자극적인 일임은 부인할 수 없다. 야생동물이 살아남기 위해 필사적으로 몸부림치는 게 일종의 게임이라도 된다는 듯, 우리는 그런 느낌을 물고기 '놀이'라고 불렀다.

한번은 날치에 관한 텔레비전 과학 프로그램을 찍으면서 '낚시놀이를 즐긴' 적도 있다. 우리는 잡은 물고기를 다 놓아 줘야 하는 뉴욕 주의 캣스킬 산에서 그 유명한 연어떼를 낚았다. 내가 잡은 물고기는 전에 만난 사람의 낚싯바늘에 다 뜯긴 바람에 구멍이 나 있었다. 그런 모습을 보니 차마 즐거워할 수가 없었다. 적어도 내게 물고기는 먹기 위해 잡는 것이었기 때문이다. 지금도 나는 낚시는 먹을거리를 얻기 위해서만 하는데, 이제는 내가 고통을 느끼는 잘 발달된 신경 체계를 가진 동물의 포식자라는 사실을 깊이 자각하면서 한다. 낚시와 사냥의 경험 때문에 우리가 다른 동물들을 어떻게 착취하고 있는지를 알게 되었던 것이다.

나는 초파리 유전학을 25년 동안 연구했는데, 아마 그 기간에 수천만 마리의 초파리를 아무 생각 없이 키우고 죽였을 것이다. 1970년대 초에 우리 연구팀은 초파리 행동에 영향을 주는 일련의 변이를 발견했는데, 그를 계기로 신경과 근육에 대한 연구를 시작하게 되었다. 나는 초파리의 신경근 체계와 우리의 것이 '유사'하다는 가설에 기초하여 초파리의 행동을 연구하기 위한 연구비를 신청하여 따냈다. 실제로 심리학자들과 신경생물학자들은 인간의 행동을 모델로 삼아 모르모트·쥐·생쥐와 같은 동물의 행동·생리·신경구조를 분석한다. 그래서 우리의 신경계는 다른 포유류의 그것과 대단히 비슷해야 한다.

이렇게 개인적인 일화를 이야기하다 보니 편치 않은 질문을 하게 된다. 우리는 과연 무슨 자격으로 다른 생명체를 마음대로 착취하는가? 우리는 다른 동물들이 우리와 똑같이 고통과 불안을 느끼지 않는지 어떻게 알 수 있는가? 적어도 초파리에겐 아무 문제가 없다고 한다면 선을 어디까지 그어야 할까? 나는 한때 물고기가 냉혈 동물이라는 이유로 낚시를 정당화하곤 했다. 마치 온혈 동물이면 뇌가 더 발달하거나 고통에 더 민감하다는 듯 말이다. 하지만 물고기가 달아나기 위해 광적으로 덤비는 걸 본 사람이라면 그것이 고통과 공포의 표현이라는 걸 안다.

나는 어느 주말 퀸샬럿 제도에서 수염고래를 가까이 지켜보고 나서 이런 질문들을 곱씹어 보게 되었다. 이 장려한 포유류의 위엄과 자유로움을 보노라면 수족관에 갇혀 있는 고래와 너무도 대조적이라는 게 놀라울 뿐이다. 현재 밴쿠버 퍼블릭아쿠아리움은 그런 고래들을 위해 더 큰 수족관을 짓고 있다. 어느 라디오 인터뷰에서 한 아쿠아리움 대표는 아무리 수족관이 크다 한들 온 바다를 자유롭게 헤엄쳐 다니던 동물에게 맞는 게 있겠냐는 질문을 받았다. 그녀의 대답은 수족관을 헤엄치는 돌고래들을 보면 "그들이 꽤 행복하다"는 것을 알 수 있다는 식이다.

그 여성은 인간의 지각과 감성을 돌고래에게 투사하고 있었다. 다른 사람이나 다른 생명의 처지를 공감하는 능력은 인간이 가진 가장 귀한 특징의 하나다. 사랑하는 애완동물과 함께 있는 사람, 식물을 열심히 가꾸는 사람, 아니면 새 차를 구입한 사람을 보라. 우리가 다른 생물이나 물체를 얼마나 잘 의인화하고 동일시하는지 알 수 있을 것이다. 그렇다고 우리 속에 갇혀 있는 동물들을 보고 그런 억측을 할 수 있을까?

대부분의 야생동물은 드넓은 공간을 자유롭게 이동하거나, 하늘을 날거나, 바다를 헤엄치도록 진화되어 왔다. 살던 곳에서 끌려와 좁은 우리나 수족관에 갇혀 억지로 우리의 요구를 들어주어야만 하는 야생동물을 보고 과연 '행복하다'는 느낌을 받을 수 있을까?

동물의 권리 운동을 하는 사람들은 동물을 이용할—특히 과학 실험에—권리가 과연 우리에게 있는지 묻는다. 과학자들이 방어적인 것은 이해할 수 있다. 특히 실험실에 누가 난입하여 실험 도구를 파괴하고 동물들을 '해방'시켜 준 경우에 그렇다. 하지만 내가 사냥과 낚시에 대해 의문을 가져야 했던 것처럼 과학자들도 제기된 문제들을 피할 수는 없다. 특히 우리와 가장 가까운 존재인 영장류에 대해서는 더욱 그렇다.

사람들은 서커스나 동물원의 원숭이 보기를 아주 좋아하는데, 그것이 재미있는 것은 그들 속에서 우리 자신의 모습을 보기 때문이다. 하지만 그들과 우리의 관계는 단지 피상적인 유사성 이상으로 가깝다. 캘리포니아의 로마린다 병원 의사들이 비비원숭이의 심장을 사람의 아기에게 이식한 '베이비 페이(Baby Fae)' 사건은 우리와 가까운 '생물학적' 친척을 이용한 경우다.

고양이와 개같이 친근한 포유류를 가지고 실험을 했다는 보도가 있으면 일반 대중들 사이에서 상당한 논란이 일게 마련이다. 그 중에서도 영장류를 사용하면 가장 시끄럽다. 1987년 9월, 영국 바스에서 열린 야생동물영화제에서 어느 동물 해방 단체가 1986년 12월 7일에 찍은 영화를 본 적이 있다. 이들은 매릴랜드의 생물의학연구소인 SEMA라는 곳에 침입했는데, 너무도 끔찍한 장면들이 나오는 영화라 몇 분 지나지 않았는데도 관객 여러 명이 뛰쳐나갔다. 나도 차마 눈뜨고 볼 수 없는 장면들이 많았다. 카메라를 든 이들은 시설 안에 잠입하여 우리를 차례로 지나가며 보여 주다가 우리를 열어 그 안의 동물들을 보여 주었다. 나는 다른 동물들로부터 격리된 아기원숭이들이 사람의 아기들처럼 해방자들의 손가락을 붙들며 매달리는 모습을 보고 훌쩍훌쩍 울고 말았다는 사실을 부끄럽지 않게 말해야겠다. 나이가 더 많은 동물들은 갑자기 사람이 나타나자 무서워서 벌벌 떨며 조그만 우리 속으로 기어들어가 웅크리고 있었다.

유명한 침팬지 전문가인 제인 구달도 이 영화를 보고 나서 SEMA 시설을 방문하게 해달라고 요청했다. 다음은 그녀가 보고 쓴 것이다.

방이면 방마다 안이 훤히 들여다보이는 작은 우리들이 쌓인 채 줄지어 있었다. 그 속에서 원숭이들은 계속 빙빙 돌기만 했고, 침팬지들은 우울과 절망에 지쳐 축 처져 있었다.
서너 살 된 어린 침팬지들은 가로 세로 57센티미터에 높이는 61센티미터에 불과한 조그만 우리 속에 두 마리가 함께 쑤셔넣어져 있었다. 거의 돌아볼 수도 없을 정도였다. 아직 실험 대상이 되지 못한 이들은 이렇게 우리 속에 3개월을 갇혀 있었다. 침팬지들은 이렇게나마 서로 위안이 되었으나 오래 함께 있을 수는 없었다. 간염 같은 병에라도 걸리면 격리되어 다른 우리에 갇혀야 했던 것이다. 이렇게 심각한 감각 상실의 조건에서 몇 년을 더 살아야 했다. 그러는 동안 그들은 모두 미쳐 버릴 것이다.

구달이 경악했던 것은 침팬지가 자연 서식지에서 어떻게 사는지를 잘 알았기 때문이다. 그곳에서 침팬지들은 우리가 아는 사로잡힌 동물과는 전혀 다른 존재였다. 야생 상태에서 그들은 지속적으로 상호 작용하고 신체 접촉을 하는 대단히 사교적인 존재다. 그들은 긴 거리를 이동하며, 나무 위에 폭신한 잠자리를 만들고 그곳에서 쉰다. 실험실의 우리는 이렇게 사교적이고 감성적이고 대단히 영리한 동물의 요구를 충족시키기에는 터무니없는 조건을 제공한다.

이언 레드먼드는 실험실의 조건이 침팬지들에게 어떤 공포감을 주는지 이해할 수 있게 한다.

두세 살 된 아이를 신생아 격리 보육기만한 금속 상자—딱딱한 벽, 바닥, 천장, 그리고 쾅 내리닫히는 유리문이 있고, 바깥 소리는 거의 차단된—안에 감금하고서 몇 달 동안 방치한다고 상상해 보자. 유일한 접촉이라곤 먹을 것을 주는 시간, 아니면 마스크를 쓴 누군가가 문을 휙 밀어올리고는 손을 뻗어 피나 조직 샘플을 빼낸 다음 안으로 밀어넣고 다시 문을 휙 닫는 때뿐이라고 상상해 보자. 지난 10년 동안 SEMA에서는 어린 침팬지 94마리가 이런 과정을 견뎌야 했다.

침팬지들은 고릴라와 마찬가지로 우리와 유전자가 99% 비슷한, 우리의 가장 가까운 친척이다. 이처럼 생물학적으로 인간과 비슷하기 때문에 그들은 실험 대상으로 아주 유용하다. 인간을 위해 그들에게 실험을 하고, 감염을 조사하고, 백신을 테스트하는 것이다. 몇십 년 전 야생에 수백만 마리나 살던 침팬지들이 지금은 4만 마리 정도밖에 남아 있지 않은데도 에이즈 때문에 그들에 대한 실험 요구는 더욱 늘었다.

침팬지는 에이즈에 걸린 경우가 한 번도 없었으나 몸 속에 에이즈 바이러스는 자란다. 그래서 과학자들은 침팬지가 백신을 테스트하는 데 더없이 귀한 존재가 될 것이라고 주장한다. 1988년 2월 19일에 미국 국립보건원은 침팬지를 연구에 사용하는 문제를 논의하는 회의를 공동 개최했다. 머크치료연구소의 소장 모리스 힐먼 박사는 이렇게 보고했다.

우리에겐 더 많은 침팬지가 필요하다.…… 침팬지는 분명 멸종 위기에 있고 현재 서식하고 있는 세계 대부분의 지역에서 농업에 해를 끼치는 동물로 여겨짐에도 불구하고, 이 동물을 미국 등의 나라들에 들여오는 것이 금지되어 있다. 아울러 이들은 환경이 잠식된 덕분에—즉 자연 서식지가 파괴됨으로써—파멸을 맞이하고 있다. 그러니까 이들은 농업에 해를 끼치고 서식지가 파괴된 탓에 멸종되어 가고 있는 것이다. 그렇다면 왜 그들을 구하지 않는가? 미국에서 에이즈 연구에 필요한 침팬지의 수는 수백 마리이며, 우리는 확실히 수천 마리가 필요하다.

우리의 행동과 필요를 합리화하는 우리의 능력은 실로 놀랍다. 침팬지는 수만 년 동안 진화해 오면서 생태계에서 지금의 지위를 차지했다. '우리'는 '그들'의 영역에 침입한 존재이면서도 그들을 해로운 동물로 규정함으로써 처분될 수 있는 존재로 만들어 버린다. 레드먼드의 말처럼 "침팬지는 우리와 가장 가까운 동물 친척이라는 사실 때문에 아마도 지상에서 가장 불운한 동물이 되었다. 여기서 가장 가까운 관계라는 건 우리가 우리끼리는 금하는 행동을 침팬지에게는 대부분 마음껏 한다는 뜻이다."

이렇게 에이즈라는 무서운 전염병은 우리끼리의 비인간성뿐만 아니라 다른 종들에 대한 비인간성 문제까지 직면하게 한다.

● ● ● ● ●

오래전부터 물고기가 고통을 느끼지 않는다는 주장이 있어 왔다(주로 스포츠 낚시를 즐기는 사람들이 이런 주장을 했다). 물고기의 입에 걸린 낚싯바늘이 고통을 유발한다면 물고기가 끌려오지 않으려고 저항하는 대신 낚시꾼 가까이 다가옴으로써 고통을 줄일 것이라는 게 상식적인 추론이다. 그러나 낚시꾼이라면 낚시 '놀이'의 가장 짜릿한 순간이 물고기가 입질을 하고 몸부림치며 달아나기 위해 미친 듯 뛰어오르는 손맛을 느낄 때라는 걸 안다. 물고기의 그런 행동은 확실히 공포와 불안의 표현이다.

동물이 고통을 느끼지 않는다는 주장 중에서 좀더 강력한 것은 고통이란 것이, 감각이나 감성 같은 요소들이 강력히 작용하는 순전히 의식상의 경험이라는 주장이다. 물고기가 고통을 느끼려면 의식이 있어야 하는데 물고기의 뇌는 그런 속성을 갖기에는 너무 원시적이라는 것이다.

2003년 4월 30일에 에딘버러대학 로슬린연구소의 린 스네던 박사는 저명한 과학지인 〈런던왕립학회보〉에 논문을 발표했다. 스네던 반사는 무지개송어들의 입술에 벌독이나 아세트산을 주사하고, 실험 대조군인 송어들은 소금물을 주사하거나 그냥 두었다. 벌독이나 아세트산을 주사한 송어들은 일정 기간에 걸쳐 '상당한 행동 및 생리적 변화'를 보였다. 그들은 대조군에 비해 먹이를 다시 먹기 시작하는 데 3배나 더 많은 시간이 걸렸고, 주사를 맞자마자 입술을 자갈이나 탱크 벽에 마구 비볐다. 이들은 "포유류 같은 고등 척추동물들이 스트레스를 받았을 때처럼 '비트는' 동작"을 보였던 것이다.

스네턴 연구팀은 또 조직에 손상을 가하는 자극에 반응하는 것으로 알려진 다형침해수용체(polymodal nociceptor)라는 머릿속의 감각 수용체를 발견했다. 마침내 그들은 이런 결론을 내렸다. "우리 연구는 무지개송어에게 유해한 자극을 주면 행동과 생리 면에서 역효과가 나타남을 보여 준다. 이는 동물의 고통을 나타내는 기준을 충족시킨다."

동물 권리 운동가들은 이 연구에 환호한 반면, 스포츠 낚시가들은 거의 만장일치로 연구 결과를 받아들이지 않았다.

우리에게 생물을 착취할 권리가 있는가

의료과학의 슬픈 딜레마

생물학자들과 의료과학자들은 대부분 환원주의 관점에서 연구 활동을 하기 때문에, 파편화된 과학적 방법으로 얻은 개념이나 통찰은 흔히 제한적인 목표에만 적용된다. 그런데 그런 것들은 과학자들의 제한된 견해를 훨씬 넘어서는 심각한 도덕적·철학적 파장을 일으킬 수 있다. 이런 점이 가장 극명하게 드러나는 분야가 신생아의 운명에 개입하는 우리의 능력이다.

1986년 온타리오의 8개월 된 베이비 앤드루는 골수단핵세포성 백혈병이라는 희귀한 혈액암을 앓고 있었다. 이 아기의 사례는 의료 처치를 어디서 멈추어야 하느냐는 질문으로 관심을 모았다.

내가 10대였던 1950년대에는 백혈병이라고 하면 사형 선고를 받은 것이나 다름없었다. 심지어 지금도 당장 처치를 받지 못하면 환자는 금방 사망한다. 하지만 이젠 가장 흔한 형태인 급성 림프모구성 백혈병을 앓은 환자들의 통계를 보면 대단히 놀랍다. 방사선요법과 화학요법을 통해 90%는 병

우리 아이들에게 어떤 세상을 물려줄 것인가

세가 완화되었으며, 절반 이상은 5년 뒤 재발되지 않아 치료된 것으로 간주되었다. 의료과학은 20세기 들어 이룩한 삶의 질 향상과 평균 수명의 연장 같은 많은 업적 때문에 찬사를 받을 만하다.

베이비 앤드루와 같은 백혈병은 비록 치료를 받은 아이들의 4분의 3이 일시적으로 병세가 완화되고, 완화된 환자의 3분의 1 정도가 1년 이상 재발되지 않는다 하더라도 치료가 간단치 않다. 게다가 만 1세가 안 된 아기를 치료하기는 훨씬 더 어렵다. 이런 아기들은 대개 좀더 공격적인 처치를 받지만 생존 가능성은 대단히 희박하다.

처치를 받지 못한 백혈병 환자들은 극심한 고통을 겪거나 병약한 상태로 오래 있지 않는다. 대개 감염과 싸워 이기지 못하거나 뇌출혈 때문에 사망하기 때문이다. 처치를 하려면 급속도로 분열하는 세포를 죽이는 화학물질을 써야 하는데, 그렇게 되면 암세포를 죽이기 위해 피를 만들어 내는 골수까지 죽이게 된다. 그러다 보면 급속도로 분열하는 일반 세포, 특히 위장기관의 세포들도 영향을 받게 된다. 화학요법을 받다 보면 극심한 메스꺼움과 구토에 시달리는 것은 그 때문이다. 치료가 병 자체보다 훨씬 더 지독한 불편을 초래한다. 환자가 치료에 반응하는지를 의사가 판단하는 데만도 4주에서 6주가 걸린다. 전체적으로 볼 때 베이비 앤드루의 예후(豫後)는 장기적으로 생존할 가능성이 기껏해야 25퍼센트 정도였다.

나는 일부러 통계와 의료상의 사실을 따져 보았는데, 그것들은 태어나는 순간부터 말 그대로 죽도록 아픈 아기라는 현실에 직면한 부모의 끔찍한 인간적 딜레마를 숨기고 있다. 베이비 앤드루의 부모는 아들이 처치 이후에 살아남을 가능성이 희박함에도 그 끔찍한 고통을 받게 할 수는 없다는 판단을 내렸다. 그래서 치료를 거부함으로써 아들이 일찍 죽을 수 있도록 해주기로 했다. 하지만 아동복지 당국은 이 문제를 법정으로 끌고 가 결국 베이비 앤드루를 계속 치료하도록 하는 데 성공했다.

오늘날 어린이 백혈병 치료의 성공률이 높아진 것은 여러 세대에 걸쳐 많은 부모들이 의료상의 기적이라도 일어나기를 바라는 마음에서 의사에게 무슨 처치라도 다 할 수 있도록 허락한 덕분이다. 죽어 간 아이들은 부모가 기꺼이 데이터 축적에 필요한 수치가 되도록 허락해 준 모르모트였던 것이다. 그 아이들 가운데 상당수는 이미 죽은 게 거의 확실한데도 마지막 몇 주나 몇 달 동안 의료과학자들의 실험 때문에 더욱 고통스러운 시간을 보내야 했다. 부모인 나로서는 그런 끔찍한 선택의 순간에 빠지게 되는 일이 절대 없기를 바랄 뿐이다.

하지만 내 안에서 한 가지 의문이 계속 가시지 않는다. 과연 어디까지 용납해야 하는가? 예컨대 나는 지금 장기이식 성공률이 어느 정도인지 모른다. 하지만 처음에 장기이식을 받은 사람들은 그 전에 동물 실험이 아무리 성공했다 하더라도 모두 실패했다. 간이나 심장 이식을 받은 사람이 누리는 삶의 질 때문에 어린아이들에 대한 실험이 정당화되고 있는지도 모른다. 그러나 비비원숭이의 심장을 이식받은 아기 '베이비 페이'의 경우는 무엇으로 정당화될 수 있는가? 이 여아의 짧은 생은 과학적으로도 인간적으로도 정당화될 수 없는 엄청난 센세이션을 불러일으켰다. 조만간 자빅(Jarvik) 인공심장의 축소 버전을 점점 더 어린 '환자'들에게 이식하는 날이

올까? 미래 언젠가는 면역결핍 조건을 해결할 수 있는 돌파구가 열릴 것이라는 희망 때문에 무균 상태의 비닐 풍선 안에 갇혀 지내야 했던 데이비드 같은 아이들을 계속 만들어 내야 할까?

어쨌든 우리는 가장 중요한 질문—과연 한계는 없는가?—을 잊어버린 것 같다. 과연 죽음은 무슨 수를 써서라도 피해 가야 할 정도로 받아들일 수 없는 일인가? 과연 우리는 의술의 '발전'이라는 이름 아래, 통계적으로나 유의미한 생명 연장을 기대하며 모든 사람이 의료 개입에 복종해야 한다고 요구할 수 있을까? 어떠한 일이 있어도 죽음과 싸워야 한다는 명제는 생명의 신성함을 깊이 신뢰하지 않기 때문이다. 그런 신뢰감이 있다면 산모나 태아의 건강과 아무 상관이 없는 이유로 전체 임신 건수의 절반을 무효로 돌리는 대도시의 낙태 현실을 의사가 뒷받침할 수는 없을 것이다.

갈수록 세속화되는 시대에, 과학은 장소와 의미에 대한 우리의 감각을 끊어 버린 것 같다. 우주학자들은 태양이 수십억 개의 은하 가운데 하나에 불과한 은하수를 이루는 수십억 개의 별 중에서 대단히 평범한 별에 지나지 않는다고 말한다. 생명과학은 생명이 지구라는 행성에 우연히 생겨났으며, 우리가 신의 창조물이 아니라 예측 불가능한 환경 변화와 자연선택에 의해 지금과 같은 모습을 갖게 됐다고 이야기한다.

삶의 의미를 잃어버리고 우주의 외톨이가 되어 버린 우리에겐 죽음이 더욱 끔찍스러운 것이 되어 버렸다. 그래서 죽음과의 싸움을 선택했고, 누군가가 죽을 때마다 자연의 힘에 패배했음을 인정해야 했다. 그러나 인간이 과학과 연구를 통해 자연의 한계를 뛰어넘고 우리 고유의 생물적 질서에서 벗어나는 게 가능하다는 생각을 자꾸 키움으로써, 우리는 죽음보다 더 무시무시한 것을 만들어 냈다. 다름아닌 죽음의 과정을 연장시키는 무지막지한 의료 개입이다. 우리가 이런 끔찍한 현실에 직면하도록 만드는 것은 죽음에 대한 두려움이 전혀 없는 천진한 아기다.

생명 순환의 반대편 끝에서는 의료과학과 기술이 죽음의 과정에 개입할 수 있는 강력한 수단들을 갖게 됨으로써 죽음에 대한 정의를 더욱 어렵게 만들었다. 오로지 살아 있는 것 자체만을 위한 생명 연장술은 인간이 신을 대신하려는 불편한 입장에 빠지게 만들었다.

1986년 12월 1일, 내 쌍둥이 누나 큰딸 재니스가 깊은 혼수 상태에 빠져 다시 의식을 회복하지 못했다. 그녀의 나이 27세였다. 바이러스성 뇌염이 뇌를 휩쓸고 지나가면서 회복 불능의 막대한 손상을 끼친 것이다. 누이와 그 가족은 온갖 의료 처치—경련을 줄이기 위한 안정제, 기관지 감염을 막아 주는 항생제, 영양분과 수분을 공급해 주는 정맥주사—가 재니스를 '살아' 있도록 만들어 놓은 4개월 동안 불침번을 섰다. 나로서는 재니스의 몸 속에 살아 있는, 생명을 유지시켜 주는 진화 메커니즘이 놀라울 뿐이었다.

그보다 3년 전에 아버지와 함께 영화를 보고 돌아오시던 어머니가 갑자기 심장마비를 일으켰다. 74세였던 어머니는 여러 해 동안 알츠하이머병으로 점점 기억을 잃어 가고 있었다. 쓰러진 지 15분 만에 어머니는 응급의료진의 심폐소생술로 살아나 병원으로 옮겨졌고, 중환자실에서 인공호흡기를 끼고 누워 있게 되었다. 그렇지 않아도 나빠져 가던 뇌가 산소 결핍으로 영구적 손상을 입었으나, 조카의 경우와 마찬가지로 어머니의 모든 생존 메커니즘이 발동하면서 일주일을 더 '사셨다.'

현대 의학의 위대한 성공이 죽음을 더욱 애매모호한 것으로, 많은 경우 환자와 가족을 더욱 고통스럽게 만든 것은 20세기의 아이러니 가운데 하나다. 1세기 전만 해도 어머니와 조카는 더 빨리 인간적 죽음을 맞을 수 있었을 것이다. 오해 없기 바란다. 나는 어머니와 조카가 아직 건강하게 살아있기를 바라며, 위급 상황에 도움을 받을 수 있는 응급센터와 특별처치와 전문 기술을 고맙게 생각한다. 하지만 의료 관리를 받는 죽음의 과정이 어쩔 수 없는 죽음을 어떤 수단을 써서든 연장하는 데만 급급한 것 같다면 죽음을 바라는 게 극악무도한 태도일까? 그러한 생명 연장의 대가로 삶의 '질' 향상이라는 건 없이 고통만 더 늘어날 뿐인 경우가 많다.

우리는 그 어떤 의사도 죽음을 '정복'한 예가 없다는 사실을 잊지 말아야 한다. 죽는 것이 기껏해야 뒤로 미뤄질 뿐이다. 다른 모든 생명체와 마찬가지로 우리는 모두 죽게 마련이다. 아무리 과학적 연구와 효과가 큰 방법이 많다 하더라도 그런 사실에는 변화가 없다. 우리가 급속도로 축적해가고 있는 능력은 피할 수 없는 죽음으로 이어지게 마련인 자연스러운 과정에 개입하여 교란시키는 것이다.

오늘날 의료는 비용이 많이 드는 복잡한 사업이다. 우리는 극적인 외과시술, 진단 기기, 온갖 종류의 강력한 약품을 갖게 되었다. 하지만 영양 상태와 위생이 좋아져 과거의 주요 사망 원인들이 대부분 사라져 버린 사회에서는 새로운 기술 자체가 의사들로 하여금 언제나 드물고 특이한 병을 치료하도록 강요한다. 전에는 2킬로그램이 되지 않는 조산아들이 살아남을 가능성이 적었지만 지금은 대개 살아남는다. 그렇게 되면 1킬로그램밖에 안 되는 조산아가 잠재적인 타깃이 된다. 한때는 치명적이던 선천성 질병들이 신생아나 경우에 따라 심지어 뱃속의 태아에 대한 엄청난 수술로 고쳐지고 있다. 삶의 반대편 끝에서는 심장질환으로 죽기보다는 심장 박동을 유지시켜 주는 기계에 연결된 2미터 길이의 튜브에 구속되기를 더 좋아할 정도로 죽음이 끔찍한 것이 되어 버렸단 말인가?

의료과학이 새로운 기법을 도입하면, 우리는 그것을 거부하거나 물릴 수가 없다. 하지만 나는 서너 번째 간 이식 수술을 받기 전에 죽은 아이들에 대해 쓴 가슴 찢어지는 이야기를 읽을 때면 그 아이를 위해 차라리 잘된 일이라는 생각을 하곤 한다.

죽음의 과정에 개입함으로써 우리는 흔히 우리를 인도해 줄 생물적 모델이 전혀 없는 희한한 상황을 만들어 낸다. 본질적으로 의사는 새로운 종류의 인간을 만들어 낸다. 간단한 예로 이분척추증을 타고난 아이의 두개골 속에 종종 차오르는 물을 빼내기 위해 사용하는 단락(短絡)이란 수술법의 개발을 들 수 있다. 이분척추증인 자기 아이의 두개골에 물이 차오르는 것에 놀란 어느 엔지니어가 개발한 이 방법은 뇌의 손상을 크게 줄여 주고 보기 흉하도록 머릿속에 물이 차오르는 것을 막아 주었다. 이 단락술이 개발되기 전에는 거의 죽던 아이들이 지금은 살아남게 되었다.

이분척추증이 간단한 병이 아니라는 걸 알게 된 것은 이때부터였다. 단락 시술을 받은 아이들의 생존 가능성은 아이들마다 달랐다. 그동안의 경험으로 의사들은 단락 시술의 효능이 척추 장애의 위치·크기·정도에 따라 다르다는 것을 알게 되었다. 그래서 지금 영국의 많은 병원에서는 의사들이 이분척추증 신생아의 정도를 평가하여 등급을 나눈다. 단락 시술을 받고 삶의 질을 높일 수 있는 온갖 처치를 받는 아이들이 있는가 하면, 그냥 죽게 되는 아이들도 있다. 이토록 슬픈 딜레마를 만들어 낸 것은 바로 기술이다.

지금 결정을 내려야 함에도 회피하는 사람들이 많다. 삶의 질은 상관없이 어떻게든 살기만 하면 된다고 생각하는 사람들은 문제가 전보다 훨씬 더 심각하고 까다로운, 기술적으로 복잡한 현실 따위는 아예 신경을 쓰지 않으면 그만이다.

그러나 사랑하는 사람이 삶과 죽음의 기술적 경계에서 생명이 연장되고 있는 모습을 고통스럽게 지켜봐야만 하는 사람들과 의사들은 이 문제를 피해 갈 수 없다.

우리에게 생물을 착취할 권리가 있는가

5

아이들에게 어떤
세상을 남겨줄 것인가

도시의 소비와 유흥의 광란에 사로잡혀 보내는 시간이 많은 도시 사람들은 갈수록 자연 세계와 마주칠 기회가 줄어든다. 심지어 공원조차 야생을 경험하면서 텔레비전·냉장고·소형차 같은 도시의 온갖 편의를 취할 수 있는 곳이 되어 버렸다.

그러니 "누가 자연을 필요로 합니까?"라는 질문을 자주 받게 되는 것도 놀랄 일이 아니다. 그것은 따진다거나 대결하려는 의도가 아니라 악의 없는 의문인 것이다. 그 말은 도시 생활이면 충분하다는 뜻이기도 하다. 다른 사람들, 우리가 만들어 낸 것들, 길들인 몇몇 식물과 동물들, 그리고 많은 해충들에 둘러싸여 있는, 인간이 만들어 낸 환경에서는 우리가 지능 때문에 자연의 한계를 넘어설 수 있게 되었다고 생각하기 쉽다. 하지만 그보다 더 진실에서 벗어난 생각도, 그만큼 위험한 자만도 없다.

인간중심주의와 생물중심주의

우리는 개인적 경험이나 가족, 사회로부터 습득한 개별적 신념이나 가치라는 렌즈를 통해 세상 보는 법을 배운다. 흔히 사람들은 거의 의심받지 않고 널리 받아들여지는 진실이나 가치를 공유한다.

우리는 지각 작용이라는 필터를 통해서 주변 환경을 볼 수밖에 없다. 그런데도 미디어는 '객관'과 '균형'이라는 언론의 이상을 계속해서 선전하고 있다. 저널리스트의 개인적 가치는 선택된 '사실들', 그리고 그것들이 배치되어 이야기를 만들어 나가는 방식에 영향을 줄 수밖에 없다. 균형에 도달하기 위한 최선의 방법은 많은 언론인들이 다양한 세계관을 펼칠 수 있는 환경을 조성하는 것이다.

언론계 사람들이 인간의 관심사, 이를테면 전쟁과 예산 삭감, 스포츠, 오락 따위에 사로잡혀 있는 것은 이해할 만하다. 환경 이야기라고 해도 대개 건강이나 미관, 일자리, 경제를 위해 인간이 치러야 할 비용이나 편익을 다룬다.

야생 서식지가 침탈당하고 생물이 멸종 위기에 처할 때, 그것들을 보존하는 일은 흔히 인류를 위한 잠재적 효용성 때문에 정당화된다. 그런 맥락에서 모든 약의 성분 가운데 4분의 1은 생명체에서 바로 뽑아낸 자연 혼합물이라는 이야기를 한다. 생물이 멸종되면 이용할 수도 있었던 수많은 종류의 물질 또한 사라져 버린다. 또한 야생지가 생태 관광을 통해 수익을 창출하고 정신적 위안을 준다는 주장도 있다.

우리가 가정과 일터에서 이용하는 모든 것, 즉 전기·금속·목재·플라스틱·식량 등은 땅에서 난다. 우리의 경제 시스템은 그것들에 대한 우리의 필요와 그것들의 희소 또는 풍요에 바탕을 두고 있다. 그리하여 오래된 숲이나 산호초, 수계의 미래는 흔히 보호냐 이용이냐에 따른 경제적 수익이라는 가치에 의존한다.

'인류 중심적' 생태 윤리는 환경보호가 결국 우리 자신을 위한 것임을 인식하고 있다. 우리는 생물학적 존재이므로 생존을 위해서라도 주변 환경이 온전해야 하기 때문이다.

생물중심주의라는 대안적 관점이 있다. 『심층 생태학(*Deep Ecology*)』의 공동 저자인 빌 드발은 이것을 다음과 같이 정의한다. "그것은 대자연이 단지 인간을 위한 미적·상품적·오락적 가치라기보다 그 자체의 가치를 갖고 있음을 강조하는 세계관이다. 또 인간이 대자연을 생태계의 일부로서 자신과 동일시하는 능력을 갖고 있고, 동정적인 이해심이 다른 인간뿐만 아니라 대자연과 소통하기 위한 바탕이 된다는 점을 강조하는 세계관이

우리 아이들에게 어떤 세상을 물려줄 것인가

다.” 이는 심층 생태학의 바탕이 되는 기본 신념이기도 하다.

이에 비판적인 사람들은 심층 생태학자들이 같은 인류보다는 다른 생물종을 더 염려하는, 인간혐오증을 갖고 있는 게 아니냐고 흔히 비난한다. 나역시 “그들은 나무나 점박이올빼미는 보호하려고 하면서 사람들이 일자리에서 쫓겨나는 것에 대해서는 관심이 없다”는 소리를 들은 적이 있다.

그런 비난에 대해 미국 시인 게리 스나이더는 이렇게 말했다. “정말 근본적인 환경론자의 입장은 결코 반인간적인 게 아니다. 우리는 인간 조건의 고통이 얼마나 복잡다단한 면모를 갖고 있는지 이해하고 있으며, 거기다가 특정 주요 생물종과 서식지가 얼마나 심각한 위험에 처해 있는지 더알려고 하는 것이다. …… 현재 환경운동계 내부에서 벌어지는 중대한 논쟁은 인간 중심의 자원 관리를 하자는 사람들과 자연 전체의 온전함을 중요한 가치로 인식하자는 사람들 사이에서 벌어지고 있다. 후자인 심층 생태학의 입장은 정치적으로 더 활기 있고, 더 용감하고, 더 유쾌하고, 더 모험적이며, 더 과학적이다.”

우리가 다른 모든 생명체를 지탱해 주는 생물물리적 요인들에 똑같이 의존하고 있다는 것을 깨닫는다면, 그 모든 것을 ‘관리’하는 책임은 끔찍한 부담이 된다. 실제로 그것은 불가능한 일이다. 과학과 기술에서 인상적인 발전을 거듭하고 있다 해도 수계나 숲이나 바다나 대기 같은 복잡한 시스템의 활동을 예측하거나 통제하는 것은 말할 것도 없고 이해할 수 있을 정도의 정보도 전혀 갖고 있지 못하기 때문이다.

인쇄 매체와 전자 매체가 퍼붓는 정보의 포화 속에서, 우리는 흔히 인간

중심주의에서 비롯되는 특유의 편견을 가려내야 한다. 예컨대 대구 어족량의 급격한 감소나 클레요쿼트 만의 오래된 숲의 운명을 둘러싼 논의에서 어업계와 벌목업계, 관광업계, 선주민 공동체들의 '이해 관계자들'은 뒤에 숨은 경제기관과 정치기관이 위기의 원인일 수 있는데도 그들에 대해서는 문제삼지 않거나 바꿀 수 없다고 생각하는 것 같다.

생물 중심적 렌즈를 통해 세상을 보게 되면 우리의 파괴적 행로의 뿌리가 무엇인지 알 수 있다. 그렇게 보는 것이 불편하고 낯설 수도 있다. 그러나 이런 관점에서 본 문제들이 균형적이지 않다거나 편견에 불과하다고 무시해 버릴 여유가 이제 우리에겐 없다.

우리 아이들을 생각하자

환경운동가로서 내가 제일 자주 받는 도전적인 질문은 "제가 당신의 분석에 동의한다 치면, '저는' 무얼 할 수 있을까요?"이다. 우리는 저마다 환경에 대해 다른 수준의 지각과 감수성을 가지고 있다. 하지만 어떤 단계에 와 있든 스스로 배우고 참여해야 한다. 할 수 있는 게 많지만 여기서는 내 개인적으로 이렇게 시작하면 좋겠다 싶은 것을 예로 들어 본다.

먼저 정보를 수집하자. 다양한 환경 문제를 다루고 있는 유익한 단체와 잡지·책들이 많이 있다. 처음인 사람들에게 나는 고전 두 권을 추천하는데, 레이첼 카슨의 『침묵의 봄』과 E.F. 슈마허의 『작은 것이 아름답다』이다.

환경이 날로 나빠지고 있는 현실에 대한 확신을 가지자. 연세 많은 분들에게 어릴 때 숲과 물고기, 공기, 새, 포유류가 어땠는지 물어 보라. 지금 우리의 노년 세대는 세상이 얼마나 많이 변했는지를 증언해 주는 살아 있는 기록이다.

자신이 가장 확고히 믿고 있는 부분들을 다시 살펴보자. 경제가 계속해서 성장하는 것이 우리의 복리를 위해 필요한 일인가? '삶의 질'이란 게 뭔가? 우리가 한 생물종으로서 자연계의 다른 생물들과 맺고 있는 관계는 무엇인가? 우리 정부와 사회의 궁극적인 목적은 무엇인가? 발전이란 무엇인가? 우리 삶에서 정신적 가치는 어떤 자리를 차지하는가? 이런 질문들에 어떻게 대답하느냐에 따라 환경 문제에 어떻게 대처하고 행동하느냐가 결정된다.

일상 활동에서 보존론자가 되자. 유리·종이·화학물질·금속 저장소가 어디 있는지 알아보고 재활용을 하자. 천 기저귀를 쓰자. 차고나 부엌 찬장, 약장에서 쓰고 남은 화학물질을 하수구에 흘려보내지 말고 보관해 두었다가 적절히 처리하자. 음식물 쓰레기는 퇴비로 만들자. 쓰레기봉투 부피가 줄어드는 것을 보고 깜짝 놀라게 될 것이다.

소비자의 힘을 이용하자. 무엇을 사느냐 사지 않느냐로 압력을 행사하자. 환경에 대한 책임 의식이 있는 기업은 칭찬해 주고 그렇지 못한 기업은 비판하자. 일례로 딥우즈(Deep Woods)는 살충제용으로 쓰기 아주 좋은 펌프 스프레이를 만들고 있다. 기계식 펌프로도 좋은 성능을 내는데 왜 에어로졸 스프레이를 써야 하는가? 가게에서 비닐봉투를 쓰지 못하도록 촉구하고, 슈퍼마켓에 일회용 용기나 포장재를 쓰지 말도록 하며, 패스트푸드점에는 음식의 질과 전혀 상관 없는 끔찍스러운 정도로 낭비적인 용기와 포장지 사용을 그만두라고 요구하자. 햄버거 체인점에 가서는 북미산 쇠고기를 쓰는지 물어 보자.

우리 아이들에게 어떤 세상을 물려줄 것인가

이윤 추구가 최상의 가치인 사회의 낭비와 오염은 끝이 없다. 납이 첨가된 휘발유는 사지 말자. 식료품점에 얼려 놓고 쓰는 냉장고의 에너지 낭비를 지적하자. 모든 유리병과 금속용기는 재활용하자. 충치를 늦추는 데 아무 도움이 되지 않는데도 색깔이 화려하다거나 줄무늬가 있다고 해서 치약을 사지는 말자. 현란한 포장에 혹해서 내용물 설명이 충분치 않은 아침식사용 시리얼을 사지는 말자. 유기농산물을 사자. 이런 종류의 권고 사항은 끝이 없다. 자신의 생각과 아이디어를 다른 사람들과 나누자.

시민이자 유권자로서 영향력을 행사하자. 지자체 당국에 모든 쓰레기의 60~70%를 재활용하도록 촉구하자. 어떤 도시든 제대로 처리되지 않은 하수를 강이나 호수나 바다로 흘려보내지 못하도록 하자. 강에든 바다에든 배의 오수를 흘려보내지 못하도록 하자. 사람 몸에서 나온 오수는 농경지의 거름으로 활용하도록 우리가 나서자. 농토를 개발하거나 매립지로 이용하지 못하도록 하자.

실질적으로 산업 오염을 멈추고, 규제를 강화하고, 쓰레기를 줄이는 강력한 법 집행을 요구하자. 오염을 통제하는 데 드는 비용이 너무 많이 든다거나 회사 문을 닫아야 할지도 모른다는 산업계의 악어의 눈물 때문에 오염 규제 조치가 늦춰지지 않도록 하자. 오염을 유발하는 개인이나 기업의 중역에겐 막대한 벌금을 물리거나 실형을 선고할 필요가 있다. 오염자를 찾아내고 체포하는 LA 기동타격대 같은 특별 경찰 조직이 있어야 한다. 차량 배기 가스를 엄격히 통제해야 한다. 대안 에너지, 오염 발각 및 통제, 환경 복구에 관한 연구나 개발 프로그램이 아주 많아져야 한다. 정부는 환경 문제에 접근할 때 각 부처로 쪼개서 관리할 게 아니라 전체적으로 통합해서 보아야 한다. 정치인들은 유권자들의 압력을 피부로 느껴야만 움직인다. 편지·전화·전보 같은 게 아주 효과적이다. 환경 문제에 관해 좋은 업적을 남긴 정치인들은 칭찬해 주자.

선거에 적극적으로 참여하자. 입후보자 대회에 참석하여 입후보자들이 원자력 에너지 대 대안 에너지, 대기오염, 살충제, 그리고 이윤·성장과 환경 파괴의 관계 같은 문제들에 관심을 갖도록 만들자. 어떤 입후보자든 글을 읽고 덧셈을 할 줄 아는 능력 못지않게 환경 문제에 관해 진지한 정강을 갖고 있느냐가 중요하다.

환경단체를 후원하자. 여러 수준에서 싸우고 있는 유능한 환경단체들이 많이 있다. 환경부를 통해 캐나다환경네트워크에 연락하여 캐나다 전역의 단체들을 일람한 다음, 자기에게 맞는 단체를 선택하자. 단체들은 자금, 지지, 자원봉사를 필요로 한다. 내 경우 캐나다북극자원위원회, 산성비연합, 진실규명인터내셔널(Probe International), 에너지진실규명, 오염진실규명, 캐나다환경보호기금, 그린피스, 시셰퍼드소사이어티(Sea Shepherd Society)를 후원한다.

우리 아이들을 생각하자. 역사상 최초로 우리는 생물다양성이 급격히 줄어들고 공기와 물과 흙이 크게 오염된 세상을 아이들이 물려받으리라는 것을 안다. 아이들은 오염과 쓰레기가 부도덕하며 자신들의 적이라는 사실을 배워야 한다. 아이들이 지구상의 복잡한 생물군이 균형을 이룬 풍부하고 온전한 생명의 세상을 바랄 수 있게 되는 것이야말로 사회와 정부가 존재하는 이유다. 사회와 정부는 이윤을 위해 있는 것이 아니다.

지금까지 내가 말한 것들은 그야말로 일부에 불과하다. 그런 행동 하나하나가 세상을 임박한 파국으로부터 구하지는 못할 것이다. 하지만 참여함으로써 우리 스스로가 바뀔 것이고, 새로운 통찰이 생겨날 것이며, 다른 전략을 생각해 낼 수 있을 것이다. 중요한 건 '과정'이다. 희망은 몸부림에서 온다.

아이들에게 어떤 세상을 남겨줄 것인가

생명은 다 소중하다

아이들은 보고 배운다. 부모를 지켜보고 부모의 행동을 금방 따라 한다. 캐나다는 야생지가 대단히 넓은 나라이지만 대부분의 아이들은 도시에서 자란다. 달리 말해 사람들이 구상하여 만들어 내고 지배하는 세계에서 산다. 도시 주변에 있는 농장들조차 인간의 편의를 위해 다듬어지고 꾸며진다. 물론 그것 자체를 잘못이라 할 순 없겠지만 그런 환경에서는 자연과 연결되어 있다는 감각을 잃어버리기가 대단히 쉽다.

도시의 아파트와 주택에서는 바퀴벌레·벼룩·개미·모기·파리가 있으면 대개 살충제를 뿌린다. 쥐가 있으면 쥐약이나 쥐덫을 놓는다. 정원을 가꾸는 사람들은 쑥·민들레·민달팽이·뿌리썩음병과 끝없는 싸움을 벌인다. 우리는 침입자들을 물리칠 각종 현대식 화학 병기를 갖고 있으며, 그것들을 대량으로 사용한다.

우리는 아이들이 진흙탕을 뒹굴거나 물구덩이를 건너갈까 봐 걱정이다.

'더러워'지기 때문이다. 아이들은 태도와 가치를 빨리 배우는데, 도시에서 배우는 것은 분명하다. 자연은 적이라는 것, 자연은 더럽고 위험하며 역겹다는 것이다. 그래서 아이들은 스스로 자연과 담을 쌓고, 자연을 통제하려 한다. 나는 뱀, 거미, 나비, 벌레, 새 ─나열하자면 끝이 없다─를 혐오하는 어른들이 많은 것을 보고 깜짝 놀랐다.

하지만 인간은 지구상에서 존재해 온 기간의 99% 동안, 자연을 존중하고 자연에 의지하며 살았다. 식물과 동물이 풍부할 때면 우리도 번성했다. 가뭄과 기근이 닥치면 우리의 수는 그만큼 줄었다. 우리는 지금도 그에 못지않게 의존적인 존재다. 에너지의 광자(光子)를 당(糖) 분자로 모으고, 공기를 정화하고 산소를 보충하기 위해서는 식물이 필요하다. 자연 그대로의 생태계에 우리가 의존하고 있다는 사실을 잊는다는 것은 어리석은 일이다. 그런데 우리 아이들에게 자연 세계를 무서워하고 혐오하도록 가르치면서 그런 우를 범하고 있다. 도시 아이들이 얻는 메시지는 아이들이 타고난 것, 즉 다른 생명체에 대한 자연스러운 관심과는 정반대의 것이다. 꽃이나 개미를 처음 보는 아이를 잘 살펴보기만 해도 알 수 있다. 보는 순간 매혹되면서 관심을 갖는 것이다. 우리는 그런 것들을 구조적으로 빼앗아 버리고 있다.

나는 그와 같은 사실을 열 살 된 딸이 집에 새 친구들을 데리고 올 때마다 확인한다. 그들은 딸이 아끼는 애완동물─예쁜 도롱뇽 세 마리─을 보여 주려고 하면 겁을 내거나 징그러워하면서 진저리를 친다. 여섯 살 된 딸이 자기 보물─앞뜰에 줄지어 있는 돌덩이 밑에서 주워 온 노래기·거미·민달팽이·쥐며느리—을 갖고 돌아다니면 아이 어른 할 것 없이 "으악" 소리를 내지른다.

그런 태도가 얼마나 비극적인지는 아무리 강조해도 지나치지 않다. 이런 시각에는 인류가 특별하고 다른 존재이며, 우리가 자연 밖에 존재한다는 시각이 깔려 있다. 하지만 오늘날 수많은 환경 문제를 일으키는 것은 바로 이런 믿음이다.

도시와 기술이 있는데 우리가 자연에서의 우리 위치를 자각하느냐 마느냐가 중요한 문제일까? 그렇다. 여러 가지 이유에서 중요하다. 사실상 모든 과학자는 아이들처럼 자연에 매료되었으며, 그런 호기심을 평생 간직한 사람들이었다. 그보다 더 중요한 이유는, 우리가 다른 모든 생명체들과 이어져 있다는 영적 감각을 갖고 있다면 우리의 행동 방식이 그것의 영향을 받지 않을 수 없기 때문이다. 해질녘 아비새의 노랫소리, 가을철 다른 곳으로 떠나는 어마어마한 물새떼, 수천 킬로미터를 돌다 회귀하는 불굴의 연어들……. 이러한 자연 현상은 우리에게 영감을 주어 음악·시·미술을 창조하도록 했다. 우리가 얼마 남지 않은 캘리포니아콘도르나 흰두루미를 지키려고 애쓰는 것은 생태계 와해가 두려워서가 아니라 우리 손에 다른 종들이 사라져 버린다는 것이 어딘가 불경스럽고 끔찍하기 때문이다.

아이들이 우리 인간도 동물이라는 사실을 이해하면서 자란다면 동료 의식이나 공동체 의식을 갖고 다른 종들을 보게 될 것이다. 아이들이 자신들의 생태적 위치와 생물권을 이해한다면 브리티시컬럼비아나 아마존의 오래된 숲들이 베여져 나가는 모습을 보면 자신의 몸이 베이는 듯한 고통을 느낄 것이다. 나무들이 자신의 연장이라는 것을 알기 때문이다.

아이들이 생태계 내에서의 자기 위치를 알고 공장이 공기·물·흙에 독을 배출하는 것을 본다면, 누군가가 자기 고향을 범했기 때문에 아픔을 느낄 것이다. 이것은 미신 숭배가 아니다. 우리는 생태계 내 위치에 대한 감각을 잃어버림에 따라 모든 유기체를 지속시켜 주는 생명 부양 시스템을 오염시켜 버렸다. 부모들은 자신들이 아이들에게 가르치고 있는 무언의 부정적인 것들이 어떤 것인지를 알아야 한다. 그렇지 않으면 아이들도 우리처럼 계속해서 지구를 더럽힐 것이다.

자기도 모르게 아이들이 배우게 되는 것을 피하기란 쉽지 않다. 나는 두 딸이 큼지막한 거미를 들고 나타나거나, 웅덩이에서 나올 때 거머리를 뒤집어쓰고 있거나, 음식물 쓰레기를 먹고 사는 말벌에 쏘였을 때, 나도 모르게 너무 놀라거나 징그러워하는 모습을 보이지 않으려고 애를 썼다. 아이들이 다른 생명체를 사랑하고 존중하도록 가르치려는 노력은 더없이 귀한 일이다.

방아깨비 알아, 연필이 돼보라

오늘날 도쿄는 사람들과 차들이 빼곡한 콘크리트 빌딩과 도로로 악몽과 같은 곳이 되어 버렸다. 공기가 눈에 보일 정도로 나쁘고 목구멍에 컥컥 걸린다. 강물은 도로 옆으로 낸 콘크리트 제방을 따라 흐르도록 길들여졌다. 다른 생물종들에게는 적대적인 영역, 인간만을 위한 서식처가 되었다. 이곳 도시에 사는 사람들은 캐나다인들은 대부분 당연한 것으로 여기는 자연이나 야생지와 단절되어 있다. 자연과 친밀하게 지내지 않다 보면 자연에 대한 범죄를 경제 발전이나 기술 발전과 혼동할 수 있다.

8년 전 나는 도쿄에서 아주 놀라운 초등학교 3학년 교사를 만난 적이 있다. 도리야마 도시코라는 이 교사는 자기 학생들 대부분이 자연과 워낙 동떨어져 살다 보니 물고기가 평생을 스티로폼이나 비닐포장지 안에서 산다고 생각한다는 말을 했다! 슬프게도 나 역시 햄버거 고기나 비엔나 소시지가 한때 동물의 근육이었다거나, 포테이토칩과 빵의 성분이 한때는 땅에서 자라던 것들이라는 사실을 모르는 캐나다 아이들을 만난 적이 있다.

그 도리야마를 이곳 도쿄에서 다시 만났다. 그녀는 30년 교직 생활을 끝내고 20세기 초 일본의 대표적 시인이었던 미야자와 겐지의 저술을 바탕으로 한 새로운 종류의 학교를 만들고 있는 중이었다. 미야자와는 자연의 신비와 상호 연결성에 대한 경이로운 유산을 남긴 인물로, 그의 불교적 세계관에서는 모래 한 알에서부터 빗방울, 곤충, 식물 등에 이르기까지 모든 것이 촘촘한 '그물(인드라망)'로 연결되어 있다. 이 잘 짜여져 있는 그물은 어디가 조금만 훼손되어도 구멍이 나버리면서 제 역할을 할 수 없게 된다. 도리야마가 얻은 교훈은 이런 이미지에 바탕한 것이다.

도리야마의 가장 효과적인 교육 수단은 아이들 각자의 상상력이다. 상상 수업에서 아이들은 눈을 감고 도리야마의 목소리, 음악, 소음, 침묵에 귀를 기울인다. 그녀는 아이들에게 자신이 방아깨비의 알이 되었다는 상상을 하라고 한다. 아이들은 알을 깨고 나오려고 몸부림을 치고, 새로운 세상을 내다보고, 포식자의 위험과 식량의 필요성을 알게 되고, 짝을 찾고, 마침내 죽음을 맞이하게 된다. 곤충의 일생을 통해 아이들은 모든 생명체가 보편적으로 겪는 변화를 경험하는 것이다. 이런 상상 연습을 한번 하고 나면 아이들은 대단히 활력에 넘쳐 새로운 통찰에 대해 읽고 쓰게 된다고 도리야마는 말한다.

"아이들은 사물을 당연한 것으로 받아들이면 무언가에 대해 충분히 생각하지 않게 됩니다. 한 예로 연필을 자주 잃어버리지요. 그래서 저는 아이들에게 연필이 되는 상상을 해보라고 합니다." 그녀는 연필의 각 부분—나

아이들에게 어떤 세상을 남겨줄 것인가

무, 고무, 페인트, 금속, 납—을 들어 아이들에게 그것들의 본래 상태로 돌아가 보라고 한다. 예를 들어 아이들은 나무에 대해서는 그것이 자라던 숲에서 나무로 산다는 상상을 해보고, 어떻게 베여져서 이동되고 처리되는지를 생각해 보는 것이다.

아이들은 100년 전에 처음으로 파리에서 연필을 사서 일본으로 가져온 사람을 통해 역사를 공부한다. 결국 이렇게 배운 것들은 연필 공장에 가서 보게 되면 더 확실해진다. 아이들은 연필의 가치를 알게 되면서 그것을 귀하게 여기고 아껴 쓰게 된다.

도리야마는 물의 생태를 가르치기 위해 아이들에게 바닷물이 되어 하늘로 증발해 보라고, 빗물이 되어 강이나 호수로 내려가 보라고, 그리고 자기 몸 속 수분의 일부가 돼보라고 한다.

가장 극적인 가르침은 먹을거리에 대한 것이다. 그녀는 수업 시간에 닭을 한 마리 가져와서 죽이기도 하는데, 많은 아이들이 놀라서 질색을 한다. 죽인 닭은 털을 뽑고 씻어서 토막을 낸 다음, 요리를 해서 먹는다. 아이들은 또 돼지가 되는 상상을 해보기도 한다. 어미 뱃속의 태아에서 시작하여 태어나고, 자라고, 죽는 상상을 해보는 것이다. 아이들은 양돈장에 가서 돼지들이 시장에 보급되기까지 어떻게 길러지는지를 살펴보고, 도살장에 가서 돼지가 어떻게 죽임을 당하는지 본다. 이는 우리가 살기 위해 다른 생명체에 얼마나 의존하는지를 실감하게 해주는 강렬한 체험이 된다.

이제 52세인 도리야마는 지구의 심각한 상태를 생각하면 절망을 느끼지 않을 수 없다고 한다. "마지막 수업 때 아이들한테 앞으로 8년 뒤 공기가 더 깨끗해질 거라고 생각하면 손을 들어 보라고 했죠. 아무도 손을 들지 않더군요. 그래서 이렇게 물어 봤습니다. '그럼 더 지저분해 것 같은 사람은?' 그러자 전부 손을 들더군요. 숲이나 바다나 강에 대해 물어 봐도 다 마찬가지였습니다. 아이들이 깊이 절망하고 있다는 이야기지요."

환경 파괴에 대해 도리야마는 이렇게 말한다. "우리 인류는 이런 경험을 해본 적이 없습니다. 그러니 아이들은 뭘 어떻게 해야 하는지 배우지도 못하고 이 험난한 시절을 보내야 합니다. 얼마나 고통스러울까요. 그래서 저는 어른들에게 깨어나라고 말하고 싶어요. '포기하지 마세요. 우리 함께 노력해 봅시다'라고요. 어른들은 아이들을 학교에 보내기 위해 열심인데, 대체 무엇 때문에 그 야단들일까요? 우리가 사는 땅의 건강을 위해 일하는 것보다 더 중요한 게 있을까요?"

하이테크의 미래와 세계화 경제에서의 경쟁을 위해 학생들을 준비시키는 교육은 우리의 생존과 삶의 질이 우리가 작정하고 파괴하고 있는 듯한 지구 생물권의 온전함에 전적으로 달려 있다는 사실을 망각하고 있다. 도리야마의 학생들은 정말 중요한 게 무언지 알고 있다.

황무지가 돼버린 학교 운동장

어릴 때 가기만 하면 경이롭고 신비롭고 안전하다고 느꼈던 특별한 곳이 있었는가? 이것은 브리티시컬럼비아대학 교육학과 교수인 게리 페닝턴이 '배움의 터—학교를 자연화하기' 란 제목으로 밴쿠버에서 열린 회의에서 200명의 청중에게 던진 질문이었다. 잠시 뒤 누군가가 "체리나무요!"라고 큰 소리로 대답하자 줄줄이 답이 쏟아져 나왔다. "도랑", "늪", "할아버지네 정원", "모래언덕" 등등. 그런 마술적인 곳들 가운데 상당수는 더 이상 존재하지도 않는다.

캐나다가 특별한 땅인 것은 도시 때문도, 쇼핑플라자 때문도, 건물 때문도 아니다. 북극의 잊혀지지 않는 장관, 끝없이 펼쳐진 대평원의 지평선, 봉긋봉긋 솟아 있는 아주 오래된 우림지대, 가을 단풍의 정취 때문이다. 이런 것들이 우리의 미술·시·춤·음악에 영감을 불어넣어 주고, 캐나다 사람들은 야외 생활을 즐기는 사람들이라고 외국인들이 부러워하게 만든 것이다.

우리 아이들에게 어떤 세상을 물려줄 것인가

하지만 우리는 대부분 도시에 살기 때문에 자연으로부터 멀리 떨어져 있다. 그래서 자연을 경험하려면 애써 노력을 해야 한다. 밴쿠버에서 열린 이 모임은 도시 아이들이 어린 시절 많은 시간을 보내는 학교에 관심을 기울임으로써 아이들의 생활에 자연을 되돌려주기 위한 방법을 찾아보려는 시도였다.

우리 아이들이 초등학교에 다닐 때, 아내 타라와 나는 조수가 아주 낮을 때 해변으로 떠나는 여행팀을 조직하곤 했다. 많은 아이들이 해안이 가장 빼어난 도시에 살면서도 바닷가를 돌아다니거나, 돌덩이를 뒤집어 보거나, 썰물 때 생기는 웅덩이에 발을 담가 보는 게 처음이었다. 바닷물에 손을 담그거나 말미잘이나 게를 만져 보는 걸 무서워하는 아이들도 있었다. 하지만 어김없이 호기심이 조심스러움을 극복하여, 아이들은 이내 웅덩이에 뛰어들어 이런저런 발견의 즐거움에 빠져들었다.

그래서 학교 운동장이 중요한 것이다. 학교 운동장은 계절의 변화와 1년 내내 식물이 어떻게 변해 가는지를 관찰하고, 곤충과 식물과 새와 흙이 어떻게 서로 의존하는지를 직접 눈으로 볼 수 있는 기회를 제공할 수 있다. 학생들은 공기와 물과 흙이 서로 연결되어 있음을 볼 수 있고, 개구리와 곤충이 얼마나 놀라운 변신을 하는지 목격할 수 있다. 학교 운동장에서 아이들은 실제로 채소와 꽃을 가꿀 수 있으며, 점심을 먹고 남은 음식물 쓰레기를 퇴비로 만들면서 먹을 것과 흙 사이에 어떤 관계가 있는지를 배울 수 있다.

그러나 학교 운동장은 좀처럼 놀이와 발견의 기쁨을 누릴 수 있는 장이 되지 못한다. 대신에 소송이 무서워서, 사고가 무서워서, 모르는 사람이 숨어 있을까 봐 무서워서 지금처럼 만들어지고 있다. 물론 그런 염려는 고려해야 한다. 하지만 그것이 학교 운동장의 디자인을 결정하는 첫 번째 고려 사항이 되어서는 안 된다.

이날 모임에서 공원위원회 위원으로 있는 사람이 학교 운동장에서 클로버를 없앤 이유가 아이들이 교실에 날아 들어오는 꿀벌에 쏘일지도 모른다고 어느 교사가 불만을 제기했기 때문이라고 말했다. 하지만 꿀벌은 침을 쏘고 나면 죽기 때문에 목표물을 계속 쫓아가는 것도 아니고, 아이들은 꿀벌을 존중해야 하며 그들이 중요한 일을 할 때 훼방 놓지 말아야 한다는 것을 금세 배우게 된다. 우리 아이들의 학교 운동장은 거친 자갈로 덮여 있었기 때문에 풀이 있어 벌에 쏘이는 것보다 훨씬 더 많이 살갗이 찢기고 긁히는 일이 많았다. 지금 운동장의 흙은 몇 년 동안 식물이 자라지 못하도록 화학약품을 듬뿍 뿌린 유독한 황무지다.

야외 환경은 환희와 즐거움의 장, 놀라움과 지속적인 자극의 장이 되어야 한다. 올챙이와 개구리가 가득한 연못, 타고 오르기 좋게 낮게 드리워진 가지가 있는 나무, 키 작은 꽃나무와 먹을 수 있는 과실나무, 나비와 딱정벌레를 불러들이는 야생 식물들보다 더 신나는 게 무엇이겠는가? 알레르기니 벌이니 미끄러져서 다치기 쉽다느니 술주정뱅이나 변태들의 공격을 당하기 쉽다느니 하는 이유로 학교 운동장을 불모지로 만들 필요는 없다.

학교 터는 갈수록 주차장이다 창고다 특별한 놀이터다 해서 공간을 잠식당하고 있다. 남은 공간이라도 아이들이 살다가 나중에 추억으로 간직할

우리 아이들에게 어떤 세상을 물려줄 것인가

수 있는 곳이 되어야 한다. 지금 아이들은 자연을 무서운 것으로만 배우고 있기 때문에 우리는 화학약품으로 풀과 벌레를 공격하는 것이다. 흙이 '더러운' 것이니 아스팔트나 자갈로 덮는 것이다. 야생이 거칠고 위험하니 약하고 의존적인 풀만 선호하게 된다. 그래서 아이들이 자연의 필요를 거의 느끼지도 못하고 자연으로부터 거의 배우지도 못하는 것이다.

학교 운동장을 푸르게 만드는 일은 지구상의 나머지 생명들과의 관계를 새로 정립하는 데 반드시 필요한 태도 변화를 반영한다. 에버그린기금은 도시 지역을 푸르게 만드려는 시도를 하고 있는 단체의 하나다.

아이들에게 어떤 세상을 남겨줄 것인가

보이지 않는 문명

아메리카 선주민들로부터 자연 세계와 우리의 관계를 배우려면, 먼저 그들이 존재한다는 사실을 인정해야 한다. 우리 대부분에게 그들은 보이지 않는 존재이기 때문이다.

한 라디오 리포터가 브리티시컬럼비아 북부 지역의 초기 정착자 한 사람과 인터뷰를 했다. 이 노인은 그곳에 처음 도착했을 때 "이곳에 아무도 없었다"면서 "'인디언 몇 사람' 뿐이었다"고 혼잣말처럼 덧붙였다. 이제 나는 이 노인이 그곳에 유럽 출신이 아무도 없었다는 뜻으로 말한 줄 안다. 그의 말을 들으니 랄프 엘리슨의 고전소설 『투명인간』이 생각났다. 엘리슨의 책은 미국에서 흑인들이 어떤 일을 겪을 수 있는가에 대한 매우 신랄한 비판을 담았는데, 그 중에서 가장 비인간적인 일은 흑인들이 백인들 대부분에게 보이지 않는 존재라는 점이었다.

1988년 5월 5일, 브리티시컬럼비아의 산림청 장관 데이브 파커는 스타인 계곡의 미래에 관해 협상을 하기 위해 브리티시컬럼비아 주 내륙에 사는 한 선주민 집단과 만났다. 리턴 인디언 부족의 추장인 루비 던스탠은 자신들의 요구가 계속해서 무시되거나 경시된 사례를 여러 가지 들었다. 그러면서 "우리가 '보이지도 않는' 것처럼 우릴 다루지 말아요! 우리도 인간입니다"라는 탄원으로 말을 맺었다.

파커의 반응이 놀라웠다. 그는 불쾌하다는 듯 벌컥 화를 내면서 "당신이 방금 한 말은 대단히 유감이오. 역인종 차별이란 게 있다는 걸 아시겠지요"라고 했다. 인간으로 대우해 달라는 던스탠 추장의 부탁을 장관이 이상하게 듣고 모욕적인 반응을 보인 것이다.

엘리슨의 소설에서처럼 캐나다의 선주민들은 정부의 통계가 아니면 존재하지 않는 것 같다. 유럽인들이 북미에 도착했을 때 대륙은 이미 풍요롭고 다양한 문화를 가진 토착민들이 살고 있었다. 그런데도 캐나다 사람들은 프랑스인과 영국인이 "'건국' 한 두 민족"이라고 말한다. 이미 번성해 있던 선주민들의 존재 자체를 이렇게 부정하는 자세는 우리 역사책의 피상적인 서술로 더욱 강화된다. 역대 정부는 하나같이 선주민들을 조직적으로 억압하고 착취했으며, 그들의 문화를 파괴했고, 토착민의 이름으로 살고 싶다는 권리를 부인하거나 눌렀다.

유럽인들과 접촉한 이래 선주민들의 역사는 오늘날까지 비극의 연속이다. 수렵하고 채집하며 살던 전통적 생활 방식을 버리고 영구 정착을 하도록 강요당했고, 아이들은 집에서 수백 수천 킬로미터 떨어진 도심으로 가서 교육을 받아야 했다. 거기서 아이들은 자기 문화를 부끄러워하도록 만

아이들에게 어떤 세상을 남겨줄 것인가

드는 교육을 받았고, 자기네 말을 쓰면 벌을 받았다. 그리고 그들의 가장 중요하고 신성하기까지 한 문화 활동—포틀래치(부족 내 또는 부족 간의 선물 증여 잔치-옮긴이), 북소리, 춤, 신앙, 토착 의술, 심지어 사냥과 수렵까지—을 불법화했다. 질병으로 초토화되고, 가진 것을 빼앗기고, 야생지에서 쫓겨나 전통적 생활 방식을 포기해야만 했던 토착민들은 오늘날 캐나다 사회 계층 가운데 최하층을 이룬다. 캐나다 전역에 있는 선주민 공동체들이 알코올중독과 실업, 자살, 성적 학대, 범죄에 시달리고 있다는 사실은 별로 놀랄 일도 아니다. 이러한 부정적 이미지는 전자·인쇄 매체의 지속적인 보도로 갈수록 강화되고 있다.

얼마 전, 토착민들 자신이 의뢰해서 만든 캐나다 선주민에 관한 영화를 보았다. 그들은 미디어에서 흔히 보던 판에 박힌 모습과는 완전히 다른 존재였다. 영화에서 선주민들은 자기 자신에 대해서, 그리고 자신들의 생각과 장벽과 목표에 대해 이야기했다. 텔레비전 상영 여부를 검토하기 위해 이 영화를 본 미디어 관계자들의 반응은 시사하는 바가 크다. "멋지게 찍긴 했는데 너무 편파적이다"는 게 일반적인 반응이었다. 영화에서 한 선주민이 연어가 자기네 문화의 중심이기 때문에 연어를 보존하는 일이 시급하다는 이야길 하는 걸 보고 한 텔레비전 방송가의 중역은 코웃음치며 말했다. "저 사람들이 자기네가 생태에 대해 뭘 좀 안다고 우리한테 하는 소린가?" 또 한 사람은 이렇게 말했다. "인디언들에게 연어를 맡겨 두면 한 마리도 남지 않을걸." 다른 사람은 이런 말을 했다. "여자들은 너무 뚱뚱하고 남자들은 너무 하얘." 영화에서 내레이터가 "이곳 강둑을 따라 9000년을 거슬

우리 아이들에게 어떤 세상을 물려줄 것인가

러 올라가는 고대의 문명이 남아 있다"고 하자, 어떤 사람이 끼어들며 한마디 했다. "저 사람들은 정착해서 살지 않았으니까 문명이라는 말을 쓰면 안 될걸."

이런 반응에는 자기들은 진실이 무엇인지, 원주민들을 어떻게 묘사해야 하는지 안다는 가정이 깔려 있다. 그러나 객관적이거나 균형 잡힌 언론 보도 따위 없다. 전세계의 모든 사람들은 유전과 개인적 경험, 문화적 분위기에 의해 만들어진다. 이들 요인은 우리의 가치와 신념뿐만 아니라 주변 세계를 인식하는 방식까지 결정한다. 이런 주장은 쉽게 확인할 수 있다. 이란인과 이라크인, 북아일랜드 가톨릭교도와 신교도, 남아프리카공화국 백인과 흑인, 이스라엘인과 팔레스타인인에게 일련의 사태를 각각 어떻게 보는지 물어 보기만 해도 알 수 있다.

요는 우리가 개인적 세계관이라는 렌즈를 통해 우리의 경험을 편집한다는 것이다. 사람들이 언론계에 들어간다고 해서 현실에 대한 주관적 조작이 갑자기 없어지는 건 아니다. 사람이란 자기가 본 것을 이야기할 때 어쩔 수 없이 개인의 우선 관심사와 지각, 편견을 덧씌우게 마련이다. '그게 사람들이 아는 전부'이기 때문이다. 뉴스 진행자들에게도 온갖 편견이 내재되어 있다. 우리가 그런 편견들을 제대로 알아보지 못하는 건 그것들이 우리 사회에서 지배적인 시각이기 때문이다. 하지만 러시아나 중국에서 온 사람들에게 물어 보면 그런 편견을 금세 알아볼 것이다.

선주민들이 미디어의 일부가 아닌 한, 그들은 사회의 나머지 사람들이 보고 싶은 대로 그려질 것이다. 최소한 언론이 선주민들을 조금이나마 덜

안 보이도록 하려면 선주민들이 그들의 관점에서 보도할 수 있도록 해주어야 한다.

언론인들은 흔히 보도에서 객관성을 최상의 목표로 내세운다. 몇 년 전 〈글로브 앤 메일〉의 가장 존경받는 기자 한 사람이 내가 어느 정당을 공개적으로 지지했다고 해서 나를 맹비난했다. 내 행동이 방송인으로서의 객관성을 해쳤다는 이유에서였다. 또 반핵 운동과 관련된 청원서에 서명을 했다는 이유 CBC의 경영진 한 사람이 핵 문제에 관해 내가 신뢰감을 잃은 듯하다고 했다는 소리를 듣기도 했다.

'객관적 저널리즘'이란 게 정말 있다면 보도를 여성들이 하든 명백한 인종 집단 사람들이 하든 아무 상관이 없을 것이다. 마찬가지로 '객관적'이기만 하다면 중상층 백인 남성 기자가 압도적으로 많은 것도 아무 상관이 없을 것이다.

대부분의 보도가 진정으로 객관적이라면 캐나다 인쇄·전자 매체가 꼭 있을 필요도 없다. 기자들이 그냥 사실을 목격하고 객관적으로 전달한다면 뉴스 출처가 어디든 전혀 문제되지 않는다. 물론 이런 소리는 웃기는 이야기다. 우리가 CBC나 국립영화위원회, 캐나다 잡지와 신문들을 가치 있게 여기는 것은 이들이 이 나라 문화 내부의 관점을 제시해 주기 때문이다. 그 누구도 유전이나 개인적·문화적 경험의 제약으로부터 자유로울 수 없다.

완전한 객관성이란 모든 활동 중에서 가장 합리적이고 객관적이라는 과학에서조차 존재하지 않음을 보여 주는 증거가 얼마든지 있다. 과학의 대

우리 아이들에게 어떤 세상을 물려줄 것인가

중화에 크게 기여한 하버드대학의 스티븐 제이 굴드는 『인간에 대한 오해 (*The Mismeasure of Man*)』라는 제목의 놀라운 책을 썼는데, 여기서 그는 인간 뇌에 관한 과학 연구의 역사를 기술하면서 현재의 신념과 태도가 제기되는 질문과 수행되는 실험의 종류뿐만 아니라 결과가 해석되는 방식에도 영향을 끼친다는 것을 보여 주었다.

한 예로 뇌의 크기가 지능과 상관이 있다고 믿던 때에는 과학자들이 흑인의 뇌가 백인 뇌보다 작다는 증거를 수집했다. 수십 년 뒤 굴드 박사는 똑같은 두개골의 용량을 측정해 본 결과 통계적으로 유의미한 차이를 전혀 발견할 수 없었다. 그 무렵에는 뇌의 크기가 지능의 지표가 될 수 없다는 사실이 이미 명백해진 상태였다.

비슷하게 굴드 박사는 어떻게 해서 과학자들이 한때 지능이 뇌의 어느 특정 부위와 정확히 1대1로 대응하는지 꼭 집어서 말할 수 있다고 믿었는지를 설명해 준다. 과연 비교해 본 결과 여성 뇌의 그 부분은 남성 뇌의 그 부분보다 상당히 작았다. 몇 년 뒤 뇌의 그 특정 부분이 지능과 아무 상관이 없다는 사실이 밝혀지고 나서 데이터를 다시 검사해 보니 차이가 별로 없음이 드러났다.

우리는 주변 세계를 인식하는 유전적·문화적 '필터'를 습득한다. 나는 1987년에 스타인 강 유역에 갔다가 그런 필터의 힘에 압도당했다. 당시 나를 초대한 릴루엣 인디언 부족과 함께 헬기를 타고 갔는데, 그는 조상들이 묻힌 땅이며 그의 부족과 이웃 부족 사이에 전쟁이 벌어진 곳, 조상들의 사냥터를 손으로 가리켰다. 헬기 조종사는 내게 일주일 전에 같은 지역에 산

아이들에게 어떤 세상을 남겨줄 것인가

림 전문가들을 여럿 태워다 줬는데, 그들이 한 이야기란 일자리 수니, 그해 벌목을 얼마치 했느니, 베어낸 나무로 이익을 얼마나 냈다느니 하는 것뿐이었다고 말했다. 산림 전문가들과 선주민들은 같은 장소를 바라보았지만 그들이 '본' 세계는 전혀 달랐던 것이다.

이제 선주민들이 왜 그들 고유의 가치와 문화라는 렌즈를 통해 스스로를 보는 수단을 가져야 하는지를 알 수 있을 것이다. 그렇지 않다면 그들은 선주민이 아닌 언론인들이 만들어 낸 것에만 의존해서 살아야 한다.

그런데 사실 내가 그들을 지원하는 데는 훨씬 더 이기적인 동기가 있다. 나는 북미 사람들이 동양 종교와 아프리카 문화의 정신적 가치를 탐구하면서도 정작 우리 마음속에 있는 중요한 관점을 무시하고 있다고 생각한다. 캐나다의 선주민들이 자연에서 자신들이 차지하는 위치를 보는 눈은 선주민이 아닌 사람들이 보는 관점과는 대단히 다르다. 그런 방식이 지난 몇 세기 동안 무참히 짓밟혔는데도 그들은 여전히 그러한 관점을 고수하고 있다. 선주민의 관점을 통해 비선주민들은 자신들의 가정과 믿음을 다시 평가해 볼 수 있다. 우리의 강점과 결점을 진정으로 인식할 수 있는 길은 비교적 관점에서만 가능하다. 그러기 위해서는 고도의 객관적인 보도라는 게 있다는 신화를 포기하고, 우리에게 어쩔 수 없는 편견이 있다는 사실을 인정해야 한다.

아이들에게 어떤 세상을 물려줄 것인가

북미와 남미, 아시아, 오스트레일리아에 사는 토착민들과 10년 넘게 활동해 오면서 나는 우리 사회를 아주 다른 눈으로 되돌아볼 수 있는 기회를 갖게 되었다. 1990년에 가족과 함께 여름 마지막 한 주를 하이다 사람들이 태곳적부터 살아온 땅의 북쪽 끝자락에서 지냈다. 그들은 이곳을 '하이다그와이'라 불렀다. 이곳에 새로 온 사람들은 퀸샬럿 제도라 이름 붙였다. 캐나다 서부 끝자락, 알래스카와 지척에 있는 이 외딴 군도는 캐나다의 갈라파고스 제도라 부를 정도로 동식물의 풍부한 보고다.

우리는 야쿠 바로 동쪽 키우스타라는 오래된 마을에 있는 새로 지은 롱하우스(인디언의 일자형 공동주택—옮긴이)에 묵었다. 이곳은 오래된 장대들이 아직 남아 있어, 한때 번성했던 위대한 문명이 있었음을 말없이 증언해 주었다. 타렁슬렁에 있는 반도에는 새로 지은 하이다 롱하우스 세 채가 원시 그대로의 해변을 지켜 주고 있었다. 이곳에 오면 아무리 일중독자라 해도 자신의 속도를 주변 환경의 리듬에 맞추게 되어 있다. 자신을 돌아볼 시간을 갖게 되는 곳이다.

한때는 활기찬 사람들의 북소리와 노랫소리가 울려 퍼졌지만 지금은 굽은 나무와 이끼 덮인 윤곽만이 장대와 롱하우스의 자취를 드러내는 땅을 걷자니 등이 욱신거리는 것 같았다. 하이다 사람들은 얼마 전까지만 해도 이 제도 곳곳에 수십 군데의 정착지와 수백 군데의 임시 거처를 가지고 있었다. 그런데 1800년대 말에 휩쓴 천연두로 불과 몇 년 만에 주민 80~90%가 목숨을 잃는 엄청난 재앙을 당했다. 아무리 튼튼한 사람이라도 천연두라는 낯선 전염병에는 어린애나 노인처럼 속수무책이었다. 살아남은 사람들이 조금 있긴 했지만 공동체의 뼈대가 처참하게 무너져 내리는 꼴을 보고 어찌 미쳐 버리지 않을 수 있었을까? 오늘날 천연두는 근절되었고, 기적적으로 하이다 생존자의 후손들이 두 마을을 이루어 살면서 고유의 문화와 자신들의 존재가 사라지지 않았음을 알려 주고 있다. 새로 지은 롱하우스가 그것을 보여 주고 있다.

랑가라 섬과 키우스타를 나누는 좁은 해협에는 스포츠 낚시용으로 지은 거대한 수상 별장이 들어서 있다. 하이다 사람들은 일대의 연어 어족량을 관리하기 위해 스포츠 낚시 어획량을 줄일 것을 요구하는 계획을 세웠다. 이 계획은 작은 수상 별장이나 트롤어선 주인들 대부분으로부터 지지를 받았다. 그리하여 물고기에 관한 한, 모든 섬사람들은 재생 가능한 어자원 보존 계획을 진행할 수 있게 되었다.

태평양은 타렁슬렁에서부터 일본까지 이어져 있다. 그런데 이곳 해변 곳

우리 아이들에게 어떤 세상을 물려줄 것인가

곳에도 현대 사회 특유의 쓰레기—온갖 종류의 플라스틱과 유리병, 밧줄 등—가 흩어져 있다. 이것만 보아도 지구는 하나의 개체이며, 우리는 쓰레기를 없앨 수 없고 단지 옮길 수 있을 뿐이라는 사실을 다시 확인하게 된다.

키우스타 주변의 숲과 바다에는 온갖 생물들이 산다. 우람한 우림지대의 나무들은 아직 인간의 손을 타지 않았다. 만에는 비가 와서 강물이 불어 나기를 기다리는 분홍연어가 가득하고, 개연어도 막 도착하려 한다. 파도가 치면 동물 먹이사슬의 맨 밑바닥에 있는 조그만 새우 같은 것들이 우르르 쏟아진다. 바다에 나가면 바다오리·바다쇠오리·갈매기와 같은 새가 구름처럼 몰려들어 엄청난 동갈치떼를 잡아먹는다. 블랙배스 같은 물고기들도 퍼덕이며 이들 먹이를 잡아먹는다. 물론 수상 별장에서는 낚시꾼들이 싱싱한 연어를 엄청나게 낚아 올리고 있다.

이처럼 하이다그와이는 무한히 풍요롭다는 느낌을 주지만 이미 변화가 시작되고 있었다. 열도 중간 곳곳에 대규모로 모두베기를 한 숲이 눈에 띄었다. 전복은 급속히 고갈되고 있고, 코끼리조개라고 불리는 커다란 백합조개가 해저에서 싹쓸이하다시피 해서 일본으로 팔려 나가고 있지만, 과학자들은 아직 이들의 생리와 번식에 대해 아는 게 거의 없다.

연어와 새들과 많은 바다 포유류가 청어를 먹고 사는데도 이 작은 물고기는 더없이 낭비적이고 근시안적인 방법으로 잡히고 있다. 암컷들을 수백만 마리씩 그물로 잡아 알만 도려내고 사체는 동물 먹이로 쓰거나 그냥 버리고 알만 일본으로 보낸다. 하이다 사람들은 예로부터 물고기가 해초에 알을 낳아 둔 것만 거두어서 다음에 또 알을 낳으러 오도록 했다. 그런데 왜 지금은 청어 뱃속에 있는 알을 빼앗는 일을 허용하는가? 도무지 사리에 맞지 않는 일이다.

랑가라 섬 주위를 돌아보는데 가늘고 긴 물줄기가 솟아오르더니 이내 수염거래의 거대한 꼬리가 나타나면서 물속으로 다이빙을 하는 모습이 보였다. 이 광경을 보니 여행을 갔다가 회색곰을 본 기억이 떠올랐다. 배를 타고 나가니 범고래들이 눈에 띄었다. 범고래 한 마리가 물속 깊이 다이빙을 했다가 수면 위로 올라오자 열 살 먹은 딸아이가 갑자기 울기 시작했다.

"한 번 숨을 들이쉬고 저렇게 물속에 오래 있는 쟤네들을 우리는 아쿠아리움의 조그만 수족관 속에 가둬 놓다니 너무 잔인해요!"

맑은 밤하늘에 펼쳐진 별들의 장관을 보면서 최근 클리블랜드에서 찾아온 친척들 생각이 났다. 그들은 우리 오두막에서 묵었는데, 10대 아이들이 생전 처음으로 은하수를 보고는 감탄을 했다! 아이들은 냇물을 아무 걱정 없이 마실 수 있는 것을 보고 마찬가지로 감탄을 했다. 우리는 아이들에게 과연 어떤 세상과 기대를 남겨줄 것인가?

하이다그와이가 멀리 떨어져 있는 것이 그곳 사람들에게 얼마나 다행인지 모른다. 그들이 땅과 바다에 유대감과 존경심을 갖고 있는 것은 그들이 아직 땅과 바다에 의존하기 때문이다. 서로 돕고 나누는 것이 이들 공동체에서는 가장 중요하며, 이곳 사람들은 이 황홀한 곳의 생물 생산성 한계 내에서 살 수 있는 기회가 있다. 도시 사람들은 이들 섬에 가보면 그동안 자신들이 중요하다고 여겼던 가치와 우선순위를 다시 생각하게 된다.

우리 아이들에게 어떤 세상을 물려줄 것인가

6

우리는 무엇을 할 수 있을까

우리는 생태계 파괴에 맞서 싸우고 있지만 전망은 밝지 않다. 인구 증가, 과소비, 독극물 오염, 멸종, 기후 변화, 어자원 고갈 등 비참한 문제들을 나열하자면 끝이 없다. 두려움이 당장 반응을 촉구하기 위한 강력한 동기가 될 수는 있다. 집에 불이 나거나 차사고가 나거나 홍수가 나면 우리는 당장 살기 위해 반응한다. 그러나 임박한 생태적 재앙 때문에 유발된 두려움은 우리를 한동안 움직이게 할 수는 있겠지만 지속적으로 행동하게 만들기는 어렵다. 반면에 희망은 우리를 오랫동안 끌고 갈 수 있다.

내가 참여한 라디오 시리즈물 두 편(1989년 〈생존의 문제〉와 1999년 〈벌거벗은 유인원에서부터 슈퍼 종(種)까지〉)은 상당한 반항을 불러일으켰다. 그런데 매번 제작진에게 온 편지와 이메일, 전화는 대체 어떻게 해야 하는지 알고 싶다는 것이었다.

그래서 나는 함께 방송 대본을 쓴 홀리 드레셀에게 지속 가능한 방법을 시도하고 있는 개인·기업·조직·정부의 사례를 찾아보자고 했다. 그러면서 이렇게 말했다. "책을 낼 수 있을 만큼 많은 사례가 있으면 좋겠어요." 놀랍게도 몇 달 되지 않아 우리는 책 몇 권을 족히 채울 수 있는 사례들을 수집했다. 그렇게 해서 나온 책 『변화를 위한 좋은 소식: 위기의 지구를 위한 희망』은 캐나다와 오스트레일리아에서 최고의 베스트셀러가 되었다.

여기서 좋은 소식이란 잘사는 나라나 가난한 나라나, 개인에서부터 기업과 정부에 이르기까지 좋은 소식들이 많이 있다는 뜻이다. 나쁜 소식은 정치인과 기업인들 대부분이 새로운 길이 가져올 도전과 기회를 인식하기보다 해오던 대로 살기로 작정한 듯하다는 것이다.

여기에 나오는 이야기들은 지난 30년 동안 써온 몇몇 사례다. 이 이야기들은 『변화를 위한 좋은 소식』에서 우리가 좀더 자세히 다루었던 가능성들을 시사해 준다.

새로운 리더들

희한하게도 오늘날 비전과 리더십을 보여 주고 있는 사람들은 지금까지 힘 없고 권리를 박탈당했던 집단 출신이다. 다름아닌 제3세계와 여성, 청소년, 노인, 그리고 토착민들이다.

1) 제3세계 : 가난한 나라들에서는 44억이라는 인구가 지구 자원의 25%도 채 되지 않는 것을 가지고 근근이 살아가야만 한다. 그들의 숫자가 폭발적 으로 증가해 온 직접적 원인은 그만큼 상황이 불확실했기 때문이다. 그들 에게 자녀들은 노년을 위한 일종의 보험이었던 것이다. 하지만 안정된 생 활을 위한 이러한 시도는 제3세계 사람들을 더 비참하게 만들 뿐이다. 그들 의 생존 기반이라고는 선진국들이 조금 남겨준 것뿐이었으니 말이다. 게다 가 산업선진국들은 살충제나 유독 폐기물 같은, 때 지난 기술이나 금지된 기술을 그들에게 덤핑으로 넘김으로써 가난한 나라들을 착취했다.

하지만 오늘날 세계 모든 사람들의 운명은 제3세계의 미래에 달려 있다. 만일 개발도상국 국민들이 전부 과소비와 쓰레기 문화 같은 우리의 생활 방식을 따라한다면 우리 모두에겐 서로 쟁취해야 할 부스러기밖에 남지 않을 것이다. 인도와 중국이 막대한 석탄 저장량을 이용하여 산업화 계획을 계속 추진한다면 대기의 온실가스는 급격히 늘어날 것이다. 20세기 말까지 모든 가정에 냉장고를 보급하겠다는 중국의 계획은, 좀더 비싼 냉매 대신 오존층을 파괴하는 CFC를 쓸 경우 심각한 파장을 낳을 것이다. 그런데도 미국의 조지 부시 전 대통령은 잘사는 나라들이 제3세계의 공해 방지 사업을 지원하는 슈퍼펀드 조성에 참여하자는 인도의 제안을 거부했다. 마찬가지로 열대우림지대의 미래는 우리가 해당 지역 가난한 나라들의 부채를 기꺼이 탕감해 주느냐에 달려 있다. 1990년 브라질의 환경부 장관이었던 호세 루첸베르거는 외국에서 자금을 대준다면 브라질은 숲을 보존할 방법을 고민해 보겠다는 선언을 함으로써 선례를 남겼다.

파푸아뉴기니는 1990년 7월에 숲을 살리기 위해 2년 동안 신규 벌목 허가를 전면 중단한다고 발표했다. 하지만 그들이 포기한 벌목 수입 미화 7000만 달러는 잘사는 나라들이 벌충해 주어야 한다고 덧붙였다. 모든 생물종의 50% 이상이 살고 있는 열대우림지대의 가치는 얼마나 큰가? 자신들의 숲을 너무 함부로 베어 버린 우리는 가난한 나라들이 우리와 같은 실수를 되풀이하지 않도록 자금을 지원해 줄 수 있지 않을까? 제3세계는 우리에게 그런 문제에 직면하도록 한다.

2) 여성 : 전세계 인구의 절반 이상이 정보와 기업의 경쟁적이고 위계적이며 가부장적인 권력 구조에 접근조차 할 수 없었다. 여성은 남성과는 근본적으로 다른 관점을 갖고 있다. 생태적 파국을 면하는 데 필요한 특성이라 할 돌봄·양육·나눔·협동이라는 속성을 갖춘 관점이다. 전세계 환경단체 지도자에서부터 말단에 이르기까지 여성이 워낙 돋보이고 두드러지게 많은 것은 결코 우연이 아니다.

3) 청소년 : 지금 정부나 기업이 내리는 결정에 따라 가장 큰 위협을 받게 되는 사람들이 청소년들이다. 결국 이들이 남은 유산을 이어받기 때문이다. 따라서 청소년들은 선거권을 가질 나이가 될 때까지 기다릴 여유가 없다. 고등학교 환경서클연합인 청소년환경연대(EYA)는 이제 회원수 1만 7000명을 자랑하는 단체가 되었다. 그들은 캐나다 여러 도시에서 회의를 개최하는데, 여기에 참석하는 숫자가 수백 명은 된다. EYA는 오스트레일리아에도 연대가 가능한 서클이 수십 개 있는 국제 단체가 되었으며, 미국을 포함한 여러 나라로 확대할 계획을 갖고 있다.

청소년이 세상을 바꿀 수 있다는 자각과 희망을 갖는 것은 전파력이 강하기 때문에 이들은 강력한 세력이 될 것이다. 청소년들은 정치인과 기업인들에게 자신들이 변화를 원한다는 사실을 알릴 뿐만 아니라 동지들을 모으고 부모에게 영향력을 행사하기도 한다.

젊음은 무시할 수 없다.

4) 노인 : 급격히 변화하는 현대 사회에서 나이가 들면 밀려나 퇴물이 된다. 하지만 지금처럼 노년 세대의 경험과 식견이 필요한 때가 없다. 그들은 삶의 게임을 거의 다 경험했기 때문에 게임의 규칙을 알고 있으며, 종종 그것이 얼마나 덧없고 무익한 것인지를 깨닫는다. 핵전쟁에 반대하는 퇴역 장성들은 평화운동에서 큰 목소리를 냈다. 이들은 전쟁이란 위험한 게임을 이미 겪어 보았기에 신뢰감을 주었다.

우리에겐 사업의 우선순위를 수정하는 데 필요한 지도력을 발휘할 수 있는, 은퇴한 CEO나 회장 같은 사람들로 이루어진 환경 단체가 필요하다. 노인들은 우리가 몹시 두려워하는 속박이나 압력에 별로 개의치 않는다. 브리티시컬럼비아의 대단히 용감한 '성난 할머니들(Raging Grannies)'은 자신들에게 잃을 것이 없다는 사실을 알기 때문에 상대를 꼼짝못하게 만들곤 한다.

5) 토착민 : 여러 세대에 걸친 학살·압제·착취에도 불구하고 전세계 토착민들은 우리가 나머지 생물 세계와 균형을 이루고 사는 법을 배우기 위해 필수적인 땅과의 관계, 다른 생명체와의 연관성을 잃지 않고 있다. 고유의 관점을 지닌 이들 섬은 값을 매길 수 없을 정도로 소중하다. 우리가 어디서 잘못됐는지, 무엇을 되찾아야 하는지 말해 줄 수 있기 때문이다.

지구에 거역할 수 없는 변화의 물결을 일으키기 위해 이렇게 권한을 부여받지 못한 그룹들이 하나가 될 때가 되었다.

우리 아이들에게 어떤 세상을 물려줄 것인가

인도의 한 마을이 보여 준 희망의 씨앗

무슨 자살 경주라도 하는 것처럼 도로를 질주하는 차 속에서 나는 힌두의 신들이 외국인들을 보살펴 주기를 기도한다. 인도는 자신이 가진 모든 가정과 가치와 신념을 유보해야만 하는 다른 행성 같다. 내가 인도에 온 것은 〈사물의 본질〉에서 댐에 관한 특별방송을 하게 되었기 때문이다.

산업화가 덜 된 다른 많은 나라와 마찬가지로 인도는 큰 게 더 좋은 것이고 현대적인 것이 오래된 전통 방식보다 우월하다는 20세기의 환상에 기만당해 왔다. 이러한 태도는 세계은행 같은 기관 때문에 더욱 강화되고 있다.

나르마다 강은 인도 중부에서 서쪽으로 흐르는 강 중에서 가장 크다. 이 강은 아직도 주변 땅에서 나는 것들로 생계를 이어 가는 수천 수만의 부족민들뿐만 아니라 풍부한 숲과 야생동물을 먹여 살리고 있다. 하지만 이 강이 인도인들에게 끼치는 무엇보다 큰 영향력은 정신적인 것이다. 많은 사람들은 나르마다 강이 갠지스 강보다 더 신성하다고 생각한다. 그러나 현대적 관점은 이 강을 경제적 조건으로만 본다.

지류가 40개나 되는 나르마다 강 유역은 10만 제곱킬로미터 가량의 땅에서 흐르는 물이 빠지는 곳으로, 지난 수십 년 동안 식수용으로 쓰기 위해 물을 가두자는 제안이 있어 왔다. 1960년대부터 인도 정부는 나르마다 강 유역에 초대형 댐 두 개와 크고 작은 댐 수천 개를 세운다는 계획을 추진해 왔다. 이것은 세계 최대 관개사업일 것이며, 4개 주 1억 2000명에서 1억 5000명의 사람들에게 영향을 미칠 것이다. 여기에 드는 경제적·사회적·생태적 비용은 어마어마할 것이다.

인도는 언제나 부와 권력을 가진 자들이 가난하고 힘없는 사람들을 유린해 온 나라다. 그런데 이곳에 도착해서 경제적·정치적 위계의 맨 밑바닥에 있는 사람들에게 힘을 불어넣어 준 놀라운 사람 둘에 대해 알게 되었다. 힌두 여성인 메다 파트카르는 사르다르사로바르 댐이 건설되면 마을 수백 개가 수몰된다는 사실을 알고 1980년대 중반부터 정부의 계획을 마을 사람들에게 알리고 행동을 촉구하는 일을 혼자 해왔다. 이 마을 저 마을 수백 킬로미터를 걸어다니면서 댐 반대 운동을 지휘하여 1990년대에는 수만 명이 참여하는 일찍이 없었던 군중 시위를 조직하기도 했다. 그로 인해 수천 명이 체포되었고, 1993년에는 경찰의 총에 10대 소년 한 명이 죽기까지 했다. 시위대의 압력이 얼마나 거셌던지 결국 세계은행은 대출 약속을 철회했다.

막대한 비용에도 불구하고 인도 정부는 댐 건설을 계속했다. 반대하는 사람들은 댐이 생태적으로나 사회적으로나 재앙을 가져올 것이라고 주장했다. 그보다 더 무시무시한 것은 댐으로 확보되는 물의 대부분이 환금작물을 재배하기 위해 대규모 관개를 하는 데 사용될 텐데, 그런 작물은 부유한 지주와 대기업만을 살찌울 것이라는 경고였다. 그런데 한 나라의 같은 지역에서 다른 한 사람이 유효한 대안을 제시했다.

1965년 파키스탄과의 전쟁에서 안나 하자레는 호송용 지프차를 타고 가다가 사격을 당했다. 하자라를 뺀 전원이 사살되었다. 그는 다시 태어난 것이라 생각하고 두 번째 인생을 고향 마을인 랄레간 시디 사람들에게 바치기로 마음먹었다.

고향으로 돌아온 하자레는 사람들과 땅이 끔찍한 지경에 처해 있는 것을 알게 되었다. 마을 사람들의 주 수입원은 증류소 40곳과 담배산업이었다. 하자레는 술과 담배산업을 대체할 수 있는 그 무엇이 있길 바라면서 마을의 농업적 뿌리를 찾았다. 하지만 지하수가 고갈되어 작물에 줄 만한 물이 거의 없었다. 게다가 비가 오면 그렇지 않아도 빈약한 표토가 물에 쓸려가 버렸다. 하자레가 보기에 흙은 마을의 생명이었으며, 마을은 어떤 일이 있어도 지켜야 하는 생존 단위였다. 그는 공동체의 흙과 물을 모두 지킨다는 목표 아래 '수계 개발'에 착수했다. 이를 위해 물을 저장해 주는 나무와 작물을 심고, 물을 담아 두어 아래로 흘러가는 것을 막아 주는 기다란 구덩이를 군데군데 팠다. 4년 만에 하자레는 놀라운 성과를 내놓을 수 있었다. 토양 침식이 줄어들었고, 지하수가 다시 늘어났으며, 말라붙었던 강에 다시 물이 흘렀고, 작물 생산량이 늘어난 것이다.

이제 증류소는 다 없어졌다. 마을은 무성한 녹지대로 둘러싸이게 되었고, 이웃 마을들에 물을 수출하기까지 한다. 하자레의 업적은 널리 인정받아 그는 지금 다른 마을 300곳의 수계 개발에 자신의 방법을 사용하고 있다.

세계 곳곳에서 하자레나 파트카르 같은 사람들이 공동체에 기반을 둔 아이디어와 기술을 위해 힘을 모아 스스로의 운명을 개척하고 있다. 이른바 선진 세계에 산다는 우리에게 영감을 주는 교훈이 아닐 수 없다.

· · · · ·

환경단체와 인권단체들의 압력으로 세계은행은 마지못해 사르다르사로바르 댐의 생태적·사회적·경제적 영향을 평가하는 위원회를 구성했다. 브래드포드 모스와 톰 버저가 이끄는 이 위원회는 1994년 1월 15일에 「독립 검토―사르다르사로바르 프로젝트」라는 보고서를 내놓았다. 보고서는 댐이 가져다 준다고 주장한 편익에 대해 혹독하게 비난하며 "가장 현명한 방책은 프로젝트 추진을 그만 두는 것"이라는 결론을 내렸다. 세계은행은 이 권고를 따라 댐에 자금을 대주기로 한 약속을 철회했다. 이러한 결정은 초대형 프로젝트에 매료되어 개발을 거의 구세주처럼 믿는 단체로서는 전례가 없는 일이다.

그러나 인도는 다른 데서 자금을 구해 댐 건설을 계속하고 있다. 그 후 인도는 핵개발 프로그램을 추진하고 있다고 발표했으며, 일련의 핵폭발 시험도 했다.

생태 영웅, 스위스 양치기

인류가 인간이 살아온 거의 대부분의 시간처럼 자연스럽게 살 수 있는 진짜 야생 지대는 이제 지구상에 얼마 남아 있지 않다. 열대우림지대가 대단위로 남아 있는 제3세계 일부 지역에서나 다양하고 풍부한 생명체들과 마주칠 수 있고, 아직도 수렵·채집 생활을 하고 있는 마지막 생존자들을 만날 수 있다. 열대우림 전체가 위기에 처해 있으며, 대부분이 세계화 경제의 탐욕스러운 수요 앞에 베여 나가고 있다. 한때는 보르네오라 불렀고 지금은 말레이시아의 일부가 된 섬에 페난족이라는 조그만 토착 민족이 살고 있다. 그들이 처한 곤경이 널리 알려지게 된 것은 6년 동안 페난 사람으로 살았던 놀라운 스위스 양치기 덕분이다.

키가 작고, 너무나 약해 보이고, 머리를 박박 민 데다 안경을 쓴 브루노 만저는 영웅의 자질을 갖춘 사람으로 보이지는 않는다. 하지만 그를 아는 사람들에겐 그는 이미 전설이다. 1955년에 태어난 브루노 만저는 스위스

바젤에서 자라면서 옛날 사람들이 살던 방식에 매료되었다. 그는 양을 치고 치즈를 만드는 소박한 삶을 살면서 세계 다른 지역에 사는 토착민들에 관한 책을 열심히 읽었다. 만저는 사라와크 외딴 우림지대에서 수렵·채집을 하며 사는 페난족에 대해 알게 되었다. 1984년에 그는 페난 사람들을 만나기 위해 동남아시아로 떠났다.

캐나다의 민속식물학자인 웨이드 데이비스는 페난 사람들만큼 식물의 약효에 대해 깊이 아는 사람들을 만난 적이 없다고 이야기한다. 그들은 과학자들은 결코 모르는 방식으로 지상에서 가장 오래되고 가장 생물다양성이 풍부한 숲을 알고 있다. 수만 년 동안 그에 의존하며 살아온 사람들의 관찰과 통찰이 쌓여서 이루어진 이해였다. 불어서 쏘는 더없이 정확한 화살을 가지고 사냥하고, 사고야자를 먹으며, 높은 대(臺) 위에 사는 페난 사람들은 정착하지 않고 돌아다니는 소박한 생활을 한다.

그러나 산업화와 세계화 경제의 끝모를 탐욕으로부터 벗어날 수 있는 곳은 어디에도 없다. 페난족의 고향인 숲이라 해서 예외일 수는 없다. 사라와크는 세계 최대의 열대 원목 수출지로, 3분의 2가 일본으로 수출된다. 사라와크는 매년 목재 판매로 50억 달러를 벌어들이고 있지만 돈이 가장 필요한 사람들에게는 좀처럼 그 혜택이 돌아가지 않는다. 그러면서 숲은 회복 불능으로 파괴되고 있다. 사라와크 원주민들 대부분이 빈민가에 거주하며 가난으로 피폐해진 '문명화된' 사람들 비슷하게 되어 버렸다. 지금 정착하지 않고 돌아다니며 사는 가족은 62가구밖에 없다.

페난 사람들의 운명은 우리가 문화적·생물적 다양성을 얼마나 돌보고 있는지 말해 준다. 부의 축적, 자연 파괴, 인류의 지배가 필요하지 않은 가치가 남아 있을 여지가 도무지 없는가? 브루노 만저가 알고 싶어하는 게 바로 그것이다.

1985년 페난족과 몇 달을 함께 살았을 때 만저는 비자 기한이 끝났다는 이유로 말레이시아 정부에 의해 수감되었다. 강제 추방되거나 감옥으로 보내진다는 것을 안 만저는 경찰정(艇)에서 강으로 뛰어내린 뒤 헤엄쳐서 달아났다. 탈주자가 된 것이다. 그를 골치 아픈 선동가로 여긴 말레이시아 정부가 현상금까지 걸고 엄청난 수색 작전을 벌이자, 그는 6년 동안 도피 생활을 했다. 만저는 원주민들을 도와서 벌목 도로 봉쇄를 조직했는데, 페난족이 협박당하고 감옥으로 끌려가는 모습을 지켜보면서 외국의 도움이 필요하다는 사실을 깨닫고 외국 언론에 이 소식을 전하기 시작했다.

1990년 5월, 브루노 만저는 인디아나존스 같은 모험 끝에 말레이시아를 몰래 빠져나왔다. 그는 페난 사람들을 구하기 위해 그곳 이야기를 널리 알리기로 결정했다. 밴쿠버의 캐나다야생위원회는 페난을 지원하는 국제네트워크인 사라와크 서클을 조직했다. 이 서클은 페난의 숲에서 벌목을 중단할 것과 생물권보호구역을 지정할 것을 요구했다. 또 사라와크 목재로 만든 제품 불매 운동을 제안하고, 말레이시아 정부에 그들의 국립공원 시스템을 존경하며 페난 숲들도 잘 보존되길 바란다는 뜻을 전했다. 만저는 말레이시아 정부뿐만 아니라 점차 줄어들고 있는 세계 원시림들의 목재를 열심히 베어내고 수입하는 일본 같은 나라들이 그런 숲들과 거주민들의 미래에 대한 국제 차원의 우려를 알아야 한다고 믿었다.

말레이시아 정부는 페난족을 비롯한 여러 부족민들을 위해 생물권보호구역을 지정해 숲들을 보존하겠다고 발표했다. 하지만 사라와크 주정부가 자체의 '자원'에 관한 한 전권을 갖고 있기 때문에 불도저와 기계톱은 멈출 줄을 모른다. 몇몇 집안과 기업이 독점하고 있는 벌목권은 정치적 영향력이 엄청날 뿐만 아니라 막대한 수입을 거두고 있다. 그들에게 페난족은 성가신 존재일 뿐이다.

페난족의 곤경을 온 세계에 알리고 있는 브루노 만저는 자신의 경험을 정리한 책도 쓰고 있으며, 자신의 삶을 바탕으로 한 할리우드 영화 기획 자문 또한 해주고 있다. 브루노 만저 같은 사람이 있다는 것, 그리고 세계 곳곳에 생태 영웅들이 있다는 게 얼마나 다행인지 모른다.

●●●●●

브루노 만저는 몇 해 동안 말레이시아 정부를 피해 다니며 페난족이 자기네 땅에서 벌어지는 벌목 행위를 중단할 것을 요구하는 시위를 조직하였다. 그는 사라와크를 떠나 페난족을 돕기 위한 국제 운동을 이끌면서 토착민들의 권익을 뒷받침하기 위한 '브루노 만저 기금'이라는 비영리 단체도 만들었다.

그가 이따금 사라와크로 몰래 들어가 정든 사람들을 만난다는 이야기가 있다. 1998년에는 언론의 관심을 끌기 위해 모터가 달린 행글라이더를 타고 사라와크 주 총리의 관저 잔디밭에 착륙하기도 했다. 그는 바로 붙잡혀 추방당했다.

2000년 5월 22일에 만저는 인도네시아 보르네오의 칼리만탄에서 몰래 국경을 넘어 사라와크로 갔다. 며칠 뒤 바라이라는 국경 마을에서 여자 친구에게 편지를 보냈는데, 그 뒤로는 그의 소식이 들리지 않는다.

2000년 12월, 페난의 지도자 17명은 철저히 수색했음에도 만저를 찾을 수는 없었지만 그의 투쟁 정신은 살아 있다는 편지를 발표했다.

만저가 사라진 지 1년이 지난 2001년 5월 23일에는 그를 기리는 토템 기둥(장승 비슷한 것—옮긴이)이 스위스에 세워졌다. 2001년 8월 28일 가족들이 참여한 수색마저 실패로 돌아가면서 브루노 만저가 사망했다는 것이 공식적으로 인정되었다.

풀뿌리 환경운동

정계와 산업계 지도자들은 경제적 필요와 환경 보호 책임을 비교하는 보고서와 보도자료를 끊임없이 내놓는다. 하지만 캐나다의 주요 세 정당 모두 환경 파괴의 원인이 되는 무한한 경제성장을 유지해야 한다고 믿고 있기에 그 어떤 정당도 환경 문제에 대해 심각하게 언급한 적이 없다. 오직 강력한 풀뿌리 환경운동만이 정치인을 포함한 사회 전체를 바꿀 수 있다. 그리고 그런 운동이 실제로 늘어나고 있다.

우리가 생태적으로 균형이 깨진 생활 방식에서 환경과 보다 조화로운 관계로 옮겨감에 따라, 우선순위와 가치, 라이프스타일에 대한 정의가 다시 이루어지면서 개인과 공동체에 커다란 변화가 일어날 것이다. 그런 조짐은 이미 나타나고 있다. 여기 세 가지 사례를 들어 보자.

1989년 10월, 브리티시컬럼비아대학 학생이던 스물두 살의 제프 깁스는 고등학교 환경단체들을 연결시켜 주는 청소년환경연대(EYA)를 만들었다.

EYA는 학생들과 초대한 전문가들의 글을 실은 신문을 통해 단체들을 서로 연결시켰으며, 환경 컨퍼런스를 후원하고, 야생 지대로 떠나는 여행을 주선하기도 한다.

깁스의 이야기 자체가 EYA의 광고 역할을 한다. 도시에서 자란 그는 열다섯 살 때 브리티시컬럼비아 중부의 바우런 호수로 카누 여행을 갔다가 관점이 근본적으로 바뀌는 체험을 했다.

"그때까지만 해도 인간이 피라미드의 맨 꼭대기에 있다고 생각했어요. 하지만 거기서 자연의 힘에 압도되면서 제가 얼마나 보잘것없는 존재인 줄 알게 되었죠."

이런 영적 깨달음에 이끌려 깁스는 이듬해인 1984년에 퀸샬럿 제도로 갔다. "저는 자연이 믿을 수 없을 정도로 복잡하고 나름의 원칙에 따라 돌아간다는 것을 알게 되었습니다. 인간이란 존재가 없다 해도 전혀 달라질 게 없지요. 저는 그 모든 것의 힘, 신비, 아름다움에 홀려 버리고 말았습니다."

밴쿠버 섬의 서해안 쪽에 위치한 미어즈 섬에서 벌목하는 문제를 놓고 전쟁이 벌어지자, 깁스는 자기 학교에 '위기의 생태계에 대한 10대들의 대응'을 줄인 트리클럽(Teenagers Response to Endangered Ecosystems)이라는 환경단체를 조직했다. 30명 가량의 학생들이 모여 제일 먼저 한 일은 연방정부와 지방정부에서 선출된 모든 사람들의 이름을 수집하는 것이었다. 그런 다음 한 학생이 20명씩 맡아서 한 사람 한 사람에게 육필로 편지를 썼다. 이런저런 자료를 인용하며 숲을 꼭 지켜 달라는 부탁이었다. 총리의 답장을 포함해 수많은 답장들이 학교로 쏟아져 들어오기 시작했다. 그 결과 학생들은 미어즈 섬 벌목에 찬성하는 사람들과 반대하는 사람들이 누군지 알 수 있어 아직 판단을 내리지 않은 사람들에게 집중적으로 홍보를 할 수가 있었다.

나중에 이 학생들은 퀸샬럿 제도의 말썽 많은 '사우스 모르즈비'를 살리자는 동그란 배지를 3000개 주문했다. 하나에 20센트가 들어간 이 배지를 학생들은 1달러에 팔았다. 그것 말고도 활동비를 마련하기 위해 빵을 팔거나 세차를 해주고 모은 돈이 거의 7000달러나 되었다. 트리클럽은 사우스 모르즈비에 관한 신문을 5000부 찍도록 이 돈의 일부를 '서부 캐나다 야생지 위원회'에 보냈고, 학생들이 직접 배달을 도왔다.

트리클럽은 슬라이드 상영회를 조직하여 학교 친구와 부모, 일반인에게 보여 주기도 했다. 그리고 여기서도 돈이 걷혔다! 두 달 동안 클럽 회원들은 집집마다 돌아다니며 사람들에게 사우스 모르즈비의 미래에 대해 이야기했는데, 이렇게 다닌 집이 5000가구나 되었다.

풀뿌리 단체의 힘은 이런 것이다. EYA는 캐나다 전역의 고등학교 단체들을 연결하여 학생들에게 환경단체를 만들고 스스로 참여하도록 유도할 계획이다. 결국 위기에 처한 이 세상은 그들의 것이기 때문이다. 이런 운동이 캐나다 전역을 휩쓸면서 많은 어른들을 압박했다. 학생들이 무슨 생각을 하고 있는지 들어 보자.

7학년생인 온타리오의 에이잭스는 이렇게 썼다. "우리는 우리가 어른이 될 때 세상이 어떻게 될지 알고 싶어요. 아무 일도 안 하고 있으면 어떤 일이 벌어질까요? 어떻게 하면 지금처럼 무신경한 태도를 바꿀 수 있을까요?"

브리티시컬럼비아의 버논은 이렇게 썼다. "지금까지 빵을 팔아서 70달러를 모았어요. 다음 월요일에는 재활용 처리장에서 일하는 아주머니가 우리한테 재활용품을 분류하는 법을 알려줄 텐데, 그러면 사람들에게 처리장에서 자원봉사를 해보도록 할 수 있을 거예요. 낸시가 맥도날드에 사기 접시를 들고 가거나 사기 접시를 쓰라고 요구하면 어떻겠냐는 아이디어를 얘기했나요?"

몬트리올의 컨코디아대학에서는 이런 편지가 왔다. "저는 다른 학생들과 함께 쓰레기 문제의 심각성을 일깨우기 위한 재활용위원회를 만들었습니다. 저는 몬트리올 시장과 환경·통신·교통부 담당자들과의 면담을 통해 그들이 대체 무슨 할 말이 있는지 들어 보고 학교로 돌아가서 학생들에게 소식을 전해 주려고 합니다."

이것은 한번 스치고 지나갈 유행이 아니다. 이 어린 활동가들은 더 집요하게 큰 목소리를 낼 것이다. 재미있는 건 EYA 회원과 그들을 돕는 사람들의 대다수가 '여학생'이라는 사실이다. 여성들이 우리가 사는 방식을 앞장서서 바꿔 가고 있는 것이다. 안드레아 밀러를 예로 들어 보자.

밀러는 웨스트밴쿠버에 있는 고급 주택가에 산다. 밀러는 스스로를 쓰레기 문제에 관심이 많은, 집안의 환경 살림꾼이라 부른다. 밴쿠버에서 나온 쓰레기가 북쪽의 캐시크리크에서 처리된다는 것을 알게 되면서 운동에 뛰어들었다. 밀러는 쓰레기가 없으면 쓰레기 위기 따위도 없어질 것이라는 결론을 내렸다. 그래서 자기 집의 쓰레기 양을 한 달에 봉투 하나 이하로 줄였다. 이것은 단순히 음식 쓰레기를 퇴비로 만들고 보드지·종이·유리·금속 등을 재활용하는 것보다 훨씬 더 어려운 영웅적인 일이다.

이러기 위해서는 개인의 우선순위·태도·행동에 중대한 변화가 있어야 한다. 예컨대 밀러는 비닐에 싸놓은 것은 전혀 사지 않고, 어딜 가나 자기 컵을 들고 다니며, 합성세제 대신 붕사나 레몬이나 소금 같은 전통적인 천연세제를 쓴다.

1989년 1월에 밀러는 이웃집들을 돌아다니며 사람들을 자기 집으로 초대했다. 밀러는 손님들에게 쓰레기 줄이는 법을 열심히 보여 주었다. 쓰레기가 줄어들면 다른 지역에 거대한 소각로나 매립장을 만들 필요도 줄어들 것이며, 에너지가 절약되고 오염이 줄어들어 자원이 보존되는 등 많은 이점이 있다고 설득했다.

지금까지 밀러는 자기 집에서 커피 간담회를 수십 차례 열었다. 요새는 적어도 일주일에 세 번 간호사에서부터 학교 어린이들에 이르는 다양한 단체에 이야기를 해주고 있다. 밀러에게 영감을 받은 사람들이 WHEN(세계 가정 환경운동가들의 네트워크)이라는 단체를 만들어 환경에 좀 더 책임을 지고 살고 싶어하는 사람들에게 조언과 도움을 주고 있다.

풀뿌리 단체의 변화를 보여 주는 세 번째 사례는 토론토의 한 주택가에 사는 사람들이 만나서 라디오 프로그램인 〈생존의 문제〉에 관해 토론하면서부터 시작되었다. 라디오 시리즈의 긴박한 메시지에 대한 반응으로, 이들은 인근에 사는 모든 사람들을 모임에 초대했다. 첫 모임에 14명이 나왔다. 스스로를 '풀뿌리 올바니(Grass-roots Albany)'라 부르는 이 사람들은 몇 가지 목표를 세우기로 했다.

첫째, 자기 집 주변과 이웃의 환경을 깨끗이 하기로 한다. 둘째, 정부의 각급 정치인들에게 편지보내기 운동을 왕성하고 지속적으로 전개한다. 같은 내용이 복사된 형식적인 답장에 만족하지 않고 대화를 요구하는 후속 편지를 지속적으로 보낸다. 투표를 할 때는 정당보다는 후보자의 환경 의식을 기준으로 한다. 셋째, 개개인의 환경 목표를 추구하는 가운데 단체의 지원을 받는다. 이 셋째 분류에 드는 프로젝트 가운데 흥미로운 것들이 꽤 있다. 한 대학 교수는 학교 건물에서 스티로폼 용기를 일절 사용하지 않으려고 한다. 한 회원은 도시의 물이 얼마나 깨끗한지 알아보고 최선의 정수 시스템이 어떤 것인지를 조사하려고 한다. 또 다른 회원은 도시를 푸르게 하기 위해 먼저 모든 학교에서 나무 많이 심는 프로그램을 시작하라고 교육위원회를 압박하는가 하면, 집에서 어떻게 하면 환경에 책임을 지는 방식으로 살 수 있는지 실천 목록을 만들어 주기도 한다.

풀뿌리 올바니 회원 가운데 한 사람이 최근에 시작한 프로젝트는 '도시 숲 보존'이다. 숲을 수계가 훼손되지 않은 곳에 있는 유기체들의 복잡한 군락으로 볼 때 '도시'와 '숲'은 서로 모순되는 말 같지만, 도시의 숲도 우리 삶에서 나름의 중요한 역할을 하는 숲의 일종으로 볼 수 있다.

몇 년 전 하이다 부족의 위대한 화가인 빌 리드는 내게 환경운동가들이 '케리스데일(밴쿠버의 상류층 거주 지역)'의 모두베기에 항의하는 집회를 열어야 한다고 말했다. 장난스럽게 말하긴 했어도 그는 우리가 오래된 숲을 살리기 위해 투쟁하는 사이에 대부분의 캐나다 사람들이 살고 있는 도시의 나무들도 기계톱에 베여 넘어가고 있다는 의미심장한 메시지를 전한 것이다.

나무는 우리가 자연에 뿌리를 둔 존재임을 일깨워 주는 중요한 고리다. 생명의 주기가 변한다는 것을 일깨워 주고, 새와 곤충과 포유류와 미생물에게 거처와 먹이를 마련해 준다. 물론 나무는 도시 경관을 아름답게 하며, 뜨거운 콘크리트 도로에서 한 발짝 물러나 나무 그늘에 들어가 본 사람이라면 나무가 온도를 조절해 준다는 것도 안다. 나무는 수분을 저장했다가 공기 중으로 발산한다. 산사태를 막아 주고, 우리가 지나치게 배출한 이산화탄소를 대신 처리해 준다.

사실 어떤 사람들은 나무를 땅에 묻어 놓은 배관에 금이 가게 한다든지, 잔디와 도로를 낙엽으로 뒤덮는다든지, 도로 포장을 뚫고 뿌리를 내민다든지, 폭풍이 오면 쓰러진다든지 하는 귀찮은 존재로 생각할지도 모른다. 하지만 나무를 매우 유익한 유기체의 군락으로 본다면, 우리가 나무에 관심을 쏟고 돌보는 것은 당연하다.

풀뿌리 올바니 회원들은 '숲'의 가치를 알고 너무 많은 나무들이 베여 나가는 것을 걱정한 나머지 자신들이 살고 있는 지역의 나무 현황을 조사하기로 했다. 그들은 나무가 얼마나 있고, 수령(樹齡) 분포는 어떠하며, 어떤 종이 있고, 건강 상태는 어떠하며, 미래를 위해 현재 나무를 심고 있는지 알고 싶어했다. 우리 중에서 자기가 사는 곳의 이런 사실들을 아는 사람이 과연 얼마나 될까? 제안이 나오고서 적지 않은 돈(2600 캐나다달러)이 모이자, 그들은 조사할 네 곳의 블록에 협조를 요청하는 전단지를 구석구석 돌렸다. 전단지를 동네 가게에 붙이고, 우편함에 넣기도 하고, 직접 찾아가서 전해 주었는데 반응은 아주 긍정적이었다. 95%에 해당하는 350가구 이상이 자기 집 나무를 조사하고 세어 보아도 좋다고 대부분 흔쾌히 대답한 것이다.

그들은 마셜 뷰캐넌이란 임학을 전공하는 대학원생에게 조사를 맡겼다. 토론토 루지 밸리에서의 사업을 포함하여 도시 녹화 관련 일을 해본 그는 일반인들의 지식과 관심, 지원 수준을 보고 놀랐다. 딱 한 번 말썽이 있었는데, 집주인이 그를 보고 관에서 나무를 베러 나온 사람인 줄 알았기 때문이었다. 이 네 블록에서 그들이 헤아린 '나무' ('나무'에 대한 그들의 정의는 임업 전문가들이 "지면에서 2미터 이상 자란 줄기를 가진 목본식물"이란 정의보다는 덜 엄격했다)는 2500그루가 넘었다. 시민이 앞장서서 하는 프로젝트는 자기가 사는 동네의 나무를 귀하게 여기는 어느 단체라도 쉽게 따라할 수 있는 모델이다. 이런 솔선수범은 리우 지구정상회담 같은 것보다 우리를 더 멀리 인도할 수 있다.

참여가 힘이다. 단체를 골라 운동에 뛰어들자.

새로운 눈으로 세상 보는 여성 과학자

과학은 중상류층 백인 남성이 대다수를 차지한다는 특징이 있는 분야다. 과학은 그 자체로 대단히 경쟁적이고 남성우월적인 직업군으로, 텃세·시기심·기득권 때문에 새로운 아이디어를 적극 수용한다는 자부심이 종종 무색해지곤 한다. 그럼에도 여성들은 이 분야에 새로운 태도와 아이디어를 가져다 주고 있다.

일반인들은 과학자는 예상치 못한 데이터와 파격적인 아이디어를 열린 마음으로 잘 받아들이고, 그것들을 객관적이고 합리적으로 평가하는 사람으로 생각한다. 하지만 그런 속설은 실제에서는 좀처럼 들어맞지 않는데, 그것은 과학자들이 초월적 인간이 아니기 때문이다. 그들은 자기 일에 열광하지만 동시에 텃세를 부리고, 독단적이며, 시샘하고, 시야가 협소하며, 비열할 수도 있다.

린 마굴리스는 과학의 그런 어둡고 인간적인 면이 지닌 힘을 충분히 겪

우리 아이들에게 어떤 세상을 물려줄 것인가

어 본, 주목받는 과학자다. 마굴리스는 그 세계에서 살아남았을 뿐만 아니라 제도권 과학에서 끊임없이 파장을 일으키고 있다. 거리낌없고 독창적이며 겁없는 이 매사추세츠대학 교수는 계속해서 우리더러 세상을 새로운 방식으로 보라고 강력히 요구한다.

마굴리스는 1960년대 중반에 한 논쟁에 휘말리게 되었다. 그녀는 초기의 박테리아 같은 세포가 어떻게 더 복잡한 진핵생물로 진화할 수 있었는지가 궁금했다. 핵, 염색체를 둘러싼 막, 세포기관들을 갖고 있는 세포로 정의되는 진핵생물은 광합성이나 에너지 생산 같은 기능을 수행하는 별도의 구조로, 모든 동식물과 많은 미생물이 진핵생물이다.

마굴리스는 진핵생물 내의 세포기관들이 원래는 오래전에 독립적으로 생활하며 다른 박테리아를 공격하던 박테리아였다는, 오랫동안 무시되어 왔던 아이디어를 되살려 냈다. 그것은 세포기관들이 처음에는 기생을 하다가 공생하게 되면서 숙주가 보호 환경을 제공해 주는 대가로 결국 숙주의 생물 구조에 세포기관의 형태로 완전히 통합되어 버렸다는 아이디어였다.

이는 대단히 파격적이긴 해도 과학적으로 테스트해 볼 수 있는 가설이었다. 그런데도 마굴리스는 비정통이라는 이유로 동료들 사이에서 따돌림당했다. 1970년대 말에 처음 만났을 때 그녀는 연구를 계속하기 위해 연구비를 신청했지만 어떻게 거절당했는지 자세히 들려주었다. 마굴리스가 이유를 알기 위해 전화를 걸었더니 "당신 연구는 쓰레기예요. 다시 신청할 생각 말아요"라고 했다는 것이다.

하지만 그녀는 꺾이지 않았고, 이 세포기관이 박테리아 DNA와 대단히 유사한 DNA를 갖고 있음을 여러 연구에서 보여 주었다. 오늘날 세포기관이 한때는 박테리아였다는 이야기는 대부분의 교과서에 실려 있으며, 마굴리스는 과학계의 유명 인사가 되었다. 그녀는 경쟁보다는 협동이 진화에서 중요한 역할을 했다고 강조한다. 그러면서 우리 몸무게의 적어도 10%는 한때 독립적인 박테리아였다가 지금 우리 몸을 구성하는 세포의 일부가 되었다는 점을 지적한다. 우리는 사실 엄청나게 많은 유기체의 공동체인 것이다.

마굴리스는 과학 사상의 최첨단에서 연구를 계속하고 있다. 지금은 생명이 시작된 이후로 35억 년 동안 지구의 대기가 희한하게 안정을 이루고 바다가 염분 함량을 유지하는 것에 대해 집중적으로 연구하고 있다. 마굴리스는 영국의 화학자 제임스 러브록이 1972년에 발표한 지구상의 모든 생명체와 그들의 물리적·화학적 환경이 일종의 자기조절을 한다는 주장을 옹호한다. 러브록과 마굴리스는 지구를 둘러싸고 있는 이 살아 있는 막은 시간의 흐름에 따른 변화를 조절하는 보정적 메커니즘을 가진 거대한 유기체라고 본다. 예컨대 햇빛의 강도가 약해지자 그만큼 온실가스가 더 많이 만들어졌을 수 있다. 아주 심한 온난화는 구름을 만들어 내고 지구를 식히는 화합물 배출로 불균형을 바로 잡을 수 있다.

로브록은 이 거대한 유기체의 이름 '가이아'를 그리스 신화에 나오는 대지의 여신에서 따왔다. 이 이름은 일반인들의 상상력을 자극했다. 가이아의 관점에서 보자면 인류는 지구 생물권의 작은 일부이며, 우리가 지구의 생물적·물리적 성질을 바꾼다고 해도 인간의 생존 또는 멸종 여부는 대수롭지 않은 일이다.

  얼마 전 마굴리스를 만나 이야기를 나눴다. 여느 때처럼 그녀는 솔직하고 도발적이었다. 가이아 이야기로 넘어가면서 나는 우리가 지구상에서 유일하게 자의식을 가진 생명체로서 특별한 부분이 있다고 말했다. 마굴리스는 "사전에서는 의식이란 게 환경을 자각하는 것이라고 정의하죠. 그 정의에 따른다면 사실 모든 종은 의식이 있습니다"라고 말했다. 마굴리스는 대부분의 식물·동물·미생물이 중력과 빛, 온도, 화학물질, 이성(異性) 또는 다른 종을 '지각'할 줄 알며 그것들에 대해 반응할 줄 안다고 지적했다. 사실 인간은 다른 유기체들에 비해 환경에 훨씬 덜 민감한데, 아마 그래서 우리가 이토록 끔찍한 환경 문제를 일으킨 것 같다는 게 그녀의 생각이다.

  린 마굴리스는 과학자의 한 모델이다. 그녀는 가장 작은 생물을 연구하는 동안에도 마음속에 큰 그림을 계속 그린다. 그녀의 진정한 가치는 우리 자신과 생물 세계의 나머지 존재들을 다른 관점에서 보도록 자극한다는 데 있다. 그것이 최상의 과학이다.

어린이의 작은 실천이 세상을 바꾼다

오늘날 아이들과 청소년들만큼 지구 생태 위기의 해결에 영향을 많이 받는 집단도 없다. 어린 사람들은 아직 현상태를 유지하기 위해 크게 투자한 게 없기 때문에 모든 것을 더 분명하게 볼 수 있어 새로운 아이디어를 잘 받아들인다. 환경보호 운동을 가장 활발하게 하는 이들도 어린 세대들이다.

이렇게 한번 해보자. 버려진 자동차 오일통 몇 개를 가져다 난방이 된 방에 하루 두었다가 남은 오일을 따라 내자. 이것은 온타리오 주 손힐에 사는 열네 살 소년 데이비드 그래스비가 해본 과학 프로젝트였다. 그는 친구집에 갔다가 친구 아버지가 캔에 든 오일을 엔진에 다 부을 수 없다고 불평하는 소리를 듣고 이 아이디어를 얻었다. 데이비드는 사람들이 '빈' 오일통을 버릴 때 평균적으로 얼마나 많은 양이 안에 남아 있을지 궁금했다.

그는 훌륭한 과학자처럼 쓰레기통과 자동차 정비소에서 버려진 오일통을 100개 이상 주워 왔다. 그 100개를 하나에 2분씩 전부 따라낸 결과 3.7 리터의 오일을 얻을 수 있었다. 버려진 통 하나에 평균 37밀리리터가 남아 있었다는 얘기다. 오일 회사 몇 군데에 전화를 해본 결과 캐나다의 승용차 오일 판매량이 매년 2억 2000만 리터에 달하며, 그 가운데 1억 3200만 리터가 1리터들이 통으로 팔린다는 계산이 나왔다. 이 말은 매년 오일 500만 리터가 버려져서 토양과 수질을 오염시킨다는 뜻이었다. 아울러 데이비드는 매년 빈 플라스틱 용기가 1000만 킬로그램 가량 버려진다는 계산을 해냈다.

그래서 데이비드는 주유소마다 커다란 자동차 오일 드럼통을 두어서 자가용 운전자들이 각자의 오일통을 채우도록 하거나 오일을 연료처럼 차에 바로 집어넣을 수 있도록 하자는 제안을 했다. 데이비드는 조사한 내용을 패트로캔, 쉘, 서노코, 임페리얼 사에 보냈으나 답장이 온 것은 패트로캔 사뿐이었다. 데이비드는 또 자신의 보고서를 신문과 전자 미디어에도 보냈다. 라디오 프로그램인 〈공교롭게도(As It Happens)〉에서는 데이비드가 에소 석유의 사장 · 임원들과 만나는 자리를 만들어 주었다. 이 만남에서 데이비드는 오일을 큰 통에 담아서 보급하자는 제안을 했으나 회사 임원들은 자동차 오일의 등급이 아주 다양하기 때문에 불가능하다는 답변을 했다. 데이비드가 시판되는 자동차 오일 90%가 '5W30'이라는 내용을 읽은 적이 있다고 반박하자, 그들은 아무 대답도 하지 못했다.

이것을 "알려지지 않은 오일 유출"이라 부르는 데이비드는 자신이 알아낸 내용과 해법, 그리고 편지를 보낼 만한 사람들의 주소를 담은 전단지를 만들었다. 벌거벗은 임금님 이야기에 나오는 아이처럼 데이비드는 자신의 간단한 과학 프로젝트(훌륭한 과학 실험은 대개 간단하다) 결과를 들고 곧장 근본적인 문제, 즉 환경을 파괴하고 불필요한 폐기물과 오염 문제를 파고 들었던 것이다. 그는 사람들이 많은 사실을 직면하도록 했다. 즉, 우리는 우리가 버린 것들, 특히 대단히 유독한 것들을 환경이 다 흡수할 수 있다는 듯 행동한다거나, 자원이 워낙 방대하기 때문에 마구 써도 된다고 생각하는 것 같다거나, 단기적 이윤이라는 지상 명령을 장기적 생태 비용보다 우선시하고 있다는 것이다.

또 데이비드의 프로젝트는 조금씩 늘어나는 것들이 대량이 될 때 어마어마한 축적 효과가 있음을 강조한다. 우리 각자는 지구에 아주 작은 부담을 주고 있지만 55억 인구의 소비와 쓰레기가 만들어 내는 전체 효과는 어마어마하다는 것이다.

데이비드같이 어린 사람들이 어른들이 무안해질 정도로 사실을 명쾌하게 들여다볼 줄 아는 것은 그들이 두려움이나 직업상 이해 관계, 또는 광적인 소비 문화에 눈이 멀지 않았기 때문이다. 그들은 환경의 미래가 어떠냐에 따라 가장 영향을 많이 받는 세대다. 지금 어린 사람들은 누구나 수태되는 순간부터 유독한 화학물질과 오염에 노출되어 왔으며, 새로 태어나는 사람일수록 이전 어느 세대보다 오염에 더 많이 노출되게 마련이다. 그들은 근시안적이고 환경을 파괴하는 경제와 소비의 끝없는 성장을 추구하는 세태로 말미암아 어마어마한 생태 위기 문제들에 포위당한 세상에서 어른이 될 것이다. 그들이 살게 되는 세상은 우리 어른들이 어릴 때 당연히 여

우리 아이들에게 어떤 세상을 물려줄 것인가

기던 생물다양성이 크게 줄어든 세계일 것이다.

어린이들은 순진무구함만이 줄 수 있는 힘과 명료함으로 말한다. 그들을 사랑하는 우리 어른들은 삶의 방식을 바꾸어야만 한다.

몬테베르데와 '아이들의 숲'

많은 사람들이 지구의 생태 위기를 알게 되고 변화의 필요성을 확신하지만 아직 개인들이 할 수 있고 즉각적인 성과를 내놓을 수 있는 구체적인 대안들을 발견하기는 어렵다. 빈곤과 과잉 인구, 근시안, 탐욕이 가하는 거센 압력으로부터 야생지를 지켜 내기 위한 지구적 투쟁에서 해피엔딩 사례는 별로 없다. 그런데 최근 중앙아메리카에 갔다가 행복한 결말에 이른 흐뭇한 이야기를 듣게 되었다. 캐나다인들에게는 전세계 사람들에게 영감을 불러일으켜 준 사례가 하나 있다. 여기서 핵심적 역할을 한 건 아이들이다.

이야기는 코스타리카 북서부에 위치한 틸라란 산의 안개 자욱한 고지대에서 시작된다. 이곳 사람들은 먼 숲에 살고 있는 황금두꺼비에게 별로 신경을 쓰지 않았다. 하지만 이곳에 살던 열세 살 소년 제리 제임스는 이와 달리 1982년에 이곳을 방문한 양서류 전문가 제이 새비지에게 황금두꺼비의 존재를 알렸다. 새비지는 이 두꺼비를 처음 보고 색깔이 너무나 휘황찬

란해서 아이가 일부러 칠해 놓은 걸로 생각했다. 하지만 제리가 두꺼비 모으는 일을 도와주면서 확신하게 되었고, 2년 뒤 이 지역에서 '황금두꺼비'로 알려진 이 두꺼비는 완전히 새로운 종으로 '부포페리글레네스(Bufo periglenes)'란 학명이 붙었다.

이 두꺼비의 서식지 주변 작은 구역은 '몬테베르데 구름숲보존지구'로 지정되었다. 하지만 브라질과 마찬가지로 코스타리카는 숲을 베어내 땅을 만드는 사람들에게 소유권을 인정해 주었다. 벌목·화전·채굴이 몬테베르데로 좁혀 오자 일단의 토지소유주·농민·생물학자들은 케트살 같은 근사한 새나 맥 같은 동물들을 보호하기 위해서는 보존지구를 확대해야 한다는 걸 깨달았다.

마침내 1986년 보존지구 주변의 땅을 사서 완충지대로 활용하기 위해 '몬테베르데 보존연맹'이라는 민간 비영리 단체가 조직되었다. 그들은 다른 나라의 보존단체들에게 호소하여 원시림 6559헥타르(1헥타르는 약 3000평—옮긴이)의 땅을 살 자금을 모았는데, 이는 보존지구의 두 배가 넘는 면적이었다.

이 무렵 캐나다의 자연주의자 아드리안 포사이드는 〈이퀴녹스(*Equinox*)〉지에 이 사업에 대해 설명하며 100달러면 구름숲의 땅 1헥타르를 살 수 있다는 글을 썼다. 이는 환경운동가라면 당장 알 수 있는 훌륭한 아이디어였다. 1987년 나는 토론토대학에서 열린 몬테베르데를 위한 모금 행사에 참여했는데, 그날 4만 3000달러가 모였을 정도로 자리를 꽉 메운 청중들의 열기가 아주 뜨거웠다. 온타리오 주 환경부 장관 짐 브래들리는 그 지역 주민들을 위해 1만 달러를 쾌척했는데, 이는 먼 나라의 숲이 '우리'와 무관한 일이 아님을 상징하는 행동이었다. 세계야생동물기금의 지원을 받은 캐나다인들의 노력으로 35만 달러가 걷혔는데, 몬테베르데의 생물학자들은 그 돈이면 보존지구 내에 대단히 파괴적인 도로가 생기는 것을 막을 수 있을 것이라고 자신 있게 말했다.

1987년 스웨덴 시골의 작은 초등학교 아이들이 열대우림지대에 대해 공부하기 시작했다. 아홉 살인 롤란드 티엔수는 우림지대와 그곳 동물들을 보호하기 위해 무엇을 할 수 있느냐는 질문을 했다. 티엔수의 질문에 자극을 받은 교사 에아 케른은 방문 중인 미국 생물학자 샤론 킨스먼에게 아이들에게 이야기를 해달라고 부탁했다. 킨스먼은 코스타리카에서 연구할 때 모은 몬테베르데 슬라이드를 보여 주었고, 아이들은 감동해서 구름숲 6헥타르를 살 수 있는 돈을 모았다. 케른과 그녀의 남편은 '아이들의 구름숲'이란 단체를 만들었는데, 이 단체를 통해 스웨덴 학교 아이들은 몬테베르데를 위해 수십만 달러를 모았다.

1988년에 샤론 킨스먼은 '아이들의 구름숲 미국'을 만들었고, 영국의 티나 졸리프는 '아이들의 열대우림 영국'을 세웠다. 1989년에는 '일본 아이들의 정글'이란 단체가 만들어졌다. 국제 규모로 아이들이 개입하자 보존 연맹은 아이들만을 위한 숲을 특별히 사기로 했다. 지금 '아이들의 영원한 숲'은 7000헥타르 가량을 소유하고 있으며, 장기적으로는 1만 6000헥타르 이상을 사들일 계획이다. 1990년에 아이들은 몬테베르데의 '국제 어린이들의 숲'에 100만 달러 넘게 모아 주었다.

지금도 몬테베르데 주변 땅을 1헥타르당 250달러에 사들이고 있다. 하지만 이미 보존지구 안에 있는 땅을 보호할 돈을 마련하는 것도 마찬가지로 중요하다. 보존지구에서의 밀렵과 불법 벌목, 무단 점거를 줄이기 위해서는 주변 지역에 사는 농민들에게 야생지의 가치를 알려 주어야 한다. 현재 농민들은 땅을 다시 푸르게 하기 위한 교육을 받고 있는데, 무엇보다 다시 만들어진 숲이 목축을 보호하고 이미 경작된 땅의 생산성을 높이는 바람막이 역할을 해주기 때문이다. 새로 심은 나무는 울타리가 되어 주고, 목재와 땔감이 되어 주기도 한다.

　이런 교육 프로그램과 나무 모종에는 돈이 들어간다. 더 많은 산지기와 빠른 전화 시스템이 필요하다. '아이들의 숲' 직원들은 전 세계 어린이를 위한, 원형극장이 딸린 교육센터를 짓는 게 꿈이다.

　캐나다인들은 계속해서 보존운동을 지원하고 있으며, 몬테베르데에서의 역할에 자부심을 가질 만하다.

●●●●●

'아이들의 영원한 숲'은 산자락의 습지대와 습한 우림지대 사이의 아늑한 비탈에 자리잡고 있어 생물다양성이 대단히 풍부하다. 공원 일부를 관통하는 '재규어 협곡'에서는 과학계에 처음 알려진 나무 30종이 발견되기도 했다. 이 공원은 나무늘보, 흰얼굴원숭이, 아구티들쥐, 긴코너구리, 킹카주너구리, 마루과이고양이, 호저, 돼지코스컹크, 여우, 코요테, 아르마딜로, 박쥐의 고향이기도 하다. 이제 2만 헥타르가 넘는 '아이들의 숲'은 중앙아메리카에서 가장 넓은 개인 보호지로, 비영리 단체인 '몬테베르데 보존연맹'이 돌보고 있다.

기후 변화는 구름숲에도 영향을 끼치고 있다. 건기가 더 따뜻해지고 길어짐에 따라 언제나 같은 자리에 있던 구름대가 산 위로 이동하고 있다. 맨처음 이 공원을 조성하는 데 촉매 역할을 한 황금두꺼비는 이미 산꼭대기까지 올라가 살고 있는 게 발견되었다. 1987년, 그리고 1991년에서 1994년 사이에 알란 파운즈 박사는 몬테베르데 일원 30제곱킬로미터를 조사한 결과 황금두꺼비를 포함한 50종의 생물 가운데 20종이 사라졌음을 알았다. 그는 기후 변화가 그 원인이라고 믿는다.

미래를 위해 행동하는 아이들

"어린아이가 이들을 이끌며"(이사야 11:6).

구약에서 아이들이 지도자가 되는 것은 아마겟돈 이후다. 그러니 아이들의 말에 귀기울이지 않다가 묵시록 같은 환경 대참사를 당하지 않도록 하자. 벌거벗은 임금님 이야기에 나오는 아이처럼, 아이들은 대부분 사실을 분명하고 천진하게 볼 수 있으며, 본 그대로 이야기한다.

우리 어른들은 아이들이 지구상 그 무엇보다 소중하다고 말한다. 만일 그렇다면 아이들이 어떤 세상에서 살아갈지 깊이 고민을 하는 사랑이어야 한다. 내가 살아온 지난 반세기 동안 지구는 믿을 수 없이 변했다. 말할 수 없이 다양했던 야생동물과 무한해 보였던 오래된 숲들이 무참히 줄어들어 지금은 그 흔적만 남았을 뿐이다. 우리는 아이들이 생물다양성이 눈에 띄게 줄어든 세상을, 공기와 물과 땅이 오염되어 만신창이가 된 세상을 물려받을 것임을 확실히 안다. 우리 아이들을 정말 사랑한다면 사태가 더 이상 나빠지지 않도록 모든 노력을 다하지 않는 것에 대해 뭐라 변명할 것인가?

아이들은 정치적으로나 경제적으로나 법적으로는 무력할지 모르지만, 지금 어떤 결정이 내려지느냐에 따라 가장 큰 영향을 받게 된다. 지금 정부나 기업에서 권력을 가진 사람들은 대부분 자기네 행위나 방기(放棄)가 가져올 결말에 별 영향을 받지 않고 살 것이다. 하지만 21세기에 어른이 되는 사람은 지금의 아이들이다. 그래서 아이들이 스스로의 운명을 결정하는 데 적극적으로 나서야 한다는 것이다.

부모들에게 영향을 끼칠 수 있는 방법 하나. 학교는 아이들에게 엄청난 영향을 끼치는 기관으로, 부모보다 환경 문제에 대한 인식을 높이는 데 더 큰 역할을 하는 경우가 많다. 아이들의 부모는 법률가·노동자·의사·주부·정치인 등 사회에서 중요한 역할을 하는 사람들이다. 즉 사회를 구성하는 사람들이다. 그렇다면 환경 의식을 갖춘 아이들이 사회에서 가장 중요하다는 어른들에게 영향을 끼쳐야만 한다. 아이들 말고 누가 그럴 수 있겠는가?

내 딸 세번 컬리스 스즈키는 고등학교 2학년인 열세 살 소녀로, 농구팀 만든 걸 가장 자랑스러워하는 아이다. 이 아이는 어렸을 때부터 타라와 나를 따라 온갖 시위와 평화 행진, 환경 행사를 다녔기 때문에 사회운동을 아주 자연스럽게 받아들인다. 세번은 일곱 살 때 브리티시컬럼비아의 스타인 계곡을 지키기 위해 싸우는 루비 던스탠 추장을 후원하기 위해 집 책장에 있는 양장본 책을 길거리에서 한 권당 25센트에 팔다가 내 눈에 띄기도 했다.

1990년에 나는 가족들을 데리고 브라질 아마존 우림지대 한가운데 있는 카이아포 사람들에게 가서 한동안 함께 지냈다. 그것은 마치 5000년이란 세월을 거슬러 올라간 듯한 체험이었다. 당시 열 살이던 세번은 새로 만난 카이아포 친구들과 아주 좋은 시간을 보냈다. 그곳을 떠나오면서 특히 안타까웠던 것은 숲 위로 비행기를 타고 지나갈 때 카이아포 사람들의 땅이 금광과 화재로 파괴되어 가는 모습을 보았을 때였다.

카이아포 친구들에 대한 걱정으로 세번은 5학년 학생들로 이루어진 '환경을 지키는 어린이 조직(ECO: Environmental Children's Organization)'이란 단체를 만들고 환경 문제를 알리기 시작했다. ECO는 도마뱀붙이를 닮은 세라믹 브로치를 만들었다. 소녀들은 이것을 에코게코(eco-gecko)라 이름 붙이고 학교에 전시했는데, 학생들과 교사들의 주문이 밀려드는 대성공을 거두었다. ECO는 금세 150달러를 모았다.

그런가 하면 고향이 사라와크인 페난 사람들의 숲이 벌목으로 파괴되어 어려움을 겪고 있다는 솜 헨리의 연설을 듣고 나서는 커다란 정수기를 사서 밴쿠버를 방문한 페난 사람들에게 선물했다. 슬라이드 쇼를 하기도 하고, 학교나 소년·소녀 모임에서 이야기하면서 이들은 지역의 주목을 받게 되었다.

1991년 여름에 세번이 리우에서 '큰 환경회의'가 열린다는데 나도 거기에 참석하느냐고 물었다. 내가 안 간다고 대답하자 아이는 깜짝 놀라면서 이렇게 말하는 것이었다. 'ECO가 참석할 수 있도록 모금을 하고 싶어요. 저는 양심이 살아 있다는 걸 보여 주기 위해 어른들 대신 아이들이 거기에 가야 한다고 생각해요." 나는 딸에게 그곳까지 간다는 게 위험하기도 하고 돈도 많이 들고 실망스러울 것이라고 경고하고는 금세 잊어버렸다. 그런데 두 달이 지났을 때 세번이 집에 와서는 "아빠, 샌프란시스코에 있는 아이라 히티 재단으로부터 1000달러짜리 수표를 받았어요"라고 하는 게 아닌가. 그제서야 나는 아이라히티 재단의 창립자 더그 톰킨스가 여름에 타라와 나를 찾아와서 세번과도 이야기를 나누었고, 세번이 그에게 자신의 생각을 말했다는 기억이 났다. 그는 딸에게 후원 신청을 해보라고 격려해 주었고, 딸은 그렇게 했다. 그리하여 그가 후원을 받아낸 것이었다.

나는 리우 회담에 별 기대를 걸진 않았지만 세번이 그토록 진지한 것을 보고는 딸 같은 아이들이 어른들은 할 수 없거나 하려 하지 않는 말을 할 수 있다는 생각을 하게 되었다. 그래서 세번에게 그 정도로 진지하다면 나머지 돈을 클럽에서 모금할 경우 네 경비뿐만 아니라 보호자로서 타라와 나의 경비까지 부담하겠다고 말했다. 그렇게 해서 아이들이 모은 돈은 자그마치 1만 3000달러나 되었다! 그 돈은 내가 부담한 액수와 함께 소녀 5명과 부모 3명이 함께 리우에 가기에 충분한 금액이었다.

타라와 내가 리우 회담에 등록하자 지구정상회담, 글로벌 포럼, 지구의회 등의 프로그램에 참석해 달라는 요청이 왔다. 우리는 행사 때마다 아이들이 간단히 이야기할 수 있는 기회를 주었다. 아이들은 열렬한 환호와 기립박수를 받았으며, 감동의 눈물을 흘리는 청중들도 있었다.

타라가 참석한 지구의회 프로그램에서 세번과 미셸 퀵이 발언하고 나자, 청중석에 앉아 있던 유니세프 미국 의장인 윌리엄 그랜트가 세번에게

우리 아이들에게 어떤 세상을 물려줄 것인가

달려와 연설문 복사본을 하나 달라고 했다. 그는 "멀로니(캐나다의 정치가로 두 차례 총리를 지낸 인물-옮긴이) 씨가 도착하면 직접 전해 주마"고 딸에게 약속했다. 그날 밤 우리는 그랜트가 우연히 모리스 스트롱(유엔환경계획 총재를 지낸 환경 전문가-옮긴이)과 마주치자, 그에게 지구정상회담에서 세번에게 발언할 기회를 주자고 강력히 부탁했다는 사실을 알게 되었다. 스트롱은 식순을 어겨 가면서까지 세번과 유소년 단체를 대표하는 다른 세 소녀에게 발언권을 주었다.

세번은 도와주겠다는 내 제안을 정중히 거절하고 직접 연설문을 열심히 썼다. "아빠, 전 제가 '무슨' 말을 해야 하는지 알고 있어요. 아빠는 그걸 '어떻게' 말하면 좋은지 가르쳐 주시기만 하면 돼요." 세번의 연설은 청중의 반향을 계속 불러일으키는 인상적인 것이었다. 연설이 끝나자 당시 테네시 주지사였던 앨 고어가 달려와 "리우 최고의 연설이었다"고 말했다. 모리스 스트롱은 회담을 마칠 때 세번의 연설을 인용하기까지 했다. 또한 지구정상회담에 관한 유엔의 공식 비디오는 세번의 연설을 일부 인용하면서 끝맺고 있다. 세번의 연설을 담은 비디오는 전세계에 널리 퍼졌고, 결의에 찬 개인이라면 아이라 할지라도 상당한 영향을 끼칠 수 있는 사례로 제시되고 있다.

1992년 6월 11일, 브라질 리우데자네이루에서 열린 지구정상회담 본회의에서 세번이 한 연설의 전문은 다음과 같다.

안녕하세요, 저는 ECO(환경을 지키는 어린이 조직)의 세번 스즈키입니다.
저희들은 열두 살, 열세 살의 캐나다 어린이들로 무언가 의미있는 일을 하려는 단체 회원들이며, 바네사 수티, 모건 가이슬러, 미셸 퀵, 그리고 제가 이 자리에 참석했습니다.

저희들은 여기 오신 어른들에게 사는 방식을 바꿔야만 한다는 이야기를 드리려고 6000마일을 여행하는 데 필요한 경비를 직접 모금했습니다.

오늘 여기까지 온 저는 따로 숨겨 놓은 의제는 없습니다. 다만 제 미래를 위해 싸울 뿐입니다.

제 미래를 잃어버린다는 것은 선거에서 진다거나 주식시장에서 돈을 잃는 것과는 다른 일입니다.

저는 미래의 모든 세대를 위하여 말하려고 여기에 섰습니다.

울음소리가 들리지 않는 전세계의 굶어죽어 가는 아이들을 위해 이야기하려고 여기에 섰습니다.

그리고 오갈 데 없이 죽어 가는 이 지구상의 헤아릴 수 없는 동물들을 위해 이야기하려고 여기 왔습니다.

저는 지금 오존층에 난 구멍 때문에 햇볕 속으로 나가기가 두렵습니다.

저는 공기 안에 무슨 화학물질이 들어 있을지 모르기 때문에 숨을 쉬기가 두렵습니다.

전에는 아빠와 함께 고향인 밴쿠버에서 낚시하는 걸 즐겼는데 몇 년 전 그 물고기들이 온통 암에 걸렸다는 것을 알게 되었습니다.

그리고 지금은 날마다 동물과 식물이 영원히 사라지고 있다는 이야기를 듣고 있습니다.

저는 엄청난 야생동물들과 새들과 나비들이 가득한 정글과 열대 숲들을 보길 꿈꾸어 왔습니다. 하지만 그런 것들이 제 아이들이 볼 수 있을 때까지 남아 있을지 모르겠습니다.

여러분도 제 나이 때 그런 걱정을 하셨는지요?

이 모든 일이 지금 우리 눈앞에서 벌어지고 있는데도 우리는 충분한 시간과 해결책이 있다는 듯 행동하고 있습니다.

우리 아이들에게 어떤 세상을 물려줄 것인가

저는 아직 어리기 때문에 해결책을 전부 갖고 있지 못합니다만, 여러분도 저와 마찬가지라는 사실을 아시면 좋겠습니다.

여러분은 어떻게 하면 오존층에 난 구멍을 메울 수 있는지 모릅니다.

여러분은 어떻게 하면 죽은 강으로 연어가 다시 돌아오게 할 수 있는지 모릅니다.

여러분은 어떻게 하면 멸종된 동물이 다시 나타나게 할 수 있는지 모릅니다.

그리고 지금은 사막이 되어 버린 곳에 한때 울창했던 숲을 되살려 놓을 수 없습니다.

고칠 방법을 모르면 제발 망가뜨리지 말아 주세요!

여기 오신 분들 가운데는 정부 대표단도, 기업인도, 대회를 조직한 분도, 기자도, 정치인도 있을 줄 압니다. 하지만 동시에 여러분은 어머니와 아버지, 자매와 형제, 이모와 삼촌이기도 합니다. 그리고 모두 누군가의 자녀입니다.

저는 아직 어리지만 우리가 모두 50억이나 되는 한 가족의 일원이란 걸, 동시에 3000만이나 되는 생물종의 일원이란 걸 압니다. 국경과 정부가 그런 사실을 바꿀 수 없다는 것도요.

저는 아직 어리지만 우리 모두 여기 함께 모였으며 하나의 목표를 향해 하나의 세계가 되어 행동해야 한다는 것을 압니다.

저는 분노하고 있지만 눈멀어 있지는 않으며, 두렵긴 하지만 제가 어떻게 느끼는가를 세상에 말하는 것이 무섭진 않습니다.

제가 사는 나라에서는 사람들이 너무 많은 쓰레기를 만들어 냅니다. 우리는 사고 버리고, 사고 버립니다. 하지만 북반구 나라들은 가난한 나라 사람들과 나누려 하지 않습니다. 충분한 정도 이상으로 가지고 있으면서도 우리가 가진 재산을 조금이라도 잃고 싶어하지 않고, 나누어 갖기를 두려워합니다.

캐나다에서 우리는 풍부한 식량과 물, 집 등 특권을 누리고 삽니다. 우리에겐 시계, 자전거, 컴퓨터, 텔레비전도 있습니다.

이틀 전 이곳 브라질에서 길거리에 사는 아이들과 함께 시간을 보내며 충격을 받았습니다.

어떤 아이가 이런 말을 하더군요. "난 부자가 됐으면 좋겠어. 부자가 되면 거리의 모든 아이들에게 먹을 것과 옷, 약, 집, 사랑, 애정을 주고 싶어."

가진 게 아무것도 없는 길거리에 사는 아이가 기꺼이 나누려고 하는데 왜 모든 걸 가진 우리는 더 욕심을 낼까요?

저는 이 아이들이 제 또래이며, 어디서 태어나느냐에 따라 형편이 너무나 달라진다는 생각을 하지 않을 수가 없습니다. 저 역시 리우의 파벨라스(리우의 빈민가)에 사는 이런 아이들 중 한 명이 될 수도 있었을 겁니다. 소말리아의 굶주리는 아이가 될 수도, 중동에서 일어난 전쟁의 희생자가 될 수도, 인도의 거지가 될 수도 있었을 겁니다.

저는 아직 어리지만 전쟁에 쓰여지는 모든 돈을 가난을 끝내는 데, 환경 문제의 해결책을 찾아내는 데 썼더라면 이 지구가 얼마나 근사한 곳이 되었을지는 압니다.

학교에서, 심지어 유치원에서도 여러분은 우리에게 어떻게 행동해야 하는지를 가르칩니다.

여러분은 우리에게 이렇게 하라고 가르칩니다.

- 남하고 싸우지 말라.
- 노력해서 성취하라.
- 남을 존중하라.
- 지저분해지지 않게 잘 치우라.
- 다른 생명을 해치지 말라.
- 욕심내지 말고 나누라.

그러면서 왜 딴 데 가서는 우리에게 하지 말라던 일을 하십니까?

여러분이 왜 이런 회담에 참가하는지, 누구를 위해 일하는지 잊지 마시기 바랍니다. 우리는 여러분의 자녀들입니다.

여러분은 우리가 어떤 세상에서 자랄 것인지를 결정합니다.

부모는 아이들한테 "모든 게 다 잘 될 거야", "우린 최선을 다하고 있어", "아직 세상이 끝난 게 아니란다"는 이야기로 아이들을 달랠 수 있어야 합니다.

하지만 전 여러분이 더 이상 그런 이야기를 우리에게 해줄 수 없다고 생각합니다.

우리가 과연 여러분의 우선순위 목록에 있기라도 하나요?

제 아빠는 언제나 "네 '말'이 아니라 네 '행동'이 너를 말해 준다"는 이야기를 하십니다. 그렇다면 여러분의 행동이 밤마다 저를 울립니다.

어른들은 우리를 사랑한다고 말합니다. '부디' 여러분이 말한 대로 행동해 주세요. 들어주셔서 감사합니다.

●●●●●

세번의 연설은 놀라운 충격을 주었고, 그 때문에 그녀의 삶도 큰 영향을 받았다. 딸은 캐나다와 미국의 언론들과 인터뷰를 많이 했다. 유엔환경계획이 주는 '글로벌 500상'(매년 6월 5일 세계 환경의 날에 환경보호와 개선에 뛰어난 업적을 이룬 개인과 기관에 주는 상-옮긴이)을 받게 되어 베이징에 가기도 했다. 베스트셀러가 된 딸의 책 『세상에 말하자(Tell the World)』에는 리우에서 한 연설을 포함하여 이런저런 경험이 담겨 있다. 세번은 모리스 스트롱과 미하일 고르바초프가 주도하고 스티븐 록펠러가 참여한 지구헌장의 초안을 작성하는 위원으로 선정되기도 했다.

세번이 가장 자랑스러워하는 일은 자기 고등학교 농구부의 선발 선수가 된 것이었다. 2000년에는 깨끗한 공기를 위해 자전거를 타고 캐나다를 횡단하기도 했다. 예일대학에서 생태학과 진화를 전공한 세번은 2002년에 졸업했다. 그녀는 '스카이피쉬(Skyfish) 프로젝트'라는 환경 싱크탱크를 만들어 개개인이 환경에 끼치는 영향을 줄일 수 있도록 생활 방식의 확실한 변화를 이끌어 냄으로써 미래에 대해 책임을 지려 하고 있다. 코피 아난 유엔 사무총장에게 자문을 해주는 위원회 위원이 된 세번은 2002년 요하네스버그에서 열린 지구정상회담 대회 취지 초안 작성을 돕기도 했다.

우리 아이들에게 어떤 세상을 물려줄 것인가

지속 가능한 사회로 나아가는 독일

미국과 일본을 포함한 선진국들은 장기적이고 심각한 불경기를 겪어 왔다. 정치인과 기업인들이 경제성장을 위해서라면 온갖 수단을 다 동원하는, 시대에 환경 문제가 뒷전으로 밀리는 건 어쩌면 당연한 일일 것이다. 그래서 세계 경제에서 막강한 지위를 차지하고 있는 나라가 문제를 똑같은 방식으로 보지 않는다는 사실을 알게 되는 것은 대단히 고무적인 일이다.

1988년 토론토에서 열린 대기 변화에 관한 국제 컨퍼런스에서 파견단들은 정부에게 15년 내로 이산화탄소 배출량을 20% 줄일 것을 요구했다. 서독은 자진해서 그보다 훨씬 엄격한 25~30%를 2005년까지 감축하겠다는 선언을 했다(이와는 대조적으로 리우 지구정상회담에서 채택되고 캐나다가 서명한 대기협약은 1990년 수준의 이산화탄소 배출량을 2000년까지 유지하는 데 그쳤다). 서독이 설정한 목표는 산업이 노후화되고 오염 배출량이 많은 동독과 통합되기 이전 것이었다. 그럼에도 이 나라는 원래의 목표를 달성하기 위해 계속 분투하고 있다.

선진국들이 GNP의 0.7%를 가난한 나라를 원조하는 데 쓰기로 약속한 지 몇 년이 지났다. 리우에서 잘사는 나라들은 이 약속을 갱신하길 주저했고, 네덜란드와 스칸디나비아 국가들만 실제로 목표를 달성했다. 통일 비용과 동독의 산업을 정화하는 비용이 엄청남에도 불구하고 리우에서 헬무트 콜 총리는 0.7% 약속을 "가능한 한 빨리" 지키기 위해 진지하게 노력하겠다고 맹세했다.

오존층 파괴가 예상보다 빨리 진행됨에 따라 선진국에서 CFC를 2000년까지 없앤다는 몬트리올 의정서의 목표가 2년 앞당겨졌다. 캐나다는 CFC를 그보다 빨리 없애기를 희망하며, 독일의 경우 늦어도 1995년까지는 CFC를 없앨 계획을 발표했고, 지금은 1993년까지 없애려고 노력하는 중이다! (그리고 성공했다.)

환경에 대한 책임 의식을 보여 주는 인상적인 사례들이 있다. 최근에 오타와 소재 독일대사관의 1등 서기관인 클라우스 슈미트 박사를 만났는데, 그는 독일 정치인과 기업인들은 경제의 건강성이 환경의 질과 별개일 수 없다는 것을 당연히 여긴다고 말했다. 그 증거로 정부와 산업가의 솔선수범 사례들을 하나하나 말해 주었다. 예를 들어 슈타일만 연구소는 화학약품을 전혀 첨가하지 않은 천연섬유와 색만을 써서 만든 의류 생산 라인을 개발했다. 독일 자동차 산업계는 연방법이 개정될 것을 예상하여 부속을 떼어내어 재활용할 수 있는 자동차를 개발하고 있다. 지금의 자동차 디자인은 환경에 미칠 영향을 줄이고 안전을 강조한다(메르세데스는 에어백을 기

우리 아이들에게 어떤 세상을 물려줄 것인가

본 사양에 처음으로 넣은 회사다).

독일은 법으로 상품의 필수 요소가 아닌 포장은 파는 사람이 회수하도록 한다. 판매자는 포장을 재활용할 수도 있고 제조자에게 돌려보낼 수도 있다. 제조자는 그것을 그냥 버릴 수는 없고 재생하거나 재활용해야 한다.

북미 산업 대부분은 유럽공동체 국가들과 마찬가지로 생태적으로 민감한 이런 관행들을 따를 준비가 되어 있지 않다. 그 대신 글로벌 경쟁력을 키우기 위해 정부의 규제를 더 풀어 달라는 요구를 흔히 한다. 일본과 마찬가지로 독일 산업계는 정부·산별 노조들과 일종의 경제적·환경적 제휴를 맺고 긴밀히 협조한다. 이들은 환경에 대한 책임을 더 짐으로써 추가되는 비용은 장기적으로 회수되는 것으로 알고 있으나 슈미트는 이렇게 말한다. "우리가 어쨌든 이 일을 해야 하는 건 그것이 옳은 일이기 때문입니다."

왜 영국도, 프랑스도, 환경 분야의 선두 주자인 이탈리아도 아니고 독일일까? 우선 독일에는 자연에 관한 신화가 풍부하다. 또 하나 이 나라는 산업 발전으로 인한 생태 비용을 이미 지불하고 있다. 유명한 흑림(黑林)은 유럽 산업이 초래한 산성비 때문에 죽어 가고 있다. 독일의 '숲'은 진짜 숲의 풍부한 생물다양성이 부족한 3~4세대 조림(造林)이라 환경 스트레스에 대단히 취약하다.

독일은 핵 강대국들 사이에 위치한 까닭에 오랫동안 고민이 많았다. 체르노빌 사태는 방사능 낙진에 대해 거의 히스테리를 유발했다. 북해에서 바다표범이 1만 마리나 원인을 알 수 없이 죽자 독일인들은 이를 경고로 받아들였다. 바젤에서 유출된 화학물질 때문에 라인 강이 오염되면서 독일인의 옛이야기 속에 깊이 각인되어 있는 강의 식물과 동물이 엄청나게 죽는 일이 발생하기도 했다.

나는 종종 캐나다 변방에서 자기 나라에서는 볼 수 없는 자연의 아름다움에 푹 빠져 있는 독일인 관광객들을 만나게 된다. 그들은 놀라운 자연을 지금보다 더 귀하게 여기고 돌볼 줄 알아야 한다며 꾸짖곤 한다. 지금의 독일은 생태적으로 책임 있게 행동하는 것이 경제적으로도 옳은 일임을 보여 주고 있다.

● ● ● ● ●

독일은 덴마크나 노르웨이, 네덜란드, 스웨덴 같은 유럽의 다른 나라들과 마찬가지로 재활용, 에너지 효율, 대체에너지 분야에서 앞서 나가고 있다. 독일에서 지속 가능한 사회를 위한 긍정적인 행보를 보여 주는 사례들이 나의 책 『변화를 위한 좋은 소식: 위기의 지구를 위한 희망』에 소개되어 있다. 풍력 발전 분야에서 독일은 세계 최고의 기술 수출국이 되었다. 독일에는 2002년 현재 1만 1000개가 넘는 풍력 터빈이 있는데, 이는 전세계에 있는 풍력 터빈의 절반에 해당하는 숫자다. 2001년에는 터빈의 수가 44%나 증가하여 독일 전체 발전량의 3.5%를 공급하게 되었다. 이렇게 극적으로 확대된 것은 정부가 원자력 발전을 전면 폐기하기로 결정했기 때문이다.

독일은 해안에서 무려 45킬로미터 떨어진 곳에까지 거대한 터빈 5000개를 세우는 풍력공원을 지을 계획을 세웠다. 유럽의 풍력산업계는 적절한 법적·재정적 지원만 있다면 앞으로 10년 안에 5억 유럽인을 위해 에너지를 공급할 수 있을 것으로 예측한다.

수질오염과 데이비드 쉰들러

미국에 워낙 가까이 붙어 있다 보니 캐나다인들은 종종 자기 나라의 진정한 영웅을 알아보지 못하곤 한다. 이런 경향은 특히 과학 분야에서 두드러지는데, 캐나다 과학계의 실력자들이 봉급이나 명성이나 연구 지원의 유혹 때문에 흔히 고국을 떠나는 것이다. 그래서 과학적으로나 환경적으로나 한 차원 높은 이야기를 발견한다는 것은 흐뭇한 일이다.

이야기는 국제공동위원회가 5대호의 수질을 조사하자는 제안을 한 1964년으로 거슬러 올라간다. 1년 뒤에 나온 중간 보고서는 심각한 부영양화(富營養化)가 진행되고 있음을 밝혔다. 즉, 영양분이 넘쳐나는 바람에 조류(藻類)가 폭발적으로 증가하면서 산소를 다 빨아들이고 다른 생명체들까지 질식시킨다는 것을 알아낸 것이다. 이 조사로 인간의 활동이 수질에 끼치는 영향을 밝히고 규제 가이드라인을 만들어 내기 위한 더 많은 연구가 시급해졌다.

우리 아이들에게 어떤 세상을 물려줄 것인가

지금은 해양수산부에 통합된 캐나다 어업연구위원회가 연구 지역을 물색하기 시작했다. 임업회사들과 온타리오 주정부는 온타리오 케노라 남동부의 숲 일부를 연구 공간으로 떼어놓는 데 합의했다. 실험 대상이 되는 호수 구역은 크기가 5헥타르에서 60헥타르에 이르는 호수 46개를 포함하는 광범위한 지역이었다.

1968년에 생태학자인 데이비드 쉰들러가 이 지역 연구를 지휘하는 일을 맡았다. 그의 지휘 아래 이 실험 지역은 전세계 과학자들의 인정을 받는 결과물을 만들어 내고 캐나다와 미국과 유럽의 법규에 영향을 끼치는 과학계의 모체가 되었다. 첫 번째 연구 프로젝트는 이리 호의 부영양화가 심각해지면서 촉발되었다. 쉰들러 연구팀은 1973년에 탄소·질소·인 화합물을 여러 호수에 일정량 투입한 결과 부영양화를 일으키는 주원인이 하수와 세제에서 나오는 인산염이란 사실을 밝혀 냈다. 캐나다는 즉각 세제의 인산염 양을 제한하고 하수 처리 기준을 강화했다. 쉰들러의 연구는 미국에도 영향을 끼쳐 캐나다의 선례를 따르는 주가 점차 늘어났다. 인산염 수준이 떨어지자 이리 호와 온타리오 핼리버튼과 무스코카에 있는 호수들의 수질이 금세 눈에 띄게 좋아지면서 이 조사의 가치를 입증했다.

일찍이 쉰들러는 산성비가 앞으로 문제될 것이라고 여겨 1974년 정부가 정책을 개발하기 전에 이미 여러 호수 지역을 연구하기 시작했다. 1976년에는 호수에 황산을 인위적으로 투입하는 연구도 했다. 이 연구는 호수가 산성화될수록 동식물종들이 특정 순서에 따라 사라진다는 것을 보여 주었다. 먹이사슬의 말단에 있는 종들이 사라지자 큰 물고기에까지 이르는 '연쇄 멸종'이 일어났다. 산성화를 멈추고 물의 산성도를 떨어뜨리자 종들이 사라질 때의 역순으로 되돌아오기 시작했다. 이런 연구를 통해 쉰들러는 흡수되어 호수를 복원시킬 수 있는 산성도 수준을 정할 수 있었다. 이 수준은 정부가 국제회의에서 협상할 수 있는 목표치가 되었다. 부영양화와 산성화에 관한 쉰들러의 조사는 정부가 규제를 시행하는 데 80억 캐나다달러라는 거금을 집행하도록 만들었다.

이 호수를 조사하는 20년 동안 이 지역의 기온은 평균 섭씨 2도 이상 올라갔다. 쉰들러 팀은 가장 중대한 작업이라 할 수 있는 연구를 통해 기온이 호수 일대의 생물학적 분포에 어떤 영향을 끼치는지를 조사했다. 이는 지구 온난화의 장기적 영향을 이해하기 위한 기초 작업이었다.

노벨상과 견줄 만한 상으로 새로 제정된 스톡홀름워터프라이즈(Stockholm Water Prize : 세계적으로 우수한 연구 업적을 남긴 학자들에게 수여되는 상—옮긴이)의 공고는 다음과 같았다.

"오늘날 우리의 생존 자체를 가장 크게 위협하는 것들 중 하나가 환경오염이며, 그 중에서도 수질오염이 심각하다. 물은 지구에 살고 있는 모든 생명의 선결 조건이므로 자국만의 문제라 할 수 없는 국제적 문제다."

1994년 8월 14일에 쉰들러는 상금 15만 달러를 주는 스톡홀름워터프라이즈의 최초 수상자가 되었다. 쉰들러는 이 상을 충분히 받을 만한 사람이며, 모든 캐나다인들은 연방정부와 지방정부, 그리고 이 탁월한 프로젝트에 참여한 과학자들의 장기적 안목과 노력에 자부심을 가져야만 한다.

우리 아이들에게 어떤 세상을 물려줄 것인가

데이비드 쉰들러의 연구는 전세계로부터 인정을 받고 있다. 그는 볼보상과 스톡홀름워터프라이즈를 동시에 수상한 최초의 인물이다. 2001년 11월 5일에는 캐나다에서 가장 큰 상인 게르하르트 헤르츠베르크 골드메달의 과학 및 공학 부문을 수상하여 1만 달러라는 연구 자금을 받았다.

쉰들러는 이러한 상을 받을 만한 충분한 업적을 남겼다. 그는 지금은 대기 상층부가 한랭전선과 마주칠 때 응결돼 버리는 휘발성 화합물을 침전시키는 '메뚜기 효과(grasshopper effect)'를 연구하고 있다. 그는 계속해서 정치인·기업가·일반인들에게 대기는 공유재이며, 대기에 악영향을 덜 끼칠 수 있는 방법을 찾아야 한다고 일깨운다. 기후 변화 문제에 관해 그는 절대 양보하지 않는데, 그것은 그의 견해가 최상의 과학적 증거에 바탕을 두고 있기 때문이다.

생태계가 그대로 살아 있는
어느 벌목꾼의 숲

세계 곳곳에서 가장 논란이 많이 되는 생태 문제는 숲의 미래에 관한 것이다. 독일이나 스웨덴 같은 나라에서는 나무가 농작물처럼 계속해서 기르고 수확할 수 있는 게 아니라는 것을 경험으로 안다. 지속 가능한 벌목이란 숲 생태계의 복잡함과 온전함을 언제나 유지하는 것이다. 그러기 위해서는 조심스럽고 선택적인 벌목을 해야 하는데, 그것은 얼마든지 가능하다.

오리건의 크리스 메이서처럼 입업 관행을 근본적으로 바꾸어야 한다고 주장하는 산림 전문가들이 있다. 비록 소수이지만, 이들의 주장은 조리 있고 설득력 있다. 머브 윌킨슨도 그런 사람인데, 숲에 대한 윌킨슨의 생각은 루스 루미스의 책 『자연림: 미래를 위한 숲(Wildwood: A Forest for the Future)』에 수록되어 있다. 이 작은 책에는 지금의 대규모 임업 관행이 얼마나 근시안적인가를 드러내 주는 귀한 상식과 지혜가 곳곳에 담겨 있다. 여기서 자연림이란 밴쿠버 섬에 있는 윌킨슨의 숲 55헥타르를 말한다.

1939년부터 이 숲을 소유한 윌킨슨은 51년 동안 숲을 아홉 번 벌목했는데, 이 기간 총수입의 3분의 1이 이 벌목에서 얻어진 것이다. 1939년에 이 자연림은 150만 보드피트(board feet, 두께 1인치에 1제곱피트의 널빤지)의 목재를 만들어 낼 수 있는 것으로 추정되었다. 1992년이면 같은 숲에서 다시 150만 보드피트만큼의 목재를 만들어 낼 수 있을 것으로 보인다. 같은 기간에 윌킨슨은 140만 보드피트의 양을 벌목했다.

달리 말해 원래 숲의 나무 전체에 가까운 양을 50년 동안 베어냈는데도 이전과 비슷한 수준의 숲이 아직 남아 있다는 것이다! 똑같이 중요한 것은 숲의 생태계가 그동안 '변함없이' 보존되었다는 점이다. 윌킨슨은 20헥타르에서 240헥타르 정도만 이 자연림처럼 돌보면 두 사람을 상시 고용할 수 있고, 벌목 시기에는 트럭 기사와 보조 인원까지 고용할 수 있는 데다 숲이 결코 사라지지 않는다는 계산을 한다.

"효과적인 식림지 관리에 반드시 필요한 요소는 시간이다. 그것은 수십 년 혹은 수백 년에 걸쳐 변화하는 살아 있는 풍경에 매일같이 관여하는 장기적인 안목이다." 그의 운영 원칙은 간단하다. "자연과 어울려 일하라! 언제나 '자연은 최선을 알고' 있다. 내 본능은 자연의 방식이 인간의 것보다 월등히 뛰어나다고 말한다." 그래서 그는 선택적으로 벌목하고, 길 만들기를 최소화하며, 나무와 흙과 지형이 부여하는 제약 안에서만 작업한다. 이 자연림에서는 화학 약품을 쓴 적이 전혀 없다. 1939년에 가문비나무가 병들었으나 재발하지 않았고, '뿌리썩음병' 같은 병의 발병도 줄어들었다.

윌킨슨의 아이디어는 '경제적'으로도 타당성이 있다.

나는 그해의 성장률 이상으로 나무를 베지 않는다. …… 나는 숲을 '은행 잔고'로, 그해의 성장률을 '이자'로 생각한다. '이자'는 숲에서 사라지는 상품으로 전환되지만 '잔고'는 계속 남는다. 이제 나는 '이자' 또는 매년 자라는 양의 5%를 남겨 숲 바닥에서 썩도록 하는 법을 배웠다. 이는 토양에 대한 재투자, 미래를 위한 재투자인 셈이다. …… 대형 벌목회사들은 지속 가능성이라는 개념을 포기한 채 지나친 벌목을 해왔다. 산림청은 1988년에 숲에서 자란 나무의 양이 7400만 보드피트라고 주장한다. 같은 해에 베어낸 양은 9000만 보드피트다. …… 이보다 더한 '재정 적자'가 또 있을까?

월킨슨에게 숲은 나무들이 모인 것 이상이다. "숲에는 서로 의존하는 온갖 벌레와 균류, 굴 파는 동물, 지면을 덮고 있는 식물과 낮은 덤불, 나무, 그 속에 살거나 그곳을 지나가는 새와 짐승, 자연 상태의 수계와 공기 그리고 흙이 있다. 숲의 기본은 흙, 물, 공기, 햇빛이다. 어느 것 하나 나머지와 분리될 수 없다." 대규모 벌목과 재식림은 나무가 숲의 전부인 양 나무에만 신경을 쓴다. 하지만 월킨슨은 숲이 "균형을 이룬 존재이며, 그 균형을 깨뜨릴 경우 우리가 어려움을 겪게 된다는 것"을 안다.

월킨슨의 자연림은 작은 숲을 생물다양성이 풍부한 생태계로 유지하면서 삶을 영위하는 것이 가능하다는 걸 실증적으로 보여 준다. "산업농업식으로 옥수수를 심듯 나무를 재배하는 것"과 달리, 월킨슨의 숲은 "이익도 남기고 미적으로도 변함이 없는 숲이다. …… 이곳에는 아직도 자연 그대로의 야생 동물들—독수리, 도가머리딱따구리, 올빼미, 사슴, 그 밖에 원 서식지에 살고 있는 다양한 동물들—이 풍부하게 남아 있다. 지금까지의 임업 관행은 나무를 다시 기르는 데만 치중했지 숲의 복잡한 생태계에는 별 관심을 갖지 않았다."

월킨슨은 또 이렇게 경고한다. "지금까지는 숲을 서로 의존하는 모든 세대와 생물종들의 생태계로 인식하지 않는 사람들의 손아귀에 숲 관리가 맡겨져 있었다. …… 회의실에 앉아 결정을 내리는 산림 전문가들은 숲의 생명에 대한 존중이라곤 전혀 없이 상품만을 위해 벌목을 지시했다."

캐나다 숲의 미래에 대한 전선(戰線)은 이러한 관점의 차이에 있다. 정부가 머브 월킨슨 같은 사람들에게 좀더 관심을 쏟아야 할 때다.

환경을 생각하는 정치 지도자

1960년대와 1970년대라는 격동기는 피에르 트뤼도(15년간 캐나다 총리를 지낸 인물로 인권과 자유를 강조함—옮긴이)의 퇴임과 베트남전 종전으로 끝났다. 1993년은 경제의 세계화, 그리고 미국 대통령 로널드 레이건과 영국 총리 마거릿 대처, 캐나다 총리 브라이언 멀로니로 요약되는 비열한 사회가 지나가고 있음을 알리는 해였다. 환경 문제에 관해 조지 부시 이상으로 진지한 관심이 부족한 경우를 보기는 어렵다. 부시는 대통령선거 당시 경쟁 상대인 매사추세츠 주지사 마이클 듀카키스의 환경 관련 업적을 맹비난하면서 자신에 대해서는 녹색의 미사여구로 치장하며 스스로를 미래의 '환경 대통령'이라 선언했다. 그러나 대통령에 당선되고 나자 부시는 당장 환경 운동가들에 대한 경멸을 드러냈으며, 리우 지구정상회담을 준비하는 파견단을 노골적으로 비난함으로써 생태 무지의 상징이 되었다. 1992년 대선 막바지에 부시는 민주당 부통령 후보인 앨 고어를 "오존맨"이라며 비웃었

우리 아이들에게 어떤 세상을 물려줄 것인가

다. 클린턴-고어 팀의 승리는 지구의 현 상태를 염려하는 수많은 사람들의 사기를 크게 올려 주었다.

1950년대 초, 내가 온타리오 주 런던에서 고등학교를 다니던 시절 동급생 한 명이 정치를 하고 싶다는 이야기를 했던 일이 기억난다. 그는 캐나다를 좀더 나은 곳으로 만들겠다는 고매한 이상을 가진 학교의 리더였고, 우리는 모두 그 친구를 존경하고 부러워했다. 훗날 나는 그 친구를 종종 생각하면서 "훌륭하고 똑똑한 사람들"을 보면 언제나 정치를 해보라고 권하곤 했다. 우리에겐 정부에 비전과 용기를 주고 성실한 사람이 필요하기 때문이다. 그러나 불행히도 오늘날 많은 사람들은 정치를 한다는 게 돈, 윤리, 자존감을 너무 많이 잃는 일이라고 생각한다. 여론조사를 보면 정치인에 대한 일반인의 존경심은 갈수록 추락하고 있다. 환경 문제에 대한 연방정부의 조치를 보면 일반인의 신뢰가 허물어져 가는 이유를 알 수 있다.

그런데 1989년에 한 정치인을 인터뷰한 적이 있었다. 그가 지구 생태 위기의 범위와 심각성에 대해, 그리고 문제 해결을 위해 자신이 무엇을 할 것인가를 자세히 들려주는 이야기를 들으면서 나는 전율을 느꼈다. 그는 다름아닌 당시 테네시 주 상원의원이었던 앨 고어였다. 그는 1988년 환경 문제를 최우선 과제로 내세우며 민주당 대통령 후보 경선에 나갔으나, 그 무렵 미국의 미디어는 환경 문제가 '대선의 이슈'가 아니라고 선언했고, 고어는 참패를 했다. 고어는 이 패배에 대해 숙고한 끝에 『균형 잡힌 지구: 생태와 인간의 정신』이란 베스트셀러 책을 썼는데, "내 아이들에게 훼손된 지구와 초라한 미래를 물려준다는 생각을 하니 견딜 수 없다"는 게 이유였다.

위기의 범위를 냉철하게 들여다보고, 원인을 지적하고, 생물권의 총체적 붕괴를 피하기 위한 구체적이고도 상세한 전략을 제시하고 있는 이 책을 읽다 보면 무서워지기도 하고 깊이 감탄하기도 하고 영감을 받게 된다. 고어는 인구와 소비와 기술에 유린당하는 지구의 모습을 보여 준다. 생태계의 현실에 대한 세세한 설명은 잘 알고 있는 내용이지만 여전히 충격을 준다. 17억 명의 인구가 깨끗한 물을 구하지 못하고 있고, 매년 2만 5000명이 수인병으로 숨지고 있으며, 세계의 화학물질 생산량이 7~8년마다 두배로 증가하고 있고, 현재 살충제가 1962년에 비해 "1만 3000배나 빠른 속도로" 만들어지고 있으며, "미국 사람들이 매일 만들어 내는 쓰레기가 자기 몸무게보다 무겁다"는 이야기들이 그것이다.

고어의 다음과 같은 분석과 확신 때문에 이 책은 더 힘을 갖는다. "우리는 야생지에 적대적이고, 자연 풍경보다는 콘크리트를 더 좋아하는 듯한 세계를 만들고 있다." 고어가 보기에 지구 위기는 "말하자면 내면의 정신적 위기가 밖으로 드러난 것"이다. 우리는 살아 있는 세계의 나머지 존재들과 비슷한 존재라는 일체감을 갖고 있을 때 맛볼 수 있었던 놀라움과 경외심을 잃어버렸다. 그래서 고어는 우리가 자연으로부터의 소외를 과소비로 보상받으려는 역기능적인 종이라고 말한다. "문명이 사실 지구 자체를 소비하는 데 중독되어" 있기 때문에 우리는 더 이상 합리적인 존재가 아니다.

고어는 자신을 포함하여 얄팍한 정치에 사로잡혀 있는 정치인들을 고발한다. "음성 변조, 10초짜리 육성 홍보, 선정적인 슬로건, 인용될 만한 말만 하기, 보도를 지나치게 의식하는 사진 포즈 등등…… 환경은 인기나 표나

우리 아이들에게 어떤 세상을 물려줄 것인가

관심을 얻기 위해 정치 게임에 이용되는 또 하나의 이슈에 불과한 게 아니다. 보다 강력하고 효과적인 해법을 제시하고 그것의 실현을 위해 열심히 싸움으로써 정치적 위험을 더 많이 떠안을—아울러 정치적 비판을 더 많이 견딜—때가 온 지 이미 오래됐다."

고어는 우리와 세계의 관계를 크게 왜곡한 경제학을 공격하기도 한다. "GNP를 계산할 때 천연자원은 소모되는 만큼 평가절하되지 않는다." 경제학자들은 "천연자원이 무한한 '자유재'라는 어리석은 가정을 한다." 그 때문에 우리는 결국 "살면서 가능한 한 많은 천연자원을 써버려도 전혀 문제가 없다는 듯 행동하게" 되었다. 이는 정치인으로서는 극히 드물게 용기 있고 지각 있는 통찰이다.

결국 고어는 우리가 물려받은 것을 미래 세대들에게 물려주기 위해 신의 창조물들을 돌봐야 하는 책임이 있다는 교훈을 다른 위대한 종교에서와 마찬가지로 기독교에서 발견한다. 그는 이렇게 묻는다. "지구가 주님의 것이라면 우리는 그것을 돌볼 책임을 부여받은 것일 텐데 기독교인들은 전에 없이 지구를 이토록 파괴하는 전 지구적 야만 행위에 어떻게 대처할 것인가?"

그가 가장 염려하는 것은 미래 세대다. 그것은 우리가 "오늘 우리의 행동이 우리 자녀와 손자 손녀들에게 어떤 영향을 끼칠지, 우리 자신을 초월하여 볼 줄" 모르기 때문이다. "우리는 우리 아이들의 미래에 대한 걱정보다 우리 자신의 몫을 치르는 불편을 어떻게 하면 피할 수 있을까 더 걱정을 한다. …… 우리는 지구 자원을 지속 불가능한 속도로 다 캐내 버림으로써 우리 아이들의 아이들이 우리와 조금이나마 비슷한 생활을 할 꿈도 꾸지 못하도록 만들고 있다."

고어는 더 많은 정보를 요구하는 정치인들의 경향을 신랄하게 비판한 다. "실은 끔찍하고 불편한 진실을 회피하려는 노력"이기 때문이다. "우리 는 위기의 전모를 구석구석 다 알기 전이라도 대담하고, 결단력 있게, 포괄 적이고 신속하게 행동해야 한다."

그의 해법은 세계를 구하기 위한 '전 지구적 마셜플랜'이다. 그는 다음 과 같은 다섯 가지 전략 목표를 제시한다. 세계 인구를 안정화시킬 것, 적 절한 기술을 발전시킬 것, 생태경제학을 체계화할 것, 환경에 관한 국제협 약을 맺을 것, 전세계 사람들의 인식을 높일 것. 각각의 목표는 신중하게 선택된 것이고, 그것들을 달성하기 위한 전략도 상당히 자세하게 제시되어 있다(미국인의 역할에 대한 강력한 권고를 포함하여). 정치인·공무원·기업 인·경제학자라면 모두 이 책을 읽어 보아야 한다. 고어는 정치도 하기 나 름임을 말해 주는 증거를 제시하고 있으며, 내가 오래전에 부러워하던 그 고등학교 학생 비슷한 이상형이 가능함을 보여 준다.

● ● ● ● ●

내가 CBC 라디오 시리즈물인 〈생존의 문제〉를 준비하고 있던 1989년에 앨 고어가 캐나다를 방문했다. 당시 앨 고어를 인터뷰했는데, 우리한테 닥친 생 태 위기에 대해 그처럼 똑똑히 표현할 수 있는 정치인을 나는 만나 본 적이 없다. 그의 책은 문제가 무엇인지를 그가 알고 있음을 분명히 보여 주었다.

우리 아이들에게 어떤 세상을 물려줄 것인가

나는 녹음기를 꺼놓았을 때 그에게 익살을 부렸다. "제발 캐나다로 이민 오세요. 당신이 총리에 당선되도록 제가 할 수 있는 일은 다 하겠습니다." 좀더 진지하게 이렇게 물어 보기도 했다. "저 같은 사람이 당신 같은 정치인을 위해 무엇을 도울 수 있을까요?" 그의 대답은 내 예상과는 좀 다른 것이었다. "저 같은 정치인을 보지 마세요. 변화를 원한다면 당신이 직접 사람들에게 호소하세요. 사람들에게 문제가 있다는 확신을 심어 주세요. 그들에게 대안이 있다는 걸 보여 주세요. 그리고 사람들이 무슨 조치가 있어야 한다고 요구하도록 만드세요. 그렇게 하면 어떤 정치 스펙트럼에 있는 정치인이든 그 흐름에 편승하려고 난리일 겁니다."

나는 그의 조언을 가슴에 새겼다. 내가 데이비드스즈키재단을 만든 것도 환경 문제에 대한 해법을 모색하고, 문제와 해법을 일반 대중에게 알리기 위해서였다. 나는 고어를 1992년 지구정상회담과 1997년 교토 회담 때 다시 만났다. 교토에서 그는 참가한 파견단들의 영웅이었다.

그러나 그가 2000년 대선에 출마했을 때, 환경 문제에 관한 심각한 논의를 고의적으로 피하는 것을 보고 충격을 받았다. 상원의원과 부통령 시절 그가 그토록 열심이던 문제가 아니었다. 그제서야 그가 내게 했던 조언이 얼마나 선견이 있었는지 깨달았다. 그는 환경 문제를 정치 이슈로 삼아 캠페인을 벌일 수는 없었다. 미국 유권자들이 아직 준비가 되어 있지 않았던 것이다.

바다를 약탈하지 않는 어업

연어는 아주 특이하고 복잡한 라이프사이클을 갖고 있다. 나고 죽기는 민물인 강에서 하지만 일생의 대부분을 바다에서 보낸다. 우리는 이런 야생 동물들을 관리하기 위해 우리의 경제적·정치적·사회적 기준에 따른 관점과 우선순위를 정하고 우리의 의지를 그들에게 강요한다. 그 과정에서 연어를 하나의 생물학적 개체로 다루지 않는다.

저명한 어류 생물학자인 칼 월터스 박사가 데이비드스즈키재단을 위해 작성한 보고서인 『피시 온 더 라인(*Fish on the Line*)』은 해양수산부 관리 때문에 정치적·경제적 압력을 받아 생물학적 재앙이 일어난다고 대담하게 선언했다. 1995년에 홍연어가 회귀하지 못한 것은 월터스의 선견이 옳았음을 입증해 준다. 그렇다면 우린 무엇을 할 수 있을까? 대안은 없는 것일까?

답은 대안이 있다는 것이다. 『잘 되어 가는 어업(*Fisheries That Work*)』은 데이비드스즈키재단을 위해 태평양 연안의 어류 군집을 오랫동안 연구

해온 해양인류학자 이블린 핀커턴 박사와 천연자원 관리의 사회경제학적 측면을 연구하는 마틴 웨인스타인 박사가 작성한 보고서다. 전세계 어업에 관한 사례 연구에서 그들은 지속 가능한 방식을 보여 주는 고무적인 사례를 수십 건 발견하여 그 가운데 10건(페루·호주·일본·미국·한국·캐나다 등지의 사례)을 집중 조사했다.

어촌의 어업 관리는 수천 년은 아니더라도 수백 년은 효력을 발휘했다. 페루의 티티카카 호수는 해마다 어민 3000명이 8000톤 이상을 어획하는 안정적인 어장이다. 두 나라에 걸쳐 있는 어촌들에 사는 티티카카 어민들은 외부의 지원 없이 나름의 규칙을 만들고 집행한다. 핀커턴과 웨인스타인은 "이곳 어장의 가장 놀라운 사실은 어획량 수준이 에스파냐 사람들이 기록을 남긴 16세기 이후로 줄곧 일정하다는 사실이다"라고 말한다.

성공적인 연어 관리 사례가 브리티시컬럼비아와 알래스카 두 곳에 있다. 이들 사례는 토착 어민과 비토착 어민이 협동한 것이다. 알래스카에서는 어획량이 3000만 마리 수준으로 급격히 떨어진 1970년대 중반에 성공적인 조치가 취해졌다. 주정부와 지역 공동사회가 노력한 결과, 어획량은 1994년에 1억 9400만 마리로 극적으로 치솟았다!

브리티시컬럼비아에서는 '스키나 강 유역 위원회'가 어업에 관한 다양한 이해 관계를 조정하고 어류의 생물다양성이 더 이상 감소하지 않도록 레저계·상업계·토착민·연방정부·지방정부의 의견을 수렴하고 있다. 위원회는 책임을 지워 주면 회원들이 협동하여 효과적인 결과를 낸다는 것을 보여 준다.

옮겨 다니지 않는 어종에 대한 일본의 연안 어업 방식은 대단히 성공적이다. 소규모 어로가 지배적인 이 방식은 일본에서의 연간 어획량 1100만 톤의 3분의 1로 값어치로 따지면 거의 50%에 해당한다(1988년에는 15억 달러 이상 이윤을 냈다). 이런 기초적인 어업 방식은 1000년이 넘는 역사를 갖고 있으며, 각각 250명 이상의 회원이 소속되어 있는 지역 어업협동조합 2만 2000개를 가지고 있다. 이 시스템의 가장 큰 강점은 어로 활동에서 나오는 이익 대부분을 지역사회에 바로 돌려준다는 것이다.

『잘 되어 가는 어업』에서 조사한 사례 연구를 보면 성공적인 관리 전략에 공통적이며 캐나다 어업에 유용한 교훈을 주는 요소가 세 가지 눈에 띈다.

첫째, 이익단체들 사이의 갈등을 효과적으로 조정하기 위해서는 프로젝트 단위를 연안 전체가 아닌 작은 단위로 쪼개어 관리할 필요가 있다. 어류에 대한 지식과 미래에 대한 걱정을 같이 나눌 수 있는 사람들이 모이면 갈등을 해결하기가 쉬워진다. 반면 '위에서'나 중앙 관료들이 강요하는 해결책은 저항감이 생기게 마련이다.

둘째, 정부 기관과 지방 또는 지역 기관 사이의 합의나 계약은 유익한 분업이 이루어질 수 있도록 해준다. 즉, 정부는 전반적인 목표나 기준을 설정하는 데 뛰어나고, 어민이나 지역단체는 그 목표를 달성하는 데 가장 실용적인 방법을 찾아낼 줄 안다. 각 지역의 방식은 그 지역 상황에 맞게 보다 유연하고 창조적이고 적용하기 쉬운 것이다.

셋째, 지역 위원회는 그 과정에서 구체적인 능력과 자원을 제공해 준다. 즉, 어종에 대한 지식에서부터 지역사회에 대한 더 큰 신뢰, 자원봉사를 보다 쉽게 할 수 있는 기회 같은 것들을 줄 수 있다. 이런 위원회는 보다 포괄적이고 효과적인 어획 관리, 규제 집행, 업무 개선, 서식지 보호 및 복원을 할 수 있다.

연어의 위기는 우리가 눈앞에 닥친 것 이상을 보고, 영감과 안내를 받을 수 있는 성공담에 주목하도록 한다. 그런 면에서 『잘 되어 가는 어업』은 좋은 출발점이다.

● ● ● ● ● ●

연방 해양수산부는 북미 대서양 연안의 대구 어종을 관리하는 데 실패한 후 태평양 연안의 연어를 관리하는데도 어처구니없는 실수를 범했다. 아마 양쪽 해안에서 비슷하게 큰 실수를 저지른 것은 해양수산부가 나라의 중앙에 자리잡고 있기 때문일 것이다. 해양수산부 장관 프레드 미플린은 영업 면허를 사들이고 취소함으로써 어선의 수를 줄이는 데 수백만 달러를 썼다.

하지만 태평양 연안은 세 구역으로 나눠져 있어 각 구역마다 어로 면허가 필요하다. 그런데 미플린은 지역 어민들이 자기 구역에서만 어로를 할 수 있도록 면허를 제한하는 대신 어선들이 면허를 '재어 놓을' 수 있도록, 즉 세 구역의 면허를 모두 사들일 수 있도록 했다. 이는 작은 배들이 큰 선단을 이루기보다 효율적인 대형 어선들을 가진 기업들이 면허를 사들임으로써 작고 노동집약적인 어선을 업계에서 쫓아내는 경향을 부추겼다. 그 결과 배의 수는 줄었지만 어종을 남획하는 역량은 더 커졌고, 결정권과 힘은 밴쿠버에 있는 몇몇 기업의 손에 집중되기에 이르렀다.

　미플린의 뒤를 이은 데이비드 앤더슨은 은연어가 크게 감소하는 급박한 현실에 부딪치게 되었다. 1998년 여름에 앤더슨은 해양수산부 지도에 빨간 선을 그려 놓은 구역 안에서는 은연어에 대한 상업적 어로 행위를 전면 금지하고, 노란 선을 그어 놓은 구역 내에서는 약간의 연어 어로를 허가했다. 선주민들과 상업용 어선들은 이 정책으로 심한 타격을 받았다는 이야기가 있지만, 미국 워싱턴 주의 어민들은 후안데푸카 해협에서 은연어를 계속 잡을 수 있다. 이곳은 은연어가 프레이저 강으로 거슬러 올라오는 길목으로, 앤더슨은 치누크연어를 더 잡게 해주는 대신 은연어 어획은 줄이도록 하는 협정을 미국과 맺었다. 더 나은 대안이 있음에도 불구하고 해양수산부의 어처구니없는 관리 방식은 계속되고 있는 실정이다.

우리 아이들에게 어떤 세상을 물려줄 것인가

땅과 정말 가까이 사는 농부

먹을거리와 인간의 관계는 우리가 깨끗한 공기와 물을 필요로 하는 것처럼 우리가 생물적 존재임을 끊임없이 상기시켜 준다. 그러나 오늘날 우리는 집이나 사무실이나 자동차에서 공기를 필터로 거르거나 덥히거나 식히거나 가습하고, 그냥 물보다는 음료수를 더 많이 소비한다. 우리가 취하는 모든 영양분은 식물 아니면 동물인데도 지금 사람들은 자기가 먹는 생물에 대해 거의 감사하지 않는다.

지금 우리가 소비하는 먹을거리는 그것이 나오는 땅과의 고리가 끊어진 듯하다. 농부이자 작가인 웬델 베리는 언젠가 북미에서 소비되는 먹을거리는 원래 생산된 곳에서 평균 3200킬로미터 이동한 것들이라는 이야기를 해 주었다. 그러나 공기 · 물 · 흙 · 생물다양성은 경제 '외적 요인'이기 때문에 세계 무역의 생태적 영향은 먹을거리의 원가에 반영되지 않는다. 토론토 북부의 한 고급 레스토랑에서 왜 온타리오 양이 아닌 뉴질랜드 양을 메뉴에 올리느냐고 물어 봤더니 대답이 "그게 더 싸다"는 것이었다. 캐나다 같은 북쪽 나라에서 겨울에 싱싱한 과일과 채소를 먹기 위한 생태적 비용은 가격에 결코 반영되지 않는다.

역사 대부분의 시기에 사람들은 먹을거리를 그것이 자란 곳 가까이서 찾아 먹었다. 우리는 가까이서 철 따라 나는 것들을 먹었다. 음식물과의 즉각적이고 친밀한 관계가 끊어진 것은 현대 도시 사회의 특징인 땅과의 단절이 낳은 직접적인 결과다. 먹을거리는 우리가 사는 방식을 다시 생각해 볼 수 있는 최선의 방법 가운데 하나다.

일본 나라 현 사쿠라이 시의 농촌에서 52세인 가와구치 요시카즈를 만났다. 그는 자연농법이라는 근본적으로 다른 종류의 농사를 짓고 있는 사람이다. 가와구치는 자연이란 인간이 이해하지 못하는 생명체들의 복잡한 집합이라는 데서 출발한다. 따라서 식물이나 곤충 한두 종이 전체 생태계에서 어떤 역할을 차지하는지 거의 모르면서 "좋다"거나 "나쁘다"고 규정해 버릴 수 없다는 것이다.

가와구치는 화학비료나 농약을 쓰지 않을뿐더러 다른 유기농업 방식과 달리 땅을 갈지도 않는다. 자신이 기르는 작물과 경쟁하는 '잡초'가 그냥 자라도록 내버려두거나, 개입한다 해도 잡초 윗부분을 잘라내어 밭에 까는 정도다.

밭에 깔아 둔 이 잡초들 사이로 양파 싹이 비집고 올라오고 틈틈이 박아 둔 감자가 싹을 내민다. 밀알은 밭에 뿌려 두었다가 6월 초면 거둔다. 그 다음엔 벼를 심어 11월에 거둔다. 가와구치의 밭흙은 찰기가 있고, 까맣고,

퇴비가 되어 가는 풀들 때문에 톡 쏘는 향이 있는 게 이웃의 말끔하고 잘 갈아져 있어 풀이라곤 없는 부스스한 밭흙과는 전혀 딴판이다.

원래 가와구치는 20년 동안 화학 비료와 농약을 썼던 보통 농부였다. 그런데 20년 전부터 가족들이 갑자기 아프기 시작했고, 그 또한 생명이 위험할 정도의 간 질환을 앓기 시작했다. 그는 우연히 신문에서 복합오염을 다룬 연재물을 읽고 자기 가족이 아픈 것이 자신이 써온 화학약품 때문일 수 있다는 생각을 하게 되었다.

그러다가 자연농법을 다룬 후쿠오카 마사노부의 기념비적인 책 『짚 한 오라기의 혁명』을 읽게 되었다. 후쿠오카의 방법을 따라한 가와구치는 처음 두 해 동안에는 기르던 작물을 몽땅 잃었다. 그러나 포기하지 않고 인내하며 유심히 살핀 결과 3년째 마침내 성공을 거두었다. "저는 자연농법이 고정된 게 아니라는 걸 깨달았습니다. 자연농법을 하는 사람은 언제나 유연해야 하며, 흙과 벌레와 일대의 자연조건을 소상히 알아야 합니다."

농법을 바꾸고 나서 가와구치는 세상을 바라보는 눈도 달라졌다. "자연농법을 시작하고부터 내가 농부라는 게 행복하게 느껴지기 시작했습니다. 전에는 죽음의 세계 한가운데 서 있는 기분이었지요. 쌀과 채소는 자랐지만, 벌레들이 고통스럽게 죽어 가고 밭은 다른 생물이라곤 통 없는 침묵의 땅이 되어 가는 걸 봐야 했습니다."

가와구치는 기계 영농과 화학 영농이 부를 늘려 준다는 것은 환상이라고 믿는다. 기계와 연료, 비료와 농약에 돈을 들이다 보면 대규모 영농의 이점은 대부분 사라져 버린다. 더욱이 생산량은 많을지 몰라도 농산물이

맛이 없고 영양분도 많지 않다는 것이다. 그의 가장 날카로운 비판은 현대 농법이 생명의 그물망을 찢고 사람의 건강을 해친다는 것이다.

가와구치에게 자연농법은 영적인 생활 방식이 되었다. 그는 명상과 다른 종류의 정신 수련도 해보았는데, 결국 깨달은 것은 농사가 자신의 천직이요 자연이 자신의 스승이라는 사실이었다. 그는 이렇게 말했다. "우리는 다른 생명체들을 우리의 적으로 보아 왔습니다. 하지만 그들을 친구로 본다면 우리의 행동 방식이 달라지게 됩니다. 흙 속에서 어떤 일이 벌어지고 있는지 알게 될수록 삶에 대해 더 많이 알게 됩니다."

그래서 자연농법은 특이하다. 자연에 인간의 생각을 강요하는 대신 자연농법을 하는 사람들은 아직 배울 게 많다는 걸 알기 때문에 자연을 스승으로 삼으려 한다. "땅은 우리를 살게 해주고, 계절은 땅에서 나는 먹을거리를 우리에게 줍니다." 가와구치는 인간이 더 이상 자연이 주는 대로만 사는 수렵채집인이 아니라는 걸 잘 안다. 자연을 모방하여 땅에다 구현하든, 대형 기계와 화학약품을 쓰든, 씨앗을 거두고 심는 행위 자체가 의도적인 것이다. "작물과 지나치게 경쟁하는 풀은 자릅니다." 그는 변명하지 않고 말한다. "저 역시 씨앗을 고릅니다. 저는 농부이지 채집인이 아니거든요." 하지만 그는 '잡초', '해충', '좋다', '나쁘다' 같은 분류가 인간이 정한 것이지 의미 있는 생물학적 분류가 아니라는 이해에서 출발한다.

우리는 흙이나 공기나 물의 구성 요소를 전부 알지 못한다. 그것들이 서로 어떻게 작용하는지도, 지구의 생산성과 복원력을 어떻게 유지하는지도 알지 못한다. 따라서 인간의 개입 없이 생명이 진화해 온 35억 년 세월에 대한 존경심에서 출발해야 한다. 흙의 생태계를 온전히 보존하는 것, 그리고 흙에 양분을 공급해 주는 공기와 물을 보호하는 것이 자연농법에서 가장 중요하다. 흙이 살아 있어야 인간도 살 수 있기 때문이다. "자연과 함께 살아가려 해야지 우리 생각을 절대 강요해서는 안 됩니다."

그러나 일본의 농업도 북미와 마찬가지로 크게 변했다. "자연을 즐기는 건 주류 농업의 관심이 아닙니다. 농사는 돈을 더 많이 벌기 위한 사업이 되고 말았지요. 농민들은 생명을 기르는 철학을 잃어버리고 말았습니다. 그러면서 농사도 완전히 과학에 의존하게 되어 버렸지요. 그래서 농민들은 자연에 둘러싸여 있으면서 동시에 자연으로부터 떨어져 있는 겁니다."

가와구치가 보기에 이런 변화가 일어난 가장 큰 원인은 과학이다.

서구의 과학적인 사고는 인간과 자연이 갈등하게 만듭니다. 자연은 인간 없이는 안 된다고 말하지요. 자연농법에서는 인간을 자연의 일부로 봅니다. 자연농법의 소출은 상대적으로 적습니다만 농산물은 진짜입니다. 생명력이 더 강하지요. 그건 인공적으로 만들어 낼 수 없는 겁니다. 그런 농산물은 적게 먹고도 살 수 있습니다. 이상적인 상황은 자기 먹을 것을 기르고, 자기 집 가까이서 자란 것을 먹는 겁니다. 인간의 지식은 워낙 제한되어 있습니다. 그래서 인간의 참된 지식은 일종의 깨달음을 얻어야 합니다. 과학이 발견할 수 있는 건 그 일부에 불과합니다. …… 모든 유기체의 활동 영역은 광범위합니다. 그래서 어떤 기능 하나만을 떼어낼 수가 없습니다. 과학이 아는 것보다 유기체가 더 많이 있으며, 각자는 그 자체로 완벽하며 전체의 일부입니다. 따라서 어느 유기체의 놀라운 기능 하나만을 발견하여 그걸 밭에다 적용하는 것은 밭의 조화를 깨뜨리는 일입니다.

가와구치는 농사와 관련된 접근법 대부분이 수많은 가능성 중 한두 가지에만 집중한다는 점을 지적한다. 그래서 유기농법은 자연 비료를 쓰고 농약을 쓰지 말자고 강조하고, 퍼머컬처(permaculture)는 토착종을 기를 것을 강조하며, EM농법(effective micro-organism)은 토양 산화를 방지하기 위해 미생물을 이용하여 유기물의 분해를 촉진한다. 하지만 궁극적으로 관심을 쏟아야 할 것은 흙·공기·물의 총체적 복합체이며, 그 속의 생명들이 균형을 이루는 것이다. 가와구치가 강조하듯이 "기본적인 건 생명을 믿고, 생명이 자연 세계 안에서 살도록 해주는 것"이다.

그는 또 이렇게 예언한다.

과학적이고 기술적인 사회로 발전했는데 삶은 오히려 더 나빠졌습니다. 그런데도 주류는 아직도 눈이 멀어 앞으로만 내달리고 있습니다. 이런 문명이 붕괴할 수밖에 없는 건 확실합니다. 이렇게 엉망이 된 세상에서 새로운 문명은 이미 시작되고 있습니다. 지금 싹트고 있는 새로운 문명은 생명의 가치에 뿌리를 두고 있으며 땅과 조화를 이루어 살아가려고 합니다.

죽음에 대한 강박을 없애야 합니다. 자연이 제 일을 할 수 있도록 해주고 몸을 신뢰해야 합니다. 위기가 발생하면 대처해야 합니다. 좁은 시야를 갖고 있되 조용할 줄 알아야 합니다. 죽는다는 사실을 받아들이되 병 때문에 죽는 것에 굴복하지는 말아야 합니다. 죽음을 받아들이는 것, 그것이 삶을 받아들이는 유일한 길입니다. 죽음을 피하려고 애쓰는 건 삶을 부정하는 것입니다. 그것은 모든 생명에 반하는 일입니다. 죽음을 받아들임으로써 우리는 살 수 있습니다. 그러니 우리 모두 병들어 아플 때 그 사실을 받아들이되 굴하지는 말아야 합니다.

우리 아이들에게 어떤 세상을 물려줄 것인가

자연농법의 철학을 연구해 보는 게 좋겠다. 우리는 대부분 도시에 살고 있어 농산물 1차 생산지로부터 떨어져 있다. 그러나 농사에 대한 가와구치의 성찰은 자연에서의 우리 위치를 다르게 보도록 해준다. 그것은 우리에게 모든 생명을 가능케 하는 것들과 균형을 이루라고 가르친다.

레이첼 카슨이 환경 문제를 일반인의 의식에 각인시킨 이후로 생태 파괴에 대한 우리의 자각은 조금씩 높아져 왔다. CFC로 인한 오존층 파괴, 스리마일 섬과 체르노빌, 엑슨발데스 호의 기름 유출, 세베소·보팔·바젤에서의 화학물질 폭발 및 유출 같은 사고와 발견이 계기가 되어 1992년 리우데자네이루 지구정상회담에서는 역사상 가장 많은 국가 수반들이 모였다. 이는 역사의 전환점이 될 수 있는 사건이었다. 이후 환경이 정치적·사회적 결정이나 프로그램에서 무시될 수 없는 문제가 되었다. 지속 가능한 발전이 주목받는 주제가 되었고, '의제 21'은 그것을 실현하기 위한 청사진이었다.

그러나 1990년대는 IT산업 거품, 정보고속도로, 세계화, 생명산업을 동력으로 폭발적인 경제성장을 기록한 시기이기도 했다. 이윤, GDP, 경제력 확장에만 눈이 먼 기업과 정치 지도자들은 환경영향평가나 규제를 지속적 성장을 방해하는 귀찮은 것으로 여겼다. 리우 회담에서 의제 21은 주목을 받았음에도 대가가 너무 비싸다는 이야기가 나오면서 선진국들에게 곧 무시되었다.

하지만 나는 북미와 오스트레일리아에서 개인적으로 여러 사람들을 만

나면서 오염된 대기와 물, 식품 때문에 자녀들에게 가해진 건강상의 위협을 염려하는 사람들이 적지 않다는 것을 알게 되었다. 나는 "바꾸기 위해 무엇을 할 수 있을까?"라는 질문을 거듭 해보았다. 내 느낌에 사람들은 책임질 준비는 되어 있지만 남들이 무관심한 일을 시도한다거나, 단순히 형식적인 제스처만 취하지 의미 있는 변화를 일으키지 못하는 활동을 함으로써 바보가 되어 버린 듯한 기분을 맛보길 원치 않는다.

그래서 데이비드스즈키재단은 '걱정하는 과학자들의 모임(UCS)'과 제휴하여 시민 개개인이 환경 문제에 상당한 영향을 끼칠 수 있는 분야를 모색하고 있다. 두 단체는 우리의 라이프스타일이 기후에 영향을 미친다는 사실을 알아냈다. 온실가스를 배출하고, 공기와 물을 오염시키며, 도시화 확대로 생물 서식지를 파괴하기 때문이다. 또한 그 네 가지 영역, 즉 온실가스, 대기오염, 수질오염, 서식지 파괴에 영향을 끼치는 가장 중요한 활동이 우리가 사는 곳, 우리가 먹는 것, 우리가 다니는 방법이라는 것을 알게 되었다. 우리에겐 집과 식량과 교통수단이 필요하다. 우리가 생태계에 남기는 흔적을 줄일 수 있는 방법은 바로 여기에 있다. 두 단체는 일반 시민들이 따를 수 있는 열 가지 행동 지침을 개발했는데, 수천 수만 명이 실천한다면 환경에 미치는 영향을 상당히 줄일 수 있을 것이다.

우리는 이 행동 지침을 '자연의 도전'이라 부르는데, 사람들에게 그 중에서 적어도 세 가지만이라도 실천해 보도록 권하고 있다. 그렇게 하면 가시적 효과가 나타날 수 있을 뿐만 아니라, 많은 사람이 참여할 경우 정치계와 기업계 사람들까지도 동참하도록 강제하는 운동이 될 수도 있다.

www.davidsuzuki.org를 방문하면 '자연의 도전'에 관한 배경 지식을 얻을 수 있고 서명에 동참할 수도 있다. 지구와 자연에 당신이 가하는 충격을 줄이기 위해 제시하는 열 가지 방법은 다음과 같다.

자연의 도전

- 가정 난방과 전기를 10% 줄이는 방법을 찾아낸다.
- 집 안에 있는 살충제들을 독성이 없는 대체 물질로 바꾼다.
- 에너지 효율이 좋은 집과 가전제품을 선택한다.
- 1주일에 한 번은 고기 없는 식사를 한다.
- 1년에 한 달 정도는 지역에서 기른 농산물로 식사를 한다.
- 1주일에 한 번은 대중교통이나 카풀, 걷기, 자전거를 이용하자.
- 이사를 한다면 매일 출퇴근하는 곳까지 걷거나 자전거로 다닐 수 있는 집을 택하자.

- 대중교통과 인도, 자전거 도로를 개선시키라고 촉구함으로써 자동차를 대체할 수 있는 수단을 지지하자.

- 자연을 보존하는 방법에 대해 더 알아내어 가족·친지와 정계·재계 지도자들에게 이야기하자.

1. 우리는 서로 연결되어 있다

●●● 우리가 알기도 전에 사라지는 생물들

Winchester, N.N., Temperate rainforest canopies : Gardens in the sky, *Wildflower* 18, 2002, pp. 34~37.

Erwin, T., Tropical forests : Their richness in *Coleoptera* and other arthropod species, Coleopterists' *Bulletin* 36, 1982, pp. 74~75.

Venter, J.C., et al., The sequence of the human genome, *Science* 291, 2001, pp. 1304~1351.

Li, W. H., et al., Evolutionary analysis of the human genome, *Nature* 409, 2001, p.834.

All Species Foundation. < http://www.all-species.org >

●●● 지구의 풍요에 대한 환상

Mowat, F., *Sea of slaughter*, Toronto : Seal, 1985.

●●● '지구의 허파' 열대우림지대

Halle. F., A raft atop a rainforest, *National Geographic*, 1990. 10.

●●● 우리는 왜 지구 온난화에 대해 행동해야 하는가

Malcolm, J.R., C. Liu, L.B. Miller, T. Allnutt, L. Hansen, *Habitats at risk : Global warming and species loss in globally significant terrestrial ecosystems,* Report for the David Suzuki Foundation and World Wildlife Fund, 2002.

Kling, G.W., et al., *Confronting climate change in the Great Lakes region : Impacts on our communities and ecosystems*, Vancouver : Union of

Concerned Scientists and the David Suzuki Foundation, 2003.

Torrie, R., *Power shift : Cool solution to global warming,* Vancouver : David Suzuki Foundation, 2001.

Torrie, R., R. Parfelt, P. Steenhof, *Kyoto and beyond : The low emisson path to innovation and efficiency,* Vancouver : David Suzuki Foundation and the Climate Change Action Network, 2002.

2. 불가능한 꿈 꾸는 세계화 경제

●●● 세계화 경제의 오만

Faraclas, N., Critical literacy and control in the new world order, In *Constructing critical literacies : Teaching and learning textual practice,* edited by S. Muspratt, A. Luke, and P. Freebody, Creeskill, NJ : Hampton Press, 1997.

●●● 생태학자와 경제학자는 단결하라!

Simon, J., *The ultimate resource 2,* Princeton : Princeton University Press, 1996.

●●● 경제성장은 미래의 자원 빌린 것

Kennedy, Robert, Jr., 1994. C. Cobb, T. Halsted, *The genuine progress indicator : Summary of data and methodology*(San Francisco : Redefining Progress Institute)에서 인용.

●●● 불가능한 꿈, 무한한 성장

Brundtland, G.H., ed., *Our common future,* World Commission on Environment and Development, Oxford : Oxford University Press, 1987.

●●● 경제학의 위험한 가정

Simon, J., *The ultimate resource,* Princeton : Princeton University Press, 1981.

Daly, H., *Steady state economics,* Washington, D.C. : Island Press, 1991.

Daly, H., J.B. Cobb, C.W. Cobb, *For the common good : Redirecting the economy toward community, the environment and a sustainable future,* Boston : Beacon Press, 1989.

●●● 카나리아의 경보

George, S., *How the other half dies : The real reasons for world hunger,* Harmondsworth, Middlesex : Penguin Books, 1976.

George, S., *A fate worse than debt: A radical analysis of the Third World debt crisis*, Harmondsworth, Middlesex : Penguin Books, 1988.

●●● 소비를 부추기는 사회

Wachtel, P.L., *The poverty of affluence: A psychological portrait of the American way of life*, Gabriola Island : New Society Publishers, 1988.

Kanner, A.D., M.E. Gomes, The all-consuming self, *Adbusters,* 1995 여름.

Lebow, V., 1960. Vance Packard, *Wastemakers*(New York : Van Rees Press)에서 인용.

●●● 공기나 물은 수치화할 수 없다

Schumacher, E.F., *Small is Beautiful : A study of economics as if people mattered*, London : Abacus, 1974.

Constanza, R., R. d'Arge, R. de Groot, S. Farber, M. Grasso, B. Hannon, K. Limberg, S. Naheen, R.V.O'Neil, J. Paruelo, R.G. Rasbin, P. Sutton, and M. van den Belt, The value of the world's ecosystem services and natural capital, *Nature* 387, 1987, pp. 253~260.

●●● 경제의 패러다임 바꾸기

Daly, H., Farewell lecture to the world Bank, 1994. 1. 14.

●●● 숲과 바다와 인간이 다함께 사는 길

Mutang Urud, A., Address to the United Nations General Assembly, New York City, 1992. 12. 10.

●●● 황금알을 낳는 거위, 숲

Suzuki, D.T., H. Dressel, *Good news for a change: Hope for a troubled planet*, Vancouver : Greystone, 2003.

●●● 살육의 바다

Earthtrust and driftnets : A capsule history from 1976~1995. <http://www.earthtrust.org/dnwcap.html>.

Stump, K., Batker, D., *Sinking fast : How factory trawlers are destroying U.S. fisheries and marine ecosystems*, Greenpeace USA report. <http://archive.greenpeace.org/~usa/reports/biodiversity/sinking_fast/>.

Linden, E., An ill tide up north, *Time*, 1999. 8. 16, pp. 53~54.

Watling, L., E.A. Norse, Disturbance of the seabed by mobile fishing gear : A comparison to forest clearcutting, *Conservation Biology* 12 , 1998, pp. 1180~1197.

3. 생명공학의 빛과 그림자

●●● 한 유전학자가 본 생명공학

Roszak,T., The monster and the titan: Science, Knowledge and gnosis *Daedalus* 103, 1974, pp. 17~32.

East, E. M., D.F. Jones, *Inbreeding and outbreeding : Their genetic and sociological signficance*, Philadelphia : Lippincott, 1919.

Jesen, A., How much can we boost IQ and scholastic achievement?, *Harvard Educational Review* 39, 1969, pp. 121~135.

Bodmer, W., L. Cavalli-Sforza, Intelligence and race, *Scientific American* 223, 1970, pp.19~29.

Suzuki, D.T., *Metamorphosis : Stages in a life*, Toronto : Stoddart, 1986.

Suzuki, D.T., *Inventing the future*, Toronto : Stoddart, 1989.

Suzuki, D.T., *Time to change : Essays*, Toronto: Stoddart, 1994.

Suzuki, D.T., P. Kundtson, *Genethics : The ethics of engineering life*, Cambridge : Harvard University Press, 1990.

Perlmutter, R., *Maclean's*, 2003. 6. 16, p.62.

Affleck, L., Crops and other field uses, In *New Zealand Royal Commission on Genetic Modification*, 2001.

Strohman, R., Crisis position. *Safe Food News*, 2000.

Venter, C., The genome warrior, *New Yorker*, 2000.6.12에서 인용.

Venter, C., Why you can't judge a man by his genes, *Times*, 2001.2.12에서 인용.

Ewen, S.W.B., A. Pusztai, Effects of diets containing genetically modified potatoes expressing *Galanthus nivalis* lectin on rat small intestine, *The Lancet* 354, 1999, pp. 1725~1729.

●●● 무엇이 진실인가

Ornstein, R., P. Ehrlich, *New world, new mind : Moving toward conscious evolution*, Carmichael, CA : Touchstone Books, 1999.

4. 우리에게 생명을 착취할 권리가 있는가

●●● 아우슈비츠 이후의 유전학

Haberer, J., Politicization in science, *Science* 178, 1972, pp.713~724.

Müller-Hill, B., Genetics after Auschwitz, *Holocaust and Genocide Studies* 2, 1987, pp. 3~20.

Gold, R., Gene designers, *Globe and Mail*, 1989. 2. 17.

5. 아이들에게 어떤 세상을 남겨줄 것인가

●●● 우리 아이들을 생각하자

Carson, R., *Silent spring*, Boston : Houghton Mifflin, 1962.

●●● 보이지 않는 문명

Ellison, R., *Invisible man*, New York : Random House, 1952.

6. 우리는 무엇을 할 수 있을까

●●● 생태 영웅, 스위스 양치기

Davis, W., T. Henley, *Penan : Voices for the Borneo rainforest*, Vancouver : Western Canada Wilderness Committee, 1990.

●●● 생태계가 그대로 살아 있는 어느 벌목꾼의 숲

Maser, C., *The redesigned forest*, Toronto : Stoddart, 1988.

Loomis, R., *Wildwood : A forest for the future*, Gabriola Island : Reflections, 1988.

●●● 환경을 생각하는 정치 지도자

Gore, A., *Earth in the balance : Ecology and the human spirit*, New York : Houghton Mifflin, 1992.

●●● 바다를 약탈하지 않는 어업

Walters, C., *Fish on the line : The future of Pacific fisheries*, Vancouver : David Suzuki Foundation, 1995.

Pinkerton, E., M. Weinstein, *Fisheries that work : Sustainability through community-based management*, Vancouver : David Suzuki Foundation, 1995.

●●● 땅과 정말 가까이 사는 농부

Suzuki. D.T., K. Oiwa., *The Japan we never knew : A journey of discovery*, Toronto : Stoddart, 1996.

올 겨울도 유난히 따뜻하다. 가끔 기온이 뚝 떨어지면 으레 '한파'가 닥쳤다는 소리를 미디어를 통해 듣게 되는데, 언젠가부터 그런 단어가 과연 어울리기나 하느냐는 의문이 들기 시작했다. 한파라고 할 때라야 '아, 겨울은 겨울인가 보다' 하고 느끼게 될 정도로 온난화의 속도가 빨라져 가고 있음을 피부로 느낄 수 있는 지금이기 때문이다. 방을 데울 형편이 못 되어 떨며 지내거나 목숨을 잃는 소외 계층이 버젓이 있는 이 땅에서 끄집어내기 민망한 소리다.

하지만 해가 갈수록 따뜻해지는 겨울이지만 떨고 동사하는 사람이 있다는 역설은 무얼까. 인간의 착취를 당하는 자연과 배부른 자들의 착취를 당하는 밑바닥 사람들의 왜곡된 현실은 그렇게 닮아 있다.

이번으로 데이비드 스즈키의 책을 세 권째 번역했다. 데이비드 스즈키는 한국에는 잘 알려져 있지 않지만 북미에서는 대중적으로도 인기가 대단한 환경운동가이자 방송 진행자다.

그리고 무엇보다 그의 미덕으로 들 수 있는 점은, 그가 저명한 유전공학자 출신으로, 보장된 생활에 안주하지 않고 생명공학의 문제뿐만 아니라 현대사회의 기술지상주의와 경제성장 위주의 세계화 문제에 강력한 의문을 제기하는 활동가가 되었다는 것이다. 이 책은 그러한 그의 활동과 고민과 사상을 분야별로 소개해 주는 짧은 글들을 모아 놓은 자상한 가이드북이다.

자연을 파괴함으로써 얻는 경제성장, 그러한 경제의 세계화, 파편화된 세계관을 양산한 과학의 환원주의, 윤리를 상실한 과학, 생명공학의 위험, 생사에 대한 의료의 가공할 개입 등의 문제를 다루고 있으며, 희망을 주는 풀뿌리 운동 사례들도 소개되어 있다.

수많은 문제를 다루고 있는 그의 비판 의식의 바탕은, 만물이 서로 연결되어 있으며 우리는 그러한 자연의 일부라고 하는 아메리카 선주민의 인식이라 할 수 있다. 그는 우리가 그러한 감각을 지난 몇 세기 동안의 산업화로 인해 상실해 버렸으며, 그 때문에 무책임해졌고 오만해졌으며 어리석어졌다고 역설한다. 그렇기 때문에 자연을 파괴해서라도 경제성장을 해야 하고, 미래 세대의 삶이 자신과는 무관하다고 생각하고, 갓난아기에게 원숭이 심장을 이식해서라도 의술을 발전시켜야 한다는 생각이 가능해진다. 파국으로 치닫는 이 악화일로의 질주를 어떻게 멈출 수 있을까?

간단한 답이 있을 리 없다. 많은 실천적 대안을 제시하고는 있지만, 그는 그런 행동들이 세상을 임박한 파국으로부터 구하지는 못할 것이라고 인정한다. 하지만 '참여'함으로써 우리 스스로가 바뀔 것이며, 중요한 건 '과정'이라고 이야기한다. 그리고 희망은 '몸부림'에서 나오는 것이라고 말한다. 우리는 감히 세상을 바꾸려 하기보다는 먼저 제 자신을 바꾸려는 노력이 중요하다는 이야기를 자주 듣게 된다. 그리고 거대한 힘에 대해서는 크게 포기하고 자기수행에 우선 힘쓰는 것이 주는 매력도 있다.

하지만 그 둘 사이에는 어느 정도의 긴장이 필요할 것이다. 그의 글을 읽으며 나는 과연 그런 몸부림이라도 하고 있는지, 참여의 가능성을 너무 닫고 지내고 있는 건 아닌지 자문해 보게 되었다.

도저히 거스를 수 없는 지금의 도도한 흐름은 절망적이다. 그리고 내 자신이 그 흐름에 어쩔 수 없이 동참하고 있는 모습이 자주 눈에 띄면 더욱 절망적이다. 작은 몸부림을 치다 주위의 조롱과 질시를 받는 게 지겹기도 하고 두렵기도 하다. 하지만 우리는 여기저기서 부단한 몸부림으로 작으나마 물보라를 일으키는 사람들 덕분에 우리가 어떻게 흘러가고 있는지 짐작

우리 아이들에게 어떤 세상을 물려줄 것인가

할 수 있게 된다. 허무해 보여도 가끔은 팔이라도 휘저어 봐야겠다. 혹시 우리를 구해 줄 손길이 언제 나타날지도 모르는 일이니까. 또 그것이 희망을 이야기하기 전에, 먼저 죄 없는 우리 아이들에게 해줄 수 있는 최소한의 예의이자 배려일지도 모르니까.

2007년 2월 5일
이 한 중

우리 아이들에게
어떤 세상을
물려줄 것인가

초판 1쇄 펴낸날   2007년 2월 15일
초판 2쇄 펴낸날   2009년 5월 6일

지은이   데이비드 스즈키
옮긴이   이한중
펴낸이   최윤정
펴낸곳   도서출판 나무와숲

등 록   22-1277
주 소   서울특별시 송파구 방이동 22 대우유토피아 1304호
전 화   02)3474-1114
팩 스   02)3474-1113
e-mail   namusup@chol.com

값 16,000원
ISBN   978-89-88138-82-3   03840